二 見 文 庫

謀略

キャサリン・コールター／林 啓恵＝訳

POWER PLAY
by
Catherine Coulter

わたしの作品に心血を注ぎつづけてくれる夫へ
あなたは驚くべき人よ、ありがとう
キャサリン・コールター

謝辞

この作品の執筆は、それ自体が冒険でした。つぎの方々の足元にひれ伏してお礼を申しあげます。

ニコラス・ドラモンドがクワンティコを卒業する場面をリアルに描写できたのは、カート・クロフォード（FBI訓練部の広報課、メディア担当係）のおかげです。ありがとうございました。まちがいがあったらあなたのせいにするけど、きっと取りあってもらえないわね。

アンジェラ・ベル（ワシントンDCのFBI本部、広報課）へ。いつもわたしの突飛な質問につきあってくれること、しかも熱心かつ楽しげに相手をしてくれることに感謝しています。いつかあなたにお目にかかれることだけが、いまの願いよ。

ブルドッグのように粘り強くつきあってくれたエイミー・ブロジー（原稿整理係）に感謝。細部まで忽《ゆるが》せにせず、わたしの脳の不都合をおおむねカバーしてくれたわね。FBIシリーズの成功はあなたなしには考えられません。

そして、カレン・エバンス（わたしの特設秘書）へ。あなたがいなければ、わたしは脱線ばかりしていて、目も当てられないでしょう。わたしの癖の悪いコンピュータを直したり、新しい技術に対応したり、原稿を読んだり編集したり、適切な助言をくれたり。わたしのそばにいて、もろもろすべてに対処してくれるあなたに神のお恵みがありますように。

謀　略

登　場　人　物　紹　介

デイビス・サリバン	FBI特別捜査官
ナタリー・ブラック	駐英大使
レーシー・シャーロック	FBI特別捜査官
ディロン・サビッチ	FBI特別捜査官
ペリー・ブラック	ナタリーの娘。〈ワシントン・ポスト〉紙のアメリカンフットボール担当記者
アーリス・アボット	国務長官。ナタリーの親友
デイ・アボット	アーリスの息子。石炭業界のロビイスト
フーリー	ナタリーのボディーガード
コニー	ナタリーのボディーガード
ジョージ・マッカラム	第八代ロッケンビー子爵。ナタリーの婚約者
ウィリアム・チャールズ・マッカラム	ジョージの息子
ブレシッド・バックマン	『残響』(二〇一三年刊)に登場したカルト教団のキーパー
オータム	ブレシッドの姪の超能力者(同じく『残響』に登場)
ニコラス・ドラモンド	元スコットランド・ヤード警部。クワンティコにあるFBIアカデミーでFBI捜査官になるべく訓練中。

1

バックナー公園
メリーランド州チェビーチェイス
三月中旬の土曜日の夕方

彼女が走るのは夕暮れどきと決まっていた。全速力で走ることはまずなかった。彼女にとっては考える時間でもあるので、一定のペースを淡々と保つ。さいわいまだ日が落ちきっていないこの時間帯は、寒さもそれほど厳しくはなかった。オークとカエデの木立を縫うようにして二車線の道があり、高低差もそれほど極端ではない。いまだ裸の木々の枝で光が踊り、公園もこの時間帯だと閑散として、静かなものだ。ロンドンのテムズ川北側のエンバンクメントを走るのとは大ちがい。あそこはいつも誰かしらがようすをうかがっているので、走るには度胸がいる。だがここにしろロンドンにしろ、考えるための大切な時間であることにちがいはない。ややこしいことだらけの外交儀礼、女王陛下の政府との関係、そしてロンドンという自分にとって身近な人たちが住む街を吹き飛ばしたがっているものたち、骨の髄まで染みこんでいるらしい数千年分の怨嗟《えんさ》をロンドンの街にぶつけたがっているものたちとの闘いが多すぎる。ときには勝利をもぎ取れることもある。ありがたいことに、職務を果たすだけの能力はある。だが、つねになにかしら課題を抱え、頭の痛いことがあった。ところが今日はそれがない。今日はどうして突然ここへ送られたのかを考えたかった。走りながら、頭のなかで、危険と隣りあわせだったイギリスを離れられたことに対する感謝の言葉をくり返していた。

一定の呼吸。ぬくもった筋肉。くつろいで同じ動きを反復しつつ、静けさに耳を澄ませた。アオカスケの鳴き声。近くの下生えのなかを走りまわる小動物。ランニングシューズが路面に当たる、やわらかで着実な足音。

五百メートルも進むと、ふたたびニッカーソン・ロードに合流した。往来の少ないこの二車線の道を車とならんで百メートルほど走った。目の前にジョージの顔がちらつく。なぜか知らないけれどスパゲッティを食べながら、彼女の話を笑顔で聞いてくれている。それでまた、おなじみとなった強烈な悲しみが生々しい痛みを伴って胸を切り裂いた。

そしてやはりおなじみとなった質問に立ち戻る。わたしが自分の人生で償わなければばならないほどのなにをしたというのだろう？　ジョージの人生で？　どんなに頭のなかでひっくり返して考えてみても、そこまで自分を嫌悪する人物は思い浮かばなかった。

　ニッカーソン・ロードを走っていると、一台の車が近づいてきた。そして危険を感じたその瞬間、エンジン音が大きくなり、車が自分に向かって突進してくるのがわかった。ふり返った彼女は、道路脇の石の山につまずいて、横にかしいだ。腕をまわしてバランスを取ろうとしたものの、あえなく転んだ。車が加速して近づいてくる。このままでは轢《ひ》かれる。考えるよりも先に体が動いた。木立の周囲にある茂みに転がりこんだ。排気ガスのにおいがして、通りすぎる車の熱を感じた。

　急ブレーキの音を聞いた彼女は、車のドライバーの姿を思い浮かべた。背後をふり返って、再度襲うべきかどうか考えているのではないか。彼女は急いで立ちあがり、道から木立に走りこんだ。聞こえるのは自分の心臓が激しく打つ音だけだった。オークの木の裏に張りついて、成り行きを見守った。

2

ツーコーナーズ・モール
ワシントンDC
月曜日の午前中

彼は石像のごとく凍りつき、神経を研ぎ澄ました。それが背後から女性の首に腕をまわした男に向かう。ユークリッドにある自宅タウンハウスから一キロ足らずの位置にあるショッピングモールの駐車場で、車の強盗事件発生。目撃するのははじめてだし、まさかその現場に行きあうとは。彼がスターバックスで買ったラージサイズのコーヒーを左手に持ってジープまで歩いていると、その男がぴかぴかの黒いBMWに近づいて、運転席から女性を引きずりだしたのだ。女性は悲鳴をあげた。彼女を放して後ろに下がれ、とデイビスは大声で男に命じたが、男は女性を盾にしてデイビスに向きあい、女性のこめかみに二二口径を突きつけた。玩具《おもちゃ》のような拳銃ではあるが、それでも一応の用はなす。

「さっさと失せろ！　さもないと、こいつをぶっ殺すぞ！」男はどなった。「売女には我慢ならねえ。たとえおふくろだろうとな。こちとら本気だ、さっさと行っちまえ！」

男の年齢は三十歳前後、国土安全保障省にいたカーライルがピッツバーグでテロリストを取り押さえたときよりも少し上のようだ。せっぱ詰まったようすといい、操り人形のような動きといい、麻薬をやっていると思ってまちがいない。五メートル離れていても、デイビスには男の目が泳いでいて、二二口径を女性の頭に突きつける手が震えているのがわかった。ううむ、まずいぞ。

戦略を変えるか。デイビスは男に呼びかけた。「よし、わかった。おれもスターバックスを台無しにしたくないしな」カップを掲げる。「にしたって、彼女は放してやれよ」

「失せろ、クソ野郎！　ガタガタうるせえ！」ジタバタ男は女性の首にまわした腕を引き寄せ、銃口を頬に強く押しつけた。女性は息苦しいらしく、男の二の腕を両手で引きはがそうとしている。離れているデイビスにも、その女性が怖がるより、むしろ腹を立てていることが見て取れた。

「まじめな話」デイビスは声を張った。「悪いことは言わないから、おれと面倒なことにならないほうがいい。おれは歩く殺人兵器、ＦＢＩの捜査官なんだ。おれたちのあいだには五メートルある。そんな玩具じゃ役に立たないが、こっちは電話でおふくろに『ハッピーバースデー』と歌いながらだって、おまえの目の玉をきっちり撃ち抜ける」ホルスターからグロックを抜き、ジタバタ男に警告のため見せておいて、脇に下げた。「もしおまえがそのご婦人にケガさせるようなことがあったら、おれが私人としておまえを挽肉機《ひきにく》にかけて、その肉で安いバーガーにしてやる。わかったか？おまえに必要なのはリハビリで、ＢＭＷじゃない。車を奪ったって、どうせ事故るだけだろ？　だからその豆鉄砲を置いて、彼女を放せ」

ジタバタ男はこちらを見ていた。デイビスの言葉がなかなか理解できないようだ。首を左右に振っているのは、幻聴のせいか？　泳ぐ目、動く口、震える手。そんな男につかまれながらも、女性はデイビスを直視して、落ち着きはらっていた。そして、小さくうなずくや、つぎの瞬間には顔を伏せ、傷んだスエットシャツもろとも男の腕に嚙みついた。男がギャッと叫び、腕の力をゆるめる。彼女はいったん体を引いておいてから、勢いをつけて男の鼻にこぶしを突きだし、続いて内臓に肘を突きたてた。

男はあわてて拳銃を持ちあげ、デイビスに向かってやみくもに発砲した。一発、二発、三発。いずれも大外れ。デイビスはかがんでコーヒーカップを地面に置き、グロックを構えた。女性はジタバタ男と車のドアのあいだにはさまれている。しかも男はあらためて彼女を抱えなおし、その頭部に銃口を突きつけていた。

「こうならないことを祈ってたんだが」デイビスは淡々と男の肩を撃った。一発でじゅうぶん。男は背後によろめき、車のドアから離れた。肩を押さえて膝をつき、わめき散らしながら、前後に体を揺すっている。手から拳銃が転げ落ちた。女性はデイビスに向かって「おみごと！」と叫ぶと、男の肋骨を蹴りあげた。ジタバタ男が悲鳴とともに横転する。彼女はすかさずかがんで、二二口径を拾いあげた。少女のように軽やかな身のこなしだ。

銃撃戦に巻きこまれる心配がなくなったと見た買い物客たちが、早くも店から駐車場に集まってきていた。半ダースはいる。やたら興奮して、甲高い声でしゃべっている。女性がひとり、効果を狙ったがごとく金切り声をあげた。デイビスが口を開いたのと、はがいじめにされていた女性が手を上げたのは、同時だった。彼女はひとつ咳払いをしてから、道路の向かいにあるクリーニング店の〈ラ・フルール〉まで届く大声で話しだした。「みなさん、もう心配はありません！　そこの男の方、警察に通報をお願いできるかしら。なんならほかの方々は残ってもらって、警察が来たら証言してください。いいですか、冗談ではありませんよ。ここはわたしのためと思って、お願いします」彼女は念を押すように一同を見ると、うなずいてから、おおらかな笑みを浮かべた。

驚いたことに、こっそり立ち去った野次馬はふたりきりだった。ほかの人たちは寄り集まり、アドレナリンの高揚感もそのままに、銘々の目撃証言を突きあわせていた。デイビスはグロックをホルスターに戻し、スターバックスのコーヒーカップをつかんで、ひと口飲んだ。よかった、まだ温かい。

標的にされた女性が近づいてきた。長身で、健康そうで、ジタバタ男に対する反撃から判断するに、たくましい女性でもある。臆病とは無縁の、気骨のある女性。そんなことを思っていたら、シャーロックのことが浮かんできた。女性は、シャーロックを思わせる赤毛だった。ふんわりした赤毛に縁取られた顔が、どことなくおっかなかった。きれいな白い歯をのぞかせて満面の笑みを浮かべ、頭上の雲に突如、切れ間ができて日が差すと、赤い髪がさらに赤く燃えあがった。彼女はジタバタ男の二口径を差しだした。自然と銃口を下にして、握りの部分をデイビスに向けている。拳銃の安全な取り扱い方を知っている。それでますますおっかなくなった。

「挽肉機だなんて、よく思いついたこと」彼女は茶色に近い赤毛の眉をうごめかして腰をかがめると、デイビスの頬に音を立ててキスをした。

女性はハチミツのようなにおいがした。「こういうことです」デイビスは言った。「ぼくの祖母は、ぼくが小さいころ遊びに行くと、いつも挽肉機を使ってて、祖父がキッチンでタバコを吸うたびに、祖父のことを脅したんです。おっかないと思いませんか?」
「そうね。おっかないと言えば、あの哀れな男がドラッグでハイになってるだけだと気がつくまでは、わたしもひどくおっかなかったのよ」彼女はジタバタ男をふり返った。男は肩を押さえて地面に転がり、痛みにうめいていた。

FBI本部ビル、犯罪分析課《CAU》

それから一時間後、犯罪分析課《CAU》に戻ったデイビスは、集まってきた同僚を前にして語っていた。「二分後に首都警察が現れて、同時に現着した救急車がジタバタ男を病院に搬送した。警官たちは手分けをして、野次馬と標的にされた女性とおれからそれぞれ事情聴取をした。そのうちいやになってきて、何度かサビッチの名前を出したんだ。ところが大物の名前を出しても、片方の警官は天を仰ぐし、もうひとりはうめくだけで、効果がなかった。例によって同じ質問を何度もくり返されてさ。そうこうするうちに、被害者の女性がもういいでしょうと割って入ってくれた。朝から気付けのバーボンをきゅっとやらなきゃならない、帰り道で気絶するといけないから――彼女にかぎってありえないけどね――おれに車で同行してもらいたい、うちについたら互いの幸運を祝し、能力の高さを称えあいたいと。そう言って名刺を取りだして、警官の手に押しつけ、にっこり笑いかけた。警官ふたりは鳩が豆鉄砲食らったみたいな顔をして、おれたちを解放してくれた。それでおれは彼女を送り届けた」

デイビスは笑顔で一同を見まわした。「とまあ、これがおれが遅刻するに至った経緯です」

サビッチが言った。「ほんとなのか？　いや、ありえない。ほんとにおれの名前を出したら、警官のひとりが天を仰いで、もうひとりがうめいたのか？」

「ほんと、びっくりでしたよ。いくらかは敬意を払ってもらえると思ってたんですけどね」

サビッチはにやにやしながら、首を振った。「ジタバタ男が――本名はポール・ジョーンズというんだが――ワシントン記念病院で肩の銃弾摘出手術を受けているのを確認できた。捜査は首都警察が担当する」

ルーシー・カーライル捜査官――近々ルーシー・マクナイトになる――が首を振っ

た。「デイビス、いいから聞いて。あなたね、そうやってここでわたしたちを笑わせてるけど、一歩まちがえたらワシントン記念病院でミスター・クズの隣に寝かされてたのよ。目に見えるようだわ。あなたがラテをすすりながら、愛車のジープをのろのろと走らせ、今夜は誰とデートしようか考えてたら、そのあほちんが女性を襲ったんでしょ？」

「ラテじゃないけどね」

「はい、はい、本物の男はブラックよね。どうせ頭の片隅で今夜恋人に披露する笑い話でも考えてたんでしょう？　ところが突然、あなたの熱しやすい脳みそが反応して、角度とか距離とかミスター・クズの心理状態をはじきだし、生き残る可能性を叩きだしたんじゃないの？」

　デイビスは言った。「いや、受けのいい笑い話はあらかじめ用意してあるし」いったん言葉を切った。「おれの脳みそは熱しやすくはないからね。入念に調整された精密機械さ。ただし、おれが思うに、標的にされた女性だけど、不意を衝《つ》かれた当初の驚きがおさまったら、みずからジタバタ男を取り押さえただろうと思う。おれの助太刀など不要だった可能性が高い。タフな女性だよ、あの人は。シャーロック、あなたみたいなふさふさの赤毛だったんですよ。あなたも会ったら感心するはずです。

で、ぼくは彼女を自宅まで送った。自宅はチェビーチェイスのリッジウッド・ロードを半分ほど行った場所にあって、広大な敷地に立つ壮麗なゲートつきのお屋敷だった。鍵のかかったこのゲートから、番小屋と複数の監視カメラとインターコムが見えた。そのあたり一帯が森で、うちは数えるほど。そして大きなお屋敷が、道路から奥まったところにひっそりと立ってるんだ。番小屋は無人だったけど、彼女がインターコムに話しかけるまでもなかった。そう、すぐさまゲートが開いた。つまり内部の監視装置にカメラが組みこまれてる。おれの庶民向けジープは彼女について弧を描く私道に入った。まだ車が停まっていないうちに大男が屋敷から飛びだし、おれのほうに突進してきた。彼女はBMWから降りると、『フーリー、いいのよ』とかなんとか、そんなようなことを大声で言った。

おれは出勤しなきゃならなかったんで、残念ながら彼女とバーボンで乾杯はできなかった。彼女はおれの頬を軽く叩いて、また口づけした。わずか二メートル先には、腕組みしながらおれの棺のサイズを見積もってるフーリーがいたのにさ。まちがいない、その男はボディーガードだ。彼女は重要人物かもしれないと、さっきから思ってたとこなんだ」

「なるほどね。で、彼女の名前は？」クープ・マクナイトが尋ねた。

「ナタリー・ブラックって、聞いたことあるかい?」

シャーロックはデイビスをまじまじと見た。「あなた、それ、冗談よね?」

3

デイビスのタウンハウス
ワシントンDC、ユークリッド大通り
月曜日の宵の口

デイビスが私道にジープを入れると、曲がり角で大きな黄色いハーレーがアイドリングをしていた。バイクにまたがったままのライダーは全身黒ずくめ、ブーツもヘルメットも薄手の革手袋も黒だった。こんどはなんだ？　ジタバタ男のきょうだいが報復しにきたのか？　デイビスはハーレーとそのライダーが待つ場所まで、のろのろと車を進めた。近づくと、ライダーがあいさつ代わりにエンジン音を轟《とどろ》かせた。怯えた鳥たちが木から飛びたつ。デイビスはその大音響にうっとりした。

ジタバタ男のきょうだいでもなければ、デイビスの情報提供者でもない。このバイクはスポーツスター1200カスタム、ハーレーの食物連鎖において最上位に位置する高級車だ。なら、誰だ？　デイビスはフロント部分にボリュームのある高級バイクのすぐそばで車を停めると、笑顔になった。「きかん気な感じの黄色の塗装がいいね。こんな色ははじめて見るよ。プルバックハンドルバーはきみの好みなのかい？」

ヘルメットを外すと、太くて重そうな赤茶色の三つ編みがこぼれ落ちた。肩の下まである。そういえば、ＣＡＵの同僚のひとりが三つ編みのことを魚尾《フィッシュテール》と呼んでいた。なるほどね。彼女はダークなサングラスをかけていた。革手袋を外して、燃料タンクを小刻みに叩きはじめた。爪は清潔に短く切り、指輪ははめていない。「慣れるまではこのハンドルバーが苦痛だったんだけど、いまはしっくりきてるわ」彼女はデイビスを眺めまわした。「母がね、あなたのこと、時間に余裕があって、のんきに暮らしてる人みたいだと言ってたの。それで、あなたもドラッグをやってるんじゃないのとわたしが言い返したら、それはありえない、ＦＢＩの捜査官だし、とってもかわいらしくてお利口そうよって。あなたがデイビス・サリバン特別捜査官ね？」

「ああ、そうだけど、きみは？」

彼女はサングラスを外した。淡い緑色の瞳の美しいことと言ったら。こんな色の瞳は見たことがない。いや、あるな、その朝に。バイク乗りの彼女は、母親同様、人目を惹く美人だった。

「彼女のひとりきりの子どもよ」身を乗りだして、デイビスと握手をした。「今朝は大ピンチの母を救ってくれてありがとう。母は最近、妙なことに巻きこまれることが多いの。なるべくそばにいるようにしてるんだけど、今朝はたまたまわたしがいなかったものだから。ほんとに助かった。あんな小悪党にBMWの新車を奪われそうになるなんて、母も信じられずにいるわ。しかもショッピングモールの真ん前なんてね。クリーニングした服を引き取りに行っただけなのよ」

彼女は念入りに――二度も――礼を言ったが、内心、このバイク乗りのかわい子ちゃんがその場にいて母親を助けられなかったことを残念がっているのが伝わってきた。髪は母親ほど赤くない。父親の遺伝子が混ざっているからだろうが、そばかすひとつない白い肌は母親譲りだった。デイビスは笑顔になった。「どういたしまして。じゃあ、おれが彼女を救ったと聞かされたんだね？」

「そうは言ってなかったけど、似たようなことは。あなたはコーヒーのカップを落とさず、平然と地面に置いた、そして騒動が治まると、それをまた持って、ひと口飲んだって。感心した口ぶりだったわ。あなたはニトログリセリンとライムの香りがするとも。うちの父が使ってたアフターシェーブローションがそんなにおいだったの。いまでも鼻歌を口ずさみながらローションを顔に叩きつけてる父の姿が目に浮かぶわ」

彼女は口を閉ざすと、首を振って、気持ちを切り替えた。「母から聞いた感じだと、犯人の脳みそはドラッグ漬けだったみたいだから、あなたが介入してなければ、自滅してたかもしれないけど」

デイビスも同感だったものの、こう言わずにいられなかった。「いや、あの男はまだ興奮状態にあって、なにをしでかすかわからなかった。でも、きみの言うとおりだよ、ミズ・ブラック。きみはお母さんによく似てるね」

彼女はゆったりほほ笑んだ。「ありがと」

「もしおれがいなければ、ミズ・ブラック、きみのお母さんがみずからジタバタ男を叩きのめし、あのショッピングモールで見かけたぴかぴかの黒いＢＭＷを乗りまわしたいなどという欲望をいだいたことを、彼にとことん後悔させてたはずだ」

「ジタバタ男とは言い得て妙ね。ワシントン記念病院に寄って彼の容態を尋ねてきたんだけど、あのばか、本名をポール・ジョーンズと言うんですって。アメリカ独立戦争の英雄ジョン・ポール・ジョーンズの子孫じゃないといいんだけど」

「もしそうだとしたら、その遺伝子の伝達もそろそろ終わる時期だったんだろう。入るかい？　きみのその猛獣を休ませてやったら？　おれのジープの後ろに引き入れたらいい」

彼女はタウンハウスを見てから、デイビスを上下に見て、エンジンをふかした。

「あなたは口がうまいと、母が言ってたわ」

「おれが？　まさか。それに今日はハウスキーパーが来る日だったから、部屋もきれいだし、便器だってピカピカだよ。ただし、モンローは料理をしないから、食事はないけどね」

「モンロー？」

「引退した元消防士にして、おれのハウスキーパーだ。これが正真正銘の食えないやつでさ。シャワー室で、ツールベルトから使い古しの歯ブラシを取りだして、汚れをこすり落としたりして」

彼女がにやりとした。「あなただって汚れはいやでしょ」

「モンローに指摘されるまで、まったく気づいてなかった」

彼女はもうしばらくデイビスを観察してから、ヘルメットを頭に戻して、ストラップを留め、革手袋をはめた。「お邪魔したいけど、そうも言ってられないの。つぎの機会に延期してもらえる？」

「日曜日以外ならね。日曜は家族で大騒ぎする日だ」

彼女はうなずいた。「もう一度お礼を言わせて、サリバン捜査官。母の助太刀をしてくれて、ありがとう。失礼するわ」彼女は縁石を離れるや、悠然とユークリッド大通りを走り去った。

「あのすてきなお嬢さんは何者だ?」

デイビスがふり向くと、モンローがすぐ背後に立っていた。骨張った両腕にミニマートの買い物袋を抱えている。フリトスの箱が突きだし、その下に見えているのは、缶入りのビーンズディップじゃないか? デイビスの口に唾が湧いてきた。

「名前を聞きそびれた」

「どこか具合でも悪いのか、ぼうず? おまえとしたことが、カメ並みののろさだな」

「あのいかしたハーレーと黒い甲冑《かっちゅう》姿にやられて、頭がショートしたらしい」

四十八歳半のモンローは、回れ右をしつつ言った。「少なくともヘルメットをかぶってたところを見ると、彼女のおつむのなかには冷えたオートミールは詰まっていないようだ」

よく聞く表現だが、いつから言われてるんだろう? デイビスはモンローが買い物袋を抱えて悠々と二軒先のタウンハウスに入るのを見ていた。そして最後にもう一度、ユークリッド大通りをふり返ったが、彼女の姿はとうになかった。彼女の小生意気な口の利き方が気に入ったし、ユーモアのセンスもいけてる。デイビスは革のジャケットを脱いで肩にかけ、口笛を吹き吹き、磨きたてられた自宅のエントランスホールに入った。周囲を見まわして、モンローが好んで使うパイン・ソルという洗剤のにおいを嗅いだ。光輝くキッチンに入り、しみひとつない冷蔵庫から水のボトルを出して、ごくごくと飲んだ。口を拭きながら、独り言をつぶやいた。「おもしろくなってきたぞ」

4

イングランド
二週間前

ロンドンを出たナタリーは、小降りの雨のなか、時速八十キロの安定した速度でM2を南のカンタベリーへ向かっていた。スポーツカー・タイプのダークグリーンのジャガーを軽々と扱えるのは、ブランデージにうるさく言われて、事故回避コースのレッスンを受けたおかげだ。ナタリーはこのジャガーをナンシーと名づけて、かわいがっていた。左車線を走らなければならないのは残念だけれど。

　雨脚が激しくなったが、今日にはじまったことではない。交通量の多さも、今日にはじまったことではない。だが、主要幹線道路に関しては車が順調に流れている。ロンドン暮らしも一年を超えた。いまでは傘——こちらの人はブロリーと呼ぶ——が、靴や財布同様の必需品になった。これから一時間半は、ジョージの母親になんというかを考えるのにあてる。少なくともジョージが亡くなる前は、ビビアンはナタリーのことを気に入って、喫煙者に特有のしわがれ声であなたは気骨も根性もある現代的なお嬢さんだからと言ってくれていた。ビビアン自身がとてつもなく高齢なので、彼女にかかれば更年期の女性もおのずと若いことになる。

ナタリーはダンケルクの手前でM2からA2に折れたのち、数分後には、左折して二車線の細い田舎道に入った。そこからさらに十分も走ると、ブリーンというこぢんまりとした町だった。カンタベリーから二十キロ離れていないこの町が、ジョージの故郷だ。

フロントガラスのワイパーが一定のリズムを刻み、メトロノームのようなその音に不思議なほどの落ち着きを覚えた。近ごろでは安心感も品薄になった。木立におおわれた丘陵や、パッチワーク状の畑と谷間、そしてそのあいだを縫う恐ろしいほど風の強い道、深い渓谷の上の急カーブ。ガードレールはほとんどない。背後に大型の黒いセダンがついて、急速に車間距離を詰めてきているのに気づいたのは、ホイットスタブルまでわずか数キロの地点だった。ああ、そういうことか。身の程知らずのおばかさんが、よりによってこんな天気の日にこんな道路のこんな場所で追い抜きをしたがっている。なにを好きこのんでと思わないではなかったものの、ナタリーは速度を落として車を脇に寄せて停まった。道を外れればたちまち十メートル下に落下する急カーブのすぐ近くだったからだ。ガードレールがないので、用心したほうがいい。

ところがセダンは追い抜こうとはせずに接近してきて、ジャガーのリアバンパーまで二メートルほどに迫った。窓ガラスが黒いので運転手は見えないが、ナタリーには向こうが危害を加えたがっているのがわかった。場合によっては、道から追いやって、深い谷底に落とすつもりかもしれない。

大型のメルセデスに体当たりされ、シートベルトの圧がかかった。その衝撃にジャガーの車体が揺れ、路肩の砂利に車輪がすべり落ちた。そのまま横すべりして、崖っぷちまで移動する。ふくらんだエアバッグに視界を奪われながらも、いまの状況は正確に把握していた。このままだと崖の端に近づき、転げ落ちて、大きな丸石にぶつかりながら回転をくり返し、最後は石ころだらけの谷底にたどり着く。死にたくない。こんな形で人生を終えるのはいやだ。自分を嫌っている人間、誰だかわからない人間に殺されるなんて。ハンドルをまっすぐにしようと格闘していると、エアバッグがしぼんで、視界が開けた。危険な砂利から抜けだし、道路に戻った。メルセデスが横に来ようとしている。そこでぎりぎりまで辛抱しておいて、ぶつかってくる直前にアクセルを踏みこんだ。急発進したジャガーがセンターラインを踏み越える。バックミラーを見ると、メルセデスは追いつこうと速度を上げていた。そこでまた隣にならぶまで辛抱強く待ち、内側に急ハンドルを切って、まっすぐ山際に車を進めた。メルセデスがリアバンパーにぶつかって、宙に浮かぶ。だが、そのまま崖から落下するかと思われたメルセデスは、しぶとく道路に戻ってきた。

自分より向こうのほうが上手だ。もはや選択肢はない。彼女はアクセルを床まで踏みこんだ。ジャガーが精いっぱい応えてくれるものの、敵はさらに速度を上げて、遮《しゃ》二無二《にむに》に迫ってくる。大型エンジンの排気ガスのにおいが鼻腔を刺した。そして恐怖のうちに、はかなかった自分の人生をまのあたりにした。わたしは死に直面している。その瞬間に向かって身構えながら、彼女はささやいた。ペリー、許して。

5

デイビスのタウンハウス
ワシントンDC
火曜日の朝

午前七時、携帯から「サイコキラー」のいかした冒頭が流れだしたとき、デイビスは下着までびしょ濡れになりながら、アメリカズカップのカタマラン艇を操っていた。頭上では青い空に立ちあがる大きな帆が風を受けてはためいている。左舷に舵を切るため、転覆を恐れつつも、大きく船体を傾けた。奇妙なのは大型のカスタム仕様の黄色いハーレーが船尾に縛りつけられていて、二百五十キロ近い荷物になっていることだ。そこで彼は飛び起き、トーキングヘッズを頭から追いだした。電話に出ると、低くしゃがれた寝起きの声になった。ナタリー・ブラックの声を聞いて、さほど驚いていない自分に気づいた。「サリバン特別捜査官、いま火曜日の朝で、いまからちょうど十五分前に目覚ましが鳴ったんじゃないかしら。ちがう?」

彼は携帯を凝視した。「いえ、七時三十分なんで」

「気持ちのいい朝よ。起きて日に当たり、このすてきな一日に乗りださなければね。でも、暖かい恰好をしてきて、つま先がしもやけになるといけないから。これでも楽しい月曜の夜を、ラテン系の血を引くとってもきれいなブロンドの娘さんと過ごしたあとだから、ゆっくり寝かせてあげたのよ。さあ、上司に電話して、今日も遅れると伝えたら、一時間以内にうちまで朝食を食べに来てちょうだい」彼女は言いたいことだけ言うと、さっさと電話を切った。

サビッチに電話をしたら、シリアルを食べている最中だった。ショーンの声が聞こえた。あと何年かして、大きくなったら、グロンクみたいにペイトリオッツでタイトエンドをやりたいと言っている。デイビスはミズ・ブラックから電話があったことを報告した。サビッチはただ、「別のジタバタ男にまた出くわさないといいな、デイビス」と言った。

三十分後、愛車のジープをチェビーチェイスに走らせながら、考えていたのはバイク娘のことだった。ひょっとしたら、ミズ・ブラックとふたりでグレープフルーツを食べているかもしれない。それと、ミズ・ブラックはどうして財務省のエレナのことを知ってるんだろう?

6

ナタリー・ブラックの自宅
メリーランド州チェビーチェイス
火曜日の朝

リッジウッド・ロードにある、大きな錬鉄製のゲートまでたどり着いたデイビスは、その隣にひっそり設置されているインターコムにジープを寄せて、ボタンを押した。番小屋には人がいなかった。顔を上げ、人に脅威を与えない牧羊犬のような表情を意識して、カメラに笑いかけた。

インターコムから野太い男の声がした。「どうも、腕利きの旦那。ミセス・ブラックから通すように言われてる」男は最後に鼻を鳴らした。この男とは酒場でビールを飲み交わす間柄になれそうにない。

デイビスは二十世紀の初頭に建てられたとおぼしき、古色蒼然《そうぜん》とした美しい家の前に車を進めた。周囲を幅広のポーチに囲まれた三階建てで、少なくとも半ダースの煙突と大きな窓があちこちにあった。淡いライトブルーの全体にチョコレート色のトリミングが施され、塗装に関しては、少し手を入れる余地がありそうだ。デイビスがジープを降りると、芝刈り機に乗った緑の野球帽の男がいて、前の広大な庭にまっすぐなラインを描いて芝を刈っていた。春の先駆けとなるジャスミンがかすかに香る。母の好きなその香りに十代のころを思いだし、眠りに戻りたくなった。息が白く見えるほどではないものの、それに近い肌寒さだ。デイビスは革ジャンのファスナーを上げた。

玄関のドアが開き、そこにいたのはまたもや大男のフーリーだった。前日の朝も家から飛びだしてきて、ナタリーが制止しなければ、デイビスの扁桃腺を引っこ抜きそうな剣幕だった。

デイビスはあらためてフーリーを見た。分厚い胸板の前で太い腕を組み、首が太いせいで黒のタートルネックが窮屈そうだった。全盛期のモハメド・アリを倒せそうな面構えだが、その筋力に見あう知力があるかどうかは、はなはだ疑わしい。デイビスはそのボディーガードの脇をすり抜け、追ってくる視線を背中に感じた。いくらデイビスの脳みその大きさに問題があるからといって、まさか自分がフーリーから口のうまい優男《やさおとこ》扱いされているとは思っていなかった。「ここはおまえみたいなやつが出入りしていい場所じゃないぞ、野暮天」その言葉を裏づけるように、指をぽきぽき鳴らした。「すかしやがって」

デイビスはふり返り、唖然《あぜん》とした顔でフーリーを見た。「なんだと？　つまり、おれのことをクールじゃないって言いたいのか、あんたは？」

「おれはフーリーってんだ、ばかめ。おまえに比べたら、車椅子で走りまわってるうちのばあさんのほうがまだしもクールだぜ」

言ってくれるじゃないか。「たまには〈ボノミクラブ〉に行って、ファズとマービンに会ってきたらどうだ？　クールってのがどういうことか、ふたりに教わるんだな」デイビスはにこりとした。

少しすると、フーリーもにこりとした。どことなく傷ついた表情だった。「店の奥でポーカーをやってるらしいな。こっちだ。ミセス・ブラックはサンルームで朝食をとるのがお好きでね」

デイビスはフーリーについて迷路のような廊下を進んだ。どこもたっぷりと幅があって、天井が高い。壁には本物の絵画が飾られ、磨きあげられた木の床には古いペルシア絨毯が敷いてあった。百年も前の、彫刻を施されたモールディング仕上げの天井の下には、驚くほど近代的なしつらえのキッチンがあり、そこを抜けた先がサンルームになっていた。建て増しされたのがひと目でわかる網戸つきの小部屋で、複数のスペースヒーターによってしっかりと暖められている。外の広い裏庭は美しく保たれ、アイビーにおおわれた大きな石塀の奥に大きな木々が控えていた。

「サリバン捜査官、ようこそわが家へ」ナタリー・ブラックが席を立ち、デイビスに握手を求めた。にこにこしながら、室内に手をめぐらせた。「外が寒いときでも、ここが好きなの。スペースヒーターがあれば暖かくいられるし、自然の懐にいだかれている気分になれるでしょう？　夫はいつも――いえ、それはいいんだけど」

「昨日気がつかなきゃいけなかったんですが、ミセス・ブラック」デイビスは言った。

「いいえ、すぐに気づかれなくてよかったのよ、サリバン捜査官。これでお互い相手の素性はわかったわね。わたしもあなたのことを調べさせてもらいました」

彼女はジーンズにスニーカー、それにレッドスキンズの大ぶりの赤いスエットシャツという恰好で、赤毛をポニーテールにしていた。化粧をしているとしても、デイビスにはわからなかった。いかにもあのバイク娘の母親というにふさわしい風貌だ。だが捜査官であるデイビスは、彼女の目に緊張を見て取った。そう、娘と同じ淡い緑色の瞳に。

握手を交わすと、彼女が座るのを待って、席についた。まずはオレンジジュース、そのあと香り豊かな濃いコーヒーを飲んだ。血流にがつんと来る感覚、コーヒーはこうでなくちゃという感覚があった。

「フーリー、ここはだいじょうぶよ。キッチンで食事をしてきてちょうだい」

デイビスは遠ざかるフーリーの背中を見た。「フーリーはボディーガードなんですよね。だったらなんで昨日の朝は、彼がクリーニングを取りに行かなかったんですか？　あるいはあなたをガードしてくるとか？　ショッピングモールはここから十キロ近くあるのに、なんでおひとりだったんです？」

「わたしのＢＭＷは新車よ。ひとりで運転したかったの。このコーヒーは気に入った？　特別のブレンドなのよ」

「ええ。スターバックスよりうまいかもしれない」彼女の顔をしげしげと見た。疲れが滲んでいる。もはや我慢の限界といった風情。「宇宙規準で言うと、ミセス・ブラック、ぼくたちが知りあいになって、まだほんのわずかな時間しか経過しておらず、きたる中間選挙について話しあうために朝食に招いてくださったとは思えません。あなたが難問を抱えておられるのは承知してます。つまりはぼくを捜査官として招いてくださったのではないですか？　ボディーガードに加えて捜査官が必要になる状況とは、どんなものでしょう？　そもそもなぜボディーガードを雇われたのか教えてください」

彼女はしばし無言だった。そして、おおいをかけたバスケットを差しだした。「クロワッサンをどうぞ。わたしのお手製よ」大きくて、まだ温かくて、層になったクロワッサンだった。おいしそうなにおいに唾が湧く。「ターキーベーコンといっしょに召しあがれ」彼女はやはりおおいをかぶせてある皿を指さした。彼女が逡巡しているのがわかる。つまりまだデイビスのことが信頼できず、探りを入れたいのだろう。それならそれでかまわない。空腹だったので、黙ってクロワッサンのベーコンサンドを作ることに集中し、彼女の出方をうかがうことにした。

「昨夜、わたしの娘に会ったんですってね」

デイビスはクロワッサンにかぶりつき、たちまち恋に落ちた。クロワッサンとその作り手の両方にだ。「ええ。帰宅したら、ハーレーに乗った彼女が手入れの行き届いたうちの表の庭のすぐ近くにいました」

「あの子のことを知ってるの？」

「ええ、グーグルで検索をかけました。ぼくは母親の腹のなかにいるときからの筋金入りのレッドスキンズ・ファンなんです。彼女の署名記事もブログも読んだことがありました。じつは〈ポスト〉の署名記事の隣に写真が掲載されるようになるまでは、ペリー・ブラックというのは男だと思ってたんです。びっくりでしたよ。女性がプロフットボールの専門家だなんて。そのあともちろん、彼女とあなたに関係があるのを突きとめたんですが。

あなたの名前には聞き覚えがあると思ってたんです。でも昨日、本部に戻って、同僚のひとりに指摘されるまで、うっかりしてました。もちろんそのあと調べて、あなたがいま困難に直面しておられるのを知りましたが」目の前にいるのは、ごくふつうの女性。感じがよくて楽しい人なのだが——。「ここにおられるあなたが駐英米国大使、この地球上でもっとも重要な外交任務のひとつを担っておられるんですからね」

「あら、バルカン星との外交任務には負けるわよ。でも、それは選択肢にないと言われたの。わたしが首都の名前を発音できなかったから」彼女はにっこりしてから、ふたたびクロワッサンを食べはじめた。唇にブラックベリージャムがついている。

デイビスは言った。「ボストンにおられるあなたの一族は各方面に顔が利き、数十年にわたって大物政治家を輩出して、地元の政治や国政に影響を与えてこられた。あなたが大使として安泰なのは、そうした方々の存在があるからですか？」

彼女はフォークを投げつけなかった。それどころか、からからと笑った。「悪くない憶測ね。でも、わたしに関しては的外れだわ。もっとずっとすごいんだから」

「大統領と寝てるとか？」

こんども彼女は笑った。「そうよとは言えないでしょ。大統領は決断までには時間がかかったみたいだけど、幸せな結婚生活を送っているのよ。娘さんはまだ十二歳で、ペリーは二十八歳。それに、わたしの夫が誰だかをお忘れじゃなくて、サリバン捜査官」

思わずデイビスは笑みをこぼした。「ドクター・ブランデージ・ブラック。長きにわたってワシントン・レッドスキンズの整形外科医をつとめ、プロフットボール・チームに雇われた最初の医療者のひとり。五十歳という若さで心臓発作で亡くなれた。お気の毒です」彼女の目に浮かんだ喪失感と痛みに感応して、われ知らず身を乗りだしていた。

少ししてから、デイビスは言った。「教えてください、ミセス・ブラック――」

「ナタリーでけっこうよ」

デイビスはうなずいた。「ナタリー、あなたが駐英米国大使に任命されたことと、ご主人とのあいだに、どんな関係があるんですか？」

「遠いむかしの話に戻ってもいいかしら？」

「どうぞ。ぼくはもうひとつクロワッサンをいただきます」

彼女はおおいをかけたバスケットを差しだした。「わたしたち四人――ギルバート大統領とアーリス・アボット――大統領が彼女を国務長官に任命したの――それに夫とわたしの四人は、イエール大学の二年生のときに出会ったのよ。ソーントン・ギルバート――ソーンって呼んでるんだけど――と、わたしはバークリー・カレッジ、夫のブランデージとアーリス・アボットはカルフール・アンド・ブラッドフォードに通っていたわ。なんにしろ、わたしたち四人は二年生のときに親しくなり、四人ともがむしゃらなタイプだったけれど、それを笑い飛ばすことで、折りあいをつけてきた。ブランデージとわたしは卒業後ほどなく結婚したし、鉱山技師とめくるめくような恋に落ちたアーリスもすぐに結婚して、まもなく坊やを授かった。ハーバードのロースクールに進んだ大統領が奥さんのジョイに出会ったのは、十五年ぐらい前よ。それぞれ進んだ道はちがったけれど、わたしたちは連絡を取りあってきた」

「じゃあ、駐英大使に任命されたのは、同窓のよしみってことですか？」

「それもあるわね。でも、わたしは外交畑で働くようになって五年になるの。駐英大使の前にふたつの職務を務めてきた」

「ですが、法律の学位があって、ここワシントンで成功していらしたあなたが、なんでまた外交の道に？」

彼女はにっこりした。「ソーン、つまりギルバート大統領から言われたのよ。四人のなかで一番外交のセンスがあるのはきみだって。族長にハーレムを放棄させた手腕を買われたのね。企業相手の仕事に埋没させるのは惜しい、と。それに、無条件で信頼できる人間で脇を固められたらその価値は計り知れない、きみのことは信頼してる、とも。四人のうちのひとりで、当時、国務長官に任命されたばかりだったアーリス・アボットも賛成してくれたから、それで受けることにしたの。

外交官になることを真剣に考えてみたらと最初に助言してくれたのは、ブランデージだったわ。きみに説得されたら、好物のバターピーカン・アイスクリームすら残してしまう、と言ってね。でも、残念ながら、外交官になったわたしを彼に見せることはできなかった。ギルバート大統領の一期めがはじまってすぐに亡くなってしまったから。就任パーティのとき、ダンスを踊りながら、嬉しそうにしていたのを覚えてる。ソーントンの大統領就任を喜んでたわ。彼のためにも、この国のためにも」

彼女が黙りこんだ。デイビスは彼女の気持ちが落ち着くのを黙って待った。ふたつめのクロワッサンを平らげ、さらにコーヒーを飲むと、椅子の背にもたれて、腕組みをした。それからおもむろに口を開いた。「さて、おさしつかえがなければ、今日のことをお話しいただけますか？　なぜぼくを呼んだのか、教えてください」

彼女はコーヒーをひと口飲んで、眉をひそめた。

「わかりました。どうやらぼくが口火を切ったほうがいいみたいですね。ぼくが読んだ記事によると、あなたは公式には健康上の理由で帰国されたことになっていますが、本当の理由は、英国マスコミが作りあげたスキャンダルと、その執拗な取材のせいです。彼らは事実よりも一般受けを優先して、〝事後の証拠からして〟あなたにクロゴケグモというレッテルを貼った。つまり、あなたに世間の疑いの目を向けさせて、あなたを苦しめた。そしていまやここアメリカでも、あなたの帰国を機に噂が広まりつつある。ひどい話です」

「ええ、そのとおりよ」

「ボディーガードを雇ったのは、マスコミに追いまわされることを想定してですか？外交官として警護員をつけてもらうわけにはいかないんですか？」

「それは無理よ。本国にいるあいだは警護員がつかないのがふつうだもの。わたしからもとくには要請していないし」彼女が語ったのは、そこまでだった。

デイビスは彼女を見た。「あなたと婚約中だったイギリス人男性の自殺に関する記事も読みました」

彼女はうなずいた。

「イギリスのマスコミは、あなたが唐突に婚約を解消したために、彼が自殺に追いこまれたとし、それを理由にクロゴケグモという渾名《あだな》で呼びはじめた。婚約者の家族はだんまりを決めこみ、あなたはヘブリディーズ諸島に残るバイキング時代のあばら屋で隠遁生活をするべきだといわんばかりの人たちまで現れた。これでは重要同盟国の外交官として活動しにくかったはずです。どうですか、ぼくの読みは、大使閣下？」

しばらくデイビスを見つめたあと、彼女は言った。「わたしには、ジョージ・マッカラムが――わたしの婚約者だった人が――自殺をしたとは思えないのよ、サリバン捜査官」

7

「これで晴れて秘密を共有できたので、大使閣下、デイビスと呼んでください」

「そうね、デイビス」

「今日ぼくを呼ばれたのは、ジョージ・マッカラムが自殺ではないとお話しになるためですか？」

「それもあるわ。念のためにつけ加えておくと、ジョージは第八代ロッケンビー子爵として大人数からなる一族を束ねる当主でもあった。領地ロッケンビーはケント州のカンタベリーの近くよ」黙りこんだ彼女の目に、デイビスは深い悲しみを見た。彼女は咳払いをした。「ジョージはブランデージとは正反対の人だったわ。スポーツにはうとかったし、そのことを気にもしていなかった。あんなに有名なアイスホッケー選手のウェイン・グレツキーだって、彼ならポーランド人の宇宙飛行士だとでも思ったでしょう。でも、それでよかったの、すばらしい人だったから。人生を愛し、家族を愛し、わたしを愛してくれた。まわりの人を大切にしたし、わたしには特別に気を配ってくれた。彼には天賦の才能があった。あれこそギフトよ。たとえばわたしの車の後輪を交換する時期だとか、わたしがなくしたブレスレットがどこにあるかとかが、彼にはわかったの。だから一族の人たちはしょっちゅう彼に電話してきた。ペットがいなくなったとか、ドンカスターの第四レースで走る馬とか、そんなつまらないことでもね。彼は一族の人たちの暮らしに深くかかわり、まっとうな当主として、一族の人たちを守っていたの」

彼女はふたたび黙りこみ、デイビスの目を見た。「けれど、そんな彼にも自分の死は予見できなかった。彼はドーバーの近くで見つかった。崖の底に転がった車のなかにいたの。もちろん車は大破していたけれど、細工をされた証拠も、彼が制御不能に陥った車と格闘した形跡もなかった。崖からまっさかさまに落ちていた。

そして事故とも考えられなかった。道から崖まではかなり離れていて、その気になれば車を停められたからよ。最初はみんな、彼が意識を失ったんだと考えた。心臓発作かなにかを起こしたと思ったの。司法解剖が行われたけれど、損傷がひどくて、死因の特定はむずかしいと言われた。それでも、事故死と判断されたんだけれど。

それなのに、葬儀が終わるとすぐに噂がはじまったわ。噂だけじゃない、タブロイド紙までがじつは自殺だったと報じるようになって。わたしが婚約を破棄したせいで、ジョージがひどい鬱状態に陥っていた、だから悪いのはわたしで、わたしが彼を死に追いやったと。しかも、念の入ったことに、わたしが直接でなくeメールで別れを告げたために、なおさら彼に深手を負わせたことになっているの」

「彼に別れを告げたんですか?」

彼女は首を振った。「まさか。わたしたちはとても幸せで、将来のことを考えていたのよ。彼はアメリカも好きで、一年のうち半分はこちらで暮らしてもいいと言ってくれていたし、世界じゅう色んな場所に赴任するのも、悪くないと思っていたわ。

でも、亡くなる前の二週間はひどくストレスのかかる状態だった。彼の長男にして跡継ぎのウィリアム・チャールズ——ビリーと呼ばれてるんだけど——のことでね。ジョージから聞いた話によると、ビリーは学校に通う年齢になってからずっと問題児だった。そしてジョージの手厚いサポートをもってしても、一年でオックスフォードから退学を言い渡されたの。それで家族とほぼ縁を切ったビリーは、ドイツに渡り、ハンブルクのイスラム教徒が多く住む地域で暮らし、やがてレバノン人の娘さんと知りあった。そして彼女が信じるイスラム教に改宗した。最初はジョージも規律正しい暮らしが息子を立ちなおらせるかもしれないと思ったようだし、実際、そういう面もあったみたい。でも、それではすまなかったの。ジョージはビリーのことを話したがらなかった。苦痛なんだと思って、わたしも無理やり聞きだすようなことはしなかったわ。

でもあれはジョージが亡くなる二週間前のことよ。イギリスのタブロイド各紙に大見出しが踊ったの。〝子爵の跡継ぎがテロリストに〟とか〝貴族院の議員、国賊《こくぞく》を育てる〟とか」彼女は皮肉っぽくほほ笑んだ。「わたしのことを調べたら、まっ先にそれが出てきたと思うのだけれど、ちがって？」

デイビスは黙ってうなずいた。

「シリアのどこかで撮られたビリーの写真も掲載された。ヒゲを生やし、現地の人と同じ恰好をして、カラシニコフを抱えた写真がね。どこからそんな写真が流出したか、わたしたちには見当もつかなかったけれど、写っているのがビリー本人であるのはまちがいない、とジョージは言ってた。

言うまでもなく、わたしたちにはこれが困惑の種になった。ジョージや彼の一族にとっても、その彼と婚約している米国大使のわたしにとっても。世間の興味を惹く話題だったから、わたしたちはマスコミの監視下に置かれた。でも、ふたりのあいだでは婚約破棄なんて話は出ていなかったのよ。そのあとジョージが亡くなり、偽のメールがマスコミに登場した。どうしてそんなことになったのか、わたしには謎でしかない。そしてそのすべてがジョージの自殺説を後押しして、そんなメールを彼に送ったわたしに責任をなすりつけるものだった。彼が苦境に立たされているときに、自分のキャリアを優先した女としてね。

知ってのとおり、デイビス、イギリスのタブロイド紙の悪質さは特筆ものよ。わたしがジョージを捨てて、パリで新しい恋人と会っているなんて記事まであったぐらい。たしかにジョージが亡くなったとき、わたしはパリにいたわ。でもそれはフランスのジャン＝マルク・エロー首相と会うためだった。

タブロイド紙に載った記事はもっとうんと淫靡《いんび》だったけれど。わたしはジョージの家族に話をした。わたしの話を聞いてくれる人にという意味だけれど。でも、わたしが婚約を破棄していないと言っても、彼らは信じてくれなかった。ひょっとしたら、ジョージの息子に関する情報を求めるマスコミに追われていたせいかもしれないわね。ビリーがなぜどうしてテロリストになり、そのことを彼らがどう思っているか。そういうことをよ。

タブロイド紙はわたしの夫のブランデージまで自殺だったことにしようとした。わたしが大統領の力を借りて、それを心臓発作ということにしたと」彼女は両手を握りしめていた。いまにも赤毛が燃えあがりそうだ。「信じられる？　わたしがブランデージを殺したと言うようなものよ。イギリス流のフェアプレイ精神が聞いてあきれるわ。歯止めもなにも、あったものじゃない。イギリスではいざこざを解消する方法がないの。誰かに罪があると決めたら、あとはひたすら標的にする。

当然ながら、合衆国政府はこうした事態に困惑した。大使館のスタッフも、イギリス人の友人の多くもよ。わたしは辞任を願い出たけれど、大統領は認めなかった。なにも悪いことをしていないのだから、踏んばれと。ペリーは誰かの喉を切り裂かんばかりに憤慨してる。でもわたしがボディーガードに守ってもらいながら、このきれいな自宅で待機しているのは、大統領から我慢しろと言われたからだけではないわ。それは理由の一部でしかない――」ふっつりと言葉が途切れた。

「ボディーガードはなにからあなたを守ってるんですか？　マスコミ？　いや、ちがうな、マスコミじゃない。マスコミぐらいならあなたが嚙み砕いて、フーリーがフェンスの外に投げ捨てれば、それですむ。降参です、ナタリー、なぜボディーガードがいるんです？　ぼくを呼んだ理由を教えてください」

彼女は言った。「さっきも言ったとおり、わたしはジョージ・マッカラムが自殺したとは思っていない。そう思う一番の理由は、わたし自身が何者かに命を狙われているという明白な事実があるからなの」

8

ナタリーはケント州にあるジョージの自宅に向かう途中、細い田舎道で殺されかかった話をした。そのときの夢を見て目覚めた直後だったので、記憶に新しかった。汗まみれで息を乱し、心臓をどくどくいわせながら、よみがえった恐怖に息が止まりそうだった。

「わたしのジャガーは、ナンシーというのだけれど、かなりの馬力があるの。でも、そのメルセデスにはかなわないことがわかった。向こうのほうが馬力があって、運転技術も上だった。そのとき二台の車が丘を越えて目の前に現れた。目撃者の登場よ。メルセデスはハンドルを切り返してUターンをすると、猛スピードでM2のほうへ走り去った。わたしは路肩に車を停めて、ハンドルにもたれた。二台の車を呼びとめて、なにか見なかったかどうか尋ねればよかったんだけど、そのときは思いつかなかった」

「で、そのあとどうしたんですか？」

「人心地がつくと、ホイットスタブルの警察署に出向き、巡査を連れて、現場に戻ったわ。タイヤの跡は――メルセデスのもわたしのも――残っていたけれど、あとはジャガーの後ろのフェンダーに傷があったぐらいだった。

その日の夜には、〝とんだ茶番。クロゴケグモ、謎の暗殺者から車で命を狙われたと主張〟という見出しを目にすることになったわ」

「黒のセダンを運転していた人物は見たんですか？」

「いいえ。さっきも言ったとおり、窓には黒いガラスが入っていたし、ナンバープレートには泥がなすりつけてあったの。わざとでしょうね」

「それで、そのあとは？」

「アーリスは英国政府と協議のうえで、わたしを本国に呼び戻した。彼らにしてみると、わたしは精神的に不安定か、あるいは悪くすると、彼らには解明できない策略の標的にされているかだった。いずれにせよ、国際的なスキャンダルになることを避けたいのはどちらも同じよ。もちろん、アーリスは、大統領ともどもわたしを信じているると言ってくれたけれど、わたしがイギリスにいたら危ないのは明らかだった。だから、帰ってこられてどんなに嬉しいか、言葉では言い表せないくらいよ。ここなら危険がない、危ない目に遭ったのはイギリスにいるときだけだし、ジョージに関係があると思っていたから」

デイビスはうなずいた。「息子さんの写真とeメール。そのあと彼が亡くなった。じゃあ、こんどはここ合衆国に戻ってなにがあったか、話してください」

「帰国して六日になるわ。仕事のやりとりは電話か、国務省でのミーティングとかね。とりあえずマスコミをかわしつつ、ここととロンドンの新聞に目を通し、アーリスと大統領が政治的にわたしを辞めさせる決断をするのを待っているところ」彼女はため息をつき、バックナー公園でジョギングをしたときの話をした。美しい夕暮れどきで、走っているあいだは考えごとをするのがつねだと。

「つまり、また車を使って、命を狙われたってことですね？」

「イギリスで狙われたときと似ていたわ。一瞬だめかと思ったんだけど、すんでのところで木の背後にある茂みの裏に転がりこめた。間一髪だったのよ。排気ガスのにおいが鼻につんとしたくらい」

「どんな車でしたか？」

「こんども黒の大型セダンで、こんどもナンバープレートが見えなかった。窓が黒いせいで運転手が見えなかったのも、何人乗っていたかわからないのも、以前と同じよ。

イギリスのときと同じ車だとは思わないけれど、同一人物が運転していた可能性は高いんじゃないかしら。二度も車でわたしの命を狙ったのよ。なぜ同じことをくり返すんだか」

「警察には通報したんですか？」

彼女は首を振った。「最初はそのつもりだったのよ。でも、警察からマスコミに話が漏れるかもしれない。わたしには証拠がない。証拠がない状態でまたマスコミに話が漏れたら、国務長官も大統領も、問答無用でわたしを辞めさせるしかなくなるかもしれない。それに、警察を呼んでなにを見つけてもらうの？　うまくハンドルをさばけなかった酔っぱらいが、怖くなって、全速力で逃げだした証拠？」

「それで、フーリーを雇ったんですね」

「そう。フーリーは元特殊部隊員よ。推薦されて、うちに来たの。彼には警察とＦＢＩと国務省になにがあったか話すべきだと言われたけど、わたしはアーリスとソーン――ギルバート大統領ね――にすら話していない。例外はフーリーと、フーリーを推薦してくれた元大統領護衛官のコニー・メンデスだけよ。それとあなたたね」

「ＦＢＩの長官をご存じですか？」

「ええ、面識はあるけれど、人柄や忠誠心のほどはわからない。でも、サリバン特別捜査官、あなたについてはどんな人物で、突発的な事柄や危険をどうさばくかを、この目で見て知っている。頼るべき相手は見きわめなければね。そしてＦＢＩには、あなた以外、知っている捜査官がいないの。あなたの上司のサビッチ捜査官に関する噂は聞いているにしろよ。これまでの経緯や、報道のされ方を考えたら、わたしの言うことをまともに信じてもらえるとは思えない。でも、昨日あんなことがあって、ひょっとしたらあなたならと思って」

デイビスは間髪を入れずに言った。「ぼくは信じます。ですが、上司のディロン・サビッチに会ってください。ぼくに話したとおりのことを彼にも話してもらいたいんです。ぼくを信じてもらえませんか、ナタリー。事態の解明に全力を尽くすと約束します。マスコミにもいっさい漏らしません。それに、サビッチにはジョージ・マッカラムと同様の才能がある。見えないなにかを察知したり、感じ取ったりできるらしいんです。おっかない気もしますが、味方につけたら百人力ですよ」

ナタリーは銀のポットから罪深いほど薫り高いコーヒーをデイビスのカップに注いだ。「直接の担当者にはあなたがなってくれると約束してもらえるかしら？」

「ぼくの一存では決められませんが、そうなるよう努力します」

「デイビス、聞いてちょうだい。あなたがあの瞬間、あのショッピングモールにいたこと、そしてああいう形でジタバタ男を片付けてくれたこと――わたしにとっては天の啓示のようなものよ」

おれが天の啓示？　デイビスは続けた。「あなたはジタバタ男を前にして、まったく怯んでいなかった」

「ジタバタ男が彼らの仲間ではなくて、ただの哀れな依存症者のひとりだとわかってからわね。それなら頭を殴ってやればいい。頭でなくてもいいんだけど」

彼らの仲間？　デイビスは黙したまま、彼女を見つめた。瞬きをして、うなずいたのは、ナタリーのほうだった。「わかったわ、あなたの上司と話してみましょう。でもその前に、わたしの頼みを聞くと約束して」

デイビスがいま相手にしているのは大使。交渉ごとには長けている。「ぼくにもハーレムを放棄させるおつもりですか？」

彼女が笑った。声を立てて。「今夜、国務長官の自宅で集まりがあるから、同行してもらえないかしら。わたしを呼んだのは団結を誇示するため、そして状況を見きわめる意味もあるんでしょう。アーリスとは人生の半分を友人として過ごしてきた。ここまで古い友情でなければ、とうにわたしを辞めさせて、表向きは残念がりながら、内心はいい厄介払いができたと思ったでしょうね。ところが、彼女はいまだにがんばろうとしてる。あなたにはエスコート役兼ボディーガードとして来てもらいたいんだけど」

なぜフーリーに頼まないのか？　いや、訊かずとも答えはわかっている。フーリーをそんな場所に連れていくのは、金魚鉢にサメを入れるようなもので、目立ちすぎる。見た目は建築物解体用の鉄球のようだし、ナタリー・ブラックを中心にその半径一メートル以内に入る人間なり物体なりがあれば、見境なく空母エンタープライズを配備しかねない男だ。

「ぼくは警護の訓練を受けていません」

「あなたの動きはこの目で見せてもらいました、サリバン捜査官。興奮したり激高したりすることなく、すべきことを淡々とこなして、余計なことはしなかった。もし襲ってくる人間がいても、あなたならさりげなくその場から排除してくれる」

デイビスはナタリーを好ましいと思った。おもしろい女性だ。こんな女性が痛めつけられていいのか？「バイク乗りの娘さんもごいっしょですか？　あのようすなら、あなたを守ってくれそうですが」

「外交ができないペリーに、あの場は無理よ。わたしを脅したり、意地の悪いことを言ったりする人がいたら、あの子が無情な笑みを浮かべて、血まみれで横たわる人の傍らに立ってるなんてことになりかねない。

でも、あの子も来るのよ。わたしとではなく、国務長官の息子と連れだって。アーリスがわたしを切りたくないもうひとつの理由は、それなの。そんなことになったら、息子のデイが怒りくるうから。デイとペリーはいっしょに育ったようなものよ。きょうだい同然だと思ってたんだけど、そうね、結婚の可能性も出てきてる。いえ、よくわからないんだけど。その話題になると、ペリーの口が固いもんだから」

デイビスはしばらく考えてから、彼女の要望を受け入れることにした。「わかりました。今夜はあなたのボディーガードになります。明日の朝一番でぼくの上司のディロン・サビッチに会うと約束していただけるなら。それでいいですか？」

彼女はさげすむような目つきでデイビスを見たが、彼も負けじと彼女を見返した。サビッチに会わせることさえできれば、ものの二分で考えを変えてもらえる自信がある。フーリーはサビッチのことをどう思うだろう？　まさかナタリーの若いツバメ扱いはしないだろうが。

「いいでしょう」彼女は立ちあがって、手を突きだした。

9

〈ワシントン・ポスト〉本社
ワシントンDC、NW15番通り1150
火曜日の午後遅く

ベネット・ジョン・ベネットはかつてはオハイオの果敢なラインバッカーだったが、スコーバレー・スキー場で行われたスノーボードの大会で膝を痛めてしまった。傷心の日々が半年ほど続いたのち、プロで競技できないのであれば、スポーツライターに活路を見いだそうと心を決めた。いまでは〈ワシントン・ポスト〉のスポーツ欄を仕切る編集者となり、自宅のリビングにはいずれもスポーツ番組にセットされた薄型テレビが四台あって、人並み外れて辛抱強いという美徳を持つ妻と暮らすという幸運に恵まれている。いまの地位が得られたのは、頭のよさと集中力、それに手持ちのカードを自由自在に扱うマジシャンのようにスタッフを使いこなす能力のおかげだ。

そのベネットがいま、周囲のスタッフを見まわして、口を開いた。「あることが持ちあがった。娯楽スポーツテレビ放送ネットワーク《ESPN》の報道を見たやつはいるか？ウォルト・ダーウェントのツイートに関してのもので、三十分ぐらい前のことだ。ああ、おまえは見ただろうな、ペリー。ほかのみんなのために紹介しておくと、こんな内容だった。『ティーボウはペイトリオッツに戻ってブラディの後継者となるのか？関係筋はイエスと言っている。ありそうな話だ』

さて、この時点でウォルトが知っているのは、関係筋がイエスと言っているという、一点だ。どういう意味だと思う？」

アロンゾ・ペトリ、通称アインシュタインが言った。「ＥＳＰＮの男子トイレにいて、たまたま小耳にはさんだんじゃないですか」アロンゾがアインシュタインと呼ばれるのには、ふたつの理由がある。野球に関して誰も知らないような雑学知識をしょっちゅう披露していること、そして感電したような髪形をしていることだ。

ベネットは言った。「その可能性も皆無じゃないが、たぶんもっと信頼できる人物からもたらされた情報だ。じゃなきゃウォルトだってそこまで無茶はしない。やつは引きつづき情報を漏らすぞ。注目を浴びて興奮してるはずだ。あらゆるスポーツライターとアナウンサーにあたって、ティーボウか彼の代理人かペイトリオッツのコーチ陣に接触するだろう。この話は誰かが完全否定するか、完全肯定するまで、おさまらない」

ベネットはもうひと渡りスタッフの面々を見てから、ペリーに視線を注いだ。「なあ、ペリー、スティーラーズのロッカールームにあるタオルがなにでできているかまで知ってるおまえが、この件を知らなかったのか？　どういうことだ？」

「すみません。でも、わたしの耳にはなにも届いてなくて」ペリーは言った。「ウォルトのツイートを見て、はじめて知りました。あなたから全員に召集がかかったとき、読んでました」

アインシュタインが言った。「ツイートするのは簡単だもんね。ウォルトのブログは人気が落ちてる。読者の興味を惹きたくて、花火を打ちあげたんだったりして。ペリーとぼくたちとで、もし事実なら裏を取るよ。ウォルト・ダーウェントがなにを言ったって、みんなそのうち忘れるだろうけど」

元ヒッピーにして世界的なサッカー通のロリータ・バルカスが言った。「それで、このあとどうすんの、アインシュタイン？　ペリーを連れて、外に出る？　彼に感謝して、いっしょに出なさいよ、ペリー。あんたのしくじりなんだから。これがメキシコのサッカーチームに関係することだったら、あたしはなにかしら情報をつかんでて、それをみずからツイートしてるわよ」

アインシュタインが鼻でせせら笑った。「だろうな、ロリータ。でも、メキシコのサッカーチームのことに関心を持つやつがどこにいるのさ？」

ロリータは太い白髪の三つ編みを揺すった。「あんたに言わせたら、あたしの読者を含む世界じゅうの大半の人は、ばかってことになるわね。もしあんたがあたしの言うことを聞いて、去年エスタディオ・アステカで行われた対メキシコ戦でアメリカのチームに賭けるだけのおつむがあれば、あたしたちみんなをディナーに招待できたんだろうに」

アインシュタインはお手上げの仕草をした。「はい、はい、あんたの話を聞かなかったぼくが悪うございました。でも、ぼくだってこの件に関してはペリーがへまをしたと思ってるんだけどね」

ベネットが言った。「彼女を責めるためにミーティングを開いたんじゃないぞ。そんなことをしてる時間がどこにある。ペリー、このおいしい情報をウォルトに提供したのは、誰だと思う？」

「カリー・マンソンの事務所の人間じゃないかしら」ペリーは答えてから、その人物を知らない人のために補足した。「ティーボウの代理人よ。二カ月ぐらい前にカリーがなにかでウォルトに借りを作ったという話を小耳にはさんだの。なんだか知らないけど、カリー側からウォルトにわざわざ電話をしてこの噂を流すだけのことだったんでしょうね。問題は事実かどうか。ペイトリオッツはブラディが引退したあと、その穴を埋められる存在として、ティーボウを呼び戻し、鍛えなおすつもりなのか？　わたしにはわからないけど、なにかおかしい感じがする。だって、事実なら、公式に発表すればいいことでしょう？」

ロリータが言った。「あたしにはティーボウの代理人とは思えないね。だってそうでしょう？　ヘッドコーチのベリチックはティーボウを呼び戻したがってて、その方向に動かすためにリークしたって可能性はあるけど」

「カリー・マンソンは自分の事務所がリーク元だとは、死ぬまで認めないだろうがな」ベネットは言った。「いや、死んでも認めない」

仕事に集中していれば、なにがしかの真実を察知できたかもしれない、とペリーは思った。だが母親の心配と、さらには母が神から遣わされた騎士《ナイト》扱いしているFBIの捜査官のことに気を取られて、ティーボウのペイトリオッツ復帰をめぐる噂を聞きのがした。そういう情報に敏感であることをみずからの仕事とし、生きる糧とし、それに誇りを持って取り組んできたというのに、中途半端なことをしてしまった。母の心配はしかたがないとしても、母を助けてくれたあの清潔感あふれるＦＢＩ捜査官のことにまで気を取られていたのは、いただけない。あの魅力たっぷりの下劣な捜査官に目がくらんでいなければ、ティーボウの件でアンテナの感度を上げていただろう。突拍子もない噂であればあるほど、事実であったときの衝撃が大きいというのが、スポーツライティング業界の基本原則だった。

「この件には全員で対処しないとね、ペリー」ロリータがいかにもヒッピーな太い三つ編みをもうひと揺すりした。「じゃないと、ESPNの番組が全部この話で持ちきりになって、キャスターたちが〈ポスト〉を軽視しかねない」

ベネットが言った。「ペリー、いまから二十分の猶予をやるから、この噂が事実かどうか調べて、百語で簡潔に報告しろ。一時間以内にオンライン版を更新して、明日の紙面にはより詳細な記事を載せるんだ。

いいか、みんな、一刻を争う事態だから、全員でコメント取りにあたってくれ。おもしろいコメントが取れれば、明日の記事に使える」

ペリーは一分とせずに携帯電話をかけていた。手はじめにかけたアシスタントコーチからは、案の定、はぐらかしにあった。ウォルト・ダーウェントも同じ、ほか数十人のスポーツライターも同様だった。

いっそトップに尋ねてみたらどうだろう？　ペリーはコーヒーにミルクを入れなが

ら、ペイトリオッツのオーナーであるロバート・クラフトに電話をかけた。クラフトも噂について知っているはずだ。チーム内のコーチはこぞってその話をしているだろうし、多くのスポーツ関係者から問い合わせの電話が入っていると思ってまちがいない。そして、賭けてもいい、クラフトはその誰とも話をしなかっただろう。だがひょっとしたら、マスコミが騒ぎまわってばかげた結論に飛びつかないよう、ペリーには打ち明けるのが得策だと思ってくれないともかぎらない。

クラフトが電話に出て、率直に話をしてくれたときは、ほっとした。これまでの経験上、ペリーなら妙なことをしないとわかってくれているからだ。もちろん、ペリーの父親と良好な関係にあったことも、マイナスには働いていない。クラフトはペリーのことを、まだ痩せっぽちの少女だった彼女がレッドスキンズの控え室にいるころから知っている。

クラフトがヘッドコーチのベリチックに話を通してくれるというので、きっちり六分待ってから、ベリチックに電話をかけた。電話に出たベリチックは、クラフトから答えを聞いているのに、それ以上、自分からなにを聞きたいのかと言った。そして、たったひとこと、ない、とのみ答えた。寡黙で知られるベリチックなので、驚くにはあたらない。言葉を尽くしたほうがいい場面でも、ひとことしか答えないことで有名な男なのだ。彼は制服のように着ているパーカーのなかに、なんでも抱えこむ。

ようやくティム・ティーボウの代理人であるカリー・マンソンに連絡がついたときには、記事をタイプしはじめていた。「どうも、カリー。あなたがどうして部下を使ってウォルトに話を漏らしたのか、やっとわかったわよ。ティムがペイトリオッツに呼び戻されるっていう、あの話だけど」

「なんのことかな、ブラック。わたしもわたしの部下も、そんな噂は流していない――」

ペリーは話の腰を折った。「やり方をまちがえたみたいね。あなたのしたことを知ったら、ティムが怒るでしょうから。だってカナディアン《C》・フットボール《F》・リーグ《L》の、なかでもトロント・アルゴノーツに彼を高く売りこむため、ペイトリオッツに戻るかもしれないという噂を流したんですものね。わたしが独自に取材したところによると、ティムは彼らと接触してる。今回のあなたのやり口を知ったら、あなたを切るかもしれない」

そこまで言うと、耳に心地よい反応が戻ってきた。「まさか、そんな！ わたしはそんなつもりじゃなかったんだ。だいたい、わたしが考えたことじゃな――」長い沈黙。マンソンの声が谷底に転がり落ちた。「ああ、ペリー、どうやって突きとめた？」

「〈トロント・スター〉紙のダミエン・コックスに話を聞いたのよ。カナダのフットボール業界通だし、あなたがティムをCFLにやるとしたら、最大のチーム以外はありえないと思ったから。だとしたら、アルゴノーツってことになる。いまのアルゴノーツにリーグ優勝へ導いたメンバーが何人残ってるの?」

「十五人だ」

「確認を取りたかったから、向こうのアシスタントコーチのひとりに電話してみたら、否定しなかったわ。あきらめるのね、カリー。あなたに電話したのは、これから七分以内にわたしのブログで真実を公表すると伝えるため。それから明日の〈ポスト〉のスポーツ欄にはすてきな見出しが載るわよ。あらかじめお知らせしとくわ」

ペリーはほくそ笑みながら電話を切った。

五分後には、書きあがった記事をベネットに見せた。「カリー・マンソンは肥だめにはまりそうです」ペリーはそう前置きして、自分が調べあげたことを伝えた。

「要は、トロント・アルゴノーツからさらなる金を引きだすため、マンソンがしかけたんだな?」

ペリーは肩をすくめた。「どうやら」

「よし、いいだろう、よくやった」ベネットはオフィスの壁にかかったテレビの画面に向かって、うなずきかけた。「リーグを〝飛び交って〟いる噂について、二分前にESPNが報じてたところだ。わかるだろう？　くり返し報じられて、何度も話題にされているうちに、実現する可能性が高まっていく。ばかなやつらだ」一分ほどかけてペリーの記事に目を通した。「いますぐネットにアップしろ。ツイッターでもフェイスブックでも流せよ。三分で広まる」

ペリーはドアに急いだ。

「ペリー？　母親のことで気もそぞろなときに起きたことなのは、わかってる。そんな状況でよくやった」

着替えのために帰宅したペリーは、達成感に包まれていた。カルディコット・ロードにある連邦スタイルの国務長官の自宅で開かれるパーティには、重要な人物が集まる。とはいえ、母を案ずる気持ちが恐怖として奥深い部分に巣くっていた。

ティーボウとトロント・アルゴノーツは契約を結ぶだろうか。ティーボウならカナダでも合衆国と同じように大物扱いされる、とダミエン・コックスは言っていた。ティーボウにとっていい結果になることを祈るばかりだ。フットボール・チャンネルの記者のひとりが言っていたのを思いだす。もし自分がコーチならティーボウを選手としてでなく、娘の婿に欲しい、と。いずれにせよ、いまもティーボウを愛するファンたちには、これで楽しみができた。ペリーが正しい道に引き戻したのだ。

伝説の競走馬シービスケットのように、どうかティーボウが有終の美を飾ってくれますように。

10

犯罪分析課《CAU》
火曜日の午後

ランチのときタコスを食べながらディロンに話せばよかった。けれど、話さなかった。正直に言おう、話せばひとりではトイレにも行かせてもらえないとわかっていたので、つい口をつぐんでしまった。けれどそれも頑丈な愛車のボルボを修理に出すまでのこと。今夜ショーンを寝かしつけ、落ち着いて静かに話せる時間ができたら、そのとき話す。シャーロックは本部ビルのガレージから車を出すと、おもねるような笑顔を浮かべながら小さく手を振ってＳＵＶ車と小型のフィアットのあいだに割りこませてもらった。午後の四時。潮が引くように連邦の公務員たちがビルを出ていく。通りには車の列ができ、歩道や横断歩道には人があふれている。またもや気温が急降下した。冷気に吐く息が白く見えた。

シャーロックはヒーターの温度を上げ、ジョージタウンのプロスペクト通りにある修理工場まで行った。愛するわが子を託すのはそこのオーナーである〝正直者《オネスト》〟・ボブ。彼のことは信頼しているので、連邦捜査官であることも打ち明けてあった。ここから自宅までは五百メートルもなく、いつもなら歩く距離だけれど、タクシーを呼びとめようと歩道をおりた。われながら情けないほど不安が強い。だが、五分待っても来なかったので、タクシーをあきらめた。かといって、暗い夜道を自宅まで徒歩で帰りたくない。アンクルホルスターに忍ばせていた小型のレディ・コルトをコートのポケットに移した。貸与されたばかりのグロックが腰のベルトにあるのに、ばかみたいだ。けれど、銃創がまだ治りきっていないのだから、神経質にもなろうというもの。自分に狙いを定めるライフルがまだ目にちらついている。どうかしている、とわれながら思う。いまいるのはジョージタウンで、通りには寒さに丸めた体をコートに包んで先を急ぐ人たちが大勢いる。誰もシャーロックを見ていないし、尾《つ》けてもいないし、殺そうともしていない。いまは三週間前とはちがうし、ここはサンフランシスコでもない。

ウィスコンシン・アベニューを渡って、O通りNWを急ぎながら、夕食のことを考えた。昨夜ディロンが作ってくれたナスのトマトグラタンがあるので、あれを温めてバゲットを添え、レタスとトマトのサラダにクルトンを加えるのを忘れないようにすればいい。ショーンはランチドレッシングをたっぷりかけたクルトン多めのサラダが大好きなのだ。三十分もあれば準備できるだろう。

ウィスコンシン・アベニューを少し離れると、とたんに人通りが少なくなった。シャーロックは足を速めた。寒さも風も厳しいけれど、ショーンとディロンがクリスマスにくれたきれいな革の手袋がぬくもりを与えてくれている。

シャーロックは自分に向けられた視線を感じた。二日前もジョージタウンにあるチャドのマーケットで感じたし、昨日の午後ディロンの妹のリリーがイーサンを出産したお祝いを買っていたときも感じた。それと同じ感覚、人から見られている気配を感じ取った。そう、自分だけを。さっとふり返った拍子に赤ん坊を抱いた若い母親にぶつかって、謝った。その場に佇み、ゆっくりとあたりを見まわした。ぼろぼろのバックパックを肩から提げたジョージタウン大学の学生がひとり。楽しげに会話するカップルが何組か。ティーカッププードルを散歩させる老人がひとり。誰もシャーロックなど気にしていないし、見ていない。すべて平常どおり。神経が過敏になってるんじゃないの？　さあ、気にしないで、うちまで無事にたどり着くわよ——おかしな心配はやめにして。

三三番通りを渡りだしたときだった。バイクの爆音を耳にしてふり返ると、カワサキのバイクが自分に突進してきた。ライダーは黒いウールのスカーフで口をおおい、念の入ったことにサングラスまでかけて顔を隠している。しかも手にした拳銃の銃口はシャーロックに向けられていた。

11

背後の女性が悲鳴をあげた。シャーロックがその女性を地面に押し倒しておおいかぶさったのと、男が発砲したのは同時だった。銃弾が歩道のコンクリートを削り取った。男までの距離はたかだか六メートルだが、さいわい向こうにはバイクの運転という仕事がある。シャーロックはグロックを抜き、立てつづけに撃った。男もさらに五発撃ってきた。回転式拳銃だ。だがつぎに男が引き金を引くと、なにも起こらなかった。男は拳銃をコートに戻し、バイクの向きを変えて、急発進した。と、シャーロックが放った最後の一発がバイクの前輪に命中した。バランスを失ったバイクは、鳴り響くクラクションと悲鳴をあげる人々のあいだを縫って通りを突っ切り、向かいの消火栓に衝突した。おかげですぐ近くにいた年配カップルは巻きこまれずにすんだ。そして襲撃者も、衝突する直前にバイクを飛びおり、地面に叩きつけられながらも立ちあがると、いきなり走りだした。

シャーロックが押し倒した女性は泣きながら立ちあがり、シャーロックの腕をつかんでわめいた。「なんなの！　わたしを撃とうとするなんて！　助かったのはあなたのおかげよ。みごとな一発だったわ。警官なの？」

「ええ、FBIよ。動くな！」シャーロックは女性の手を振りほどいて、男を追った。全速力で半ブロックも走ると、速度を落とし、かがんで両膝に手をついた。体を起こして、ゆっくりと周囲を見た。男の姿は見あたらない。さっきの女性のせいで貴重な時間を無駄にした。たいして敏捷な男ではなかったから、その街区に立ちならぶ一軒家の生け垣の背後にでも隠れていそうだが、こうなるともう探しようがない。シャーロックは駆け足でさっきの場所まで戻ると、壊れたオートバイの傍らにいた年配のカップルにうなずきかけ、しばらくどこへも行かないように大声で頼んだ。そしてさっきの女性のもとに走った。三十代で小柄な女性は体を抱えてがたがた震えていた。防寒着を着こんでいるのに震えているのは、寒さのせいではない。そう、恐怖のせいだ。シャーロック自身は走りまわったおかげで体がぬくもっているが、アドレナリンのレベルが下がりつつあるのを感じる。しばらくしたら、いやおうなく疲れが押し寄せてくる。

そしてあと十五分もすれば、日が落ちてまっ暗になる。

「だいじょうぶよ」彼女がいまにもぶっ倒れそうだったので、抱き寄せて、背中を撫でおろし、声のトーンを落とした。「もう心配いらない。行ってしまったから」

女性はすすり泣いたりうめいたりする合間に言った。「わたしを撃とうとした。殺されると思ったわ」ぶるっと震える。「誰だかわかってる――」声に力が戻り、激しさを増す。「ルーよ。あのろくでなしの元亭主。別れたら殺すって言われたの。でも、まさかと思ってた。前に殴られたんで、顔を思いきり殴り返してやった。すごくせいせいしたのよ。それで先週、家を出た。そしたら、本気だったのね。わたしを殺そうとするなんて」声が甲高くなってきた。このままだと手に負えなくなる。シャーロックは女性の両腕をさすりながら、くり返した。「いいえ、ルーじゃない。ルーはあなたを殺そうとしてない。バイクに乗っていた男は、わたしを狙ってたのよ」

「あなたがちょうどいてくれたから助かったけど、もしいなかったら――」女は息を喉に詰まらせて、黙りこんだ。

シャーロックは根気よく、くり返した。「聞いて、ミセス――」

「グローリーよ。グローリー・カドロー。で、あの恥知らずは――」

「いいえ、グローリー」シャーロックはあいだにたっぷり間を取って、ゆっくりと語りかけた。「あの男はあなたの元亭主じゃないわ。ルーがあなたを追ってきたわけじゃないの。何者だかわからないけれど、標的はわたしよ」

グローリーは口をあんぐり開けて、シャーロックを見た。どことなく、がっかりしているような？　いや、まさか。シャーロックは彼女のうっすらと赤らんだ冷たい顔にそっと触れた。「わたしを信じて。いいわね、じゃあ、教えてくれる、ミセス・カドロー。あのバイクに見覚えはある？」

「いいえ、見たことないわ」

「じゃあ、ルーのバイクじゃないのね？」

「わたしがいなくなったのを祝って、新しくバイクを買ったんだったりして。そういう人なの」

周囲には五、六人が集まってきて、質問をしたり、カワサキのバイクを見たりしていた。銃撃戦になったにもかかわらず、ケガ人がなくて運がよかった。シャーロックは911に電話し、冷静沈着な女性の通信指令係に状況を伝えた。そして携帯を切ると、警察に証言してもらいたいので残ってくれとまわりにいた全員に頼んだ。そういえばナタリー・ブラックが昨日の朝、まったく同じことをしていたと、デイビスから聞いたばかりだ。

不満げな声もあったものの、ありがたいことに、四人が残ってくれた。シャーロックはミセス・カドローから携帯の番号と住所を聞いた。彼女の家までわずか二ブロックだったので、大きなグラスに赤ワインを一杯飲むように指示し、いま一度、襲ってきたのはルーでないからと念を押して、家に帰した。

そして、いまだ通りの向かいで壊れたバイクを見ている年配のカップルに手を振ると、首都警察の車二台が角を曲がってきて急停車した。レスポンスタイム二分半とはたいしたものだ。シャーロックは身分証明書を提示して、警官のひとりに、年配のカップルが立ち去る前にふたりから話を聞いてくれと頼んだ。誰より犯人を間近で見ていたのが、そのふたりだからだ。「ふたりの記憶が新しいうちに、できるだけこまかにどんな男だったか聞きだして。わたしもなるべく早く合流するから」

「はい、はい、わかりました」若い警官が言った。「仕事のしかたを教えてもらって、ありがたいことです」

二台めのクラウン・ビクトリアにはベテラン警官ふたりが乗っていた。シャーロックは自己紹介をして、身分証明書を見せた。ニューバーグ巡査が目撃者に事情聴取しているあいだに、クルーニー巡査が近くにあるバイクに向かった。バイクは消火栓を取り囲むようにして転がり、潰れたエンジンから黒い煙がふた筋、螺旋《らせん》を描いて立ちのぼっていた。吐き気をもよおす焼けたゴムのにおいが冷たい外気に濃厚に漂っている。それにしても、消火栓が破裂しなくてよかった。あたり一帯が凍りつくほどの冷水で水浸しになっていただろう。

「バイクで悪さをしようとすると、こういうことになるんですよね」クルーニー巡査は言った。「あまり制御が利かないし、タイヤがやられると、倒れて投げだされちまう。逃げおおせた犯人は運がいいですよ。どんな拳銃を使ってたか、わかりますか？」

「六発撃ったから、たぶん回転式よ。撃ちおわるとコートに戻した」シャーロックは言った。「だから薬莢は残されていない。拳銃の造りだけど――一瞬のできごとだったから、印象だけど、わたしの脳が関知したのは新しいものではないという印象よ。大きくて、使いこまれた拳銃。たとえばコルト・ニューサービスみたいな拳銃、わたしたちの曾祖父が第二次世界大戦から持ち帰ったような拳銃よ。じゃなきゃ、壁に飾ってあるコルトM1917とか、コルト・オフィシャルポリスとか。アンティーク拳銃のショーかなにかで、手に入れたのかもしれないわ」シャーロックはため息をついた。「すべてがわたしの妄想で、捕まえてみたらただのベレッタだったという可能性もあるけれど」

クルーニー巡査から尋ねられるまま、シャーロックは犯人がキャメルのウールのコートを着ていたことを話した。顔をおおい、サングラスをかけていたことも。「年齢不詳。でも、バイクが消火栓に衝突したときの身のこなしは、なかなかのものだったわ」

クルーニー巡査は証言を書きとめた。「わかりました。これで広域緊急手配をかけます。この界隈はくまなく捜索しますが、お察しのとおり、まず見つからないでしょうね」

クルーニー巡査はバイクのナンバーを照会し、しばらくして言った。「このカワサキの持ち主はメリーランド州ファーロウ在住のドン・E・フサール。今日の朝早くに盗難届けが出されていました。この男に命を狙われる心当たりはありませんか、シャーロック捜査官？　厄介なことになりそうな事件を抱えてるとか？　たとえばドラッグがらみの組織犯罪とか」

「神に誓って、まったく心当たりがないわ」そして視線を感じたことをクルーニー巡査に話そうとしたとき、ポルシェのエンジン音が角を曲がり、三四番通りに入ってきた。あっという間のできごとだった。

シャーロックは笑顔になった。「夫よ。通信指令係が彼に連絡したみたいね」

クルーニー巡査もにやりとした。「サビッチ捜査官ですね？」

「ええ」

「そこらじゅうで噂になってますよ、あなた方ご夫婦の辣腕《らつわん》ぶりは」

サビッチはほぼ真向かいの縁石にポルシェをぴたりと停めるや、外に飛びだし、通りをこちらに走ってきた。シャーロックの前まで来て、妻の無事を確認すると、何度か大きく深呼吸した。ゆっくりと手を伸ばし、妻の頬に手を添えて観察した。

クルーニー巡査が言った。「たいした活躍だったんですよ、サビッチ捜査官。被疑者のバイクはご覧のありさまです」

サビッチは壊れたバイクを見た。

シャーロックは言った。「こちらは無事だったんだけど、もちろん、わたしも犯人を狙ったのよ。かろうじてタイヤに当たったわ」

サビッチは彼女の両腕をつかんだ。湿り気が手に触れて、心臓が跳ねあがった。見ると、シャーロックのコートの腕の肩近くが裂けている。サビッチは落ち着いた太い声で言った。「いや、やられてる」

シャーロックは腕を見おろすなり、なぜだか突然、激しい痛みを覚えた。「びっくりしちゃう。あなたから指摘されるまで感じてなかったのに、いまはずきずきする。やあね、またやっちゃった」

　サビッチは妻のコートをはいで、セーターから肩の部分を出した。銃弾が表面をかすっただけの擦り傷だった。縫合の必要もない。消毒して、小さな絆創膏を貼れば、それでいい。たいしたケガでないことを自分の目で確認しながらも、サビッチの心臓の鼓動は速くなり、神に感謝した。出血もすでに止まっている。セーターとコートを元に戻した。彼女の両手を握りしめながら、それでようやく人心地がついた。「なにごともなかった」ようやく言った。「無事だったんだな」

　彼がサンフランシスコでのことを思いだして恐怖に縮みあがっているのが、シャーロックにはわかった。自分が彼の立場なら、大騒ぎしているだろう。シャーロックはにっこりした。「ええ、そうよ、心配いらない。うちで手当できるわ。それにしても駆けつけるのが早かったわね、ディロン」

「通信指令係が連絡をくれた」

　クルーニー巡査は笑顔になった。「どちらです、サビッチ捜査官？」

「ジョディだ」

　巡査はうなずいた。「そうでしたか、捜査官。犯人から標的にされたと主張する女性がふたりいましてね。シャーロック捜査官がそのひとりです」

　サビッチはシャーロックを見つめた。寒さで鼻を赤くし、青白い顔をしていた。こ

んな目に遭ったからではなく、なにか別のもの、夫に打ち明けるべきことを黙ってい
た罪悪感のせいではないか？　サビッチは妻から顔をそむけ、破裂したタイヤを見た。
ゴムの焼けたにおいを嗅ぎつつ、穏やかに言った。「自分が狙われているとシャー
ロック捜査官が言ったのなら、それでまちがいない」

年配のカップルから話を聞いていた警官が走って通りを渡ってきた。「シャーロッ
ク捜査官、衝突したバイクから飛びおりた男のことをあの方たちに尋ねてみました。
それが、ちゃんと見てないそうで」

「でも、すぐ近くにいたのよ」シャーロックは言うなり、その場でふらついた。なん
という屈辱。

サビッチが言った。「きみたち、妻を自宅に連れて帰って傷口の手当をするんで、
実況検分と事情聴取は任せる。報告は明日聞かせてくれ。すぐに現場に駆けつけても
らって、感謝してる」

クルーニーはポルシェにうなずきかけた。「いい車ですね、サビッチ捜査官」

「どうも」

サビッチに連れられながら、シャーロックはふり返って叫んだ。「クルーニー巡査、
グローリー・カドローにはわたしが明日電話をして、納得させるから。カワサキにつ

いては、あなたからミスター・フサールに連絡してくれる？　ほぼ全損だって」

クルーニーはうなずいた。「あなた方がヨードチンキを塗ってバンドエイドを貼ってるあいだに、初動捜査はこちらでやっておきますよ。わかったことはご報告します。あなたからも明日証言をいただきますから」

サビッチはシャーロックをポルシェに押しこみ、シートベルトを留めた。エンジンがかかるより先にシャーロックは言った。「あの年配カップルだけど、トンプソンというのよ。住所もわかってるから、わたしたちが直接話を聞きましょう。どうして犯人を見てないなんて言ったのかしら。このままにはできないわ、ディロン。いますぐ対処しないと」

サッチはシャーロックを見て、ゆっくりとうなずいた。「わかった」内心は彼女をどなりつけ、コートの内側に隠しこみたかった。だが、そうはいかない。少なくともいまは。携帯を取りだした。「ガブリエラに電話して、少し遅れると伝える。少しだけ時間を延長してもらって、ナスをオーブンに入れてもらおう」

ナスね。すばらしい。シャーロックは笑いだした。

12

ナタリー・ブラックの自宅
火曜日の夜

デイビスは幅の広いしゃれた階段をおりてくるナタリー・ブラックを見あげた。黒のロングドレスをまとい、繊細なダイヤモンドのネックレスとブレスレットとイヤリングをつけていた。燃えたつような赤毛はシニヨンに結い、ダイヤモンドの髪飾りで留めてある。自分の世界を知り、そこに確固たる地位を築いた女性に特有の優雅さがあった。これがジタバタ男の腕に嚙みついて、顔を殴ったあの女性とは。

デイビスの腹心の友——グロック——は腰のベルトに留めつけ、しかもタキシードの仕立てがいいので、銃を携帯していることは誰にもわからない。それもこれも、タキシードぐらい仕立ててもらえとうるさく言ってくれた母のおかげだ。母はその一方で父の行きつけの仕立て屋に圧力をかけてくれた。アルマーニとはいかないものの、負けず劣らずのすばらしいできばえだ。デイビスは一カ月分の給料を差しだすことで、それらしい立場の人間に見えるという特権を手に入れた。そして、食物連鎖上、実際はどの程度の位置にいるかはさておき、今宵集まるのは最上位に近い人たちだった。これならフーリーも文句はあるまい。今夜のデイビスはクールそのもの。あつらえのタキシードの内側に拳銃を携帯し、同伴者はいまこちらに向かって歩いてくる美しい女性なのだから。デイビスはオフスプリングの「カム・アウト・アンド・プレイ」を口ずさんだ。笑みをたたえつつ、白黒模様の大きな大理石が敷きつめられたエントランスホールに進んだ。「あなたのことはなんとお呼びしたらいいですか?」

「ナタリーと。正直に言わせてもらうと、デイビス、みんなあなたのことをわたしの若いツバメだと思うでしょうね」

フーリーが大笑いした。腰抜けめ、とでも言いたげに、にたにたしている。デイビスは言った。「あなたにしなだれかかったほうがいいですか?」

笑い声をあげるナタリーの肩に、デイビスは黒いウールのケープをかけた。タキシードがみすぼらしく見えるほど、美しいケープだ。「たまに鬱屈したような目つきでわたしを見てくれたら、それでじゅうぶんよ」

デイビスはダイヤモンドのアクセサリー類を見た。「なにかあったら、その石が犠牲になるかもしれませんよ」

「あなたはレディからダイヤモンドを取りあげるような人ではないと信じててよ、デイビス」彼女はフーリーに向かってにっこりすると、玄関を出て、待機していた防弾仕様の黒いカスタム・リムジンに向かった。運転手はつるんとした顔をした若いプエルトリコ人で、表情のない顔に思慮深そうな黒い瞳をしていた。

「明かりをつけておいて、フーリー」ナタリーは背後の信頼する部下に告げた。「留守をよろしく」

うなずくフーリーはドアの開いた玄関に立ち、盛りあがった胸の前で腕を組むという、お得意のポーズを取っていた。

ナタリーは後部座席に腰かけると、バックミラーを介して運転手と目を合わせた。

「ルイス、こちらはサリバン特別捜査官。デイビス、こちらはルイス・アルバレス。ボディーガードであり、車の扱いもプロよ。ルイス、行き先はわかっているわね」

ルイスは抜け目のなさと図太さを感じさせる男だった。たぶん少年のころからだろう。サンファンだかLAだかの通りで悪さをしていたのかもしれない。デイビスはバックミラーを見て、ルイスと目を合わせた。こちらを見返したルイスは、うなずいて、透明なプライバシーシールドを閉じるボタンを押した。

「アルバレスはフーリーの紹介ですか？」

「ええ、公園での件のあとすぐに。まだコニー・メンデスにも会ってなかったわね。たとえば寝室なんか、男性に付き添ってもらいにくいときは、彼女に頼むの。フーリーによると、足の爪にマニキュアを塗りながらでも、トランプのカードからスペードのエースだけを打ち抜ける射撃の名手だそうよ。あなたも気に入ると思うわ」

彼女は警護のために、自腹で三人雇っている。申し分ない。デイビスは言った。

「それで、娘さんは国務長官の息子さんといっしょに来られるんですね？　真剣な交際かもしれないと」

「ええ、前にも言ったとおり、あの子たちはきょうだい同然に育ったの。ペリーが同伴者を必要としているとき、最後に頼るのは彼だし、逆もまたしかりよ。でも、それ以上の関係になっているのかもしれない。娘は話したがらないけど、そのうちわかるでしょ」

デイビスはゆっくりと話した。「彼女、変わってますね。あんな女性には会ったことないな。あなたに似てます」

ナタリーは小首をかしげた。「見た目はね。でも、性格は最初っから父親にそっくり。生後三カ月のときにはもう、彼の指を握って放さなかったのよ。

あの子が六歳になると、彼はレッドスキンズのホームゲームに連れていき、やがて国内のプロフットボールのスタジアムのすべてに出入りするようになったわ。彼が負傷した選手の治療をしているあいだ、あの子はロッカールームでその人たちの手を握っていたの。もちろん相手がいやがらなければだけれど、治療を受けているあいだのことだから、歓迎されることが多かったみたい。レシーバーの選手に助言したこともあったらしいわ。セイフティのいない外側にオプションルートを取るべきよ、でも、どちらにしてもパパがあなたのこと治してくれるわって」

車はクランスフォード・アベニューを走行中だった。デイビスは近くを走る車に目を光らせていた。「彼女の父親なら、今夜のゲームでも彼女をサイドラインに入れてやれたでしょうか？」

「ブランデージは伝説的なトレーナーで、NFLで高く評価されていたから、できたでしょうね。夫の説によると、ペリーが本気でフットボールに入れこんだのは、ハーフタイムでロッカーに引きあげるジョー・モンタナが笑顔で彼女にボールを投げたときらしいわ。ペリーはジョーから手招きされて、きれいにスパイラルのかかったパスを投げ返した。ジョーはそのときわずか数メートルの距離にいてくれたそうよ。あの子はコーチや選手に囲まれて育った。学校に行かなくていいときは、ミーティングにも出た。その場に忍びこんでも、止める人がいなかったのね。フットボールが血管を流れてるの。思春期になれば、女の子らしい関心事に取って代わられると思っていたわ。お化粧とか、男の子とかね。でも、ちっとも変わらなかった」

「彼女みたいな女性が奥さんなら、将来の亭主はフットボール天国に住めますね。彼女が作るワカモレはうまいんじゃないですか？」

ナタリーが笑った。「そのとおりよ。たとえスポーツライティングを生業にしていなくとも、ペリーなら選手やコーチと接触を保ちつづけたでしょうね。ドラフト前の有望な大学生選手にも目を光らせていて、誰を獲得すべきか、彼女なりの見解まであるのよ。それでいて、つねに出しゃばらず、コーチや選手や選手の奥さんに裏話をねだるようなことはしない。だからみんなに好かれて、家族の一員のように扱ってもらってるわ」

「今夜会う人たちのことを教えてください。それから、なぜ急にぼくを連れていく気になったのかも」

「びくつくことに、いやけが差したから。今夜のにぎやかなパーティにあなたを呼んだのは、あなたが客観性を保つべく訓練を受けた人だから。新鮮な目で状況を見て、耳をそばだてていてもらいたい。わたしが見落としてることがあるかもしれない。それに、わたしが守りを固めていることを周知徹底する意味もある」

「国政にかかわる今日の招待客のなかに犯人がいると、本気で思ってるんですか？」

彼女は肩をすくめた。「いまの段階では、ごく親しい友人以外、誰も排除しないのが得策でしょうね」ナタリーはデイビスの袖に触れた。「誰かがわたしの安いチキン料理に毒をもったり、ドレスの背中にカミソリを入れたりしないよう、目を光らせていてよ」

「青酸カリはお手軽ですからね。ですが、政治家が国務長官の自宅でチキン料理に青酸カリをもりますかね？　いくらなんでも無作法にすぎます」

ナタリーはほほ笑んだ。「いいことを教えてあげましょう、デイビス。政治家にはさまざまな顔があるけれど、確かなのは、利己的だってこと。いまの地位を守るためなら、どんなにいかがわしいことでもおかまいなしにするわ。政治家を見たら、毒殺で有名なルクレツィア・ボルジアの後継者と思うことね」ため息をつく。「時と場合によっては彼らは墓荒らしにもなるし、今夜はわたしたちのことを遠慮なく丸裸にするでしょう」

デイビスはナタリー側へ急速に近づいてくる黒いトラックを目にした。ミラーでルイスと目が合った。ルイスが速度を上げ、なにげなく車線を変更した。背後のトラックがそれに続く。デイビスはふたたびルイスと目を合わせて、うなずきかけた。

ルイスがアクセルを踏み、車線を変更して、モーラン・アベニューに入った。この通りは住宅が少なく、先に進むと倉庫街になる。

「どうかしたの？」

プライバシースクリーンが開いた。「ミセス・ブラック、黒いトラックの運転手です。妙に近づいてくるものですから」

ナタリーが身構えるなか、デイビスはグロックを抜いて、背後をふり向いた。速度を上げた黒いトラックが、大わらわで道を折れ、背後の運転手たちを縮みあがらせていた。

「ふり切ってしまわないようにして、ルイス。追いつかせるのよ。いいでしょう、デイビス、ふたりもボディーガードがついてるんだもの。わたしに危険が及ぶことはないんだから、あの運転手をつかまえられるかどうか、やってみましょう」

デイビスは彼女の顔を見て、うなずいた。「難なくナンバプレートが読めるところをみると、あのトラックは盗難車ですね。ナタリー、番号を書き留めてください」ナンバープレートの数字を読みあげた。

ルイスが言った。「この先、右折してハイ・リーフ通りに入ります。倉庫街で待ち伏せしやすいんで。あのいかれた野郎にひと泡吹かせてやりましょう。ミセス・ブラック、頭を伏せててもらえますか?」

彼女はわかったと答えたが、あてにならない、とデイビスは思った。

ルイスは気負いなくハイ・リーフ通りに折れ、アクセルを踏みこんだ。黒っぽい建物を三つ通りすぎたあと、駐車場に入って、表側に大きなアルミニウム製のアルファベットで〝ACEM Blinds〟とある建物の裏手にまわりこんだ。

ナタリーが窓を開けた。「わたしがひとりじゃないことは、わかってるでしょうに」

何者だか知らないが、よほどナタリー・ブラックを殺したいのだろう、とデイビスは思った。昨日とちがって、彼女からは、恐怖もパニックも感じられない。迎撃《げいげき》の準備はできている。それにしても、ナタリーの言うとおり、こちらがひとりでないのはわかっているはずなのに、トラックで追いかけてくるとは、あまりに無謀ではないか。

ルイスがライトを消した。デイビスもルイスも窓を開け、息をひそめて、ただ待った。

厚い黒雲が半月にかかっている。夜半には雨が降りだすだろう。

「デイビス」彼女はせわしげな小声で言った。「わたしの安全を確保するため、ここを離れるつもりね? だめよ。犯人をつかまえられるかどうか、やってみて。千載一遇のチャンスをのがす手はないわ。お願い」

民間人を危険にさらすのはまちがっているが、彼女は正しい。まったく同感だったデイビスは、うなずいて返した。彼女は守る。ちらっとルイスに目をやると、彼も腹を決めているのがわかった。

三人は静まり返った夜気を吸いながら待った。勤め人たちが帰路についたこの時間、あたりには人っ子ひとりいなかった。黒いトラックがゆっくりとやってきた。

ナタリーが叫んだ。「いまよ、ルイス！」

煌々《こうこう》とライトがつく。黒いトラックの運転手の視界を奪っておいて、リムジンの大きな車体が倉庫の背後から飛びだした。

デイビスは窓から身を乗りだすと、慎重に狙いを定めて、運転席側のフロントタイヤを撃った。トラックが悲鳴をあげ、タイヤのゴムがぺしゃんこになる。だが運転手は速度を落とそうとしなかった。

デイビスとルイスは撃ちつづけた。弾倉が空になるまで撃っても、標的の動きが不規則なために、決定打を加えられなかった。「マーローに戻っていくわ」ナタリーが叫んだ。

だが、そうではなかった。運転手は強引にハンドルを左に切り、三連になった倉庫の背後にある空っぽの駐車場にトラックを入れた。端に停まったトラックまで、二十メートルと離れていない。

トラックの運転席側のドアが開いているのを見て、ルイスはブレーキを踏んだ。静寂。ふいに底無しの静寂が訪れた。

ルイスはトラックの背後に車を進めた。男ふたりで用心しながら前の車に近づいた。ゴムの焼けるにおいと、金属の焦げたにおいが漂っている。トラックはもぬけの殻だった。

ふたりのすぐ背後にナタリーが来ていた。「逃げられたわね。これじゃ見つからないわ。まっ暗だし、倉庫が多いし」ルイスとデイビスにうなずきかけた。「でも、やれるだけのことはやったわ。ペリーがいなくてよかった。あの子がいたらリムジンからトラックの運転席に飛び移って、運転手を八つ裂きにしてたもの」

13

サビッチの自宅
ワシントンDC、ジョージタウン
火曜日の夜

ガブリエラが階下でショーンの面倒をみてくれているあいだに、サビッチはシャーロックの腕を洗い、うっすらとした傷口に化膿止めのクリームをたっぷり塗って、幅の広いバンドエイドを貼った。ほんの十分の手当だったが、息子と食卓を囲むためキッチンに戻ってみると、ショーンはその日、学校であった大事件に興奮しきりだった。ガブリエラには助けてもらえないことなんだよ、とショーンはささやき声で言った。ガブリエラには内緒のつもりでいるが、もちろん彼女にも聞こえている。ショーンによると、ある女の子と『ツボルグ惑星』というコンピュータゲームをしていて、女の子が操っていたミロ・ボーク警部をショーンが殴ったせいで、その子から肩を叩かれ、そのことに腹を立てたお隣のマーティ——ショーンのお嫁さん候補——がその子に飛びかかって、髪を引っぱったんだという。ショーンは言った。「サミーはそんなに強く叩いたわけじゃないんだよ。そりゃ、人に叩かれたら腹立つけど、父さんと母さんに言われてたから、ぼくは我慢したの。それなのにさ、サミーとマーティはどっちも相手に怒ってるんだ。そのうえ、ぼくにまで怒ってるんだよ、ひどいでしょう?」

十分後には、ショーンがマーティに、マーティがサミーに電話をかけおわっていた。三家とも、子どもたちの王国にふたたび平和が戻ったことを喜んでいた。

ショーンが携帯を父親に返すと、シャーロックは息子の顔にキスの雨を降らせ、続いて父親にショーンを渡した。ぎゅっと抱きしめられて悲鳴をあげたショーンは、父親の足元でアストロがしきりに吠えたりジャンプしたりするなか、けたけたと笑い転げた。シャーロックの腕はまったく痛まなかった。ついにナスのトマト焼きがオーブンから取りだされ、三人は夕食の席についた。

その日遅く、サビッチが三番まであるカントリーウェスタンを二曲歌い、それを子守歌にショーンが眠りにつくと、シャーロックはサビッチの手を取って、夫婦の寝室に導いた。

ふたりはベッドにならんで座った。シャーロックは前方を見つめて、言った。「はじまったのは二日前よ。あなたに話さなかったのは、ささやかすぎてばかみたい、ふだんとは少しちがうことが起きたとしか思っていなかったから」

「ささやかすぎてばかみたいっていうのは、具体的にはどういうことだったんだ？今日殺されかけたんだから、見込みちがいだったわけだろ？」サビッチは低い声で穏やかに話すよう心がけた。帰宅して数時間になるのに、まだそれがむずかしい。彼女の腕を見ていると、サンフランシスコで彼女が撃たれたときの凍りつくような恐怖がよみがえってくるのだ。まるで昨日のことのようにありありと。

こちらを見て黙っている彼女に、サビッチは言った。「おれはショーンのコンピュータゲームに癇癪を起こしたサミーとはちがう。なにがあったか話してくれ、スイートハート」

「わかった。二日前の昼過ぎよ。わたしはチャドのマーケットで野菜を買ってた。わかるでしょう、人の視線、誰かから見られてる感覚がどんなだか？　わたしはそれを感じたの。ふたつのレタスのうちどちらにするかで迷っているときに、人に見られているのをはっきり感じた。あたりを見たら、近くに十人ぐらい人がいたけど、わたしを気にしてる人はいなかった。肉屋さんのカウンターにときどきちょっかい出してくるおじさんがいて、わたしのことをバッジつきのいかしたお姉さんと呼ぶんだけど、その日は彼もいなかった。あのときは忘れてたけど。

つぎは昨日よ。M通りにある〈オリーブのベビー・ブティック〉までリリーの出産祝いを買いに行ったら、またもや視線を感じたの。見られているのをね。さすがに怖くなって、周囲を見まわした。女の人が四人いて、そのうち三人は赤ちゃんを抱いてた。それに赤ん坊用のブランケットを見ている老紳士がひとり、それだけだった。でもそのとき、表側の大きなガラスのウインドウの向こうに視界から消えかかっている肩が見えた。わたしは走って外に出たけど、肩の持ち主はもういなかった。気のせいだと思ったのよ、ディロン。でも、正直に言うと、誰かにストーキングされてるかもしれないとあなたに話すつもりだったの」

「だが実際は話さなかった。なぜだ？」

「なぜならサンフランシスコであんなことがあったあとだから、話せばクローゼットに閉じこめられて、トイレに行くときしか出してもらえないと思ったからよ。わたしの心のなかで天秤にかける時間が必要だったの、ディロン。それに、あなたに心配かけるだけの価値があるかどうかも。

これでわたしのクローゼット行きが決まりね。外にはウージーを持った見張りが立ちそう」シャーロックは彼が自分の手に指をからめてくるのを感じて、ふたりの手を見おろした。「ランチのとき、タコスを食べながら話そうと思ったのよ。でも、デイビスがナタリー・ブラックの同伴者として今夜の集まりに出かける話をはじめたから、あえて割りこむこともないと思って、今夜まで待つことにしたの。それがまちがいだったわ。

理解できないのは、なぜその人がわたしを監視するのをやめて、走行中のバイクから狙うことにしたかよ。ストーカーの域を超えてるし、そこまでエスカレートするには期間が短すぎる。つけてたのはたった二日よ。それで殺そうとする？」

サビッチは彼女を抱きしめた。「いや、ストーカーじゃない。きみを殺すつもりで下見をして、いざとなったらしくじった。プロじゃないってことだ。本部のあるフーバー・ビルディングの周辺できみを待ち、出てきたところをつけたんだろう。車の運転中は誰にも気づかなかったのか？」

「ええ。でも、リリーとサイモンのことを考えてたから。イーサンが元気に生まれてふたりが大喜びなこととか、リリーには幸せになる権利があるとか。だから人に尾けられているかどうかなんて気にしてなかった。当然よね？」

「相手は食料品店にいて、そのあとベビー用品店の外にいた。昨日までそうだったのに、今日になってきみを狙った理由を解明しないとな。しかも、まわりに大勢の人がいる場所でだ」

「ひょっとしたら、狙ってたチャンスが今日はじめて訪れたのかもしれないわね。修理工場からわたしをつけてて、これなら簡単に倒せると思ったのかも――よし、バイクで近くまで行って、撃ち倒してやろうってね」

サビッチは彼女の髪に顔をつけ、ゆっくりと呼吸して、心を鎮めた。耳元にささやいた。「で、きみが最近怒らせたのは？」

シャーロックはどっと笑って、体を引いた。「そうね、〈エスクァイア〉の脂ぎった弁護士、アレックス・ベネディクトとか？　彼の依頼人の悪党、トミー・コーエンにわたしがいやがらせをしたもんだから、わたしを首にさせてやると息巻いてたわ」

「鉄板トミーとその弁護士がきみに殺し屋を差し向けるとは思えない。仕事にさしつかえがあるし、もし雇うとしたら、きみを今日狙ったような半端者は使わない」

シャーロックは夫に体を預けて、肩に頬をつけた。「冗談よ。わたしもさんざん考えたけど、思いつかなくて。率直に言って、がっかりしたわ。ずいぶん長く特別捜査官の職にあるのに、命を狙われるほどの憎しみを買ってないなんてね。マリリン・ジョーンズはべつだけど、それもずいぶん前のことだし。敵になりそうな人物の心当たりぐらいあってもいいのに」

サビッチは彼女の憤慨ぶりがおかしくて、笑い声をあげた。

「それにトンプソン夫妻から、もっと詳しい話を聞けると思ってたんだけど。わたしからタイヤを撃たれた犯人は、ふたりのすぐ目の前でカワサキから飛びおりたのよ」シャーロックはまたもやため息をついた。「ふたりの前を駆け抜けたんだから、少しは目につくものがあっていいはずなのに。彼を見てないなんて、よく言うと思わない？　そんなことありうるのかしら？」

「どちらも九十近いんだぞ、シャーロック。ひとりは黄斑変性症だし、もうひとりは白内障をわずらってる。感じのいい老夫婦さ」サビッチはつけ加えた。「ふたりとも力になりたがってたが、ふたりの口ぶりだと、きみが発砲したことに気づいてたかどうかあやしいもんだ」

「わたしがもっとちゃんと見てればよかったのよね。さっきからずっと目に残ってる映像をよみがえらせてるんだけど、新しいことは出てこなくて。警官たちに証言したとおり、どちらかと言うと長身の痩せ形だったことぐらい。上等なキャメルのカーキ色のコートを着て、ブーツをはいてた。年齢不詳。サングラスをかけてたし、顔に布を巻いてたから。わたしに言えるのはそれがすべてよ」ここでまたもやため息が出た。

「鑑識がバイクから指紋を検出してくれるといいんだけど。神さまのご機嫌がよければ、DNAのサンプルを採取できるかも。そして運に恵まれれば、データベースで照合がつく」

「本部ビルの外と修理工場のあるプロスペクト通り沿いに設置されてる監視カメラをチェックしないとな。きみの見立てどおり、コルトM1917だとしたら、手軽に買えるとは思えない。そんな古い銃をどうやって手に入れたんだか」

「使い捨ての拳銃の買い方を知らなくて、おじいさんのを持ちだしたのかもね。あら、どこへ行くの？」

サビッチはふり返って妻を見おろした。彼女のナイトガウンの袖にバンドエイドのわずかなふくらみがあるのを見て、恐怖がぶり返した。「クローゼットの電球を明るいのに変えてくる。きみがなかで読書しても目が疲れないようにね」

14

国務長官の自宅
ワシントンDC
火曜日の夜

デイビスの見るところ、アーリス・ゴダード・アボットのふたりめの亭主は大酒飲みだった。だが考えてみると、フィラデルフィアの上流階級であるウォリングフォード一族のひとりであるブルクシー・ウォリングフォードになら弱小国家のひとつふたつは維持できるかもしれず、その点は軽視できない。それにしても、先代のウォリングフォードはなぜこんなばかげた名前をつけたのか。この夜、ブルクシーがグレンフィディックを飲みすぎて、女性にだらしなくなっているのは傍目にもわかった。とくにナタリーにはしきりに流し目をくれていた。彼女本人とそのダイヤモンドのどちらにだかは、デイビスにもわからなかったが。ブルクシーと、結婚前の名前を使いつづけている国務長官が結婚して、まだ一年にならない。そう教えてくれたのは、ナタリーだった。「公の場で何度かいっしょになったけど、いつも感じがよくて魅力的な人よ。結婚式のときは、まるで王子さまみたいだったんだから」彼女はアーリスからブルクシーへと視線を動かし、ため息をついた。「あんなに大酒飲みだなんて、アーリスも結婚するまで知らなかったんでしょうね」

デイビスは根っからの皮肉屋だった。「ビル・ゲイツ並みに大金持ちである彼とその一族にしてみたら、その罪を差し引いてもらえる程度のマイナス要因なんでしょう」

ナタリーは首を振った。「どうでもいいわ。わたしには関係ないもの」

来客の列にならんだふたりが、アーリス・アボットまでたどり着くと、彼女はナタリーの頬にキスをしてから、超然たる態度でデイビスに笑いかけて、しっかりと手を握った。長身にデザイナーブランドの黒いロングドレスをまとったアボットは優美な女性で、年恰好も美しい装いも、ナタリーと同じだった。まごうことなきクイーンとして、みずからの王国を統《す》べている。だが温かさと人に対する関心を感じさせるナタリーに対して、アボットのほうは、〝仕切ってるのはわたしよ、忘れないで〟というオーラを放っていた。職務をこなすうえで獲得した可能性もなくはないが、デイビスには、それが幼少期に端を発するものであるような気がした。彼女が人目につかないよう、補佐官のひとりに小さくうなずきかけるのを、デイビスは見のがさなかった。その若い補佐官がふたりめの夫であるウォリングフォードをこっそりと連れていく。おそらくはていのいい口実をつけて。これからどうするのだろう？　ウォリングフォードをパジャマに着替えさせて、寝かしつけるのか？

デイビスは強力な知性が自分に向けられるのを感じた。「ナタリーから聞いたけど、ＦＢＩの特別捜査官だそうね。ディロン・サビッチの部下ですって？　みんなが彼には一目置いていてよ。大統領もそのひとりだわ」

ひょっとすると、ついでにおれも一目置いてもらえるのか？　「そうです、マダム」

「ナタリーとはどうやっていい仲になったの？」

いい仲？　Ｋ通りのくすんだバーに出かけたら、彼女がひとりで飲んでたんで、それで声を――。「ぼくよりナタリーに訊いてもらったほうがいいですね、マダム。不要な関心から彼女を守るためと言ったらいいのでしょうか」デイビスはまっすぐ国務長官の顔を見て、ウォリングフォードには目をくれないようにした。補佐官と彼女の夫が押し問答をしているドアのほうを盗み見たのは、アボット国務長官のほうだ。ふらつくウォリングフォードに補佐官が小声で話しかけている。

ナタリーが言った。「アーリス、その話はあとで。そうそう、ペリーはデイと出席するといっていたけど」

アーリス・アボットは手入れの行き届いた白い手をナタリーの腕に置き、顔を寄せて、声を落とした。「あなたと話しあわなきゃならないことがあるわ。無用な憶測を呼ぶから、わたしのオフィスは避けて。近いうちに外で会えないかしら？　午後がいいんだけど」

ナタリーは声の調子を変えずに答えた。「もちろんよ。そうね、話しあわないと──この状況について」深呼吸をする彼女の顔は、国務長官の顔のすぐそばにあった。「今後どうすべきか、あなたの意見を聞かせてもらいたいの」

アーリス・アボットはうなずいて、デイビスに場慣れした笑みを投げると、こんどは喫煙者らしい皺のあるふっくらした年配女性にあいさつをした。コネチカット州の下院議員よ、とナタリーが耳打ちしてくれた。

ナタリーはグループからグループへと流れるように渡り歩いた。総勢三十人ほどの一流の男女の集まりで、いずれもナタリーと同じように宝飾品をつけて盛装していた。そしてデイビスはあることに気づいた。ナタリーが近づくと、半秒ほど会話が止まり、彼女に視線が集まるのだ。そのあとわれに返ったゲストたちは、なにごともなかったようにあいさつの言葉を口にする。デイビスは終始さわやかな笑顔で通した。みんな、国務長官がナタリーになにを話して、ふたりがこれからどうするつもりなのか、知りたくてうずうずしている。デイビスから見ると、この女性ふたりと合衆国の大統領とが大学時代以来の親友でなければ、いまもナタリーが大使の職にあるかどうかあやしいものだ。そして、部屋いっぱいの政治家たちが、最後にはナタリーが犠牲にされると信じて疑っていないのを感じ取った。

デイビスは彼女のすぐ後ろに立ち、近づいてくる全員に目を配った。もちろん、ワシントンにおいて情報はすなわち通貨だった。誰もが多くを手に入れたがっている反面、ナタリーに直接尋ねるほどの度胸や無礼さは持ちあわせていない。ナタリーは笑顔で会釈してまわった。ひそかな視線は取りあわず、美しいリズムを刻んで穏やかに話しつつ、相手が聞きたがっていることには触れない。イギリスでの〝できごと〟を持ちだして同情をあらわにする人もいるが、たくみな話術と魅力でその話題を回避した。ひとりの男性が亡くなり、ナタリーが殺されかかった現実を表すのに、〝できごと〟以外に言いようがないのだろうか。彼女の笑い声はときにかすれたが、内心は疑問に思ったとしても、それを表立って不思議がる人はいなかった。ひとところに留まることなく人の輪から輪へと移りつづける彼女の顔や口ぶりから、その名声と人生が危機に瀕していることを察することはむずかしかった。

慎重なナタリーは、新しいグループに移るたび、デイビスのことを〝友人〟と紹介した。デイビスを見るみんなの目については、彼女の言ったとおりだった。若いツバメ扱いされるのがどんなものか、想像したこともなかったので、新鮮な経験になった。しかも、この豪華なパーティの出席者のなかで、まだ二十代のトロフィーワイフ数人を除くと、デイビスは最年少だった。男たちのなかには、さげすむような目つきでデイビスを見るものもいた。品定めされているのがよくわかった。女たちも値踏みするように目を向けてきたが、彼女たちの関心はベッドでの善し悪しにあるのかもしれない。いずれにせよ、みな最後はナタリーを見た。追いつめられた哀れな女性。みな彼女のことを、中間選挙への影響を避けるため、そのうんと前に切り捨てられる、と思っているようだった。

さもありなん、ナタリーを含む誰にとっても気楽に話せる話題として、フットボールのこともよく出た。ある下院議員からは、ペリーがその日フットボール界を揺さぶった話を聞かされた。ティム・ティーボウに関する噂が飛び交うなか、彼女が事実を探りあてたのだという。

噂をすればなんとやら、直後にバイク娘が登場した。黒い革ジャンと黒いジーンズとブーツの代わりに、光沢のあるダークグリーンのロングドレスを着て、日に焼けた肩をさらしていた。どこであんなに日焼けしたのだろう？　茶色がかった豊かな赤毛は金色の髪留めでゆるやかにまとめ、たっぷりしたカールが肩に落ちていた。ぶら下がる形の黒いイヤリングがそのすてきな肩に触れそうだ。こうして見ると、母親と同じくらい背が高く、竹馬のような細いヒールの靴をはいていると、百八十センチ近い。そしてペリーに腕を貸している男が、国務長官の息子のデイ・アボットなのだろう。デイビスと同年配で、腕っぷしが強そうだった。大学でフットボールでもやっていたのかもしれない。胸板も肩も厚く、引き締まっていて、日焼けしている。がっちりとした、頑固そうな顎。黒い瞳はペリーの顔に据えられたまま、動かない。兄らしき態度とは言えない。なぜだかわからないが、デイ・アボットとはビールを飲みながらホッケーのゲームを観戦する仲になれそうになかった。ペリーが小さく手を振り、問いかけるように眉を吊りあげた。

今夜デイビスがボディーガード役を勤めることを、母親から聞いていないのだ。

ナタリーがそっとデイビスの腕に触れた。年配の紳士がせかせかと近づいてきて、おざなりに彼女を抱擁した。「デイビス、こちらは腹ちがいの兄のミルトン・ヒントン・ホームズよ」なんとも印象的な名前だ。「ミルトンはジェネラル・コートの上院議員でね。マサチューセッツのジェネラル・コートは、上院と下院の二院制なの」

ミルトンは手を差し伸べることなく、貴族的にうなずいてみせただけで、デイビスを相手にしなかった。デイビスは愛想よく言った。「ジェネラル・コートですか？聞いたことがありませんね」

ミルトンもそれを無視するほど無礼ではなかったが、ボストンのアクセントでそっけなく答えた。「だろうな。植民地時代から続く呼び名なのでね。州議会のことをわれわれはそう呼んでいる」

ミルトンの髪は緋色で、それに白髪が交じっていた。六十代の、威厳あふれる紳士であり、体形もそこそこ整っている。顎にたるみがないのは、腕のいい医者にリフトアップしてもらったからだろう。深刻な顔でひそひそとナタリーに話しかけている。デイビスを同伴したことで、ナタリーの評判に傷がつくのを心配しているのか？その可能性はあった。ミルトン老は唇を引き絞り、下々に対する軽蔑をあらわにこちらを見ている。若いツバメの多くは、こんな扱いをまぬがれないのだろう。

ゲストたちはホールの奥にあるダイニングに導かれていた。十人分の席がある大きな円卓が三つ置いてあり、白いテーブルリネンと銀器を煌《きら》めかす特殊な照明には、ゲストのダイヤモンドをも輝かせるという効果があった。デイビスはナタリーのために椅子を引いてから、その右側に腰かけた。ナタリーの左隣は、彼女よりさらにたくさんのダイヤモンドで着飾った豊かな胸の既婚婦人だった。この女性は、ナタリーが最近知りあった大物の連れあいで、党の重要な資金源になっているのはまちがいない。夫のほうは大仰な男で、ほんの短い沈黙も許すまじとばかりにすべて言葉で埋めては、しきりにナタリーを見ていた。妻のほうが満足げに黙っていたのは、身につけた大量のダイヤモンドが、彼女の代わりに存在を主張してくれているからだろう。ペリーは向かいにいた。その左が居心地の悪そうな統合幕僚本部の大将、右がデイ・アボットだった。だが、ペリーが何者か気づいた大将は、態度を一変させた。会話の主導権を握り、大好きなペイトリオッツのことばかりを話しはじめた。デイ・アボットはウイスキーをストレートでちびちびやっている。おもしろくなさそうではあるものの、こういう状況には慣れっこのようだ。

ナタリーにサラダが運ばれると、デイビスはさりげなく自分のサラダと交換した。上品にカットされた牛のヒレ肉に、絞りだしたとおぼしきポテトを添えたメインの皿についても、同じように交換した。続いてデザートとして、味見程度のごく少量のレモンタルトが出された。デイビスの行為に気がついているにしろいないにしろ、意見する人はおらず、デイビスの感触としては、誰も気づいていなかった。交換のしかたがうまいから、あるいは、みんな自分のことにしか関心がないからだ。レモンタルトをひと口食べて顔を上げると、ペリーが首をかしげてよこした。デイビスは笑みを返した。

夕食が終わるのを待って、国務長官閣下が席を立った。フォークでグラスを鳴らして、みなさんを驚かせることがあると告げた。これから一時間ほどダンスを楽しんでいただくわよ。夕食のカロリーを消費してもらわないと、と彼女はつけ加えて笑いを誘い、男性陣からはうめき声があがった。そうして一同が広いリビングに戻ると、家具調度を脇に寄せて、奥にしつらえられた演壇で小規模なバンドが待っていた。デイビスが聞いたことのないスローでゆったりとしたダンス音楽の演奏がはじまり、ほとんどのゲストがフロアに進みでた。デイビスは最初の一曲をナタリーと踊り、そのあと何分かは、彼女を見ている人たちを観察した。みんななにを期待しているんだろう？　衆人環視のなかでセックスでもはじめると思っているのか？

その曲が終わると、下院議長のハーバート・マクガフィンがそっとナタリーの腕に触れて、ダンスを申しこんだ。体重を支えるだけの上背があって、フランス貴族のように尊大な議長は、淡い色の地毛とマッチしたできのいいカツラをかぶっている。そのことを言挙げした人間はいないはずだ。どうやら議長はナタリーとなにかを言いあっているようだった。人目につかないよう控えめにではあるが、デイビスはふたりのようすを注視した。ナタリーが首を横に振り、議長が不満をあらわにする。曲が終わったとき、こんどは彼女の異母兄であるミルトンがふたりに近づいた。ナタリーは議長に笑顔を向け、笑い声とともにパートナーを交換し、そのあとしばらくがっかりしたようすの議長を目で追った。異母兄のミルトンはなにを言うだろう？　そのあとふたたびデイビスの番がまわってきた。

「あなたから情報を聞きだそうとしたんですね？」

彼女は笑った。「ええ、ふたりともとても優秀よ。でも、わたしにはかなわない。デイビス、今夜は惜しかったわね。もう少しで取り押さえられるところだったのに。敵が登場して、もう一歩だった」

「さっき電話がありましてね。黒いトラックの持ち主は、ベティ・ステフェンズという、メリーランド州ナンタケット在住の既婚女性でした。今朝早くに自宅ガレージから盗まれたという届けが出されていたそうです。指紋が残ってるといいんですが、まず出てこないでしょうね。あの歌はなんです？　のんびりしてて、セックス・ピストルとは大ちがいだな」

ナタリーは笑った。「ええ、むかしながらの、のどかでよどみのない曲よ。聴いたことないかしら？」

「ええ、ないですけど、踊りやすい曲ですね。楽に踊れる分、周囲のなげやりな人たちに目が配れます。ところで、下院議長はなんであんなに興奮してたんですか?」

「あら、見てたの? 目ざといわね、デイビス。彼は自分の選挙区に影響のある法案に対する大統領の姿勢が気に入らないの。それで、こんな状況ではあるけれど、わたしが大統領と親しいのを知ってるもんだから、翻意をうながしてくれと頼んできた。断ったわ」肩をすくめた。「あきらめるでしょ。最終的に大統領の後ろ盾がなければうまくいかないのは、彼にだってわかってるんだから。でも、彼の最大の願いは、党に傷がつかないようわたしが辞めることでしょうけど」

彼女は笑顔でデイビスを見あげた。「それで、誰かが毒をもる兆候はあった?」

15

デイビスはにやりとした。「いまのところありませんよ。ところで、お宅の娘さんがぼくに対して苦い顔をするのはなぜでしょう？　さっきまで笑顔だったのに」

ナタリーは娘のほうを見た。ミルトンと踊っている。「会場に流れている噂話を聞いたのよ。わたしもあの子たちといっしょに来るべきだったとさっきトイレで言われたわ。あなたを引っぱってきたことで、火に油を注いでるんですって。あなたがセクシーだから」

「ぼくがセクシーだって、彼女が言ったんですか？」

ナタリーは軽やかに笑った。「男って、ほんとにしょうもないわね。たぶんそう言ったんだと思うけど、そういう言い方じゃなかったかもしれない。年のせいで、わたしの聴力には問題があるの」

「ええ、そうでしょうね」

「あの子、わたしがあなたにタキシードを買い与えたと思ってるのよ」

「彼女は視力に問題があるようですね」

「この件に関しては、ないんじゃないかしら。そのタキシードは見るからにオーダーメイドだもの」

「ええ、父の仕立て屋で作れと母親に無理強いされました。太ったら撃ち殺すと母には言われてます」

「あなたにかぎって、そういう心配はないさそうだけど。ダンスもうまいわ、デイビス」

「恐れ入ります。あんな古い曲、聴いたことありません。なんという曲ですか？　で、彼女はぼくがセクシーだと思ってるんですよね？　冷たい飲み物でもどうかと、ぼくが彼女を自宅に招いたのを知ってますか？」

「あれは『ムーン・リバー』といって、長年愛されてきた曲よ。あの子があなたをセクシーだと思っているのは、昨日の朝の勇敢な行為のせいかもしれないわね。わたしがあなたには日常茶飯事でもあるかのように語ったものだから。とくに片手にスターバックスのカップ、もう一方に拳銃というくだりなんか、そういう印象だったはずよ。でも、まさにあなたの言うとおり、『ムーン・リバー』がジェームズ・テイラーの歌でないことは確か」彼女はにっこりした。

「ジェームス・テイラーって、石器時代にヒッピー風のバラードを歌ってた禿頭のおっさんのことですか？」

ナタリーは軽く彼の腕をこづいた。「ひどいこと言わないで。わたしは彼が大好きだったのよ、当時——石器時代じゃなくてね。彼はまだ現役だもの。『カリフォルニア・ウーバ・アレス』だって好きだけれど、スローなダンス曲もときにはいいものよ。がんばらなくていいし、なにかをふり落とす心配をしないでパートナーと話ができるでしょ。年を取るって、そういうことなの」

うちの母親と気が合いそうだ、とデイビスは思った。「それで、ミルトン老はどういった用件だったんですか？」

ナタリーがぷっと吹きだした。「あなたが年寄り呼ばわりしたのを知ったら、コンクリート製の靴を注文されるわよ。去年、顔のリフトアップをして若返ったって、本人は鼻高々なんだから。困ったことがあったら、いつでも支援する用意があると言われたわ」小さなため息が漏れた。「彼はたとえばわたしに選挙資金の援助を頼まなきゃならなかったりすると、ビクトリア朝のお芝居みたいに情緒的になるの。自分の資金のことは考えたくもないし、援助を求めるのもいやなのよね。お金のことで人に頭を下げるのがとにかく苦手みたい。本人も自覚してるわ」

「けれど、あなたになら頼める?」

彼女はデイビスの肩を指で小刻みに叩きはじめた。「まだよ。わたしが抱えている問題が彼にどの程度影響を及ぼす可能性があるか、見きわめたいんでしょう。わたしは両親と密に連絡を取りあってるんだけど、彼はわたしのことを聞きだしたくて、しょっちゅう両親を訪ねてるんですって。両親はお礼を言いつつ、ペースを崩さずに暮らしてる。父は八十五、母は八十手前なんだけど、どちらも健康ではつらつとしてるわ。ミルトンは気に入らないでしょうけど、資産の大半を所有しているのはふたりだから、手綱もふたりが握ってる。実際、ミルトンよりふたりのほうが強くて、有能よ」

ナタリーはまたもや彼の肩をつついた。「挙動不審な人はいなかった? 怒りに燃える目でわたしをにらむ人とか?」

「ぼくが見るかぎり、怒りと言うより強烈な好奇心と憶測です。そりゃそうですよ。あなたは環状高速道路内、最大のスキャンダルですから」

彼女はにやりとした。「あなたに関する憶測や視線なら大歓迎よ。いろいろあったから、あなたを同伴する理由になると思うかもしれないけど、その容姿ではね」

デイビスは言った。「グリフィン・ハマースミスに会ったことがないから、そんなことが言えるんですよ。最近CAUに入ったばかりの捜査官なんですけどね、彼が同じ部屋にいると、女性陣の目がぼくを素通りするんです。あなたとぼくのなれそめを何人かから訊かれました。地元のクラブで働いているのかと尋ねるご婦人までいました。

ペリーのほうはひと晩じゅう、フットボールに関する質問攻めにあってます。ディナーで隣りあわせた大将を筆頭にね。デイ・アボットは仏頂面をしてますよ。みんな、クォーターバックの現状や最近のケガの話ばかり、彼女とばかり話をして、アボットは蚊帳の外ですからね。自意識がそうとう傷ついてるんでしょう」

ナタリーはしばし黙りこんだ。「ブランデージという伝説的な人物がペリーの父親なわけだから、当然、あの子にはスポーツに関する質問が集まるでしょうね。デイは慣れるしかないわ。たしかにあなたの言うとおり、ペリーに注目が集まることにうんざりしているかもしれない。しかも念のいったことに、デイもスポーツには目がないのよ。おおかたの男性同様、ビールとナッツを片手にフットボール観戦できれば、それでご機嫌なの。でも学校は父親にならって、ウエストバージニア・スクール・オブ・マインズに進んだ。スポーツの名門校とは言えないから、母親にしてみたら期待外れだったみたいだけど」

デイビスは言った。「なんにしろ、あなたの娘さんとうまくやりたいんだったら、あれじゃまずいですね。ふてくされてないで会話に加わり、娘さんのことを専門家として認めないと」デイビスはダンスの流れのなかで、彼女の体を倒した。

体を起こして、ナタリーは笑った。「やるわね、デイビス」

こんどは彼女をくるくる回転させておいて、速度を落とした。「ペリーと国務長官閣下の息子は婚約しそうですか？」

ナタリーは口をつぐみ、彼の肩の上で指を小刻みに動かした。「言ったとおりよ。あの子はデイのことを話したがらない。あの子が十か十一で、彼が十五ぐらいだったかしら、ひどいののしりあいをしてたのが、いまだに忘れられないわ。そろそろ曲が終わるわよ。ほかの誰かに横取りされる前に、あの子にダンスを申しこんできたら？わたしは暖炉を背にして、あそこで待ってます」

デイビスはペリーにダンスを申しこみ、デイ・アボットに笑いかけた。デイビスの登場が不愉快らしく、むっとしている。ダース・ベイダーのライトセーバーがあればいいのにと思っているようだ。運のいいことに、こんどもスローなナンバーなので、黒いピンヒールのサンダルからのぞく指先を踏む心配をせずに、話ができる。いつしかデイビスも古い歌が好きになってきた。歌詞はまったく知らないし、曲もエレベーターでしか聴いたことがないけれど。

ペリーはのっけから言った。「母と料理の皿を交換してたわね」

「彼女のステーキのほうがうまそうだったんだ」

「ああ、そう。母と取引したんでしょう？　詮索好きな人たちを遠ざけるために？　マスコミとか？　そのことはいいの、なにも言わなくて、あとで母に尋ねるから。でも、あなたを巻きこまなきゃよかったのに。あなたが恋人説まで加わっちゃったわ」

「それがなにか？」では、ナタリーはパーティ会場に来る途上で黒いトラックに追われたことを話していないのか。デイビスはペリーに笑いかけたが、ペリーの顔は十センチと離れていない。「お父さんは背の高い人だったのかい？」

ペリーが体を引いた。「あら、わたしの父？　百八十センチぐらいだったかな。どうしてそんなことを？」

「そのピンヒールを脱ぐと、そうだな、百六十ぐらいか？」

「ばかじゃないの？　そんなことで、わたしがごまかされると思ってるの？」

「そのドレス、いいね。別嬪《べっぴん》さんだ。それって、この曲と同じで、一八九〇年代の言いまわし？　革ジャンとヘルメットと三つ編みがなかったんで、一瞬きみだとわからなかった。それに、おれのことセクシーだと思ってくれてるんだって？」

「どうしたらＦＢＩの捜査官がそんなタキシードを手に入れられるの？　貸衣装？

それともお父さんから借りてきた？」

よりによって、デイビスの携帯からラモーンズの「アイ・ウォナ・ビー・セデイテッド」が流れだした。周囲から視線が集まり、デイビスは急いでマナーモードにした。画面を確認すると、食品医薬品局《FDA》のシンディだったので、ボイスメールに切り替えた。画面を目にしたペリーは、彼の顔を見あげて、笑い声をあげた。

「彼女のひとり？」

「いいや、おばだよ」

「ええ、そうよね。いったい全体、なんで母はここに来るのにボディーガードなんか必要だと思ったのかしら？　母を道から突き落とそうとした車がいたのは、海の向こうのイギリスのことなのに」

そうか、ナタリーはバックナー公園の件も娘に話していないのか。

「そのあとなにかあったの？」彼女がぴたりと立ち止まった。その目にデイビスは恐怖を見た。「そうなのね。母はわたしになにを隠してるの？」

デイビスは彼女の体を倒し、取り落としそうになるふりをした。腕にしがみついてきた彼女の腰を支えた。「本人に訊いたら？　おれはたんなる若いツバメだから」

「体を起こして」

デイビスは彼女を抱き起こし、すばやく回転させた。「そうさ、ペリー、本人に訊いてみろよ」

「なに考えてるのかしら。わたしに隠しごとをするなんて。あなたとは知りあってまだ一日、わたしのことは生まれる前から知ってるのよ」

「言えてる。ただし、おれは銃の扱い方を心得てるからね」

「あら、わたしだって。それに、あなたの家だって知ってるわ」

ナタリーはどうして娘を蚊帳の外に置くのか？　ただでさえ怖がっている娘を、さらに苦しめたくないのかもしれない。だが、ペリーは子どもではない、れっきとした大人だ。デイビスは腹をくくった。「彼女はイギリスでの件についてはすべて、きみに話してる」

「ええ、そう、話してくれた。警察は母を信じず、イギリスのマスコミは母を嘘つき呼ばわりした。でも、母はわたしをイギリスに呼び寄せようとしなかった」

「先週の土曜日、きみのお母さんはバックナー公園をジョギング中に車で轢《ひ》かれそうになった。それを彼女は自分の意思で、きみに話さなかった」

「でも、あなたが話してる」

「きみも知っておくべきだと思うからさ。ただし、ペリー、この件は誰にも話しちゃいけない。デイ・アボットにもだ。きみのお母さんにはおれから話しておくから、すべて打ち明けてくれるはずだ。今夜ここへ来る途中の件を含めてね」

ペリーがデイビスの腕をつかんだ。「なにがあったの?」

「本人から聞いてくれ。おれ個人としては、知ってる人が多いほうがいいと思う。きみが思っているとおり、おれは彼女と取引した。今夜彼女を守る代わりに、彼女はおれの上司であるディロン・サビッチに一切合切を打ち明けることになってる。明日の朝、九時の約束だから、なんならきみも同席して質問をぶつけたらいい。この間、二度も命を狙われながら黙っていた件で母親を責めたてるなら、ふたりきりのときにしてくれ。どなりあいにつきあう趣味はないんでね。胃の調子がおかしくなる」

そのあとはふたりとも無言で踊った。ペリーは体をこわばらせ、呼吸も不安定だった。ようやく音楽が終わった。やさしく、やわらかな音色を余韻に残しながら。ペリーが言った。「サビッチ捜査官の噂は聞いている。ほんとに力になってくれそうな人なの?」

デイビスは彼女の手を握りしめた。「このタキシードにかけて誓うよ。心配いらない。おれたちがきっちり解決する」

16

ナタリー・ブラックの自宅
水曜日の午前中

ナタリー・ブラックの自宅に向かうサビッチとシャーロックは、警戒を怠らなかった。疑わしい尾行者は見あたらなかった。サビッチのGPSがリッジウッド・ロード二三一八番地に到着したことを告げる。目的地だ。

シャーロックは人のいない番小屋と背の高い石塀を眺めた。カメラつきのインターコムが傍らにあって、来訪者の運転席に向けられている。「あのカメラだけど、その気になれば避けられるわね。塀をよじのぼればいいのよ。ほかにもカメラがあるはず——あそこ、オークの枝の低い場所に設置してある。あれだと、レンズを汚すしかないけど、新品のぴかぴかだから、それだけであやしいのがわかるわ。今週設置したんでしょう」

サビッチはボタンを押して、自分とシャーロックの来訪を告げた。

男の低い声がスピーカーから流れてきた。「サビッチ捜査官、カメラに向かってIDを掲げてください」

サビッチが指示に従うと、すぐにゲートが内側に開いたので、ポルシェをなかに進めた。「すてきなお宅ね」シャーロックは言った。「あそこのオークの枝なんか、タイヤをかけるのにぴったり。ショーンが大喜びしそうだわ」

「どちらが速く回転できるかで、ショーンとマーティンが揉めるのが、目に浮かぶようだよ」そういえば、サビッチの自宅のカエデには低い枝がある。そろそろタイヤをかけてもいいかもしれない。

円弧状の私道を進んで、玄関の前で車を停めた。「ゲートで誰何《すいか》したやつがやってきたぞ」

フーリーは開いた玄関口に立ち、盛りあがった胸板の前で腕を組んで、近づくふたりをしげしげと見ていた。

彼はサビッチに言った。「あなたのことは知ってますよ、サビッチ捜査官。お連れの女性は？」

シャーロックは輝くばかりの笑顔になった。「彼の番人よ」手を差しだす。「ミスター・フーリーね。シャーロック捜査官です。彼が行くところには、つねに同行するのよ。それが雇用契約条件なの」

フーリーはじっとシャーロックを見てから、手を握った。「ミセス・ブラック以上に目立つ赤毛ですね。それにカールしてる」続いてサビッチに言った。「あなたに関してはいい評判を聞いてる。果たしてそれに見あった人かどうか」

「どんな評判だい？」サビッチは尋ねた。

「少なくとも、強圧的ではないのは確かよ」シャーロックが言った。「その点では金メダルをもらってるの」

フーリーは笑わないまでも、笑いたそうな顔になった。「有能だという評判ですよ。ジョージタウンの銀行強盗を取り押さえたことも、新聞で読みました。どうぞ。おたくの坊やとミセス・ブラックはサンルームです」しばし黙った。「ミセス・ブラックがあなた方に助けを求めることにして、よかった。よからぬことが起きてるのに、彼女を見守ってるのは三人だけですからね。きれいなマシンだ」彼はポルシェにうなずきかけた。

サビッチは言った。「ありがとう。デイビスを入れると、彼女を守るプロは四人だ。とはいえ、きみの言うとおり、対処方針を決めて、彼女への攻撃をやめさせないとな。こうしておれたちが介入できるのは、サリバン捜査官が彼女を説得したおかげだよ」

フーリーは釈然としない顔をしていた。延々と歩いた先にサンルームのドアがあった。「ミセス・ブラック、捜査官がふたりいらしてます。あなたと同じ赤毛の女性がシャーロック捜査官です。雇用契約上、番人として同行したとか」

デイビスは声をあげて笑った。

ナタリーは立ちあがり、まっすぐサビッチを見た。おそらく、人となりを推し量ろうとしているのだろう。人を見る目のある女性にちがいない。サビッチはそう思いながら、手を差しだした。「この間の事情はデイビスから聞きました、ミセス・ブラック。こちらはシャーロック捜査官です」

ふたりは握手を交わし、ナタリーはシャーロックに笑いかけた。「フーリーの言うとおりね。同じ赤毛だけれど、あなたのほうが艶《つや》がある」ため息をついた。「年を取ったものだわ」サビッチとシャーロックは慣習に従って、身分証明書を提示した。

デイビスから紹介されたペリーは、会釈して、じっとふたりを見た。

ナタリーが言った。「さあ、かけて。デイビスからクロワッサンを頼まれて、焼いておいたのよ。どうぞ、召しあがれ。あなたはお茶がお好きだそうね、サビッチ捜査官。それもストレートがいいと。アールグレイでいいかしら?」

サビッチはうなずいた。

ペリーが言った。「おふたりはパートナーなの？」

「あらゆる面で」デイビスが答えた。「ご夫婦なんです」

ペリーはあらためてサビッチを見た。浅黒い肌をした、骨の髄までタフそうな男性だが、顔立ちは繊細で、髪も瞳も黒に近い。女性のほうは長身で、黒いパンツにぱりっとした白いシャツ、それに黒いブーツをはいている。まるで妖精のようだ。美しい瞳に愛らしい笑顔を持った、赤毛の妖精のお姫さま。どこにも尖った部分がない。

「ご夫婦」ペリーはおうむ返しに言った。「夫婦でうまくやれるなんて考えられない」

ナタリーがクロワッサンを一同にまわすなか、三分にわたって夫婦で働く変則的な状況が話題になった。デイビスが最後に言った。「そろそろ本題に入りますか。あなたからうかがった話は残らずサビッチに伝えました、ナタリー。彼から質問があるはずです」

サビッチはティーカップを置いて、ナタリー・ブラック駐英大使を見た。「まず最初に、昨夜の件についてはざっくり概要を聞いています。誰が裏で糸を引いているか知りませんが、そこまでやるのは追いつめられている証拠でしょう。あなたを警護する人間が同乗しているのを知っていたわけですから。そして指紋を残していなかったことからして、うかつな人物ではありません。

わたしが興味深いと思うのは、その計画の周到さです。テロリストである息子の写真を新聞社に流しておいたうえで、ジョージ・マッカラムが自殺をし、そのあとその責任があたかもあなたにあるかのような噂が流れた。選挙における巧妙なネガティブ・キャンペーンのようだ。あなたがカンタベリーのA2で殺されかけたあとの動きには、なおさら驚かされる。あなたが虚偽の発言をしているかのように、つまり殺人未遂などではなく、ジョージ・マッカラムが自殺したことに対する責任のがれのため、世間の目をごまかそうとしているかのように報じられたんですからね。これもやはり、自然な流れというより、意図的に操作された印象があります。

犯人は不明ながら、ミセス・ブラック、彼らはただたんにあなたの評判を落として社会的に破滅させるだけでなく、あなたをこの世から抹消したがっている。同意していただけますか？」

ナタリーは手にしたナイフを白いテーブルクロスに軽く打ちつけ、うなずいた。

「骨の髄まで同意します。困ったことに、そんなことを願う人物は、思い浮かばないけれど」

サビッチは言った。「まずは基本となる事柄から。あなたの婚約者であったジョージ・マッカラムの死についてです」

「ジョージはeメールが偽物だと知っていました。だから自殺をする理由にはならないし、たとえわたしが別れを告げたとしても、自殺なんて選ばない。そういう人ではないのよ。彼は一瞬一瞬をいとおしんで人生を謳歌していた。たとえ痛みがもたらされているときでも。

じつはジョージは結腸ガンのサバイバーなの。もう六年になるわね。医師からはもうだいじょうぶだとお墨付きをもらったみたいだけど、本人は、化学療法から六年たっても、ダモクレスの剣よろしく、病のことがつねに頭の片隅にあって、口にする言葉の一語一語、行動のひとつひとつに影響を与えると言っていたわ。その過酷な経験を通じて変わり、日々を感謝するようになったと。彼は感謝を知っていたし、自分のことを恵まれた人間だと思っていた。それに大きな一族の当主としてみんなと親しく交わっていた。唯一の例外が息子だった。そんな人が自殺すると思う？　たとえなにがあったにしろ」

ペリーが言った。「ガンのこと、はじめて聞いたわ」

「内密になっていたから。知っているのは家族だけだったの」

サビッチが言った。「警察の報告書を読みました、ミセス・ブラック。物的証拠は脆弱です。事故地点にかぎると、少なくともドーバー・クリフは道から十メートル離れています。路面は平らで障害物がなく、制限速度を守っていれば無理なく停車するなり、車から飛びおりるなりできたはずです。だが、タイヤ痕からはブレーキをかけた形跡が見あたらない。まっすぐ崖に突進して、そのまま落下している。となると、居眠り運転か、薬や治療の影響で意識を失っていた可能性が考慮されたはずです」

「おっしゃるとおりよ、サビッチ捜査官。けれど、わたし自身が何者かに命を狙われてからは、誰かがジョージを気絶させて、ジャガーのギアを入れ、崖に向かって走らせたとしか考えられなくなった。全身傷だらけだったから、解剖の結果はあてにならない。頭に殴られた跡があったにしても、問題視されなかったでしょう」

シャーロックが言った。「お話の途中ですが、ミセス・ブラック。ジョージに婚約の破棄を伝えたというeメールですが、それはあなた個人のメールアカウントから送られていました。それにはあなたのユーザー名とパスワードが必要です。あなたが送っていないとしたら、いったい誰が？　あなたの個人情報を知っているのは、誰でしょう？」

「誰もよ——少なくとも、わたしが知るかぎり。当然ながら、すぐに変更しました」

「eメールには具体的になんと書いてあったんですか？」デイビスが尋ねた。

「送信済みフォルダを見たら、そこにあったのよ」彼女はスエットのポケットからたたんだ紙片を取りだして、文面を読みあげた。

親愛なるジョージ。あんな不快なことがあった以上、もはや結婚することはできません。わたしには立場があり、忠誠を尽くすべき対象がある。せめてもの慰めは、あなたを愛したことがないことよ。だからかえってこれでよかったのかもしれない。さようなら、ナタリー。

サビッチは言った。「これを送った人物は、ジョージがすぐにあなたに電話する可能性を考慮していた。だからeメールをマスコミに流しておけば、あなたの評判を傷つけることができると考えたのでしょう。ジョージの死には無関係かもしれないし、罪のない彼を殺してさらに追いつめるほどあなたを嫌っていたのかもしれない」

ペリーが真っ青な顔で言った。「母にその責めを負わせて、顔に泥を塗り、そのうえさらに殺そうとしたってこと?」

「ええ、どうやらそういうことのようよ」ナタリーは言った。娘を抱きしめて、力づけてやりたいが、いまはわが身すら力づけられない。

「ジョージは息子さんのウィリアムと連絡を取っていたんですか?」シャーロックが

尋ねた。

「お話ししたとおり、ジョージはビリーのことをわたしに話したがらなかったから、ふたりのあいだに意思の疎通があったかどうか、よくわからないの」

サビッチは言った。「ほかの家族は？　そのうちの誰かが、あなたが個人で使っているパスワードを手に入れる可能性はありませんか？　親族のなかに跳ねっ返り者がいるとか？」

「いいえ、それはないと思う。跳ねっ返り者？　よそのお宅と似たようなものよ。それに、たとえ可能だとしても、そんなに無慈悲なメールを家族の誰が書くというの？　彼を殺す理由のある人なんているかしら？　だからそうじゃなくて、ジョージはわたしを苦しめるために犠牲にされたのよ」彼女は拳でテーブルを叩き、皿のクロワッサンが跳んだ。目に涙を溜めている。

シャーロックは首を振った。「お金の問題ではなさそうですね。もっと個人的なこと。相手はあなたをたっぷり苦しめたうえで、殺そうとしている。そんなことを企てられるような原因に心覚えはありますか？　そこまであなたを嫌う人物に心当たりは？」

17

ナタリーはしばし考えこんだ。「自分がそこまで恨まれているなんて、どれだけの人が感じ取れるかしら。わたしを滅ぼそうとするほどの恨みなのよ。正直に言って、わたしにはひとりも思いつかない。外交局でも、政治的な背信や、ポストや報賞に対する嫉妬やねたみには事欠かない。でも、それはどの世界でも同じでしょう？　誰かがわたしのポストを狙っているかと問われたら、もちろん、駐英大使になりたい人は大勢いる。だからといって——」彼女は払いのけるように、手を振った。「こんなことをする？」娘を見た。「ペリー、あなたはわたしに腹を立ててる？　あなたのお父さんとサイドラインからフットボールの試合を見なかったという理由で？」

ペリーは答えた。「お母さんに対して腹を立ててるのは、バックナー公園での一件をわたしに内緒にしたことだけよ。昨日の夜デイビスに聞くまで知らなかった。それと、黒いトラックのことも」

ペリーは母親の手を取った。「わたし、怖くて。黒いトラックに追いかけられるなんて、恐ろしすぎる。敵はすぐそこで待ち伏せてた。どうしてすべてわたしに話してくれなかったの？　ううん、わかってる、わたしを守りたかったからよね。でも、お願いだから、これからは話して」

ナタリーはゆっくりとうなずいた。

シャーロックはナタリー・ブラックを見ていた。彼女の落ち着きや知性を好ましく思った。なにかと嫌な目に遭っているにもかかわらず、自分を律して取り乱さないでいる。ここにもひとりすばらしい人がいる。昨日のナタリー・ブラックがシャーロックと同じように拳銃を持っていたら、黒のセダンはカワサキのバイクと同じ運命にあっただろう。いつかこんな女性になりたい。シャーロックは同じ赤毛であることに不思議な縁を感じた。

ペリーが言う。「ジョージが亡くなったことだけど。敵がいて、その人に殺られたのかもしれない」

ナタリーが言った。「彼の死を願う人がいるとは思えない。少なくともマッカラム一族には。たくさんの家屋を所有する大きな一族で、ロッケンビーには維持費のかかる邸宅もある。だからジョージは決して羽振りがよかったわけじゃないの。ごく少数の大豪族もいまはむかしだし、ジョージの死によって税金も発生するわ。もしわたしがジョージと結婚していれば、わたしの財産の一部が彼らに渡ったし、それは彼らも承知していた。でも、ジョージが先立てば、わたしが彼の財産を相続することも、やはりわかっていたはずよ」

サビッチはゆっくりと言った。「その件にはあとでまた戻るとして。あなたご自身の家族について、お話しください」

「半分血のつながった兄のミルトンと、その家族だけよ」ナタリーは答えた。「もちろん、わたしの両親と」

「母が生まれるまではミルトンおじさまが跡継ぎ息子だったから、おじさまにしたら母は目の上のたんこぶなの。昨夜はパーティに出てたけど、お母さんのところには泊まってなかったわよね？」

「ええ。ホテルのほうがいいみたいよ。じつは月曜にも、突然うちにやってきてね。わたしの重荷を分け持ちたいと言ってたわ。でもそれを信じるほど、浅いつきあいじゃない。彼も、彼の奥さんも、わたしの両親も、わたしのことを心配してると言って、さも悲しそうな顔でわたしの背中を撫でるわ。そのときも、昨夜のパーティでも、わたしは報道された以上のことはなにひとつ話さなかった。

ペリーの言うとおり、兄にとってわたしはうっとうしい存在よ。実際、あの人が幸福だったことなど、ないんじゃないかしら。いつも自分の持ち分では足りず、持っている以上のものを使ってしまう。弱い人で、父親や継母であるわたしの母に金銭的にもたれかかってきた。でも、害はないと思ってたの。州政治の世界をうまく泳いでわたっているけれど、いまは国政に打って出たがっていて、それには資金がいる。ミルトンにはそこまで無理だと思うんだけど」ナタリーは言葉を切った。「彼にはほかの政治家と渡りあえるだけの気骨がない。政治の世界だけでなく、異母妹を殺すだけの気骨もね」

サビッチはアンティークの銀製ポットからお茶のお代わりをした。「ミルトンは結婚してるんですか？　お子さんは？」

「いるわ。二度めの州議会選挙で妻の信託財産を使い果たしたものだから、いつも両親にへいこらして取り入ってるのよ。

ミルトンにはアランというＭＢＡを持つ息子がいるんだけど、これがまた鈍感で想像力のない子で。父親譲りね。でも、父親とちがって気骨はある。三十五歳、既婚で、子どもがふたりいるわ」

デイビスは手についたクロワッサンのかけらを拭き取った。「ナタリー、もしあなか手に入れるんですか？」

「なにもよ。全財産をペリーが引き継ぐの」

シャーロックが言った。「もしペリーが亡くなるようなことがあったら、彼もなにが死んだら、ミルトンにはなにが渡るんですか？」

会話を中断させるに足る質問だった。

ペリーが答えた。「おもしろいことを言うのね。わたしは遺言状を書いていないから、明日死んだら、わたしのお金やらなんやらは母に渡るんだと思うけど。そしても し母が死んだら、それは祖父母のもとへ行く。ふたりには必要ないんだけれど。でももしミルトンおじさまがお金のために人を殺すとしたら、狙うのはわたしの祖父母よね？　お金の海で泳いでるような人たちだし、亡くなればおじさまに半分行くんでしょう、お母さん？」ペリーは言葉を切った。「考えるのもいやだけど」

ナタリーは咳払いをした。「ミルトンにもかなりのまとまった額が渡ると母から聞いているわ。でも、彼らの不動産はわたしが相続することになってるの」

思わぬ発言だった。サビッチは言った。「なぜです？　彼は長子で、息子ですよ」

「たぶん」ナタリーは答えた。「両親を失望させることが多すぎたのね。それに両親は不動産を一族のものとして後々まで遺したがってるから」

ペリーが言った。「母の言い方は上品すぎるわ。祖父母は不動産まで政治という名のネズミの巣穴に捨てたくないのよ」

サビッチは椅子の背にもたれて、お茶を飲んだ。シャーロックとともに辞去したときには、MAXに調べさせるべきことがわかっていた。

18

〈ワシントン・ポスト〉本社
水曜日の午後

ベネット・ジョン・ベネットはグラス越しに上目遣いでペリーを見た。「ロリータから聞いたぞ。きみのお母さんに関する噂で、大騒ぎらしいな。聞かせてもらえるか？」

自分のための覚え書き。ロリータを叩きのめすこと。ベネットは叩きのめしたくない。なぜなら、スポーツ以外のことにはまるで興味のない人だからだ。そんな彼におしゃべりロリータは、いったいなにを吹きこんだのやら。「大げさね、ロリータったら、どこでそんな話を仕入れてきたんだか。なんの問題もありません、ボス」

「真に受けていいのか？　まあ、いいことにするか。母親に関するごたごたで仕事に身が入らないと困ると思っただけだ」

「ご心配なく。わたしの脳はふたつに仕切られてて、フットボール脳には守秘義務が適用されてますから」

「いいか、ペリー、ロリータの言うことには一理ある。今朝のきみのブログを読んだが、ジョン・クレイトンを持ちあげる文言が多すぎる。彼のことを三語じゃなくて、三行も使って褒めあげてた。クレイトンがティーボウに関するきみのスクープによって報道が正常化したことを評価してくれたからというなら、それはそれでいい。ささやかな返礼は悪いことじゃない。だが、もしきみが調子を崩してそんな記事を書いたとしたら、見のがせない。いいか、トップを死守しろ。二大スクープ屋のシェフタートモーテンセンに出し抜かれるなよ。きみの記事にアラを見つけようと、鵜の目鷹の目で探りを入れてるはずだ」

クレイトンを褒めたのは、わたしを認めてくれたから？ そう、そうかもしれない。クレイトンはペリーの〝洞察力〟を褒めてくれた。すばらしい称賛だ。それで、クレイトンを褒め称えるのに三行も使ったの？ たちの悪いことに、その自覚がない。

「今後競争相手に対して三語以上の褒め言葉を使わないと約束します、ボス。今世紀が生んだ最高のスポーツライターだと褒められたとしても」

ベネットがうなった。「クレイトンがきみを持ちあげたと知って、ウォルトは怒り心頭だったらしいぞ。で、きみはいい気分だったんだろうが。きみのブログには広告以外になにか載ってるのか？　新しい記事とか、切り口とか。タイトエンドを担うべき選手にクォーターバックをやらせるんじゃ、今後トロント・アルゴノーツに勝ち目はないと予測してるやつもいるぞ」

「アルゴノーツのアシスタントコーチとメールのやりとりをしてますけど、ティーボウにぴったりのコーチを探しだすと言ってます。彼を鍛えなおして、もう一度空を飛ばせるんだと。要はやる気満々だってことです。ただ、知ってのとおり、彼はまだサインしてないんで、話でしかありません。その点は自明の事実として、ブログでは省きましたけど」

「無数にツイートされてるのにか？　自明だろうとなんだろうと、みんな新しい情報を求めている。もっと掘りさげて、手当たりしだいに訊いてまわれ。うかうかするな。きみには注目が集まってる。そのチャンスをものにするんだ。

ところで、ESPNからの申し出を受けるらしいな。日曜夜の番組で、パートタイムのキャスターをするんだって？　スポーツバーで信頼できる情報筋から聞いたぞ」

ペリーはかぶりを振った。「テレビですか？　わたしには全然興味がないって、ご存じですよね。わかってます？　女性キャスターはカメラ映りのために大変な苦労をしてるんですよ。しかもその日の天候にかかわらず、つねにサイドラインで待機してなきゃならないなんて、冗談じゃありません。それにわたしがキャスターをやったって、椅子の脚みたいに気が利かなくて、退場を言い渡されるのが関の山です。

ボス、母の話に戻りますけど。母がややこしい事態に巻きこまれているのは、事実です。ですが、仕事には影響が出ないようにします」

「わかってる、別々の脳でと言いたいんだよな？」続いてベネットは尋ねた。口のなかから言葉を引っぱりだしてくるような調子だった。「それで、その件に対処するのに少し休みを取るか？」

「いいえ、ボス、心配いりません。わたしは元気です」

「元気でいろよ。さもないと、一、二週間、アロンゾに署名記事を任せることになるかもしれないからな」

ペリーは見る間に青ざめた。「署名の下にあのアインシュタイン顔を載せるんですか？」

ベネットは大笑いした。「きみはファンの喜ばせ方を知ってる、ペリー。最近もわたしを喜ばせてくれたろう？　さあ、ここを出て、頭を切り換えて、わくわくする新しいネタをつかんでこい」

ペリーは敬礼して、回れ右をすると、自分のデスクに戻り、ローロデックスを回転させながら、買収するなり、脅すなり、おだてるなりできる相手を探した。

アロンゾのデスクの脇を通りすぎざま、彼から声をかけられた。「やあ、ペリー、男子トイレの落書きを見とけよ。最初はウォルトとかが書いた冗談だと思ったけど、笑い話じゃすまない内容でさ。見といたほうがいい」

男子トイレにわたしの落書き？　ここ〈ポスト〉でそんなことが？　たとえウォルトといえど、そこまで下劣なことをするだろうか。おまえのハーレーを盗んでメキシコまで逃げてやる、と脅されてはいるにしろ、ESPNで働くウォルトのことは、みんな知っている。この大きな部屋に現れればいやでも警報が鳴り響き、誰も彼もが消火器を持ちだすだろう。だから、ウォルトという線はありえない。アロンゾの顔には深刻な表情が浮かんでいたので、ペリーはその足で男子トイレに向かった。なかに、男性がひとりだけいた。犯罪記事を扱うポトウィンで、ありがたいことに、すでに用を足して、手を洗っていた。男性が手を洗っているのを見ると、ほっとする。ペリーは彼を無視して、小便器の列の上に赤いマジックペンで書かれた文字を見た。


つぎはおまえの番だ、ペリー。邪魔するな。

どういうことだろう？　脅しであることに疑いの余地はないが、なにの邪魔をするなと言うのだろう？　ティーボウの件だろうか？　いや、彼の件でそこまで気分を害する人間がいるとは思えないし、この落書きは、顔にビールを引っかけられたり、耳から扁桃腺《へんとうせん》を引っこ抜くと脅されるのとは、わけがちがう。もっと深刻な脅し――うなじの産毛が逆立つような。お母さんにかかわること？　だが、母に関することで男子トイレにこんな気持ちの悪い落書きを残すだろうか？

ポトウィンがペーパータオルで手を拭きながら、近づいてきた。落書きを見て、言った。「ここまでやってもらえるとは、よほどいけてる記事を書いたんだろうね。男の恨みは男子トイレに達する。よくやったな、ブラック」口笛を口ずさみながら歩きだしたが、ふと立ち止まって、ふり返った。「にしたって、妙な感じだな、ペリー。友だちが首都警察で刑事をしてるから、なんなら話してみようか？」

そういえば、三カ月前に彼から食事に誘われて、断ったのだった。「ありがとう、トミー。でも、自分でなんとかするわ」

彼は首をかしげた。「きみのお母さんのことだけど、ごたごたに巻きこまれて、お気の毒さま」小さく手を振って、出ていった。

あらためてひとりになって、落書きを凝視した、恐怖が襲ってきた。断じてティーボウがらみではない。

だが母の件にはあまり立ち入っていない。冷たい怒りが湧きあがってきて、なにかを殴りたくなったけれど、誰を殴ればいいのだろう？　誰かが母と距離を置かせたがっているのか？　たぶん、そうなのだろう。男子トイレの壁に書かれたこのばかげた落書きからして……だとしたら、その理由は？

そのとき携帯が鳴った。三十歳以下にはかならずふり向かれるむかしながらの着信音だ。

「やあ、ペリー。おれの上司がきみと話したがってる。今回はお母さんを交えずにきみだけと」

デイビスだった。「サビッチ捜査官がわたしになんの用なの？　知ってることは今朝すべて話したし、わたしは勤め人なのよ、デイビス。やらなきゃならない仕事があるの。電話をかけたり、スクープをものにしたり、署名記事を書いたりね。あなたとちがって、熾烈な世界に生きてるんだから。用事があるなら、わたしに電話するように言って」そう言ってから、彼に会わなければならないことに気づいた。

「ちょっと待って、そちらに行く。じつは信じられないようなことが起きたのよ」

それ以上は言わず、デイビスが息を呑んで、早口でまくし立てるのをいい気分で聞いた。「なにがあった？　だいじょうぶなのか？　おい、ペリー、なんなんだよ？」

「会ったとき話すわ」

彼が術中に落ちた。自分を脅かす落書きの文言が喉に詰まっているにもかかわらず、わずかに頰がゆるんだ。

「わかった。ＦＢＩ本部ビルまで来てくれ。三階にご存じＣＡＵがある」それだけ言うと、いまいましいことに電話は切れた。

ペリーは革のジャケットに包まれた肩を持ちあげ、携帯をポケットに戻した。そして自分とアロンゾのアシスタントを兼任するレオンに言った。「出かけてくるわ。一時間で戻るから」そう言い置いて、オフィスをあとにした。

四十五分後、ペリーはＦＢＩ本部の三階にいて、ＣＡＵのディロン・サビッチのオフィスの椅子に腰かけていた。

「――赤の太いマジックペンを使って活字体で書いてありました。書いてあったのは、それだけです。でもどうして〈ワシントン・ポスト〉のわたしの勤務するフロアまで来て、男子トイレの壁にそんなくだらない落書きをしなければならないの？」

サビッチは言った。「向こうは職場じゅうに広がるのを承知で、男子トイレに落書きしている。これならきみのデスクに近づくことなく、脅迫を届けられる。きみのお母さんがトラブルに巻きこまれていることは、スポーツセクションの全員が知ってるんだろう？」

「世界じゅうの人が知ってるんじゃないかしら」

「まさか」デイビスが言った。「世界じゅうの人が知ってるのは、ティーボウに関するきみの記事だ。きみのお母さんのことはステーキに添えた小さなポテトみたいなもんさ」そのあと打って変わって、深刻な調子になった。「気に入らないな。書かれた文言に不吉な響きがある」

ペリーが言った。「そうなの。すごく怖くなってしまって」

サビッチが言った。「指紋が採取できるかどうか、捜査官をやって調べさせよう。それと、ふだんとちがったことに誰か気づいていないかどうか、スタッフに聞きこみをする」

あらまあ。ベネットからなにを言われるやら。「上司をびっくりさせたくないんで、その前に彼に話を通してもらえますか？」

ペリーとサビッチはいっしょに電話をかけた。ベネットはこのときすでに男子トイレの壁に書かれた落書きのことを知っていたので、ＦＢＩがＮＷ１５番通りにある〈ポスト〉に向かっていると聞かされてもかっかせず、ペリーがかえって不安になるほど、冷静だった。

サビッチは立ちあがった。「ペリー、きみにはまだ尋ねたいことがあるが、それはあとでいい。いまは〈ポスト〉の落書きのほうが重要だ。きみは職場に戻って、FBIの捜査官と待機してくれ。いいね？」

19

サビッチとシャーロックとデイビスはＣＡＵの会議室で待っていた。サビッチはミッキー・マウスの腕時計を見おろした。「ニコラス・ドラモンドも来ることになってる――そろそろ来ないとまずいぞ。彼の元上司にあたるスコットランド・ヤードのヘイミッシュ・ペンダリー警視から九分後に電話が入るんだ」デイビスを見て、説明した。「ニコラスはクワンティコの訓練生でね。ペンダリーによると、なんとドラモンド家とマッカラム家は古い知りあいだそうだ。それで、ニコラスに力を貸してもらえるかもしれないと考えた」

シャーロックが言った。「ニコラスは時間を守るタイプよ。もう来る――」

シャーロックとサビッチは、大男が課内を大股で近づいてくるのを見て、揃って笑顔になった。青いシャツとカーキのズボン――クワンティコの制服だ――にボマージャケットを重ねてブーツをはき、会議室を囲むガラスの向こうからひたとサビッチを見据えている。デイビスには、彼が海賊のように見えた。威張った歩き方、浅黒い肌に黒い髪、黒っぽい瞳。現代人の外見の下に怒りっぽさがひそんでいる。なるほどね。男は意気揚々と会議室に入ってくると、笑顔を振りまき、握手をしてまわり、シャーロックを思いきりハグした。サビッチはデイビスに言った。「ニコラス・ドラモンド、FBI初のイギリス人だ。ニコラス、こちらはデイビス・サリバン捜査官」

ふたりは握手を交わした。デイビスは言った。「イギリス人なのにどうやって――」

「彼の母親がアメリカ人なのよ」シャーロックが答えた。

サビッチはニコラスをじっと見た。「いまだ歩いてるところをみると、訓練で揉まれたようだな」

ニコラスは背中をさすった。「ええ、多少は」

「座ってくれ、ニコラス」サビッチは顎で椅子を指し示した。

ニコラスはシャーロックの隣に腰かけた。「ご存じですか？　いまだクワンティコでは、アカデミー時代にあなたがホーガンズアレーでサビッチを倒したことが語り草になってるんですよ」

シャーロックはふり返って、夫を見た。「わたしの一番の思い出は、彼のパンツに裂け目をこしらえて、青いボクサーショーツを人目にさらしてやったことよ」

「そうだろうとも。おれが覚えてるのは、最後はきみがミセス・ショーのペチュニアの花壇に倒れたことだけどな」

「誰にも特別な思い出があるってことね」シャーロックはニコラスの腕に触れた。「クワンティコではうまくやれてる？」

「ご心配なく。いい人が多いですからね。ミセス・ショーは、ホーガンズアレーが作られたときからクワンティコにいると吹聴してて、みんなも信じかけてます」

デイビスが言った。「わかったぞ。きみだったよな、コーイヌール・ダイヤモンドを取り戻したのは？」

ニコラスはうなずいた。「前面に立ったのはニューヨーク支局のマイケル・ケーン捜査官でしたが。ここのサビッチとシャーロックみたいなもんですね。実際、ダイヤモンドの奪取にはたくさんの人がかかわっていました」

シャーロックは彼の淡々とした英国上流階級のアクセントに聞き惚れていた。こんなに美しい音なら、スパで着る大判のローブのようにその音にくるまれていたい。

ニコラスはデイビスを見た。同年配の彼の目のなかに、強力な知性を読み取った。

「噂に聞いたサリバン捜査官とは、あなたのことですか？」

デイビスは慎重な顔つきになった。「いや、ちがうと思うけど」

「武道の師範の寝室にそっと忍びこんで、ベッドの下に眠らせたおんどりを置いたと聞きましたよ。夜が明けて、目を覚ましたおんどりが鳴きはじめたときは、あやうく心臓が止まりかけたとか。ええ、おんどりのではなく、師範のです。あなたがそのサリバンでしょう？」

デイビスは間髪を入れずに答えた。「いや、おれとは無関係だ。アンカレッジ支局に送られた別のサリバンだよ」

サビッチはデイビスに説明した。「つい最近まで、ニコラスはスコットランド・ヤードにいて、ペンダリー警視が上司だったんだ。警視から電話が入ることになってるんだが――」携帯が鳴りだした。サビッチはスピーカーに切り替えた。「さあ、来たぞ」

「ペンダリー警視、お電話いただき、ありがとうございます。くり返しになりますが、あなたと組んで仕事ができて、光栄です。昨日お伝えしたとおり、ここワシントンにいる分、自分たちに可能な捜査手法はかぎられています。ブラック大使がつい最近こちらで襲われたにしろ、犯罪の主だった手がかりはそちらに捜査権があるイギリスにあります。そんなわけで、ご協力に大変感謝しています。あなたの助言どおり、ニコラス・ドラモンドにも加わってもらいます。いまスピーカーに切り替えていますが、ニコかまいませんか？」

「もちろんだとも、サビッチ捜査官」ニコラスにはなじみ深い、尊大な老人の声が流れてきた。「ニコラス、おまえのことだ、クワンティコでアメリカ人どもを相手にうまく立ちまわっているんだろうな」

「はい、女王陛下の顔に泥を塗らないよう、日々努力しております」

「よし、よし。さて、サビッチ捜査官、まずは、ロッケンビー子爵のジョージ・マッカラムの交通死亡事故に関する捜査を中心になって担当するのがスコットランド・ヤードであることを確認させてもらおう。子爵やブラック大使をめぐっていかなるスキャンダルが取り沙汰されていようとも、貴族が不審死を遂げて、それを軽く扱うわれわれではない。ブラック大使に訊いてもらえばわかるが、彼女が命を狙われたと警察に通報したときから、女王陛下の政府は、外交安全局のセキュリティサービスに加えて、彼女に特別警護をつけた。英国の地で米国大使が殺害されるようなことは、断じて許されない。それもあって、彼女が英国を離れるのを待ってふたたび襲われたのかもしれないが」短い沈黙。「両件の報告書にはわたし自身が目を通した。まずブラック大使からカンタベリー近郊で崖から車を突き落とされそうになったと報告があった事件についてだが、当然ながら、地元警察はこの件を深刻に受けとめたものの、事件に関係があったともなかったとも言えないごく一般的なタイヤ痕が残されていたのみで、証拠らしい証拠はなかった。そこでわたしは現場を再検分させるため、個人的に警部補を派遣した。だが、その警部補も証拠を見つけられず、その先はどうすることもできずにいる」

サビッチは言った。「事情は呑みこめました、サー。ジョージ・マッカラムの死についてどんな捜査が行われたのか、お話しください」

「知ってのとおり、警察ではその件を事故死と断定した。自殺という不名誉から家族を救うためだ。断定は解剖の結果を踏まえて下された。ブラック大使の命がふたたび合衆国で狙われたというそちらからの報告を受けて、いまこちらでも再捜査の作業に入り、もっとも優秀な部下ふたりを担当につけた。このふたりが家族、友人、仕事の関係者などからさらなる事情を聞きだし、最近やりとりされた書簡やeメール、死亡現場の再検分、解剖の鑑定結果の見なおしを行う。マニュアルどおりの手続きだよ、サビッチ捜査官」

「マッカラムを死に追いやったとされるeメールについては?」サビッチは尋ねた。

「それについては、興味深い進展があった。ミセス・ブラック個人のアカウントからロッケンビー子爵に送られたと噂されていたeメールだが、じつは、シャフツベリー・アベニューにある〈アガサ・クリスティ・サイバー・カフェ〉から送られていたことが判明した。ブラック大使のパスワードさえ知っていれば、誰にでも送れたということだ。セントラル・ロンドンには多数の監視カメラが設置されているんだが、日々数千という人々が行き来するうえに、探しだすべき人物の手がかりがないときている。そこでミセス・ブラックの写真と大使館のスタッフ全員の写真をカフェの店員に見せてみたが、写真を見て反応を示した店員はいなかった。どうやらここで行き止まりらしい」ペンダリーはいったん黙って、つけ加えた。「しかしながら、あのeメールがミセス・ブラック自身のラップトップから送られたものではなく、匿名の何者かがサイバー・カフェから送ったものだという事実によって、子爵の死は殺害であり、より大きな計画が進行中だという彼女の主張の信憑性が増した。かくして、マッカランの死亡事故に関しては今後も捜査を続けることになった。

さて、同じカフェからやはり匿名でそのeメールが〈サン〉のフレデリック・スティックルに転送されていた。ミセス・ブラックと子爵の婚約に関する記事のリンクまで添えてあった。子爵に関する記事を掲載した〈サン〉の記者に向かって、わざわざeメールに登場するジョージとナタリーを特定するかのように。

それと、〈ミラー〉のシャーロット・チュークスに送られたロッケンビー子爵の息子ウィリアム・チャールズの写真だが、あのいかにも聖戦の戦士といった恰好で武器を携帯した写真は、インクジェット・プリンターから出力されたカラーの出力紙だった。やはり抜け目のないやり方だと言わねばなるまい。デジタル・イメージだと、カメラやアップロードするのに使った業者やアカウントのタグ情報を含んでいる可能性がある。ミズ・チュークスには、ウィリアムの名前が登場する新聞記事とGPS座標、写真の日付をまとめた添付のメモも届いていた。写真はウィリアム・チャールズ・マッカラム本人だとわかる程度に鮮明だった。かくも扇情的な写真だ。偽物の疑いがあれば、中央刑事裁判所《オールドベイリー》送りにされる危険まで冒せないとチュークスは言っていた。子爵は否定しなかったそうだ」

「サー」ニコラスが声をあげた。「写真が撮影された正確な場所をご存じですか？」

「五、六週間前、シリアの反政府勢力が優勢なアレッポの北東部で撮影された写真だ。ウィリアムがイギリスのパスポートを用いて、ハンブルクからトルコのアンカラに渡ったことが確認できた。八カ月前のことだ。だが、そこで足取りが途絶え、いまになって写真が出てきた。おそらく、アサド政権打倒を掲げて戦う数百のヨーロッパ人に合流したのだろう。あとはアル＝ヌスラ戦線とかなんとか、過激な反政府組織ではなくて、民主的な連合政府の側についてくれていることを祈るばかりだ。だが、いまのシリアは混沌状態にあり、うちには現地でウィリアムを探しだすだけの資源も、そうすべき法的根拠もない。戦闘に加わっているのであれば、すでに死んでいる可能性もある。もはや死傷者数は天文学的な数字になっている。

こちらで把握しているのはこれですべてだ、サビッチ捜査官。新たな発見があれば、もちろんきみに知らせるし、きみのほうで情報を入手したときも、即座に共有してもらえるものと期待している」

「もちろんです、警視。非常に助かりました、サー、ありがとうございました」サビッチは言った。

「ドラモンド、ご家族にわたしがよろしく言っていたと伝えてくれ」

「承知しました、サー、ありがとうございます」

「きみたちアメリカ人に幸あれ」

ニコラスはにやにやしながら、サビッチが通話を切るのを見ていた。

サビッチは言った。「いまペンダリーにこちらからはほとんど提供できるものがないと言ったのは、残念ながら、事実なんだ。ニック、父親とまた話してくれたか？」

ニコラスはうなずいた。「はい、祖父とも。わたしの祖父と、のちのロッケンビー子爵であるエバラード・スチュワート・マッカラムは、イートンで学び、その後、戦争までオックスフォードに通いました。そのときから、両家は親しいんです。父も祖父も、ロッケンビー子爵であったジョージが息子のウィリアム・チャールズのことで悩んでいるのを知っていました。ウィリアムが数年前にオックスフォードを退学になったときからです。以来、ジョージは息子の話をしなくなり、父も、あえて訊かなかったと言っていました。傷口に塩を塗ることになるとわかっていたからです。

子爵がミセス・ブラックとの婚約を発表したときは、うちの家族もみな喜びました。父はもう彼女と懇意になっていました。内務省や大使の集まりなどでやりとりがあったからです。うちの家族はみんな彼女が大好きで、とくに母は、子爵の人生には彼女のような人こそ必要だといって、高く評価していました。

ミセス・ブラック自身はその自覚がないようだと父から聞かされたときは、意外に思ったものです。マッカラムが亡くなる一週間前に、父のもとに彼から助言を求める電話がありました。子爵は命にかかわる脅迫状を何通も受け取っていました。活字体で書かれ、消印はなかった。スペルミスがある、素人くさい脅迫状だったそうです。父はスコットランド・ヤードに通報するよう強く勧めましたが、子爵は忠告に従わなかった。ミセス・ブラックや家族の動揺を深めるのを避けたかったし、マスコミの注目を集めたくなかったからです」

デイビスは身を乗りだした。「じゃあ、ジョージ・マッカラムは脅迫状を放置したんだね？」

ニコラスはうなずいた。「そんなわけで、わたしの祖父はジョージ・マッカラムが死んだこととイギリスで大使の命が狙われたことには、関係があると考えています。ええ、彼女がA2で襲われた話も、微塵の疑いもなく信じています。自分の落ち度をごまかすために騒ぎを起こすような女性ではないから、と言っていました。祖父も父もジョージ・マッカラムの息子のウィリアム・チャールズが――ビリーと呼んでいますが――父親を殺したのではないかと疑っています。もしそうなら、彼は大嵐のまっただ中にいることになる。彼がそんなことをする動機は、父にも祖父にも見当がつきませんが、ジョージが殺されたとしたら、ほかに犯人になりそうな人物はひとりもいないそうです」

「父親殺しか」デイビスが言った。「もしウィリアム・チャールズが父親を殺したんだとすると、その責めをミセス・ブラックになすりつけようとするのは、どうしてかな？　聖戦の戦士なら自分がやったと名乗りそうなもんだろ？　それに、そのあと彼女にまで攻撃の手を伸ばすのは、どういうわけだろう？」

ニコラスは黙りこんだまま、指でペンをもてあそんでいた。「それはわたしにもわかりませんね。わたしがビリーと行き来があったのは、どちらもティーンエイジャーのときです。当時はその年ごろの子らしく自分のことで手いっぱいだったにしろ、彼が家族とうまくいっていなくて、家族のふるまいや意見を軽蔑しているのはわかりました。むすっとして、不幸せな少年でした。子爵はそんな息子を一族の集まりに引き入れたがっていましたが、彼はいっさい拒否していた。ですが、わたし自身、十代の少年だったので、たいして注意を払っていなかったんですが」

シャーロックは言った。「彼が若いころ、テロリストのグループに興味を示したことはない？」

「わたしの記憶にあるかぎりは、ないですね。ですが、正直に言って、オックスフォードに進学する前の彼に会ったのは五、六度だし、大学を退学になると、イギリスを離れてしまったんで。でも、まともなやつでしたよ。

わたしの知っているビリーは、不幸そうではあったけれど、父親殺しに走るようなタイプじゃなかった」ニコラスは肩をすくめた。「これは父親と祖父の意見の受け売りですが」

シャーロックの携帯が振動したのだろう。彼女はポケットから携帯を取りだして、画面を見た。一瞬、困惑に眉をひそめ、立ちあがると、会議室を出た。デイビスが目でその姿を追うと、彼女は別の捜査官のデスクで立ち止まって話しかけてから、大部屋を出ていった。見ると、サビッチも妻の姿を目で追っていた。

なんなんだ？

サビッチは言った。「きみの父上は物事の中心におられる。捜査のため、今後も連絡を絶やさないようにしてくれ、ニコラス」

「それはもう」ニコラスは腕時計を見た。「四十九分以内にクワンティコに戻らないと、ホーガンズアレーの独房にぶちこまれます」立ちあがって、デイビスと握手を交わし、サビッチにうなずきかけた。「わたしでお役に立てることがありましたら、電話してください。スコットランド・ヤードとも連絡を取りあいます」

「忘れるなよ、ニコラス」サビッチは言った。「金曜の夜はうちに夕食に来てくれ」

「あなたの作るラザニアはワシントン一だそうですね。ドクター・ヒックスから聞きました」

「飼い犬のアストロは、まちがいなくそう思ってるよ。食べ物のこととなると、犬は嘘をつかない。きみ自身の舌で判断してくれ」

デスクに戻ったデイビスは、シャーロックがふたたびサビッチのオフィスに入り、彼と顔を突きあわせて話すのを見た。サビッチの顔には、いままで見たことのない表情が浮かんでいる。ナタリー・ブラックのことではないようだ。じゃあ、なんなのか？　そこでデイビスはCAUで一番の新顔捜査官、サンフランシスコ支局から異動になったグリフィン・ハマースミスに目をやって、サビッチとシャーロックのほうにうなずきかけた。「なにが起きてるか、知ってるか、グリフィン？」

「いえ、まったく。なにを興奮してるのかと思って見てたとこです」

よし、とデイビスは思った。自分だけが風になびく木の葉のようによるべない状態なのではないということだ。「これから出かけてくる。なにがあったのか、探ってみてくれ」デイビスはジャケットの袖に腕を通して、ペリーの待つ〈ポスト〉へと向かった。

20

ブレシッド・バックマン。彼女には、およそ信じたくない事実だった。否定したがっている部分が心の奥深くに残っている。彼の名前によって、一年半前に起きた尋常ならざるできごとがありありとよみがえった。

まだ幼い娘のオータムを守るため、母親であるジョアンナがブレシッドを撃った――本人は撃ったつもりだった――夜のことを思い返した。ジョアンナによると、部屋が回転し、最後には吐き気がしてきて、体の自由が利かなくなった。世界が停止した、という言い方を彼女はしていた。頭のなかの思考も、もはや自分のものではなく、残されたのは前に立つブレシッドだけだった。黒い瞳が指のように心の奥まで潜りこんできて、彼女の存在の核をつかんだ。どんなにわが子を守りたかろうが、虫酸が走るほどブレシッドを嫌っていようが、どうすることもできなかった。身動きできないまま、彼の瞳に見入られていた。その状態は、サビッチが現れてブレシッドを撃つまで続いた。

それがブレシッドの持つ驚嘆すべき才能であり、その才能ゆえにやがては彼と彼の家族の全員が破滅へと追いやられ、挙げ句、錯乱したシェパード・バックマンはアトランタにある州立の精神療養所へ、ブレシッドは同じ施設の治療病棟へと送られて、深い昏睡状態にあった。ブレシッドが生き延びたこと自体が驚きだった。

シャーロックは窓に近づき、冷え冷えとした日差しを浴びる官公庁の建物を見た。屹立するワシントン記念碑も見えている。いつもなら見るたび誇らしくなるのに、今日はそれも感じなかった。気がつくと、自分を抱きしめるようにして震えていた。体の内側も外側も冷えている。と、ディロンが大きな手で腕を上下に撫でてくれた。寒さがやわらぎはしたが、消えることはなかった。

彼の呼気の温かさが頰に触れた。「どういう経緯でそうなったのか、聞かせてくれ」

穏やかな声だけれど、それにごまかされるシャーロックではない。回れ右をして、彼と向きあった。「相手はブレシッド・バックマンよ」

「つまり、昏睡状態を脱したんだな」口に出していうのも、いまわしい。言えば現実になる。信じるのはいやだが、サビッチに選択肢はなかった。ゆっくりと質問を重ねた。「いつ?」

「一週間以上前！　病院の管理者がこちらに連絡してくるのに、それだけの時間がかかったってこと」

「わかった。遅れを取り戻さないとな。なにがあったか聞かせてくれ」

「わたしが話したネルソン医師は、ブレシッドが完全に意識を取り戻したとき、病院のスタッフは驚くと同時に喜んだと言ってたわ。長いあいだ植物状態——と医師が言ってたんだけれど——にあったから、もうベッドには拘束されてなかったそうよ。医師によると、覚醒したブレシッドは困惑して、怯えているようだった。そして、予期していたとおり、血圧が不安定だったので、安定させる薬を必要としていた。投薬がすむと、彼は静かになった。その時点で彼らは指示されていたとおり、ブレシッドをベッドに拘束した。でも、目をおおわなかった。カルテにも入院時診療記録にも、黒の大文字でそう書いて、下線まで引いてあったのによ。ブレシッドが長らく無力な状態でいたために、そこまでする必要があるとは誰も思わず、手錠でじゅうぶんだと考えたの」

サビッチは言った。「ブレシッドの昏睡状態が長引いていたんだから、こうなることを予測しておくべきだった。時間が経過すれば、スタッフや医師の顔ぶれも変わるし、なによりブレシッドの能力は信じがたい。あのトゥルーイット医師にしたって、直接見るまでブレシッドの能力を信じなかったのを忘れたか？」

「わたしが覚えてるのは、彼を殴り倒したかったこと」シャーロックは言った。「愚かにもほどがあるわ。アトランタのスタッフにしても同じ。ネルソン医師もようやく認めたけれど、彼も病院のスタッフもいまだ、あのブレシッドに人の目を見て相手を意のままにする能力があって、その能力に操られて手錠を外したことを、信じられずにいる。ブレシッドが逃亡したいまでもよ。人のいいネルソン医師は、催眠術だとあはいかないと言っていた。ブレシッドにまつわる話を都市伝説扱いして、彼のことを無害な歯抜けの猟犬ぐらいに思ってたんでしょうね。

意識を取り戻した直後のブレシッドには、他人に妙な影響力を及ぼす兆候はなかったと、ネルソン医師はくり返してた。でもわたしが探りを入れると、ブレシッドが何度か人を凝視する場面があったことを認めたの。でも、凝視しても、当然ながらなにも起きなかった。それで、ネルソン医師としては、口には出さないまでも、ブレシッドが勝手に能力があると思いこんでるだけで、もはやそんなものはないんだと結論づけたみたい」

「そのあとどうなったんだ？」

「ブレシッドは眠って食べるぐらいで、とくになにをするでもなく、話をするのも話しかけられたときだけだった。体力を回復させるため、ベッドから起こして歩かせ、理学療法を施すと、廊下を行き来できるようになった。補助するスタッフがいないときは、手すりを使い、少なくとも数時間ごとに十回、二十回と歩いたそうよ。みんなが感心するぐらい、熱心だったって。

そうこうするうちに、病院はブレシッドに、母親のシェパードが同じ施設内の一階下にいること、容態が思わしくないこと、衰弱して死にかけていることを伝えたの。彼は最初ひどいショックを受け、しきりに首を振って受け入れまいとしてた。母親は死んだと思ってたらしいと医師が言ってたわ。意思の疎通はできないし、快適に過ごせるように大量の薬物を注射していると言っても、彼は母親に会いたいと言って聞かなかった。

それで、ネルソン医師はみずから彼を母親のもとへ連れていった。ブレシッドは母親を見ると涙を流し、彼女の肩に顔をうずめた。そうしたら、母親が彼の頭を撫でだした。これにはネルソン医師も驚いたと言っていたわ。意識を回復するとも、それだけの力が残っているとも思っていなかったって。ふたりがなにを話していたかは、わからなかった。小声だったから。でも、ブレシッドが涙ながらに『わかってるよ、ママ。そうするからね』とくり返し言うのは聞こえた。その後、ふたたび彼女は意識を失い、ネルソン医師は彼を部屋に連れ戻して、ベッドに手錠で拘束した。その夜遅く、病院はブレシッドに母親が死んだことを伝えたの。

それから二日後の先週の水曜、ブレシッドは介護職員から手錠なしで運動に連れだされ、そのまま逃亡した」

「で、病院は今日まで電話してこなかったのか？」

「医師に理由を尋ねたら、見つかると思ってた、まだ体力がなく、ふらつくこともあって、歩くのがやっとだったからだって。彼は院内で着るパジャマとローブだけで、寒いなかを出ていった。といっても、彼らがそう思っただけで、介護職員のひとりから、ロッカーに置いてあった服と財布がなくなったという報告があったそうよ。それで、ブレシッドがその介護職員の服を着て、彼のＩＤを使って難なく外に出ていったらしいことがわかったの。わたしたちに知らせると決めたときには、逃げだして一週間が経過してた。ネルソン医師——殴り倒してやりたいわ——は、いまだに彼がそのうち戻ると思ってて、『ミスター・バックマンは遠くまで行けないよ。お金を持ってないからね』なんて言ってるわ。ええ、ほぼ無一文。介護員によると、財布に入っていた現金は十ドル程度らしいから」

サビッチはシャーロックを見つめて、平静を保とうとした。ブレシッドがふたたび野放しになったという事実を受け入れなければならない。ブレシッドはその命あるかぎり、歯の抜けた猟犬にはなりえない。サビッチがこれまで対峙してきたなかで、もっとも恐ろしい怪物、それがブレシッドだった。いまや天涯孤独となったブレシッドは、それがなんであろうと、母親の遺言どおりのことをするだろう。もちろん、サビッチにはシェパードがなにを言い残したかわかっていた。自分たちを殺すことだ。ブレシッドはワシントンまで来て、シャーロックを襲った。もはやその点はまちがいない。そして、ブレシッドがその目的に向かって遮二無二突き進むことも確実だった。そう、ブレシッド本人か、サビッチとシャーロックが死ぬまで。

「やつは再度、試みてくる。それと止める手立てはない」

「わかってる」

サビッチはふたたび彼女の両腕を撫ではじめた。彼女のためであると同時に、自分のためだった。小さなバンドエイドが手に触れた。課内の職員の目が自分たちに集まっているのはわかっていたが、かまっていられなかった。彼女を抱き寄せ、心臓の鼓動を胸に感じながら、だいじょうぶだ、と髪にささやいた。だが、どちらもその言葉のむなしさを知っていた。

シャーロックが言った。「彼の家族を滅ぼしたのはわたしたちよ。わたしたちが彼の母親を逮捕して、あの施設に入れ、あなたがその手でブレシッドを撃った。彼がわたしを襲ったのは、わたしのほうが狙いやすかったから。あなたを襲ったら、ただではすまないけど、わたしはちがう。でも、なぜ二日間もわたしをつけまわしたのかしら？　どうしてそのまま近づいてきて、わたしに術をかけなかったの？　心臓が破裂するまで走れと命ずることだってできたのに、なぜ、ジョージタウンのど真ん中で走行中のバイクから発砲するなんていう、平凡な手口を使ったのかしら？」

サビッチは言葉を選ぶように言った。「きみをつけたのは、きみの習慣を探る必要があったから、そしてむかしながらの手口に頼ったのは、まだ能力が戻ってないからだろう。いや、待てよ。そういえば、彼を間近で目撃した老夫婦がなにも見てなかったと言ってたろ？　目が悪いからだと思ってたが、ブレシッドから見たことを忘れろと命じられたのかもしれない」

シャーロックはうなずいた。「ええ。ひょっとしたら、まだ本人が自分の能力に自信が持てずにいるのかも。

ディロン、オータムはブレシッドの姪よ。あの子も狙われるかも。シェパードからオータム奪還を命じられている可能性はあると思う？　そもそもの発端はそれだったから」

「イーサンとジョアンナに電話して、オータムをイタリアなりシベリアなり、あるいは宇宙旅行の計画を練ってもらったほうがよさそうだな。その間にブレシッドを見つけだして、ぶちこまないと。

だが、それには大問題がある。トゥルーイット医師やネルソン医師の例を見るまでもなく、ブレシッドが実際に術を使うのをまのあたりにするまで、誰も本気で彼の能力を信じないことだ。一年半前にロッキンガム郡立病院で撮影したブレシッドのビデオがまだあるから、それを出してきて、みんなに見せよう。まずはCAUのメンバー全員からだ」

サビッチは携帯を取りだして、番号を押した。発信音に耳を傾けながら、シャーロックに言った。「ブレシッドがどんな風貌でなにを着ているか、首都警察に伝えないとな。ジョージタウンできみが襲われたときの報告書も送ろう。やつが保護施設から逃げだした哀れな年寄りではなく、母親を失い、そのことでおれたちに恨みをいだく、破れかぶれの怒れる逃亡犯だということを周知徹底するんだ。関係者全員にあのビデオを見せる必要がある」サビッチは男の声を聞いて、電話に応対した。「こんにちは、ヒックス先生。ディロン・サビッチです。いますぐCAUに来ていただけますか。大変なことになりましてね」

21

四十五分後、そのとき手すきのCAU所属の捜査官全員が会議室の椅子に腰かけ、なにがはじまるのかといぶかしみながら、言葉を交わしていた。ヒックス医師が到着した。一同にうなずきかけ、照明を落として、デジタル・プロジェクターのスイッチを入れた。集まった面々をひとりずつ順番に見た。ＦＢＩのなかで、催眠にかけては彼の右に出る人がいないのは、全員が知っていた。いったいなにがはじまるのだろう？　ヒックス医師は言った。「きみたちがここに集められたのは、きみたちの命を救うことになるかもしれないビデオを見るためだ。わたしはその場にいて、この目で見た。だがビデオを流す前に、少々背景説明をさせてもらう。

このビデオは十八カ月前に、バージニア州タイタスビルにあるロッキンガム郡立病院で撮影された。これからきみたちが目にする看護師はれっきとしたプロだ。その点を強調しておく。彼女はしていいこととといけないことの指示を受けていた。そう、患者の目隠しをほどくことと、手錠を外すことは禁じられていた。じゃあ、はじめるとしよう」

「誰かいるのか？　目が見えないのでは、いるかどうかわからないではないか」

ヒックス医師はビデオを停めた。「これがブレシッド・バックマンだ。見るからに弱々しいだろう？　それに哀れで情けない老人の声をしている。サビッチに撃たれて、病院にいた。彼におおいかぶさっているのが担当の看護師だ」

「いますよ、バックマンさん。目隠しをしたままで、すみません。担当看護師のシンディー・メイベックです。なにかご用ですか？」

「このばかげた目隠しを外してもらわなければ」

捜査官全員がこの不満げで力のない声に耳を傾けていた。彼に身を寄せた看護師が応じている。**「ごめんなさい。でも、わたしの身を守るためとかで、そのままにしろと命令されてるんです。わたしは信じてませんけど、命令には従わないと。脈を取って、心音を聞かせてください」**

目隠しされた老人が小声で返す。**「あの田舎保安官の差し金だな。意見の相違があったせいで、わざとわたしを苦しませる。ごらんのとおり、保安官は父親にも等しい年齢であるわたしを恐れているのだから、なんとも滑稽な話ではないかね？　いい**

かね、看護師さん、手を固定された状態で、暗闇のなかに横たわるのは、どんな気分だと思う？　自分の鼻さえ掻けんのだぞ。非人間的な扱いだと思われんか？」

彼は痛みにうめき、モルヒネをねだって、さらには泣きだした。

「泣かないでください、バックマンさん。目隠しの布が濡れてしまうわ」それでも彼はすすり泣くのをやめない。そして言った。**「目を拭いてくれないか、看護師さん。お願いだ。わたしになにができるものか。手を固定されて、無力なものだ」**

ヒックス医師はビデオを停めた。「彼女の葛藤が見て取れる。彼が誰をもたやすく催眠術にかけて、意のままに操れることは、彼女を含む全スタッフに伝えてあった。だが見てのとおり、彼女はそれを疑っている。途方もない話だからだ。誰が聞いたって、ばかげている。この哀れな老人は撃たれ、力なく横たわっている。この老人になにができるだろう？」医師はビデオを再開した。

「ああ、誓うよ、誰にも言わないとも、看護師さん」

会議室にいた全員が身を乗りだし、スクリーンに目を凝らした。看護師は彼の顔から目隠しを外し、涙をぬぐった。本物の涙。彼女はこの老人が他人に害を及ぼすとは思っていない。ありえない、と思いこんでいる。ブレシッド・バックマンが目を開いて、彼女を見あげた。

「きみはきれいなだけでなく、役に立つお嬢さんだ。手首のストラップをほどいてくれ」そう言って、バックマンは彼女に笑いかけた。

看護師はなんの躊躇も示さなかった。ストラップをほどき、腰を起こしてベッドの脇に立ち、黙って動きを止めた。

バックマンは着るものを持ってくるように命じ、指示に従う彼女を見ていた。こんどもまったくためらいを示さなかった。

ヒックス医師はここでふたたびビデオを停めた。「わたしたちは隣室でモニターを見ていた。ブレシッド・バックマンの主治医であったトゥルーイット医師にこれがわたしたちによる作為的な映像でないことを示すためだ。だから、待つ必要があった。ブレシッドが痛みに苦しんでいることは映像からもわかる。顔は青ざめ、額に汗が浮いているだろう？　にもかかわらず、能力を発揮しているのだから、驚異だ。さて、看護師が着替えに手を貸し、ブレシッドは病室の外の廊下にいる保安官助手を呼べと指示した」

サビッチが進みでた。「そこでおれたちが介入した。負傷者が出るようなことは避けたかったからな」医師がふたたびビデオを再開した。

ブレシッドが腕時計に手を伸ばすなか、サビッチがメイベック看護師の脇をすり抜けて部屋に入ってきた。

「おまえは！」

「ああ、そうだ、おまえにとっては最悪の悪夢だな、ブレシッド。さあ、お得意の顔を見せてくれ。いいから、おれに試してみろ。うむ、悪いがかからないらしい。パーティはお開きだ。なかなかの演技だったよ」

サビッチは彼の両手首にストラップを巻きつけ、ベッドの手すりに固定すると、ふたたび目隠しをした。これで一件落着だった。

ヒックス医師が言った。「正直、これほどみごとな心霊現象は見たことがない」

サビッチは言った。「その後この男は一年半にわたって昏睡状態にあった。昨日シャーロックを殺そうとしたのは、この男だ。精神への攻撃はなかったから、確かなことはわからないが、まだ本調子ではないのかもしれない。銃を持ち、バイクに乗って、現れた。残念ながら取り押さえることはできなかったが。なんにしろ、とてつもなく危険な男だ。いま見てもらったのは、彼の能力のほんの一端にすぎない」

デーン・カーバーが言った。「だが、おまえには影響がないようだったぞ、サビッチ。どういうことだ？」

サビッチは肩をすくめた。「どうやら彼の術に対して、免疫のある人間がいるらしい。おれのほかに影響を受けない人間をひとりだけ知ってる。彼の姪のオータムだよ。いまは避難させている」

「シャーロックの殺害を企てた理由は？」

シャーロックが答えた。「わたしのほうがたやすく倒せるのを知ってるからよ。ディロンを狙うとしたら――」口がからからに渇く。シャーロックは首を振った。

「やつはしくじる」サビッチが言った。「きみたちの誰かしらがやつに出くわしたら、目を見るな。もう一度言う。やつの目を見てはならない」

22

〈レストラン・ローバージーン〉
ワシントンDC、フォギーボトム
水曜日の夜

「やあ、ペリー。どうした？　いまどこにいる？」電話の相手が言った。

ペリーはデイ・アボットと差し向かいで食事をしていた。「ちょっと待って」ロブスターの刺さったフォークからバターをしたたらせているアボットに笑いかけた。

「すぐ戻るわ、デイ。どうしても外せない仕事の電話なの」ウェイターが駆け寄るのを待たずに椅子を押して立ちあがり、羽目板張りのしゃれたアルコーブに踏み入った。

「どこかって？　ヒントをあげる。足にはハイヒール、セクシーな黒いドレスを着て、耳と胸元にはゴールドのアクセサリー、ココナッツ風味のソースで蒸し煮にした海老をいただいてるところよ。あなたに邪魔されちゃったけど。で、電話の用件は？」

デイビスが言った。「おれはレッドスキンズのスエットにジーンズだ。足元ではお隣の毛むくじゃらの犬、スマックが眠ってる」

「のどかでいいこと。服装以外にも、わたしに話したいことがあるの、デイビス？」

「いまのドレスは、走るには窮屈なんだろ？」

「手袋みたいにぴったりよ」

デイビスの頭のなかには、黒いドレスにいかしたハイヒール姿の彼女があった。

「デートかい？　相手はなにか困ったことになったとき、きみを守ってくれるやつだろうな？」

「デイ・アボットとフォギーボトムにあるすてきなコンチネンタル・レストランに来てるの。あなたも会ったでしょう？　昨日の夜のことだと思うんだけど。彼とは幼なじみなの。その彼もいまやすっかり大人になっちゃった。しかもかなりのイケメンだと思うけど」

「じゃあ、友だち同士の食事会ってことか。よかったよ。ＦＢＩの特別捜査官として助言させてもらうと、その関係を保てよ。ロビイストとして彼が代表してるのは？」

「石炭業界よ。世間話はもういいでしょう、デイビス。電話の用件はなに？」

「〈ポスト〉のトイレに落書きした犯人の新情報が入った。オレンジ色の髪に、大きなネコのブローチをブラウスにつけた派手な老婦人、ええと名前が出てこない――」

「アンジェラ・ポースワースね、社会部記者の。牧歌的な時代から〈ポスト〉にいて、ＪＦＫの結婚も記事にしたのよ。それで、アンジェラがなんて？」

「彼女の知らない十代後半の少年がなにげなく男子トイレに入っていくのを見たそうだ。少年はそれから数分後に出てきて、階段に向かった」

「十代後半の少年？　外見についてはなにか言ってた？」

「中東系かメキシコ系に見えたと言ってる。肌が浅黒かったそうで」

「ペリー、どうかしたのか？」背後から声がした。

「ちょっと待って」ペリーはふり返ってデイにほほ笑みかけた。彼はこちらを見て、黒い眉を吊りあげていた。

「だいじょうぶよ、デイ。男子トイレの落書きの件で、ＦＢＩの捜査官と話をしてるの」そう言ってから、デイに落書きのことを話していないのに気づいた。「あとで話すから。もう少し待ってて」

デイはペリーを見据えた。「落書きって？　きみのお母さんに関してかい？」

「いえ、でも、わからないけど。お願いだからテーブルに戻って、ロブスターを食べてて。わたしもすぐに戻るわ」

デイはじっくり彼女を見て、にこりとした。「昨日の夜、うちの母親のパーティできみの母親といっしょにいた役立たずか？」

「そうよ」

「おれは役立たずじゃないぞ」ペリーの携帯からはっきり聞こえた。

「そうか。だったら大使のツバメだな」デイは聞こえよがしに大声で笑い、ペリーにうなずきかけて、席へと引き返していった。

ペリーは言った。「いいわよ、デイビス。それじゃまだ足りない。もっと話して」

「落書きのことは胸にしまっておけよ、ブラック。秘密だと思ってくれ。さて、ディナーといえば、おれもかりかりのガーリックトーストといっしょに、パルメザンチーズをたっぷりかけたうまいラザニアを食べたよ。隣のジャニスが作ってくれたんだが、惜しむらくは彼女がサビッチと同じベジタリアンなんで、おれまでほうれん草を食べなきゃならない」

「もう、ふざけないでよ。その少年のことを詳しく話して」

「アンジェラの目撃証言はあまり役に立たなかったんだが、緑色のワークシャツとカーキのパンツをはいていたことは覚えてた。そこで〈ポスト〉のロビーにあった監視カメラを再生したらその少年が映ってた。それで彼女から人定確認が取れたよ。人助けだと思ってアンジェラを夕食に招いたら、ラザニアを食べると太腿に蕁麻疹《じんましん》が出ると言われたよ」

「アンジェラは糖質制限してるの。三週間で四キロ痩せたそうよ。あなたの話を聞いてると、頭がおかしくなりそう。それで、デイビス、その少年は何者なの?」

「まだわからない。おっと、やった。カーメロ・アンソニーがスリーポイントシュートを決めたぞ。シュッ」

足元に毛むくじゃらの犬を従えて、バスケットボールの試合を観戦中ってこと?

「だったらどうして電話してきたの?」

「ポップコーンは好きかなと思って」

「ポップコーンを嫌いな人なんて、宇宙広しといえど、ただのひとりもお目にかかったことがないわ」

「それはよかった。だったら、帰る途中で買ってきてもらえないかな?」

「わたしはデイと外食中なの。もう行くわ、サリバン。報告ありがとう」携帯を切り、テーブルに戻ったときもまだ頬をゆるめていた。背後のウェイターが椅子を引いてくれたので、お礼を言って座り、シャルドネをひと口飲んだ。見ると、デイ・アボットがまじまじとこちらを見ている。もはや笑いはなく、心配そうに眉をひそめていた。

「わかってるでしょ、サリバン捜査官と話してたのよ。落書きのことは内密にして人に言わないよう、指示されてたの。悪く思わないでね」

彼は小首をかしげた。「にしたって、なんでおれまで排除したんだ？　こんなに長いつきあいなんだぞ。おれにはハーレーだって運転させてくれるのにさ」

「たしかに。でも、ＦＢＩの命令とあれば、聞くしかないでしょ」ペリーは冷えた海老を切り分けて、口に運んだ。このもっともらしい言い訳をデイは信じてくれるだろうか？

少なくとも、笑顔にはなった。「昨夜、きみのお母さんといっしょにいた男が彼女の警護をするＦＢＩの捜査官だと教えてくれたろ？　母に聞いたら、彼の上司はディロン・サビッチ捜査官だそうだね。サビッチにはむかしから会ってみたいと思ってたんだ。彼がテッド・バンディの娘を逮捕したときのこと、覚えてるか？　そのサビッチが一枚嚙んでるんだから、〈ポスト〉の落書きのこと、おれに教えてくれてもいいだろ？」

彼の言い分は理解できる。それでも、首を横に振った。「許可が出しだい、あなたにも話すわ、デイ」彼の母親のせいで、サビッチがデイビスのボスだとばれてしまった。アーリスおばさんは顔が広い。ペリーは海老同様に冷えてしまったサヤマメを嚙みしめた。

「だったら、この質問にだけは答えてくれよ。今日の午後きみがＦＢＩの本部にいたことと、落書きには、関係があるのかい？」

23

「どうしてそのことを知ってるの？　あなたのお母さんから聞いたのはわかるけど。彼女なら、ワシントンじゅうの人を知ってるでしょうから。ええ、そう、落書きのことよ」

「きみから話してくれるのを待ってたんだ、ペリー。水くさいな。これまで隠しごとなんてなかったのに」

ペリーの目の前にいるのは、物心ついたころから知っている男性だった。六歳のとき、パンティをはくのを忘れてシーソーに乗り、彼からどなられたのを思いだした。そのあとも、彼から真っ赤な顔でどなられたことがある。ハイスクールの二年生のとき、女友だちと自宅ガレージの裏でマリファナを吸っていて、彼に見つかったのだ。彼からどなられたのは、それが最後だった。

デイはロブスターをフォークに刺し、それを振ってみせた。

「そのときが来たら教えろよ。話してもらえるまで、気が気じゃないんだから。いろんなことが起きて、きみのお母さんをめぐってなにかと騒がしい。多少なりと常識のある人たちがだ。実際、きみのお母さんは立派な大使だし、みんな彼女のことを敬愛してて、彼女にはなんの落ち度もない。みんなのほうがどうかしてるんだ。

二日前にお客になってくれそうな人に会ったんだけどね、そのとき、そいつが場を盛りあげようと軽口を叩いた。大統領ときみのお母さんが恋人同士だったかどうかをめぐって」

「それで、あなたはどうしたの？」

「ナプキンをテーブルに置き、あなたとは仕事できないと言って、席を立ったよ。それしかないだろ？　そいつにキスでもするか？」

デイはいつだって自分の味方であり、母の味方でもあった。ペリーは手を伸ばして、彼の手に重ねた。「あなたは王子さまよ、デイ。むかしからそう思ってたけど、やっと言えたわ」

デイは彼女の手を握った。「悪くないはじまりだね。ずっとそう言いつづけてもらっても、いいくらいだ。もっと具体的な形できみの役に立てるといいんだけど」

「あなたはそのままでいてくれればそれでいいの。あなたの話を聞きながら、わたしが四歳のとき、ピクニックであなたに飛びかかったのを覚えて――」

「で、きみのお母さんが濡れた布巾でおれのシャツを力任せにごしごしやって、青痣が一週間消えなかった」

「そうそう。お父さんは笑いだしたまんま、笑うのをやめられなくなって」

ふたりは声を揃えて笑い、店内の客たちの注目を浴びた。

デイはいたずらっぽくほほ笑んだ。「きみが五歳ぐらいだったかな。お父さんが運転するカワサキの大型バイク、ニンジャに乗ってお父さんの腰に抱きついてた。玄関に立ってたきみのお母さんは、走りだしたバイクに向かって、なに考えてるの、もっとスピードを落として、と叫んでた。それなのに、ペリー、きみは、お父さんの背中に顔を押しつけて大笑いしてた」

鮮烈な記憶のひとこまだった。そのときの喜びや興奮までがよみがえり、涙が目を刺した。父が亡くなって五年、その間にレッドスキンズはチームドクターふたりを迎え入れた。ペリーはいまもバイクに乗っているが、父の背中にしがみついて歓声をあげることはもはやない。

声が湿っぽいのを意識しながら、言った。「いい思い出よ。六、七歳だと思うけど」

「きみのお父さんはどうかしてると思ったのを覚えてるよ。レッドスキンズの治療をきみに見せるためスタジアムに連れてくこともだけど、なにより、バイクの後ろに乗せることをね。あんなに小さかったきみをさ」

「どうしてそんなことを言うの、デイ？」彼の顔に一瞬、苦痛の表情が浮かんだ。

「きみのお父さんは一度もおれを連れてってくれたことがなかった。おれは男の子で、父親がいなかったのに」

なにが言いたいのだろう？　ペリーは首をかしげた。「正直に言って、父はそんなこと思いつかなかったんでしょうね、デイ。いっしょに行きたいって、なんで言わなかったの？　あなたのことかわいがってたから、喜んで連れてったと思うんだけど」

デイは自分自身に驚いているように首を振り、皿を見おろした。「まったくだね。遠いむかしの話だ」

ふたたびペリーの顔を見た。「きみのお母さんは好かれてるからね、ペリー。この試練もじょうずに切り抜けるさ」

「ねえ、デイ、あなたはどう思ってるの？　ジョージ・マッカラムが亡くなったのは、母のせいだと思う？」

彼はワインで喉を湿した。「なにがあったか誰にもわからない。でも、きみのお母さんはぼくが知るなかで、もっとも高潔な人物のひとりだ。彼女が故意に人を傷つけることはありえない。愛する相手とあらば、なおさらね」

ペリーは彼にキスしたくなった。「なかにはそう思わない人もいるってことよね」

デイは首を振った。「FBIが全面的に関与してるのは、だからだろ？　きみのお母さんを守るため？」

「そうなの」ああ、どうして口を閉じておけないの？　そう自問したものの、答えは明らかだった。これは信頼の問題、時間をかけて育まれた愛情の問題だからだ。いまのペリーは二十八歳。彼とのあいだには、それまでの蓄積がある。自分の命を懸けるに値するほど、そして母の命を懸けるに値するほど、彼を信頼していた。

「デザートはやめとく。もう出られる？　長い一日だったから、眠くて」

「てことは、今夜はティーボウの恋人探しをあきらめるんだな？」ペリーが表情を変えると、デイはその手を軽く叩いた。「たいしたもんだよ、ペリー。きみのブログを引用してる人たちが世界じゅうにいる。印刷するはじから〈ポスト〉が売れていくのが目に見えるようだ。給料を上げてもらわなきゃな」

ペリーの自宅に向かうあいだも、彼の新車のBMWのなかでふたりはその話をした。

「あなたはどうなの、デイ？　二日前、お客さんになってくれそうな人を袖にしたと言ってたでしょう？　ほかにも見込みのありそうな人はいるの？」

デイは目を輝かせ、誇らしげに胸をふくらませると、彼らしく控えめに、ペリーのほうに身を乗りだした。そして、大口クライアントである〈コンソル石炭〉の儲けを大幅に増大させる可能性のある法案の共同立案者になってくれる有力議員が数人いることを打ち明けた。彼の話を聞きながら、ペリーは彼がアイビーリーグではなく、父親と同じウエストバージニア大学に進み、鉱山工学で学位を授与されたときに、誇らしそうにしていたのを思いだした。彼の父親は〝かわい子ちゃん〟と再婚した。デイは継母のことをそんなふうにしか呼んだことがない。デンバーの郊外に住み、鉱山コングロマリットで役員を務めている彼の父親は、いまだ業界では力を持っており、デイが〈コンソル〉のしかるべき人々につながれたのもその父親のおかげだった。理想的な一歩を踏みだすことができた。

デイは提案される法案がクライアントにどんな意味を持つのかを語り、その沸きたつような興奮を共有したがっていた。ところがペリーのほうは、気がつくと、デイビスの足元で寝そべる毛むくじゃらのスマックのことを考えていた。

バンダービル通りのコンドミニアムに到着して、車が私道に入り、デイがペリーのほうを見た。「そのまま動くなよ。おれがドアを開ける」

ペリーはいつものように、彼に言われるがままドアが開くのを待ち、つけっぱなしになっている玄関の明かりに向かって彼とならんで歩き、あくびをしながら、玄関のドアに鍵を差しこんだ。

「寄らせてもらっていいかい？」彼が尋ねた。

「悪いけど、デイ、くたくたなの。たぶん――」

デイは彼女の両肩をつかみ、彼のほうに向かせると、かがんで唇を重ねた。ペリーはとっさに動けなくなった。ああ、どうしよう？　だめよ、デイとなんて。彼が遠回しにほのめかしているのを感じつつ、気づかないふりをしてきた。愚かにも、自分にその気がないことを彼も理解してくれると思いこんでいた。デイは顔を上げると、ペリーの顔を両側から支えて目をのぞきこんだ。両肩をつかんで、頬をすりつけてくる。

「デイ、お願い、やめて――」

「どうして？　おれがずっと我慢してきたのは知ってるだろう、ペリー？　このときをずっと待ってた。愛するひとりの男として見てもらうための時間は、たっぷり与えたつもりだよ。おれたちはもう子どもじゃない。そう、そのときが、やっとそのときが来たんだ。きみと結婚したい。さあ、なかに入ろう」

ペリーには言葉がなかった。何年か前、十代の終わりのころには、そんなことも考えたかもしれないが、もはやそのときの自分ではない。デイを傷つけるぐらいなら、自分の腕を切り落としたほうがましだけれど、このまま突き進むわけにはいかなかった。デイ、ごめんなさい。でも、わたしはそういう気持ちになれないの。あなたは大切な友だちよ。ずっとそうだった。けれど、愛してはいない。そう、あなたを男として愛してはいないの。

だが、どうにも言葉が出てこなかった。ひょっとしたら、この先、彼に対する思いが変わったり、移ろったり、発展したりするかもしれない。だとしても、今夜は無理だ。ペリーは穏やかで淡々とした口調を心がけた。

「デイ、いろんなことがありすぎて、いまはあなたとのことを考えられないの。母のごたごたが片づくのを待つしかないわ。そのあとなら、話が——」

デイは身を引きつつも、両手はペリーの肩をつかんだままだった。「きみが気づいていなかったとはね、ペリー。うちの母でさえおれの思いに気づいて、釘を刺したんだぞ。きょうだいみたいに育ったおれたちがうまくいくわけがない、おれにふさわしい娘が現れたら、きみに対する思いなど吹き飛ぶとね。でも、母はきみのことを愛おしく思ってる。母にしても、きみにしても、いまに気持ちが変わるさ」デイは一歩下がって、ため息をついた。「今夜きみにプロポーズすると母に言ったんだ。ポケットには指輪も入ってる」言葉を切り、またもやため息をついた。「少なくとも、首の皮はつながった」ひねくれた笑みを浮かべる。「指輪を見る気はないよな？　そりゃそうか。この件は、問題がすべて片づいて、きみの心の準備ができたとき、あらためて。それでいいかい、ペリー？」

彼女はうなずいた。「うちの母も、あなたのお母さんと同じ意見だと思う」

「女性陣三人はまちがってる」デイはペリーの額に軽くキスし、じっと顔を見てから、回れ右をした。

ペリーが見守るなか、彼は車まで戻り、静かな通りを走り去った。コンドミニアムに入ったペリーは、警報装置の解除コードを打ちこみ、ヒールを脱いだ。つま先から安堵のため息が漏れるようだった。キッチンに入り、冷蔵庫から水のボトルを取りだすと、のろのろと歩きながら、暗くなった外の私道に目をやった。

身動きできなくなった。目を疑った。愛してやまないハーレーが横倒しになって、無残な姿をさらしていた。

24

〈モーテル・クランフォード〉
バージニア州マラードビル郊外
水曜日の夜

ブレシッドは安定した足取りでスムーズに歩けるようになった。いざとなれば、走ることもできるが、まだ遠くまでは行けない。日増しに体力が戻ってくるとはいえ、その速度は遅く、容易なことではなかった。だが、なによりこたえるのは、自分の一部が失われたこと、物心ついてからずっと自分という存在を光と力で満たしてくれていた力がなくなったことだ。

とりたてて才能のない、ふつうの男になってしまった。もはや若さも力もない。叫びだしたいほどの喪失感があり、残りの人生を力のない平凡な人間として生きることは恐怖だった。

寒かった。心臓を刺して殺した年配の路上生活者から奪ったコートはカビ臭く、それに、果物とタバコのにおいが重なっていた。老人が寝床にしていた場所のにおいなのだろう。ナイフは拍子抜けするほどすんなりと肋骨のあいだを抜けて、心臓に突き刺さった。当然だ。ナイフを突き刺すべき場所は、正確に把握していた。父親がブレシッドと弟のグレースを前にして、尖った爪のついた老いた指で自分の体を指さし、ここがXスポットだと教えてくれたのだ。父の言葉がよみがえる。「能力《ギフト》が使えないときは、必要と思うことをするがいい。ただし、相手への親切心を忘れるでないぞ」。殺される人がそんなことを気にするだろうか？　ブレシッドは思ったものの、父にその疑問をぶつけたことはない。質問を受けつける人ではなかった。ブレシッドはおなじみとなった胸の締めつけを覚えた。父は死に、愛しい母も死んだ。弟のグレースも、マーティンも。マーティンの娘のオータムだけは生きているが、その血のつながった姪が自分を殺そうとして、実際に殺されかけた。

恐怖が味として記憶に刻まれていた。冷ややかな酸の味がよみがえり、唾を呑みこんだ。自分はひとりの幼い少女によって実体を失い、うつろで無意味な存在になった。

老いた路上生活者は短いため息をひとつつくと、腕に倒れこんできた。ブレシッドは質屋で手に入れたナイフをそっと引き抜いた。介護職員の財布にあったなけなしの五ドルを使って、質屋で手に入れたものだ。殺伐とした州立病院をあとにしたときは、エネルギーが湧いてくるのを感じた。病院にいたのは、正気を失った患者と、うつろな目をした介護職員、看護師、そして患者を見ようとしない医師たちだ。ブレシッドはナイフの血を拭き取り、腰に巻いた帯に戻すと、路上生活者を路地の塀にもたせかけて、重いコートを脱がせた。

なぜか父が恋しくなった。いま着ているコートの持ち主であった老人に父の面影を見たのか？　いや、老人特有のにおいのせいだろう。できることなら目つきひとつで75号線にかかる陸橋をそのまま行かせてやりたかったが、もはやその能力は失われている。いまいましさに悪態をつきかけたとき、自分がバイクから飛びおりて逃走するのを目撃したジョージタウンの老夫婦を思いだした。あのときはなにも考えずふたりを見て、早口でこう話しかけた。「おまえたちはなにも見ていない」。すると、彼らの目になにかが表れた。そう、かつての自分を思いださせるなにかが。あのふたりは警察やシャーロック捜査官になにを語ったのだろう？

あの女はバイクを難なく撃ち倒した。いまだ元気で生きている。母は死んだというのに。そして、自分にはかつての母や家族のことを思いだして、懐かしむことしかできないのに。あの腹立たしい捜査官とその夫が自分を追ってくるのをひしひしと感じる。だが、自分の正体に気づいているだろうか？　ほどなく気づくにちがいない。

ふたたび老夫婦のことを思うと、脈が速くなった。あのふたりは自分を見ていないかもしれない。ひょっとしたら――能力が戻ったのか？　だが、あらためて考えてみると、高齢のせいではっきりと見えなかっただけの可能性もある。

ブレシッドは借りているモーテルの一番端の部屋に戻った。ドアの鍵を開けてなかに入り、そっとドアを閉めた。よどんだタバコの煙とフライドチキンのようなにおいがする。モーテルのルームキーをベッドに投げた。せっかく盗んだバイクも、なくなってしまった。明日になったら車を盗もう。古いシボレー・カマロとか。父は古いカマロが大好きだった。だが、遠くまではいけない、と思いながらブレシッドは脚をさすり、両足を交互に上げた。少しふらつく。もっと動かすべきなのだろうが、今夜はもういい。今日はもうじゅうぶんに動かした。

コートを着たまま、へたったマットレスに横たわり、胸の前で腕組みをした。母が亡くなる前のわずかな時間に自分の頭を撫でて、愛していると言ってくれたことを思いだした。

「ブレシッド、ブレシッド」蚊の鳴くような声で母は言った。「またおまえに会えると思っていたよ、ブレシッド。けれども、わたしはもう逝かなければならない。あまり時間がないんだよ。心臓が泥のなかに埋められたようで、息をするのも苦しい。わたしをここへ追いやった恐ろしい人間ふたり。そのふたりに報いを受けさせると、約束しておくれ。ふたりを殺すんだよ、わたしのために。どうかわたしの恨みを晴らしておくれ。約束してくれるかい？」

ブレシッドは激しい胸の痛みに、われを忘れて泣き叫んだ。「いやだ、ママ、逝かないでくれ。もうママしか残されていないんだよ。マーティンが死に、グレースが死に、ファーザーが死んだ。だから、ママまで置いていかないで」

ただでさえ心細い声がさらに小声になり、遠ざかってゆくようだった。「わたしだっていてやりたいけどね、ブレシッド、できないんだよ。おまえの姪のオータムは、わが一族の最後の生き残りになるだろう。だが、もうつかまえろとは言わない。理解していないあの子は、おまえにとって危険な存在だからね。わが一族の復讐を果たしたら、その暁には、力のある女を見つけだして、おまえの子どもを産ませるんだ。一族の血を絶やしてはならない。能力《ギフト》を持つ子孫を作り、一族を立てなおすんだよ。そしておまえが一族を率いるファーザーになるんだ」

ブレシッドはささやいた。「わかった、ママ。そうするからね、約束する」

いまブレシッドは暗いモーテルの部屋でふたたびささやいた。「見ててね、ママ」

25

ペリー・ブラックのコンドミニアム
ワシントンDC、バンダービルト通り
水曜日の夜

ペリーはレストランに着ていった細身の黒いドレス姿のまま、裸足でリビングの中央に立っていた。彼はペリーが電話で「ハーレーが！　わたしのハーレーをめちゃくちゃにしてったやつがいるの！」と叫ぶのを聞くと、ときを置かずに駆けつけた。

そしてコンドミニアムに入るに先だって、建物の脇にまわり、懐中電灯《マグライト》を手にバイクの残骸の傍らに立つ別の警官に合流した。美しいマシンは完膚無きまでに破壊されていた。重い大ハンマーのようなもので執拗に叩かれたようだ。その一打一打に怒りがこもっている。これはよろしくない。きわめてよろしくない状況だった。〈ポスト〉の男子トイレにあった落書きから、いっきにエスカレートしている。

彼はペリーのほうを見た。腕組みをして、頭から湯気を立てるほど腹を立て、いまにも人の顔をむしり取りそうだった。無理もない。彼の存在に気づくや、ペリーは食ってかかりそうになった。デイビスは黒いドレスを見てから、彼女の顔を見た。

「ディナーのパンにバターを塗ってないといいが。一キロでも増えたら、ドレスに腰が入らなくなるぞ」

ペリーが頬をゆるめ、脇に両手を垂らした。思わずこぼれた笑みだ。こんどはペリーが彼を見る番だった。大きな足には黒のナイキ、レッドスキンズのスエットシャツに革ジャン、髪の一部が突っ立っている。怒りがやわらぎ、彼がいてくれる安堵感が押し寄せ、そのことを不思議がる心の余裕が生まれた。

デイビスは彼女の頬を軽く叩いて、首都警察のベン・レイバン刑事を見た。「こんばんは、ベン」

ベン・レイバンは手にしたペンを振った。「サリバン、ペリーが電話したそうだな。ハーレーを見たか？」

デイビスはうなずいた。「もったいないことをしますよね。あんないいバイクを」

「不法侵入ならびに器物損壊罪のようだ。残念ながら、彼女は犯人の心当たりや動機を打ち明けてくれる気がないらしい。きみがここにいる理由も気になるところだ」

「ぼくのことを本物の騎兵隊だと認めてくれたのかもな、ベン。なあ、ブラック、話す気がないんなら、なんで彼に電話したんだい？」
そのときペリーは黒いドレス姿のまま、暖炉の前に膝をついて、マッチを擦ってい
た。数秒かけて火をつけると、ゆったりと立ちあがって、デイビスを見た。「ベンの
奥さんのキャリーは〈ポスト〉の取材記者で、友だちなの。さっきベンにも言ったと
おり、保険会社に被害を届けるには警察の報告書がいるし、彼ならこの件を外に漏ら
さないでくれると思ったから」
「いいだろう、それは理解した」ベンが言った。「にしたって、なんで外に漏らし
ちゃいけないいんだ？　誰のしわざか知ってるんだろう、ペリー？」
「訊くんなら、サリバン捜査官にどうぞ。わたしは話すなと言われてるのよ、ベン、
悪いけど」
「そうか。だったら、サリバン、きみから話してくれるか？　それともサビッチの到
着を待つか？」
「ええ、そうしましょう、もう電話してあるんで」デイビスは答えて、ペリーを見た。
もう落ち着いたようだ。「母親譲りの気丈さだな。きみのほうが背が低いけど」
ペリーが軽く笑ったので、リビングに入ってきた警官ふたりがふり向いた。デイビ
スが想像するに、ハーレーがだめになったのに、この女はなにを笑っているのだろう、

といぶかっているのだろう。

ペリーは暖炉の近くにある座面のたっぷりした袖椅子に腰かけ、警官たちがベンにひそひそと話しかけるのを見ていた。冷え冷えとしているのは、愛車のハーレーを破壊した怪物に対する怒りと恐怖のせいだ。男子トイレに落書きを残したのと同一人物にちがいない。なぜそんなことを？

ベン・レイバンが言った。「デイビス、ブラック大使のことがあるんで、FBIが興味を示すのはわかる。だが、今回は器物損壊罪で、ペリーに差し迫った危険があるとは思えない。うちのほうで本人から話を聞き、証拠を集めて報告書を作成し、あとは手を引くことも可能だ。ところが、どうやらきみたちはおれが舞台の後方に立つのがお気に召さないらしい」

ペリーが立ちあがった。「あなたを目立たせたくないわけじゃないのよ、ベン。コーヒーを飲む人は？」

ベン・レイバンがペリーのコンドミニアムを出たときには、真夜中をまわっていた。キッチンのテーブルについたデイビスとサビッチとペリーは、デイビスが淹れた二杯めのコーヒーを飲んでいた。「お茶がなくてすみません、サビッチ。がらくたの入った引き出しまで、見てみたんですが。とんでもないものが突っこまれてましたけど、ティーバッグはひとつも見あたらなかった」言葉を切った。「レイバンは不服そうでしたが、手控える程度には事情を理解してくれました」

ペリーが言った。「キャリーが言ってたけど、レイバンは頭を整理するため、たまに自宅でぶつぶつ言ってるらしいわ。なにごとにつけ、すべてを知らないと、気に入らないたちみたい」

サビッチが言った。「おれが話した感じだと、こういう事件の場合、頭っから突っこんで行きたいタイプだから不満に思ってるのは確かだが、この先は遠慮してくれるさ。報告書には単純な器物損壊罪だけが記載される」

デイビスが言った。「ここはワシントンですからね。彼の皿の上には食べきれないほどの事件が載ってるんで、じきに忘れてくれますよ」

サビッチは言った。「シャーロックからキャリーに電話して、キャリーからも口添えしてもらうつもりだ」

「あら、それは無理よ」ペリーが言った。「キャリーはベンと似たもの同士の知りたがり屋なの。彼女ならわたしに対する今回の攻撃が母に関係しているのを突きとめて、朝食の前にはわたしの事件に食らいついてるでしょうね」

サビッチはミッキー・マウスの腕時計を見おろした。「戻らないと。おれをどうにかしてくれるとぶつくさ言うシャーロックを家に残してきたんだ。ショーンが廊下で眠りこんだせいで、いっしょに来られなかった」ペリーを見た。「FBIを出たあと、男子トイレの脅迫に関係がありそうなことはなかったか？　犯人が賭け金を吊りあげたくなるようななにかが？」

デイビスが多少、恨めしそうに言った。「彼女は国務長官の息子と食事をしてました。彼女とは幼なじみで、石炭業界のロビイストです」

ペリーはしかめ面でデイビスを見た。「バイクが壊されたのは、わたしがどうのというより、母に関係があるはずよ。今日は仕事とFBIで話をする以外、なにもしてないの。わたしと母になにを求めてるの？　母を辞めさせることが狙い？　それとも、ラッシュアワーの道路に身を横たえさせること？　記者会見を開かせて、嘘をついてました、わたしは精神に問題のある犯罪者です、とでも言わせたいの？　なにが目的だか、ちっともわからない。とんでもないリスクがあるのに、一介の大使を相手にここまでするのはなぜ？　ああ、もう。母にはこのことを知られたくない。母がどう反応するかわからないけど、わたしを脅すことで、母が敵の思いどおりになるのはたまらないわ」

サビッチは言った。「ナタリーには言わなくていい。少なくとも今夜は。キャリーがこの件を報道しないのは確かかい？」

「キャリーはいっぱしのキックボクサー気取りだけど、その彼女をちょくちょく負かしてるのがわたしなの。それに、わたしたちはタコスをいっしょに食べる仲よ。彼女は報道しないわ」

「そりゃ強い絆だな」デイビスが言った。

「まさに。それにベンが言ってたけど、器物損壊罪の報告書が注意を惹くことはめったにないんですって」

サビッチは言った。「いいだろう。それで、デイビス、犯人が戻ってくるといけないんで、きみは残れるか？　犯行がエスカレートしてきてるから、ペリーの安全を確保したい。いっしょにタコスでも食べたらどうだ？」

「いいですね」デイビスはフィグニュートンを山盛りにした紙皿を手のなかで回転させて、しれっと言った。「いいうちだね、ブラック。ただし、あちこち埃が目立つし、油汚れやらが残ってたりする。なんならおれからモンローに頼んでみようか？」

彼女はうなずいたが、埃や油汚れの件ではなかった。デイビス・サリバンが自分といっしょに自宅のコンドミニアムに残ることについてだ。サビッチはわたしが危険にさらされていると本気で思ってるの？　落書きに続いてハーレーまで——サビッチの言うとおりかもしれない。ペリーはデイビスを見た。彼女に目を据えたまま、生真面目な顔でフィグニュートンを噛みしめている。ペリーはもう一度、ゆっくりとうなずいた。自分までハーレーみたいに壊されたくない、と思った。

「わかった。デイビスに住んでもらう」

サビッチはふたりを見た。恐怖やショックの対処方法は人によって異なる。ありがたいことに、ペリーは毅然としているし、デイビスは能力が高い。サビッチは言った。

「よかった。じゃあ、おれは家に帰って、なにも見のがしてないからとシャーロックの怒りをなだめることにしよう。ぐっすり寝てくれよ、ペリー。こいつはどでかい足を突きだして、ソファで寝させればいい」サビッチは玄関に向かう途中、デイビスのほうを見て、フィグニュートンをひとつ手に取った。

ペリーはふたりの話が聞こえるかもと、勝手口のドアに近づいた。サビッチはあの美しい話し声を小さくしていたが、聞くのになんの支障もなかった。「いやな展開だ、デイビス。それに落書きを残していった少年の身元が特定できない」

「写真を見せて」ペリーは言うと、通路に出た。

デイビスがサビッチに言った。「彼女らしいや。立ち聞きか、ブラック？　こちらに来て、見てみろよ」

ペリーはデイビスのｉＰｈｏｎｅを見た。〈ポスト〉のロビーに設置された監視カメラから取ったカラーの静止画像が表示されていた。映っているのは長身痩軀の、浅黒い肌をした十代の少年だった。いや、十代ではない、二十歳だ。ペリーはわが目を疑った。顔を上げた。

「わたし、この子、知ってるわ」

26

〈ワシントン・ポスト〉本社
木曜日の午前中

翌朝〈バルチモア・サン〉のスポーツ欄に掲載されたコラムには、署名がなかった。

〈ポスト〉記者のハーレー、破壊される

華々しい見出しのあとに続く記事は、昨夜ペリーのリビングにいたとしか思えない筆致で書かれていた。ただ、ペリーの母親に関する記述はなく、その実体はおちゃらけた内容の短い記事だった。書きだしこそ、大スクープをものにした記者に関するまっとうなニュースのようだったが、途中から、スポーツライターが仕事中に居眠りするとこういう目に遭うのか、と茶化していた。

ベネット・ジョン・ベネットはその紙面を顎で指し示した。「誰がやった？」

「わたしのバイクを壊した犯人のことですか?」

「いいや、そいつは警察の仕事だ。誰が〈サン〉にこれを流したかを知りたい」

ペリーは破壊されたハーレーを見たときの背筋の凍りつくような感覚、やり場のない怒りを思いだした。そのことを気づかってはもらえないのか? 「誰かが器物損壊発生報告書を見て、その内容がなんらかの形で〈バルチモア・サン〉の記者に流れたんでしょうね」

「FBIの捜査官がわが物顔でやってきたかと思えば、こんどはこれか? おれたちがここにいるのは、記事にされるためじゃない、記事を書くためだぞ」デスク脇のゴミ箱に新聞を投げ捨てた。すでにゴミでいっぱいなので、新聞は床に落ちた。

ロリータがドアの前から言った。「事実なんでしょうけど、それじゃ通じないわよ、ペリー。〈バルチモア・サン〉に友だちがいるから、電話を入れてあげる。誰が記事を書いたか聞きだして、叩きのめしてやらないと」

そのロリータの肩の上から、アロンゾが顔を出した。感電したアインシュタインのような髪で。「きみの書いたティーボウの記事にめちゃ腹を立てた読者のひとりだろ。どうしてだか知らないけどさ」彼はそう言うとぶらっと歩きだし、映画『ビューティフル・マインド』のテーマ曲を口ずさんだ。彼が自分のデスクに戻るまでニュース編集室のなかにその曲が流れつづけた。

「ここはいまいましくも理想郷だ」ベネットが言った。「なんでスポーツ記者が襲われなきゃならない？　席に戻れ、ペリー。ここにいたいかどうかよく考えてみろ。新しいオーナーは新聞業界とはこれまで無縁だった。このビルをおれたちから取りあげて、〈ポスト〉の面々をとんでもない場所へ追いやるかもしれない。おれとしては、きみの心配より、まずは新聞の心配だ」

わたしの聞きまちがいなの？　それとも、多少の思いやりはあるのだろうか？

「なにをにやにやしてる？」ベネットが尋ねた。

「ボスの気に入りそうな話があります——ティーボウは恋愛中です」

ベネットは鉛筆をふたつにへし折り、椅子から立ちあがりかけた。「恋愛だと？　ティーボウがか？　誰から聞いた？　情報源には黙ってるよう念を押したんだろうな？　どうやってそんなネタを仕入れた？　金か？　それともそいつと寝たのか？　彼女の名前は？　名前は聞いたのか？　おおっと、〝彼女〟であることを祈らないとな。いや、もちろん彼女に決まってる。必要な情報を手に入れて、暴きだせ、ペリー。誰にも負けるな、一番乗りしろ。今後男子トイレにきみの落書きをするやつがいたら、おれが殺してやる。行け！」

自分の席につき、コンピュータにログインしたとき、ペリーの顔はにやけたままだった。デイビスの運転で〈ポスト〉に出社する途上、バズ・カラハンから電話が入った。カラハンの話を聞いてメモが取れるように、デイビスはつぎの大型ゴミ容器《ダンプスター》の隣に車を寄せてくれた。カラハンは先シーズン、プロ入り早々にケガをした。カラハンがUCLAの二年生のときから、彼のことをかわいがってきたペリーは、紙面でもブログでも、そんな彼を精神的に支えてきた。前十字靭帯《じんたい》が断裂したこと、そしてふたたび戦列に復帰するには一年のリハビリが必要なことを、嘆き悲しんだ。そんなカラハンはティーボウと友人で、なんと、ティーボウが彼女といっしょに写った写真をiPhoneから送ってきた。場所はボストンのモンデバー通りにひっそりと建つこぢんまりとしたレストラン。ティーボウなりの感謝のしかただろうか？

ペリーはキーボードを叩いた。〝ティム・ティーボウの恋人、マーシー・カーティスを紹介します〟

マーシー・カーティスに対する身上調査は終えていた。ウェルズリーの三年生で、国際銀行業を専攻している。頭脳明晰、写真のなかには、彼の銀行口座とは無関係の愛らしい笑顔がある。

ペリーは記事をマーシー・カーティスの写真とともにブログに掲載すると、そのコピーをベネットに渡し、上機嫌の彼を残して、立ち去った。

ふたたび頭のなかに昨夜のできごとが浮かんできた。腹を立てたファンのしわざだとは、微塵も思っていなかった。スポーツ好きに悪人なし――ときに例外はあるにしろ。それに自分に関することでもない。そう、今回の件は母がらみだ。誰がなんのためにあんなことをするのだろう？　まったく理屈がつかない。自分がまたもや堂々めぐりに陥るのがわかった。

顔を上げると、配達の少年が目に入った。〈マクドナルド生花店〉というロゴの入った明るい黄色のジャケットを着て、たっぷりの赤い薔薇を活けたしゃれたグリーンの花瓶を抱え、まっすぐペリーのほうに歩いてくる。

花だなんて、どういうこと？　デイビスからのプレゼントだったりして。ペリーは知らないうちに財布から五ドル紙幣を取りだしていた。「ブラックさん？」

「ええ、そうよ」ペリーは少年に五ドル紙幣を渡して、美しい花瓶をデスクに置いた。紙幣をポケットに突っこんだ少年は、敬礼をして、去っていった。

添えられていた小さなカードを開いていると、携帯が鳴った。「はい？」

「薔薇は届いた？」

「信じられないわ、デイ。ぴったりのタイミングよ。いま豪華な薔薇の花束を眺めてるところ」

「昨夜のお礼が言いたくてね、ペリー。それにきみの気持ちを理解してることを伝えたかった」一瞬、声をくぐもらせ、ふたたび話しだした。「その花は母からなんだ。きみときみのお母さんのことが心配だから、せめて花ぐらい贈りたいと言って。ハーレーまであんなことになって。とても心配してるよ。どうなってるんだい、ペリー？」

「答えがわかればいいんだけど、デイ。わたしにもわからないの」

「ひとこと言ってくれれば、きみの家に居候して、きみを守るよ」

ペリーは思わず頬をゆるませた。「ううん、だいじょうぶ。ＦＢＩの捜査官が第二の皮膚みたいにくっついてるから、心配しないで。実家でなにをしてるの？」

「母とブルクシーとランチだった。それと、祖母の婚約指輪をきみにあげたいから譲ってくれと母と交渉中だよ。きみにぴったりのサイズだし、おれが買ったものより上等なんだ。きみも気に入ると思うよ、ペリー」

「デイ、その話は――」

「ああ、わかってる。このごたごたが片づくまで、口をつぐんでなきゃな。ほんとにきみの家で用心棒をしなくていいのかい？」

「ええ、だいじょうぶ、ありがとう。お母さまとブルクシーによろしくね」

デイは大笑いした。「ブルクシーはおれがここに来るのを楽しみにしてるよ。ビリヤードの相手が欲しいもんだから。庶民だから、ポケットに玉を入れる本格的なやつじゃなくて、玉を当ててるだけだけど」いったん黙ってから、小声で言った。「愛してる、ペリー。心配でどうにかなりそうだ。どうか無事でいてくれ」

「わかってるわ、デイ。約束する。きれいな薔薇をありがとう」ペリーは電話を切った。

彼のおばあさんの婚約指輪？　一瞬、頭がくらっとして、悲しくなった。デイのことは愛している。けれど、彼の望むような愛でないことをどう伝えたらいいの？

花瓶に水がたっぷり入っているかどうか調べ、デスクのまわりをうろついて、コンピュータを起動した。と、藪から棒にデイビス・サリバン特別捜査官が心の目に浮かびあがった。午前六時、彼は大きな足に淡いブルーのブランケットをかけてペリーの自宅のソファに寝そべっていた。去年母が編んでくれたもう一枚のブランケットで体を首までおおい、片方の裸の腕だけをソファから垂らして、うんとむかしに父がイスタンブールで買ってきてくれた小ぶりのペルシア絨毯に開いた手が載っていた。ペリーがブラックコーヒーを手に名前を呼びながら見おろすようにして立つと、彼はたちまち目を覚まして、鋭い視線を向けてきた。そしてペリーを見るや緊張を解き、コーヒーの薫りを吸いこみつつ体を起こした。ブランケットが腰まで落ちる。「おはよう、お姫さま。調子はどう?」彼は笑顔になって、裸の胸を掻いた。

27

ナタリー・ブラックの自宅
木曜日の午前中

ナタリー・ブラックはお気に入りのバランスのポーズをとっていた。足先から手先までを一直線にして、ゴムで留めた赤い髪が頭頂を飾っている。ペリーはそれを見て、ほほ笑まずにいられなかった。母の息遣いはゆっくりと穏やかで、ポーズは決まっている。まっすぐ伸びた足がしっかりと保持されていた。

フーリーはそれを見ていなかった。彼は、ミセス・ブラックはヨガのポーズでかがんだりひねったりしゃがんだりふたつ折りになったりしていて忙しいから、あまり話ができないかもしれませんよ、と言いながらペリーを部屋に通した。そしていまは、トレーニングルームの南にある大きなはめ殺しの窓の前にいた。邸宅の裏にも奥行きのある庭があり、背の高い石塀を取り囲むようにして、ニレとオークの木が立っている。彼はその美しい景色を前にして、不審な動きがないかどうか、目を光らせていた。

ナタリーの若い女性警護員であるコニー・メンデスは、革製の小さなソファに腰かけて、ペリーを見ていた。

「あら、ペリー。あと少しで終わるから」ナタリーは娘のほうを見ることなく、両腕のあいだに顔を伏せるポーズを保持したまま言った。つぎの瞬間、両膝をつくと、流れるような動きで体を丸めた。ウサギのポーズだ、とフーリーは背後を見て、思った。床に額をつけて、ふくらはぎに両腕を添えている。と、ナタリーが立ちあがって何度か左右に体を曲げると、タオルを手に取って、顔の汗をぬぐった。

「仕事に精を出してるんだと思ったら、ペリー。どうしたの？　なにも起きてないんでしょう？」

ありがたいことに、母はハーレーが壊されたことを知らない。フーリーなりコニーなりが〈バルチモア・サン〉のコラムを読んでいたとしても、まだ母には言っていないのだ。自分の口から早急に知らせたほうがいいのは、わかっている。誰かが母に爆弾を落とすか、ペリーがレンタカーを運転していることに母が気づくかするのは、時間の問題だ。だが、いまはまだいい。これ以上、母に悪い話を押しつけるのは忍びなかった。

ペリーはまず落書きの件を持ちだした。「お母さん、話さなきゃならないことがあるの」

ナタリーは大きなグラスを掲げて、水を飲んだ。「〈ポスト〉の男子トイレにあった落書きのこと、やっとわたしに話す気になったの？　アンジェラが電話してきたわよ。わたしが知ってるものと思って、話してたわ。当然ながら、わたしは急いでデイビスに電話して、当然ながら、彼もすべて知っていた。わたしを除くみんなが知ってたってこと。それで、罪悪感を感じてるの？　母親に隠しごとをしようとしても無駄なことが、これでわかったでしょう？」

「ごめんなさい、お母さん。重荷を負わせたくなかったの。ＦＢＩから落書きを描いた男の写真を見せられたわ。カルロス・アコスタだった」

ナタリーが訊き返した。「カルロス？」

「ええ。アンジェラから人相を聞かなかった？」

ナタリーは両手を広げた。「聞いたけど、ヒスパニック系の若い男性なら、誰にでも当てはまりそうな特徴だったから、特定できる人がいるとは思えなかったんだけど。それで、なにがどうしたら、男子トイレにそんな恐ろしい落書きをした人物としてうちの庭師の助手をつとめてるカルロス・アコスタの名前が挙がるの？」

「マダム」フーリーから呼びかけられたナタリーは、片手に半分水の入ったグラス、もう片方にタオルを持って、ふり返った。「自分がサリバン捜査官に電話したのはご存じですね。出入りのあった人間を全員知りたかったんで。だが、警告してくれてしかるべきカルロスの話は出なかった。ペリー、落書きを描いたのは、ほんとにカルロスなのか？」

「ええ」

フーリーは携帯電話を取りだし、番号を押した。「サリバン特別捜査官か？」

コニーはフーリーを見て、その小声に耳を傾けた。ペリーには、コニーが警戒して張りつめているように見えた。ペリーと同じように、彼女もフーリーがデイビスになにを話しているのか気になるのだろう。ペリーは母親に近づいて、肩に手を置いた。

フーリーが携帯を切った。「サリバン捜査官が言うには、まだカルロスに接触できてないんで、やはりカルロスからの連絡を待ってるミスター・サリバーと、もう一度、話をしてみるそうです。カルロスは責任感が強くて、夜遊びやパーティにうつつを抜かすタイプじゃない。それと、いますぐ行くので、あなた方ふたりは家にいてくれと言付かりました」

ペリーが言った。「お父さんのガンケースの鍵はどこにあるの？」

フーリーが一歩前に出て、片方の手を上げた。「待ってくれ、ペリー、その心配はいらない。おれとコニーがいるんだし、いざとなれば番小屋のルイスも呼べる」

「いいから、フーリー。お母さん、どこ？」

「こちらよ」ナタリーは事務的に言った。「取りに行きましょう」

女ふたりがトレーニング室を出て、コニーとフーリーが続いた。ペリーは口を開かないように気をつけた。肝臓を痛めつけられて、床に大の字になりたくないからだ。コニーに挑むなど、もってのほか。

ナタリーは書斎に入った。かつてこの部屋が夫の書斎だったころは、焦げ茶色の特大革製ソファと椅子と、深みのあるチョコレート色に塗装された壁とで、重厚な雰囲気が醸しだされていたが、いまは軽やかで生き生きとした部屋になっている。本の多さは相変わらず、造りつけの本棚に積みあげたり詰めこまれたりしているけれど、それでも以前のような圧迫感はない。ナタリーはリージェンシー様式の優美なデスクまで行くと、引き出しを開けて、たくさんの鍵がぶら下がるレッドスキンズのキーリングを取りだし、細長いクローゼットのドアの脇にある目立たないキャビネットに近づいた。キャビネットのドアの錠を開け、さらに別の鍵に持ち替えて、内側にあったガラスの両扉の錠を開けた。

フーリーは目をみはった。多数の銃器からなる、みごとなコレクションだった。少なくとも一ダースはある拳銃——スミス《S》・アンド《&》・ウェッソン《W》のＭ６２５が二丁、ルガー・レッドホークが一丁、それにシマロン・サンダラーとアメリカン・レディ・デリンジャーも一丁ずつある。あれはサベージ・ウェザー・ウォーリアか？　そうだ、二丁ある。そしてシグ・ザウエル５５６クラシックＳＷＡＴが一丁。ペリーは自動式拳銃を一丁手に取り、それを母親に渡した。「お母さん、お気に入りの銃はいまもワルサーＰＰＫでいいの？」

「ええ」ナタリーはワルサーを受け取ると、遊底を引き、銃弾が装塡されていないことを確認した。彼女が「よし《クリア》」とつぶやいたのをフーリーは聞きのがさなかった。身についた習慣だ。続いてナタリーはペリーが差しだした弾倉をつかんでワルサーに挿入すると、あらためて遊底を引いて、銃弾を装塡した。「これでいい。いいことに気づいてくれたわね、ペリー。できればイギリスから戻りしだい、それが無理でも、バックナー公園であんなことがあったあとは、自衛のために拳銃を持たなきゃいけなかったのよ。イギリスに長くいすぎたせいね。あちらではそういう習慣がないから。とくに大使ともなると」ワルサーの銃身を軽く叩いた。「でも、イアン・フレミングよね、ジェームズ・ボンドにワルサーＰＰＫを使わせたのは。わたしにはベレッタ４１８よりこれのほうが合ってる」満面の笑みを娘に向けた。「ボンドが使っていいものなら、わたしにもいいに決まってる」

ペリーはガンケースから九ミリ口径のキンバー・サファイアを取りだした。青い三インチの銃身が印象的な拳銃だ。遊底を引いて弾倉を挿入し、ふたたび遊底を引いて銃弾が装塡されたことを確認して、うなずいた。続いてベルトクリップを取りだし、それにキンバーをおさめてジーンズに留めつけ、その上から革のジャケットをはおった。

ナタリーは娘の腰を見てから、自分のシャツとヨガパンツを見おろした。「わたしにもベルトクリップをお願い、ペリー。シャワーを浴びて、着替えてくるわ」

自分に任せてもらいたい、とフーリーは思った。だが、口出しできないのは見ればわかる。それにふたりとも銃を注意深く、敬意を払って扱っており、その意味では申し分がなかった。それでも、口から言葉が飛びだすのを止めることはできなかった。

「ちょっと待ってください、ミセス・ブラック、ペリー。あなた方は民間人で、それを守るのが自分の仕事です。うっかりケガをされるようなことが――」

ナタリーが手を上げて制した。「心配なら無用よ、フーリー。ふたりとも射撃は得意だし、夫のブランデージに言われて、メリーランド州で銃を携帯するためのライセンスはすべて持ってるの。だからここは黙ってて」

ペリーも言った。「わたしたちが自分の足や、あなたやコニーを撃つのを心配してるんなら、だいじょうぶよ。そうね、デイビスについては、考えてみないといけないけど。母とわたしはほぼ毎月、射撃の練習をしてるの。そうよね、お母さん？　最近練習に行った？」

「ご無沙汰してるわ。でも、知ってのとおり、フーリー、一度身についた技術は筋肉に染みついてるものよ。さあ、サリバン捜査官と話をしないと」

フーリーは必死に訴えた。「サリバン捜査官はあと十五分ほどで来ます、マダム。彼もあなたやペリーが銃器を携帯することに賛成するとは思えません」

ペリーは肩をすくめて腕時計を見ると、キンバーを体に押しつけた。「お母さんの若いツバメはまもなく来るわ。彼がくだらないお説教で時間を無駄にするか、理性的に対処するか、みものね。フーリー、ミスター・サリバーをうちに呼んでくれる？」

デイビスがリビングに足を踏み入れると、フーリーは開口一番、こう言った。「クライアントに撃たれないよう気をつけろよ、サリバン」

28

言葉の応酬が続くことたっぷり二分。デイビスは、リビングが闘うには不向きな場所であることに気づいた。ペリーをやっつけるのは後回しにして、まずはキンバーを取りあげなければならない。ナタリーとワルサーPPKに関しては、いくらサビッチといえども、本人の決意があそこまで固いと説得するのはむずかしいので、当面、静観することにした。そして庭師のサリバーはというと、ブラック家の母娘が警護を担当する三人の大男を相手に延々と抗弁するのに見とれていた。と、サリバーがデイビスを見た。

デイビスは言った。「ミスター・サリバー、カルロスは今日FBIが話を聞きに来るのを知ってて、仕事に出てこなかったんですか？」

「だとしたら、サリバン捜査官、わたしにはなんでだか見当がつきませんよ。どうなってるんでしょうか？　カルロスがなにか困ったことに？」

「カルロスに尋ねたいことがあるんです。彼の居場所に心当たりはありませんか？」

「さっきフーリーさんに言ったとおり、あいつの自宅は知ってますが、留守にしてますよ」

デイビスは首をかしげた。「カルロスがミセス・ブラックなりペリーなりに対する怒りや不満を漏らしたことはありませんか？」

サリバーは恐怖に顔を引きつらせた。「まさか。カルロスは奥さまを崇め奉ってます」ナタリーを頭で指し示した。「駐英大使のお宅で働いてるんだと自慢してたぐらいで。カルロスがそう言ってるのを聞いたことがありましてね」

デイビスは言った。「カルロスのことを教えてください」

「わたしに似てると言われます」サリバーは言った。「年齢はあいつのほうが三十ほど下ですが、似たような体格でして。うちの三女の――いえ、娘が七人いるんですがね――イザベルっていうんですが、カルロスとは相思相愛の仲です。わたしもカルロスは気に入ってるんで反対はしてませんが、ただカルロスには、娘を尊重しろ、さもないとあれをぶった切る――」ナタリーにちらっと視線を投げ、咳払いをした。

デイビスはすらすらと続けた。「ミスター・サリバー、昨日、カルロスに変わったようすはありませんでしたか？」

「ふだんから口数が少なくて。でも、おとなしいのはいつものことです。昼ごろあいつの携帯が鳴りましてね。そのときは母親から用事を頼まれたと言ってた。今朝になって仕事に出てこないんで、携帯に電話すると、留守電に切り替わった。それで母親に電話してみたら、昨日の夜、食事をしたのが最後だと聞かされました」

サリバーは不安げに顔をゆがめて、周囲を見まわした。「頼むから、事情を教えてもらえませんかね」

デイビスが答えた。「すみませんが、ぼくにも彼の居場所や状態はわからないので」

サリバーがのろのろと言った。「あの電話、母親からじゃなかったんですね?」

「じきにわかります。彼の母親の住所を教えてもらえますか?」

サリバーが帰ると、デイビスは言った。「ミセス・アコスタに会ってきます。あなた方ふたりは――」ペリーとナタリーを指さした。「ここにいてください」

「この宇宙の支配者みたいな口ぶりね」ペリーが言った。「わたしを連れずに彼の家に行けると思ったら、大まちがいよ」

デイビスが口を開くより、彼女の動きのほうがすばやかった。彼女は指を立てて、ひらひらさせた。「吠えるな、つけ!」デイビスの脇をすり抜けて、玄関に向かった。

ペリーについて外に出ると、彼女はデイビスのジープに乗りこもうと、助手席のドアを開けていた。彼女を連れていって悪い理由があるか？　自分の手元に置いておいたほうがキンバーを取りあげやすいし、彼女の身も守りやすい。

29

〈レストラン・グラシアス・マドレ〉
バージニア州セブンコーナーズ
木曜日の昼過ぎ

エルサルバドル人の多い地区にあるミセス・アコスタの家をあとにしたデイビスとペリーは、そこから数ブロックの距離にある〈グラシアス・マドレ〉でタコスとチップスを食べていた。ペリーはチップスのバスケットを見てため息をつき、両手で自分の腹を押さえると、まじまじとデイビスの目をのぞきこんだ。「ランシドの『タイム・ボム』をがんがん流してわたしの耳を聞こえなくしたり、フィッシュタコスをむさぼったり。そのうえ偉そうにわたしを車に残してミセス・アコスタの家を訪ねたのよ。そろそろわかったことを教えなさいよ。否定しても無駄、戻ったときのとり澄ました顔でわかったんだから。さあ、しゃべりなさい、デイビス」

デイビスはチップスでサルサをすくい、しばらくそれを眺めてから、自分の皿に置いた。「おれの第六感が言うには、カルロスは大きなトラブルに巻きこまれてる」

「それくらい、誰にだってわかるわよ。さあ、なにを探りあてたの？」

「具体的なことはなにも。ミセス・アコスタは、彼が好物のスープ《ソパス》を食べなかった、なにか心配ごとがあった証拠だ、と言ってた。そのあと彼の携帯に電話が入り、彼は出かけていって、それきり戻らなかった。

ミセス・アコスタは母親ではあるけど、証言内容はミスター・サリバーと重なってて、なにかトラブルを抱えて無理強いされないかぎり、そういうことに巻きこまれる子じゃないと言ってた」

ペリーは言った。「そうよ。わたしも昨夜、信じられないと言ったでしょ」

「昨日カルロスに電話して、用事を頼んだかどうか尋ねてみたら、案の定、ミセス・アコスタは電話してなかった。

来客もなかったと言ってたが、前日、彼女が出かけているあいだに誰かが訪ねてきた可能性は否定できない。おれは写真つきでカルロス・アコスタの捜索手配を出した。彼の携帯の通話履歴も調べる。カルロスが携帯を持ってれば、居場所がわかるかもしれない」

ペリーの携帯が鳴った。画面を見ると、デイの名前が表示されていた。ボイスメール送りにしようかと思ったが、できなかった。「あら、デイ、どうかした？」

「きみの声を聞いて、無事を確認したかった」

ペリーは笑い声をあげた。「さっき話してからまだ二時間もたってないのよ。わたしなら元気。デイビス・サリバン特別捜査官といっしょにタコスで遅いランチをとってるところよ」

デイビスが見ていると、彼女はしばし耳を傾けてから言った。「そうよ、デイ、火曜の夜、あなたのお母さんのパーティにわたしの母といっしょに参加した男性。うっとうしい人だけど、訓練は受けてる。わたしも協力したいと思って。ううん、だいじょうぶ、心配しないで。わたしはいつだって慎重よ。それより、ビリヤードでブルクシーに勝てた？」彼女はここでふたたび、彼の言ったなにかに笑い声で応じた。

ペリーが携帯を切って、バッグに戻すと、デイビスは言った。「そんな嘘をつくと、鼻が伸びるぞ。おれはうっとうしいやつじゃない」

「見る人によっては、うっとうしいやつよ」

「たとえばきみの恋人とか？　おれがきみにくっついてるんで、機嫌が悪いのか？」

「いいえ。彼はただ心配してるだけ」

デイビスはチップスを噛みしめつつ、彼女にバスケットを差しだした。「ハーレーのこと、お母さんに話したのか？」彼女は罪悪感をあらわに、チップスをもてあそんだ。「いいえ、まだよ。でも戻ったら話す。話したくないけど、話すしかないものね」

「もうひとつ、きみがしなきゃならないことを言おう。拳銃から弾倉を抜いて、鍵のかかる箱にしまい、家まで持って帰るんだ。ワシントンＤＣでそのまま持ち歩いたら、きみを逮捕しなきゃならない」

デイビスは立ちあがり、財布から二十ドル紙幣を抜いて、テーブルに置いた。「で、おれと来るか？　それとも吠えて、追いたてなきゃだめか？」

30

ジョージタウン
木曜日の午後遅く

サビッチはプロスペクト通りにある〈メッツァー食料品店〉の駐車場に車を入れた。ショーンのチェリオスを切らしたからには、買いに出るほかなかった。「おれも行こうか、シャーロック?」

「チェリオスを買いに?」シャーロックは笑った。「わたしひとりで事足りると思うけど、ディロン。十分ちょうだい」

サビッチは駐車場を見まわしてから、うなずいた。「十分だな。時計を見てる」

ポルシェを降りたシャーロックは、半径三メートル以内にいる人たち全員に気を配りつつ夫にうなずきかけ、自動ドアを抜けた。よく知らない店なので、店員に尋ねてから、九番通路に向かった。かがんでチェリオスの箱を手に取ったとき、頭上で低いしわがれ声がした。「シャーロック捜査官、その赤毛の目につくこと。おまえの夫が、危険そうな人物の首を手当たりしだいに引っこ抜きたそうな顔をして外にいるのはわかってるぞ。そしてわたしは危険そうには見えない。

いや、動いたら、ナイフの切っ先をその痩せた首の喉元に突き立てる。どうだ、感じるか？」ナイフが刺さって血が滲むのが、シャーロックにはわかった。

「立ってもらおう。そうだ、チェリオスを持ったまま」相手はシャーロックの腰からいともたやすくグロックを抜き取った。「これでいい。お行儀に気をつけるんだぞ。キャンディやポップコーンを買いに来た善良な人々をわたしに殺させたくないだろう？　おまえの夫が飛びこんで来るようなことになれば、その前にできるだけ大勢の人を殺してやる。わたしは死ぬだろうが、おまえも、そしてその他大勢の人たちも道連れになる」

シャーロックは静かに佇んだまま、自分のグロックが腰の窪みに押しつけられるのを感じた。ばかみたい。片手にチェリオスを持った姿勢で、ブレシッドに背後につかれるなんて。シャーロックは小声で言った。「わたしは動かないから、ブレシッド、誰も撃たないで。どうやって店内に入ったの？」

「言っただろう、あいにくわたしは危険人物には見えない。おまえの夫も、腰の曲がった小柄なばあさんには注意を払っていなかった。足元がおぼつかず、娘と孫の隣をゆっくり杖をついて歩いているとあればなおさらだ。やさしい娘さんだったよ。わたしがよろけるといけないからと、ならんで歩いてくれた。入れ歯安定剤を買いに出た小柄な老婆を見て、救いの手を差し伸べない人間がいるだろうか？　わたしの母も使っていたが、それでも話すとカタカタ鳴ったものだ。そうとも、この店に入るのは、虫歯の治療より簡単だった。

まず、まっすぐ前を見て、わたしといっしょに裏から外に出るんだ。さっきボウリング場の裏の駐車場から盗んできた小型のキアが停めてある。おまえとは話したいことが山のようにあるぞ。そのきれいな髪のこととかな」

店内には大勢の客がいた。赤ん坊や幼児をつれた女性たち。おしゃべりしながら、レタスを選ぶ人たち。家路を急ぐ人たち。誰も危機を感じ取ってはいない。とはいえ、少なくともブレシッドの意識はシャーロックに向けられていた。この状態を保たなければならない。自分とディロンの推測は正しかった。ブレシッドはシャーロックに術をかけて自分の脳を吹き飛ばさせようとはせず、武器を使って支配下に置いた。これは大きな安心材料だった。術を使えないブレシッドなど、ただの初老の男にすぎない。シャーロックの拳銃を持ち、それを彼女に向けて撃つ気になっているとはいえ、ディロンはすぐそばにいる。彼には十分で戻ると言ってきた。十分といわず動きだすだろう。チェリオスを買うのにそこまではかからない。

「力を抜いて、ふつうに歩くんだぞ。わたしをふり返ろうとしたら、少しでもそのそぶりを見せたら、おまえを殺したあと、母親とその子どもたちを撃ち殺すからな」

「歩くわ」シャーロックはブレシッドの前をゆっくりと歩いた。後ろをついてくるブレシッドはどんな恰好をしているのだろう？

「代金を支払ってもらわないと困りますよ、奥さん」

若い声に言われて立ち止まったシャーロックは、チェリオスの箱をまだ持っていることに気づいた。

背骨に銃口が押しつけられる。

シャーロックは丸顔にもしゃもしゃの黒い髪をした十代の店員に向かってにっこりした。「ごめんなさい」そして、チェリオスの箱を渡した。「ここでおばさんとばったり会って、手に持ったままなのを忘れてたわ」

ブレシッドは無言だった。店員は怪訝そうな顔で最後にじっくりふたりを見てから、九番通路にチェリオスを戻しに行った。「あそこにトイレの案内板が見えるな？　これからあそこに向かうぞ。歩け」

「どうして催眠術を使わないの？　あの術、妨害《スタイミー》といったかしら？」

銃がさらに強く押しつけられた。「黙れ、いらない口出しをするな」

「才能が枯渇しちゃったの、ブレシッド？　だったらいまはふつうの人と同じなのね？　どんな気分、ブレシッド、ごくふつうの無力な人間になるのは？」

背後でブレシッドが動くのがわかった。彼は髪に口を寄せて、小声で言った。「いやな気分だ」

その声から動揺が伝わってくるようだった。シャーロックにも形どおりの理解はできた。彼にとっては生まれたときから自分の一部をなしている才能だけに、手足をもがれたような気分だろう。自分の願いを口に出すだけでは人を思いどおりに動かせなくなったいま、彼にはその世界でやっていくだけの力があるのだろうか？　「どこでお金を手に入れたの、ブレシッド？」

ヘビが威嚇するような音が耳元でした。「いらない口出しをするな」さっきと同じことを言った。「どうしたらわたしを倒せるか、必死に考える音が聞こえるようだが、おまえにできることはない。この場でおまえを撃ち殺して、大勢の人を道連れにできることを、忘れるでない。それとも、それがおまえの望みか？」

「いいえ、そんなことは望んでないわ。どうしてわたしを殺したいの、ブレシッド？」

「ママはおまえが嫌いだった。おまえには敬意がないと言っていた。さあ、口を閉じて、さっさと歩け」

「シェパードがそんなことを言うなんて、信じられないわ。彼女の家をあんなに褒めてあげたのに。それで、その理由は？」

耳ざわりな呼吸の音に続いて、彼の声が聞こえた。「聡明なママはまずおまえを殺せと言った。おまえがいなくなれば、サビッチが錯乱して倒しやすくなるからと」

シャーロックは恐怖で喉が締めつけられた。シェパードの言うとおり、ディロンは平静ではいられなくなるだろう。反面、シェパードはまちがってもいる。ディロンは遮二無二ブレシッドを追う。彼がわずかに体を左右にまわしたのがわかった。周囲の人たちを見ている。そして、低い声で笑った――笑い声と呼ぶにはあまりにおぞましい声だったが。「おまえの亭主を殺すのが待ち遠しい。一対一《マノ・ア・マノ》の直接対決になるだろうが、利はこちらにある。あの宿無しのときのような手際のよさは望めまい」

宿無しって？

ブレシッドが言った。「オータムはわたしの姪だ。もっと大きくなったら、あの子にも理解させなければ」

「タイタスビルの保安官のイーサン・メリウェザーを覚えてるわよね？　ジョアンナ

は彼と結婚して、いまは三人で暮らしてるわ。そしていずれはふたりのあいだにも子どもができる。だからオータムのことは忘れて。こんどこそ、あなたの命がないわ」

「オータムのことに口を出すな。ふたたびあの子に会うことができたら、こんどこそ、本当のわたしを見せなければ」

あら、あの子はこの前だって、本当のあなたを見たんだけど。

「さあ、行け。在庫の棚のあいだを抜けて出口の案内板まで行ったら、裏口から外に出るんだ」

シャーロックがスイングドアを抜けると、その先は右側にトイレのある広大な倉庫スペースで、前方には在庫を積んだ金属製の頑丈なラックが列をなしていた。ブレシッドは体がつくほど距離を詰めている。「ママから奥さんを見つけろと言われた」

尋ねてもいないのに語るなんて、どういうこと？　そうか、天涯孤独になったからだ、とシャーロックは気づいた。ブレシッドにはもはや話し相手がいない。彼のことを知っている人や、これまでの人生で縁のある人が、残っていないのだ。

そのとき、左側の三メートルかそこら先にいるひとりの店員が目に入った。クリップボードを手にポークビーンズの缶詰を数え、こちらを見ていなかった。

「見て！」

拳銃が動いた。

シャーロックは金属製のラックの角をつかみ、思いきり前方に引っぱった。傾いたラックから缶詰や箱が転げ落ち、ふたりのうえに降りかかる。だが、巨大なラック本体が倒れるまではいかなかった。

「そこまでだ、売女！　歩け！」ブレシッドはグロックでシャーロックを押した。

「おい、なにしてんだ？　ここは立ち入り禁止だぞ」クリップボードを持った店員が近づいてきた。拳銃を見るや、怒りが恐怖に取って代わる。

シャーロックはオクラの缶詰をつかみ、ブレシッドに投げつけた。缶詰が額に命中したのと、彼が発砲したのは、同時だった。銃弾は大きく的をそれ、オートミールの大箱を突き抜けて、コンクリートの壁に深くめりこんだ。耳をろうする大音響だった。

シャーロックはラックの裏に身を隠して、店員に叫んだ。「逃げて！」店員がふたたび悲鳴をあげながら、スイングドアに向かう音がした。シャーロックは回れ右をして、石鹸の箱のあいだからブレシッドをのぞいた。そこで目にしたのは、在庫品の棚にもたれて頭をかかえる老婆の姿だった。レースのついたブラウスに、かぎ針編みでできた灰色のみすぼらしいセーターを重ね、不恰好な花柄のスカートの下には、スニーカーをはいた足がある。そしてキャメルのウールのコートを着ていた。

男女共用のトイレからひとりの老人が顔をのぞかせた。シャーロックは叫んだ。「なかに戻って、ドアに鍵をかけて！」ブレシッドが頭を振りつつも、老人のほうを見た。だが、老人の動きはすばやかった。大きな音を立ててドアを閉めるや、ブレシッドが二発、立てつづけに発砲し、一発がトイレのドアの中央に当たった。老人の悲鳴が聞こえたものの、ありがたいことに痛みを訴える声ではなく、店内からは店員の大声が響いた。シャーロックは続いてコーンクリームの缶詰を投げつけた。ブレシッドの背中の中央に当たり、彼は体勢を崩しつつも、シャーロックのほうを向こうとした。皺だらけの老婆の顔が怒りに引きつっていた。

絶体絶命のピンチだった。さらに缶詰をつかんで投げるシャーロックにブレシッドが突進してくる。その指は引き金にかけられていた。

31

シャーロックはすかさず膝をついて転がり、銃弾を避けた。さっと立ちあがり、ラックの角をつかんで、思いきり引いた。缶詰や箱がこぼれだす。最初はばらばらと落ちていた物品がやがて雪崩《なだれ》を打って雷鳴のような音を立てながらむきだしのコンクリートの床に落ち、隣のラックにも降りかかった。シャーロックの頭にもキャンディの袋が降りそそぎ、倉庫の外からは叫び声や怒声が聞こえてくる。シャーロックがもう一度揺さぶると、巨大な金属製のラックが隣のラックに倒れかかった。低い地鳴りのような音がして、見ると、隣のラックがさらにもうひとつ先のラックに倒れかかろうとしていた。ドミノ倒しだ。シャーロックはしゃがみこんだ。巨大なラックがつぎのラックの均衡を崩して、連鎖的に倒れていく。その音たるや、閉鎖空間で放たれる銃声にまさる騒々しさだった。這って逃げようとするも、床一面が転がる缶詰でおおわれているせいで、前に進めない。それに、転がる缶詰にすべるたび、痛みが走った。

騒然とした空間に、ディロンの声が響いた。

ブレシッドの姿は見失っている。だが、シャーロックはここへ来て彼の声を聞いた気がした。低く獰猛な叫び声、がさついた息遣い。そして裏口のドアが開いて閉まるのが見え、彼が立ち去ったらしいことを察した。ディロンを呼びたかったけれど、いまだ動く缶詰の海のなかに顔から落ち、倒れた金属製のラックでこめかみを打った。首を振って、めまいを払う。このままでは、押しつぶされる。そのとき、誰かが両手で引きあげてくれた。倒れたときの痛みはあるものの、ようやく缶詰からのがれることができた。

サビッチは彼女を抱き寄せつつ、悲惨なありさまとなった倉庫のなかを慎重に進んで、スイングドアから外に出た。パイナップルの缶詰が足に当たって転びそうになったが、それでも彼女を手放すことはなかった。ふたりは店長の脇を通りすぎた。なすすべもなく、出入り口から倉庫のなかを見つめ、惨憺たる光景に絶句していた。

安全な場所までたどり着くと、サビッチはシャーロックの全身に手を走らせ、ありとあらゆる場所を押した。「だいじょうぶか？　どこか痛みはないか？」

「わたしならだいじょうぶ。ラックでこめかみを打ったから、少しふらふらするけど。ブレシッドは？　彼を見た？」

サビッチは妻を見つめた。「ブレシッド？　いや、おれの前は通ってないぞ」

「おばあさんを見かけなかった？　腰を深く折って、杖をついたおばあさんよ。キャメルのコートを着て、女の人と子どもといっしょだったはずなんだけど」

サビッチが悪態をついた。びっくりしたシャーロックは、思わずトマトパスタの缶を踏んで、ひっくり返りそうになった。倒れる前にサビッチが腋の下に手を入れて、助け起こしてくれる。ふたりの周囲に人が集まってきて、いっせいに話しだした。倉庫からさらにいくつか転がりでてきた缶詰が五番通路を転がっていく。ぎょっとした客たちが、それを拾いあげた。

サビッチは言った。「倉庫のどこかにいるんだ？」

「裏口から逃げたわ。盗んだキアが置いてあると言ってた」

ふたりは外に出て裏口にまわったが、ブレシッドと盗難車は影も形もなかった。

「早々に車を乗り換えるでしょうね」シャーロックが言った。

十数人の客が警察に通報していたので、まもなく店内には警官があふれた。警官による事情聴取がはじまるのを待たずに、シャーロックはみずからキアとブレシッドの風貌を伝えた。

警官と店長と客たちに対応するのに、時間を取られた。そう、貴重な時間を。盗難車のキアに乗るブレシッドを探して、サビッチが〈メッツァー食料品店〉周辺のグリッド捜索をはじめられたときには、すでに二十分が経過していた。

32

ナタリー・ブラックの自宅
木曜日の午後

「カルロス・アコスタがどこにいるか、まったくわからないのよ。エルサルバドルに帰国してたりしてね」会話が途絶え、全員の目がナタリーに向けられた。彼女は続けた。「あなた方が探しに来るのを知ってて、逃げたのならいいんだけど。彼らに殺されていないことを祈るわ。それもこれも、あのくだらない落書きのせいだなんて！」彼女は肩を落とし、顔を伏せて、言葉では言い表せないほど悲しそうだった。と、怒りが頭をもたげ、椅子の背をこぶしで叩いた。「背後にいるのは誰？　カルロスに落書きを描かせ、さらにはペリーのバイクを壊させたのは？　誰がカルロスにそんなことを強いたの？」

ペリーが言った。「使い走りのカルロスを殺すなんて、わたしには想像できない。なんの理由もないのよ」

「理由はなにかしらこじつけられる」フーリーだった。「あるいは、犯人の気質に問題があるか。その場合は、なんでもありになる」

デイビスが淡々と続けた。「死んでるとしたら、カルロスは彼らの正体に気づいたことになる。カルロスが知ってることを警察に話されるのを防ぐためだ。カルロスが脅迫していた可能性もないとは言えない」

ペリーは急に椅子から立ちあがり、リビングのなかを行きつ戻りつしはじめた。それをしばらく眺めてから、デイビスは言った。「サビッチと話をした。彼とシャーロックは別の事件で手いっぱいなんだ。去年ふたりが逮捕した犯罪者が、なにを考えてるんだか、よりによって食料品店でシャーロックを殺そうとしてね。ふたりとも無事だったけど、いま犯人を追ってるから、しばらくこちらには戻れない」

彼はフーリーに視線を投げた。「しばらくはおれたちふたりだ、大男」

フーリーは大きな両方の手を開いたり閉じたりすると、獰猛な笑みをデイビスに投げかけておいて、コニーにうなずきかけた。「おれたち三人だ」

ペリーはジーンズの埃を払った。「あなたたち三人と、わたしたちよ」いまだベルトクリップにおさめたままのキンバーをぽんと叩いた。話すのをやめたのは、デイビスが彼女のほうを見ていないからだった。彼は携帯を見おろしていた。しばらくすると、驚きにみはった目をペリーの顔に向けた。

ナタリーが半分腰を浮かせた。「どうしたの？　なにか悪いことが起きたの？」

デイビスの声が怒りに震えた。「ＣＡＵからメールが届いたんです。ティーボウに恋人ができたと、あなたの娘さんが報じたそうで。それなのにおれにはひとこともなかった」

「嘘だろ？」フーリーが目をぱちくりした。「まさか、ほんとじゃないよな？　ティーボウが陥落？」

「あなたに話がなかった？　実の母親にもなかったのよ」ナタリーが言った。

コニー・メンデスがリビングの入り口から叫んだ。「ミセス・ブラック、お客さまです。国務長官がいらしたそうです」

「あら、いけない。アーリスが来るのを忘れていたわ。そういうことだから、あなたたち、出てってくれる？　いえ、やっぱりいてちょうだい。あなたたちにも紹介したいから。そのあと書斎で話をすることにしましょう」

デイビスはアーリス・アボット国務長官が部屋に入ってくるのを見た。いかにもブランド品の高級ビジネススーツに身を包んだ彼女は、一同を見まわして、優美な眉を吊りあげた。「パーティだったの、ナタリー？　わたくしはご招待いただいてないんだけど」

「あなたみたいにつねにすてきな恰好をしている人なら、いつだって歓迎よ」ナタリーは笑顔で国務長官に歩み寄った。「こちらにいらして、国務長官閣下」

アーリス・アボットは長く友人関係にある大使に笑いかけると、愛想よくペリーとコニーとフーリーとデイビスにあいさつをした。誰もカルロス・アコスタやティーボウの恋人の件を持ちださなかった。

それから数分後、ふたりはアールグレイのカップを手にナタリーの書斎に引きあげた。対照的なふたりだと、ナタリーは思った。隙のない恰好のアーリスに対して、ナタリーのほうは腰に拳銃をつけたカジュアルなパンツスタイルをしている。アーリスの顔を——疲れはてた顔を——見て、申し訳なくなった。疲れの原因がおもに自分にあるのを知っていたからだ。

アーリスが言った。「あなたとしばらくちゃんと話をしていなかったわね、ナタリー、ごめんなさい」

ナタリーは揺らぎのない、穏やかな声で応じた。「お互いにわかっていることよ。それで、今日は、ソーンがようやくわたしの解任を決めたと伝えに来たのね？」

アーリスはマイセンの美しいカップをゆっくりとソーサーに戻した。「ソーンはあなたに辞任を求めるのを拒否しました」

ナタリーは居住まいを正した。「ようやく彼もわたしを切る以外に手がないと悟ったんだと思っていたわ。あなたにもわたしにも自明なことよ。どんなに努力しようと、政治やビジネスの世界では、長期的に個人の感情を優先させることはできない。彼は大統領よ。さまざまなことが高波のようにスピードと勢いを増して押し寄せて、コントロール不能に陥っている。そのすべてを切り離せれば、ずいぶんと楽になる。彼も、そしてあなたも。それなのに彼はなにを考えているのかしら」

アーリスがため息をついた。「ソーンの言葉をそのまま伝えるわよ。『ナタリーは嘘とは無縁の人だ。彼女がジョージ・マッカランを捨てていないと言うなら、実際、捨てていない。イギリスで車にはじき飛ばされそうになったと言うなら、それが事実だ。いや、ひとつ例外がある。彼女はひとつだけ他愛ない嘘をついた――ペリーが十二歳のとき、たしかセックスに関することで』。そのあとソーンはあのくったくのない笑顔になって、うちの奥さんも同じことで去年、娘に嘘をついたよ、と言った」

ソーンらしい。彼と深い友情で結ばれていることは、ナタリーにもわかっていた。ソーントン・ギルバートに対する変わらぬ感謝の念が湧いてくる。とはいえ、自分が原因の騒動で彼を苦しめたくない。「わたしのせいで彼が傷ついているんじゃないの、アーリス？　あなたや、党はどう？」

アーリスは臆せずこちらを見た。「残念ながら、イエスよ。こんなことを言うのがどれほどつらいか、わかってくれるわよね。あなたの友人として、ソーンと同じようにむかしからあなたを知っている人間として、死ぬまであなたの力になりたいと思っている個人として——」肩をすくめた。「でも、そうはいかないのよ。ひとまず自分のことを脇に置いて考えたら、あなたにも、ソーンが彼の利害を最優先していないことがわかるはずよ。

あなたはいまの事態を甘く見ているわ、ナタリー。あなたの下した決断がどれほど破滅的で、その結果どれほど悲惨なことになっているか、あなたには見えていない。彼に敵対する記者たちは、隙あらば彼やわたしたちの力をそごうとして、すでに個人的な友人のために重要な同盟国とのあいだに存在する強い絆をゆがめていると言いだしている。いかに友情といえどやりすぎだ、裏になにかあるのじゃないか、と彼を責めたてているの。まだその程度ですんでいるけれど、いずれはあなたとソーンが大学時代に肉体関係があった、ひょっとしたらいまも不倫関係にあるかもしれないと言いだすでしょう。なにかあるとほのめかし、ありとあらゆるシナリオを準備しているの。

あなたの過去がほじくり返されるわ、ナタリー。大学時代までさかのぼって。わたしがいま言ったとおり、あなたと彼が寝ていたと証言する人が出てきたら、大喜びするでしょう。わたしには本当のことを教えて。ソーンとは寝たことがあるの？」

ナタリーはびっくりした。ほかの人はさておき、アーリスだけは、自分が求めた男性、愛した男性はブランデージだけだとわかってくれていると思っていた。でも、ほかの人たちはわたしがソーンとセックスしていたかもしれないと思っているの？　当時の彼が自分に恋心をいだいていたことは、もちろん知っている。だが、ブランデージの親友であったソーンは、いっさい口をつぐんでいた。仮になにか言っていたとしても、ブランデージからは聞いていない。男ふたりの友情は、ブランデージが亡くなるまで続いた。ソーンが四十を目前にしてついに結婚に踏み切ったときは、ブランデージともどもどれほど喜んだことか。ソーンは美しい女性をめとり、いまファーストレディーとなったその女性は、政治的にも有能であることを証明してみせた。思いがけない贈り物だったよ、とソーンが語ったことがある。ナタリーは声を乱すことなく、穏やかに応じた。「いいえ、ソーンとそういう関係になったことはないし、なりたいと思ったこともないわ。いずれにせよ、遠いむかしのことよ。わたしに対する彼の思いにしても、そう長くは続かなかったでしょうし」

「それはどうかしら、三十代の後半まで結婚しなかったんだから。でも、そういう気持ちをいだいていたのは彼のほうで、あなたのほうにはなかったということね？」ナタリーはうなずき、歯切れよく答えた。「アーリス、わたしの望みはひとつ、真実が明らかになることだけなの」

「完璧な世界ならそういうこともあるかもしれないけど、ナタリー、スコットランド・ヤードはジョージ・マッカラムの死因を捜査したのよ。そして、FBIの指示を受けて再捜査に乗りだしたけれど、わたしが聞いているかぎりでは、事故死という断定をくつがえすような証拠は見つかっていない。彼の出身や王国の貴族であることが考慮されなければ、自殺とされていたかもしれないけれど。

何者かに崖から突き落とされそうになったというあなたの訴えにしても、捜査の対象にはなったけれど、その主張を裏づける証拠は見つかっていない。最初のときも、FBIの依頼を受けて再捜査されたときもね。だから、どちらの件に関しても進展はない」

お説ごもっとも。ナタリーは友人の顔に見えるものを受け入れたくなかった。アーリスを観察しながら、ゆっくりと言った。「もろもろすべてに対して、あなたはわたしを信じてくれてるの、アーリス？　もしあなたが誰かから命を狙われてると言ったら、人がなんと言おうと、わたしはあなたを信じるけれど」

アーリスが首をかしげた。しゃれたボブの片方が頬にかかる。「信じてるに決まってるじゃないの、ナタリー。でも、考えてもみてよ。わたしがなにを信じようと、そんなことは関係ないのよ。その場にいてあなたの証言を認めてくれる人もいなければ、その主張を裏づける証拠もないの。そして世間は刺激的なほう、スキャンダラスなほうに飛びつきたがる」

アーリスの顔が高くて厚いレンガの塀に埋めつくされていく。その塀が二度と崩れないであろうことが、ナタリーにはわかった。それでも、試みずにいられない。「あなたが信じてくれるなら、アーリス、先週また殺されそうになったことを話させて。バックナー公園をジョギング中に轢かれかけたのよ」

マイセンのティーカップがカタカタ鳴った。アーリスはナタリーを見つめて、首を振った。「ああ、ナタリー、そんな恐ろしいことが。でも、ケガはなかったのね？」

「運良く」ナタリーはさらりと受け流した。ふたたび説明することで、恐怖や怒りがぶり返すのを感じたくなかった。アーリスは信じてくれているのだろうか。

アーリスはカップとソーサーをリージェンシー様式の美しいエンドテーブルに置き、あらためて平静を取り戻した。「あなたが無事でいてくれてよかった。なんの報道もなかったけれど、警察には知らせたの？」

「証拠がないから、同じことをくり返したくなくて。知っているのは、あなたとFBIと、それにうちのスタッフだけよ」

「FBIの協力はどうやって取りつけたの？」

ナタリーは笑顔になった。「偶然の産物。もし真実を探りだしてくれる人がいるとしたら、サリバン捜査官とサビッチ捜査官を置いてはほかにいないでしょうね」

「しかもボディーガードまで雇って、万全の態勢だわ」アーリスは言い、ワルサーに目をやった。「それでも、あなたは銃を腰に携帯してる」ナタリーの手を取り、握りしめた。「ナタリー、あなたは手抜かりのない人よ。わたしがあなたの立場だったら、同じように対策を講じるでしょう。この件は大統領に伝えます」

「よかった。彼には知っておいてもらいたかったの」

アーリスは身を乗りだし、ナタリーの腕にそっと手を置いた。「あなたがこんな目に遭って、本当に残念よ。でも、ソーンには背負っているものがたくさんあることを忘れないで。あなたのことじゃなく、彼が気づかっている大勢の人や、それに彼のスタッフのことを。だからその決断は、政治的な現実に根ざしたものにならざるをえない。イエールで出会った二十歳の娘をどう思うかではなくてね。

それは彼が大統領だから。彼に指示を出すのはわたしの役目ではないけれど、彼に代わってあなたが決断しなきゃならないのはわかるわね?」

アーリスはふたたび椅子の背にもたれた。ナタリーの顔を見ている。「ソーンから解任されるのを待たずに、いますぐあなたのほうから辞めるべきよ。それがソーンにとって一番なのは、わかるでしょう? この国にとっても、そしておそらくは、あなたにとっても」

わたしにはちがう! それは正しくないし、公明正大でもないから!

「わたしが辞めれば、もう命を狙われなくなると言いたいの?」

アーリスはゆっくりと立ちあがった。「それはわからないけど。でもね、ナタリー、わたしたちは箱船時代からの友人よ。ともに過ごした大学時代はわたしの人生でも最高の日々だった。今日こんなことを言っても、それが変わるわけではないわ。わたしたちがいま直面しているのは、政治上の要請で、あなたもわかってると思うけど、政治は公明正大なものじゃない。といっても、心の準備もあるでしょうから、時間をかけてわたしの話を考えてみてちょうだい。でも、二日以内にしてね。土曜日には返事をもらえるものと思っておく。わたし個人の携帯の番号は、前と同じよ」

アーリスは回れ右をした。そして、ナタリーを書斎に残し、大理石の床にヒールの音を高らかに響かせながら遠ざかっていった。

33

ジョージタウン
木曜日の夕方

サビッチとシャーロックは〈メッツァー食料品店〉から六ブロック離れた閑静な住宅街で盗まれたキアが大型のSUV車二台にはさまれて停まっているのを発見した。サビッチは警察に伝えた。指紋はないに決まっている。ブレシッドが愚かだったことは、一度もない。

「ブレシッドはとうに逃げてるわね」シャーロックが言った。「ベン・レイバンの部下たちが近隣をしらみつぶしに調べたら、別の車が盗まれてるのがわかるはずよ。言うのを忘れてたけど、ブレシッドは〝宿無し〟という言い方で、男性のことをしゃべってた。ここワシントンかアトランタでごく最近殺害されたホームレスがいないかどうか、ベンに確認してみないと」シャーロックが小声でぶつぶつ言った。わめきだしそうな顔をしている。

「どうした？」

シャーロックは首を振った。「ブレシッドにグロックを奪われたの。自分がどんなに情けないか、口では言い表せないくらい」

「生きることが最優先だ。きみの対処はすばらしかった。グロックのことは忘れろ」

ふたり揃って自宅玄関のドアをくぐりながら、サビッチはベン・レイバンと電話で話していた。ガブリエラとともにキッチンにいたショーンは、お隣に住むマーティとのあいだにくり広げられた大接戦のバスケットボールの余韻で、いまだ興奮状態だった。バスケットの名手であるマーティに勝ったのだから、大殊勲といえる。汗ばんで汚れ、勝利に浮かれるショーンは、試合のようすをことこまかに再現した。そして夕食の時間が来て、手を洗ったあとは、もっか悩みの種になっているマーティの弟のことを話したがった。

翌日の朝はチェリオスがないと聞かされても、ショーンは動じなかった。大好きなペカンナッツのパンケーキを焼くとシャーロックが約束したからだ。そのショーンがことんと眠りについて、ふたりの寝室に引きあげてはじめて、サビッチはシャツのボタンを外しながら外の世界のことを持ちだした。「ベンから電話があった。コロンビアヘイツでホームレスがひとり殺害されたと報告があったそうだ。アーネスト・タッブス、六十六歳。心臓をナイフで刺されていた。彼の隣のねぐらにいた仲間の証言によると、なくなったのは被害者の持ち物のなかで唯一価値があったコートだとか」

「賭けてもいいわ、あのコートよ。キャメルのウールの上等なコートで、暖かそうだった。ブレシッドは今日、老婆の恰好の上にそのコートを着ていたの」

サビッチはクローゼットに入りこみ、金庫の暗証番号を押して、ストーガー・クーガー・コンパクトを取りだした。彼の父親が所有していた予備の一丁だ。「父は貸与品のシグを好まなかった。だから捜査局がシグからグロックに乗り換えたときは、大喜びしただろうと思う」シャーロックに拳銃を手渡した。「代わりが貸与されるまでこのストーガーを使ってくれ。相当年季が入ってるが、手入れしていい状態を保ってあるから、問題はないはずだ」弾倉もふたつ渡した。「九ミリ口径で、装塡数は十三プラス一」

シャーロックはストガーを持ちあげ、感触を試した。「あまり反動は強くなさそうね。射撃練習場で試すのが待ち遠しいわ。ありがとう、ディロン」

サビッチはにやにやしながら妻を見た。「早めのバースデープレゼントを渡したほうがいいかもな」金庫からもう一丁銃を出して、差しだした。「S&W380だ。とびきり軽い。レディ・コルトより軽くて小さいから、足首にはいいぞ」

シャーロックは拳銃を受け取ると、手のなかで転がし、小さなグリップを握った。「いいわね、とってもきれい」さっと立ちあがり、両手で彼の顔を包みこんだ。「あなたのお父さんのストーガーを貸してくれたうえに、誕生日プレゼントとしてこのかわいいベイビーをくれるなんて。ありがとう、ディロン。どちらも射撃練習場で早く試してみたい。ストーガーが気に入ったら、メートランド副長官に頼んで、この先も持たせてもらうことにするかも」派手な音を立てて、彼の唇にキスをした。

「それはどうかな」サビッチは彼女の手から二丁の拳銃を取りあげて、自分のグロックといっしょに金庫に戻して、ロックした。そして笑顔でシャーロックをふり返った。「熱いシャワーでも浴びないか？　背中を洗ってもらいたいんだけど」

シャーロックは彼の顔を見あげた。この人になら喜んで自分の命を捧げられる。ブレシッドに対する恐怖を押しのけ、ズボンのファスナーをおろす彼にいつもながら胸のときめきを覚えた。「なにを置いても」ふたりが着ているものを脱ぎ捨てて、シャワーの水しぶきの下に立つまでに、三十秒とかからなかった。

家の外の、建物に寄せるようにして植えてある四角く刈りこんだ生け垣にしゃがみこんだブレシッドは、笑い声を聞いたような気がした。そんなことがあるだろうか？

あの女は今日命を落としかけた。ママが死に、グレースが死に、自分がひとりきりになったというのに、あのふたりに笑うことが許されていいのか？　姪のオータムはまだ幼すぎて、理解させることはできない。それに彼女の母親とあの目ざわりな保安官を殺せば、決して自分を許さないだろう。ママの遺言に従うしかない。伴侶を見つけて、子どもを作り、一族のファーザーになるのだ。なぜか。人には生きる理由がいる。朝起きて、足を動かしだす理由がいるからだ。

暖かなコートを着ているにもかかわらず、寒さが身に染みた。疲れてもいるし、またもやしくじった自分に対する怒りもあった。背の高い保管用のラックでまんまとしてやられた。まさか、あんなラックを動かせるほどあの女に力があるとは思わなかった。それに投げた缶詰が自分に当たるとは、なんと悪運の強い女だろう。ブレシッドは額のこぶに触れた。あの缶のせいであやうく気を失いかけた。

ブレシッドは立ちあがり、凍えてこわばる体をストレッチした。ふたりが寝支度に入ったいま、近づくチャンスはもはやない。警報装置に挑むのはばかげている。そんなことをしても、撃たれるのがオチだ。

一ブロック離れた路肩に停めてあったトヨタ製の盗難車まで行くと、エンジンをかけ、ヒーターをつけて、一路バージニアを目指して出発した。途中一度も停まることなく、〈ママ・タコ〉という〈クランフォード・モーテル〉の隣にある店まで行き、ホットソース増量でビーフ・ブリトーを注文した。

部屋に戻ると、ローカル・ニュースをつけ、ぺしゃんこの枕ふたつを頭の下に差し入れてベッドに横たわった。おい、どういうことだ？　ブレシッドは目を疑った。コート欲しさに殺した年寄りの害虫がニュースになっていた。いまそのコートは、一脚きりの椅子の背にかけてある。どうしてこんなことがニュースになる？　殺したのは数日前だし、年寄りのホームレスが死んだからといって、誰に支障があるのだろう？　そのとき、名前とともに自分の写真がテレビに映しだされ、容疑者として情報の提供を求めるナレーションが流れて、ブレシッドの度肝を抜いた。なぜばれたのか。周囲に誰もいなかったのはまちがいない。ブレシッドの下腹部に恐怖が渦巻いた。いや、そう焦るな。居場所が割れたわけではないのだから。ただし、この先は用心してかかる必要がある。老人の名はアーネスト・タッブスだと報じている。ブレシッドはその名を口に出して言った。すると頭のなかにアーネスト・タッブスが無言のままその皺だらけの顔を現し、その指でブレシッドの心臓を指さした。

34

ペリー・ブラックのコンドミニアム
木曜日の夜

ペリーとデイビスはならんで座り、デカフェを飲みながら、小さな炎が灯った暖炉を見つめていた。くすぶったり、シュッと火が吹いたり、ときおり薪が爆《は》ぜたりしている。

ペリーは言った。「アーリスおばさんが母にあんなに冷淡だとは思わなかった。むかしからの友だちなのに。母がどうなるか心配」

「きみのお母さんはどうにもならないよ。辞めてくれと言われたぐらいで、挫ける人じゃない。鋼《はがね》のような人だからね」

「どうしてそんなことが言えるの？　母とは月曜に会ったばかりでしょう？　アーリスおばさんが帰ったあとは、いまにも試合放棄しそうな顔をしてたのよ」

デイビスはマグを置くと、ソファの背に沿って両腕を伸ばした。「聞いて嬉しい話じゃないだろうけど、あの人ならだいじょうぶさ。月曜日、彼女の車を奪おうとした依存症者を彼女がさばくのを見てたら、そんな心配はしないね。あれが戦闘モードのきみのお母さんだ。倒れるとしても、徹底抗戦して、マダム・国務長官をやりこめてからだ」

ペリーはにわかに椅子から立ちあがった。「そうね、それがわたしの母よ。アーリスはわが身を守るために母を狼の群れに投げ捨てたいのかもしれないけど、母は正しいと思ったことをやり通す。それはわたしも同じ。もうアーリスのことをおばさんとは呼ばない。こんなことになって、デイはなんと言うかしら？　それと、今夜はもうここに泊まってもらわなくていいわ」

「いや、泊まる、上司の命令だからね」

ペリーは彼を見た。「そう。だったらバスルームを掃除しなきゃ」

「助かるよ。モンローがきれい好きなせいでバスルームにはうるさいんだ。石鹸カスにいたるまで」

ペリーは目がちかちかするほど魅力的な笑みを浮かべ、リビングを横切った。窓の前まで来ると、外の暗がりをのぞきこみ、ふたたびデイビスが座って彼女を見ているソファへと引き返した。

「ブログを書かなくていいのか?」

ペリーは暖炉の前で立ち止まり、手をさすった。「母に起きたことを考えると、どうでもよくなっちゃう。母だけじゃない、わたしに起きたことにも。保険会社の損害査定人に電話したら、保険会社はわたしの美しいハーレーが破壊されたことを公式に認めてくれたわ。自分が考えてることを思うと、悲しくなる。大事なベイビーを交換するつもりなのよ。それにカルロス・アコスタのことも。もう二十四時間以上、誰も彼のことを見てない。あなたは彼が死んでると思う、デイビス?」

なんの根拠もなかったが、デイビスは即答した。「いや、カルロスは死んでない」言葉を切り、丸まった彼女の肩を見た。「いいニュースがいくつかある。サビッチは結果が明らかになるまで公表を控えたがってるけどね」

ペリーがふり返って彼を見た。目をらんらんと輝かせている。「なに? ねえ、デイビス、教えてよ」

「わかった。ただし、まだ表沙汰にできないことを忘れんなよ。サビッチは今日、ヘイミッシュ・ペンダリーとまた話をしたんだ。ほら、スコットランド・ヤードのお偉いさんの。ペンダリーによると、ケント周辺の——つまり黒のセダンがきみのお母さんが運転してたダークグリーンのジャガーにぶつかってきた場所だ——自動車修理工場を捜索していた刑事のひとりから、ある報告が上がってきた。この間ずっと膠着状態だったのに、昨日になって、黒のセダンがアシュフォードにある小さな修理工場に持ちこまれたそうだ。そしてその車の傷がきみのお母さんの車の傷に合致した。いまその車に付着していた小さな塗装片がダークグリーンのジャガーのものかどうか、分析にかけられてる」

「いますぐ母に電話しなきゃ!」

「そんなことされたら、おれがサビッチから大目玉を食らうだろ。明日の朝まで待ってくれたら、確実な答えがわかる。きみに話したのは、あんまりしょげてたから。いいか、ブラック、ここは信念を持たないと。床に落ちた楽観主義を拾いあげろ」

ペリーは胸を張った。闘志が戻ったのだ。「そうね、わかった、そうしなきゃ。でも、母には明日の朝一番で話させて。こんなすごいニュース、黙ってられない」頭上にこぶしを突きだした。「スコットランド・ヤード、万歳!」

「ブログを書かなくていいのか?」

「ええ、でも――」

「でもじゃなくて」

「わたしが言いたかったのは、いまわたしのブログは絶好調だってこと。じつはひとつ隠し球があるの。マーシーの母親をつかまえたのよ。ほらマーシー・カーティスって——覚えてる、ティーボウの恋人の？　その母親はわたしと話そうとしなくて、電話で夫にわたしをどなりつけさせようとしたの。ところが、彼はフットボールが大好きで、しかも、わたしのブログの熱烈なファンだった。で、わたしがブログにアップしたティムとマーシーの写真も気に入ってくれた。わたしだとわかると、彼はしゃべりっぱなしになって、彼の娘がティムと出会ったのがスケートリンクだったことまで教えてくれた」

「ティーボウがスケートをするとは初耳だよ」

「わたしも。でも、あの運動神経だから、なんだってできるわよね？　マーシーの父親が言うには、ティムは彼の娘よりスケートが下手らしいけど、つまりは彼女には得意なことがあるってことよね。そうね、ブログを書いてくる。正直に言うと、スポーツの記事でこんなにコメントがついたのは、今回がはじめてなの」

デイビスは抗議した。「なんでだ？　だってそうだろ。彼女はただの恋人で、フットボールとは関係がない。きみの読者はなにを考えてるんだ？　きみはゴシップ専門のコラムニストじゃなくて、スポーツライターだぞ」

ペリーは笑い飛ばした。「たぶんその両方なのよ」ソファに戻って身を投げだし、ブーツをはいた足を上げて、コーヒーテーブルの彼の足の隣に置いた。『スポーツ・イラストレーテッド』誌が床にすべり落ちる。「そちら方面に流れていいものかどうか、自分でも迷いがあったのよ、デイビス。でも、わたしは写真を持ってた。それをどうするべきか考えた。無視したら？　そんなことしたら、上司に窓から蹴りだされちゃう」前のめりになって、ブーツから泥を落とした。「いまはオフシーズンだから、読者たちもティーボウと恋人の話を聞きたいのよ」

「ふたりがセックスしてるかどうかだろ、みんなが知りたいのは」

「それもあるけど、その点には触れないつもり。ベネット・ジョンから崖っぷちに追いこまれないかぎり」

デイビスが上体を傾けて、キスしてきた。ペリーは動くことも話すこともせず、ただ目と鼻の先にある彼の顔をまじまじと見た。「なるほど」彼は言った。「その光景も悪くないだろうけど、ヘッドライトに照らしだされた鹿みたいなきみを見たいまはもういいかな」

ペリーは笑いながら両手で彼の顔をつかみ、荒々しくキスをした。そしてぴょんと立ちあがった。「もうじゅうぶん。わりといい気分だったけど。ていうか、かなりいい気分だったかも。だめ、あなたは動かないで。わたしはベッドに行く」

彼の目にぱっと明かりが灯った。

「なに考えてんのよ。あなたにブランケットを持ってくるのよ」

デイビスは彼女の背中に言った。「愚か者のデイ・アボットのせいかい？」

その発言がペリーの足を止めた。「デイは愚か者じゃないわ。やさしくて、わたしにとっては兄みたいなものよ」彼女の鼻先に嘘が留まっている。デイビスにはそれが見えた。

「それはちがう。兄ならおれがきみと話したぐらいで、おれを殴り倒したがったりしない。しゃれたレストランにふたりで出かけ、きみはセクシーなドレスを着てピンヒールをはいてた。兄のためにそんな恰好するか？」

もっともな反論だけれど、ペリーはかぶりを振った。たんなる習慣だと言ったら、信じてもらえるだろうか？〈ローバージーン〉のようなすてきなレストランだと、誰にばったり出くわすかわからない。そのときデイの腕にぶら下がる犬のようには見られたくなかった。

デイビスは腕組みをして、返事を待っていた。「そうね、わかった」ペリーは事実をそのまま打ち明けることにした。「あなたに教える必要があるかどうかわからないけど、デイから結婚を申しこまれて、断ったの。きょうだいで結婚したい人なんていないから、わたしには驚きだった。でも、そのあと申し訳なさが襲ってきた。気づいてなかったから――ううん、それもほんとじゃない。わたしにはわから――」ペリーは押し黙り、こめかみを揉みはじめた。そのあとなにを考えたのか、デイビスに笑いかけた。「あなたからキスされちゃったわね。あなたまでわたしと結婚したいなんて言いださないでよ。そんなことになったら、新記録。ことこまかに書いて、ブログにアップしなきゃ」

おれのことをブログに書けよと言いかけて、思いとどまった。デイビスは言った。「忘れてた。明日の夜、シャーロックとサビッチの自宅のディナーに招かれてる。きみもどう?」

彼女はうなずいてリビングを去り、ブランケット二枚と枕を持って引き返してきた。「バスルームを使うまで、あと十分待って」

「ああ、もちろん。なあ、ペリー?」

彼女がドアの前で立ち止まって、ふり返った。

「キスのことだけど――」

「わかってる、べつに本気じゃないのよね。あなたは男で、男っていうのは、女という種族が近づいてくるとそれを忘れて、そのあとたちまちわれに返る」

「〝それ〟ってのは？」

「自衛本能」

デイビスは彼女の顔を凝視して、ゆっくりとうなずいた。「おおむね当たってる。ただし、おれが言ったキスは、デイ・アボットがきみにしたキスのことだったけど」

「おやすみ」

ペリーは寝室の窓の外にあるオークの巨木の枝が深夜の風を受けて建物の側面に当たる音を聞きながら、眠りに落ちた。

小さな物音で飛び起きた。すぐ近くから聞こえる。たちまち目が覚め、心臓が激しく打ちだしたが、じっとしたまま耳を澄ませた。寝室のドアがゆっくりと開いた。ほとんど音がしない。ベッドサイドのキンバーに手を伸ばしたとき、出入り口に浮かびあがった淡いシルエットでそれがデイビスなのに気づいた。それと同時ににおいでも、彼だと認識していることに気づいた。おかしい。バスルームに置いてあるラベンダー石鹼のうっすらとした香りの奥にジャコウのような香りが横たわっている。肘で上体を起こして、ささやいた。「どうしたの？　なにか悪いことが起きた？」

彼の指が伸びてきて、唇の前に立てられた。デイビスもささやき声で返した。

「じっとしてろ。なにが聞こえても、動くんじゃないぞ」

彼は寝室のドアを開けたまま、つぎの瞬間には消えていた。ベッドサイドテーブルからキンバーを手に取ったペリーは、真夜中になっていることに気づき、枕の下に拳銃を引き入れて、音を立てないように遊底を引いた。そっとベッドを抜け、廊下に出ると、立ち止まって聞き耳を立てた。すると聞こえた——何物かが玄関から入ろうとする音が。ゆっくりとドアの開く音が続いた。警報音が鳴るものと思って身構えたものの、静けさだけが広がっていた。近隣住民を叩き起こすほどの大音響がしないのは、なぜなの？　導入した警報装置は、セキュリティ会社の担当から最高級のお墨付きをもらっている。呼吸の音が聞こえた。壁に背中をつけ、冷えきった木の床をそろそろと進んだ。

侵入者が何者にしろ、それは玄関から入ってきた。彼の息遣いだけに耳を澄ませた。デイビスではない。彼の息遣いの音を知ってるなんて、変かも？　そのデイビスはどこにいるのだろう？

35

ペリーは壁に背中をつけたまま、そっとリビングに入った。窓の外に輝く半月が、灰色の淡い月光で部屋を満たしていた。デイビスの安定した息遣いが聞こえる。

デイビスが言った。落ち着きはらった低い声で。「動くな。さもないと耳に銃弾をぶちこむぞ。ここは血の海になり、おまえはそのことに気づけない」

鋭い悲鳴。デイビスが声を張った。「ペリー、そこにいるのはわかってる。明かりをつけろ」

すべてのスイッチを押すと、室内にまぶしく猛々しい光があふれた。見るとデイビスは、若い男の首に腕をまわし、その耳にグロックの銃口を突っこんでいた。

ペリーは恐怖に青ざめたカルロス・アコスタの顔を見た。

「最高級の警報装置を設置してるのに、どうやって侵入したの？」

グロックが彼の耳から取りだされ、こめかみに突きつけられた。

「答えは？」デイビスがうながした。

若い男は唇を舐め、デイビスとペリーの顔を交互に見た。筋肉ひとつ動かさない。「解除コードを知ってたんです。あなたには聞こえないと思った。この人がいるのも知らなかった」

デイビスは彼の体を叩いて身体検査をすると、罪人のように追いたてて、乱暴に椅子に座らせた。「これでわかったろ。素人のくせにプロのゲームに参加するな」

カルロスは動かず、ペリーが脇にキンバーを下げて近づいてくるのを目で追っていた。彼女はカルロスの正面で止まった。「彼がここにいたってていなくたって関係ないわよ、カルロス。あなたぐらい、わたしにだって倒せるもの」

ペリーは彼を圧するように、身を乗りだした。「聞いて、カルロス。みんなあなたのことを心配してたのよ。とくにミスター・サリバーや、あなたのお母さんとイザベルは。死んだかもしれないと思ってたんだから」腰を起こした。「でもあなたは死んでなかった。わたしを狙おうと隠れてた。どうしてなの？」

カルロスの目が一瞬、垂らした手に握られた拳銃に向けられ、ふたたび顔に戻された。「メッセージを残すだけで、あなたを傷つけるつもりはありませんでした。あなたを傷つけるようなことはしません、ミズ・ブラック」

デイビスが言った。「そのメッセージはどこだ?」

「ポケットのなかです」

彼の上着のポケットからたたまれたメモ用紙を引っぱりだしたのはペリーだった。いっしょにコンドームが落ちた。彼女はそれをつまみあげ、カルロスの顔の前で振った。「こういうこと? メッセージを残したあと、わたしをレイプするつもりだったの?」

カルロスは愕然とした顔で、頭を左右に振った。「いえ、とんでもない、レイプなんて。ありえない。それを買って、ポケットに入れといたのは、イザベル――」

デイビスが手を上げた。「イザベルとの安全なセックスに関するごたくはとりあえず置いておいて、ペリー、メッセージを読んでくれ」

ペリーはキンバーをコーヒーテーブルに置き、たたまれた紙片をゆっくりと開いて、文面を読みあげた。

逃げろ、ブラック。危険が迫っている。

「なんと麗しい」デイビスは言った。「おまえにこの紙を渡して、警報装置の解除コードを教えたのは誰だ？」

「メッセージはぼくが書きました。書けと言われて。誰だかわかりません。ぼくの携帯に電話してきて、ぼくたちを脅した。だから、言われたとおりにした。ほんとです、誰だかわからないんです」

「そんな話が通ると思うか」「正直に言わないと」デイビスはカルロスの襟をつかみ、椅子から引き起こして、犬のように振った。「正直に言わないと、ＦＢＩの地下牢にぶちこんで、おまえの母親以上の年齢になるまで放置するぞ。どれだけ罪を重ねてるか、わかってるのか？　運がよかったな、歩いてこの部屋に入れて――そんなメッセージのために。おまえをここへ送りこんだやつの腹を勘繰ったことはないのか？　おまえが撃たれて死ねばいいと思ってるかもしれないんだぞ。しかも手を下すのはこちら任せだ。いくら脅されたからって、おれたちに守ってもらったほうが安全だとは思わなかったのか？」

カルロスの喉仏が上下した。「ほんとに誰だか知らないんです」ささやくような小声でくり返した。

ペリーが尋ねた。「あなた、脅されたのは〝ぼくたち〟だと言ったわよね。〝ぼくたち〟って誰のこと？」

「もしぼくがここにメモを運ばなかったら、あの男はイザベルを殺すって言ったんです」

ペリーが身を寄せた。「男であることは確かなの?」

カルロスはうなずいた。「はい、男です。少なくともぼくの印象では。正体はわからないけど、低い声で。でも、丸めたハンカチ越しに話してるみたいにくぐもった声でした。最初のときと同じです」

「最初のとき? なにがあったか、頭から話してみろ」デイビスは言った。「最初に電話があったのはいつだ?」

「一昨日、仕事をしてたら、携帯に電話が入りました。〈ポスト〉の男子トイレの壁にメッセージを書けと指示されたのはそのときです。いけないことなのはわかってたけど、そこまで悪いことだとは思えなくて。あいつはぼくのことを調べあげてた。家族のこととか、ぼくに市民権がないこととか」

デイビスは言った。「カルロス、最初に電話がかかってきたとき、どうやって番号を調べたのか疑問に思わなかったのか?」

カルロスは黙りこみ、眉を寄せて、首を振った。「そのときは。あとから不思議に思ったけど。登録されてる連絡先を見てみたけど、そんなことをしそうな人はいなかったし、ぼくの携帯の番号を赤の他人に教えるような人もいなかった」

デイビスは続けた。「で、昨夜ここへ来て、ミズ・ブラックのバイクを壊したのも、おまえなんだな？」

「はい、すみません、そうです。昨日また電話してきて、指示どおりにしないと、ミドーランド墓地にある彼女のおばあさんの墓の隣にイザベルが埋葬されることになると言われて。ぼくたちのこと、やけによく知ってたんです」

インターネットを検索すればすべてわかることだ。カルロスは恐怖に縮みあがって、そのことに気づかなかったのだろう。だが、もし若い男が愛した娘を殺すと脅され、それが現実になるかもしれないと思ったら、彼女を守るために言いなりになるほどの恐怖を覚えるはずだ。

「それで、またその男が電話してきたんだな？　今夜ここへおまえを送りこむために？」

「いいえ、ぼくに電話してきたんじゃありません。ぼくは電話を受けなくていいように、携帯を捨てました。あの男が今日電話してきたのはイザベルでした」

「あなたはどこにいたの？」

カルロスはうつむいて、スニーカーを見た。口のなかでもごもご言っている。

「裏庭にある親方の小屋です。イザベルが食事を運んでくれました。そのあと彼女を通じてFBIがぼくを探してるのを知ったんですけど、どうしたらいいかわからなくて。ふたりで逃げようかとも思ったんです。でも、そしたらあいつがイザベルの携帯に今日電話してきて、それをぼくのとこまで運ばせたんです」

カルロスはかぶりを振った。「非通知着信でしたけど、あいつからの電話だとわかったんで、彼女の携帯電話を受け取りたくありませんでした。でも、出ないのも怖くて」

「なんて言ったの？」

「もちろん、出なきゃいけない。ちょっと考えてみてくれ、カルロス。相手は具体的にどんな指示を出した？」

カルロスは一分ほどの沈黙をはさんで、歌うように言った。「指示どおりにメッセージを書いて、封筒に入れろと言われました。それでミズ・ブラックの自宅を夜中にまた訪れろって。警報装置の解除コードを教わって、２５５９６という番号を紙に書かされました。で、彼女は寝室だから、静かにしてれば気づかれないって。それで、キッチンのコーヒーポットに封筒を立てかけたら、警報装置をセットして立ち去ることになってました。

言うこと聞くしかなかったんです。これを最後にすると決めて、やったら、ひとりで逃げるつもりでした。イザベルを連れてくのはまちがってる。そんなことをしたら親方が一生許してくれない、今夜最後に一度、彼女に会おうと思ってました。イザベルとセックスするつもりだったわけじゃないけど――」カルロスは押し黙り、細くてつるんとした頬を赤く染めた。

そのためのコンドームか。デイビスは大笑いしたい気持ちを抑えた。カルロスを椅子に押し戻し、彼のジャケットを叩いて、腰を起こした。サビッチに電話をかけた。

「なんだ?」

背後から、女性の楽しげな笑い声がした。シャーロックだ。夫婦の時間を邪魔してしまった。

「ペリーの家でカルロス・アコスタの身柄を確保しました」デイビスは言った。「ミスター・サリバーの小屋に隠れて、彼の娘のイザベルに世話を焼いてもらっていたそうです」

一分後に携帯を切ったデイビスは、ミスター・サリバーを三十歳若くしたような痩せた若者を見おろした。物静かでハンサムで、心の底からびびりあがっている。無理もない。「いいだろう、カルロス、まだ牢屋にぶちこまれる心配はないぞ。ただし、これから数日間おまえとイザベルを保護留置させてもらう。そのうえで、おまえの証言をこまかく精査するからな」デイビスはカルロスを引っぱって、立たせた。

ペリーが手を差しだした。「コンドームを出して」

カルロスは彼女をじとっと見てから、デイビスに視線をそらした。

ペリーが彼の肩をこづいた。「なに考えてるの、わたしが使うんじゃないわ。あなたがイザベルに手を出さないように、取りあげるのよ。多少なりとも道義心があるんなら、言うこと聞きなさい」

「わかりました。誓います。ですけど、急がないといけないんです。ぼくが失敗したことがばれたら、イザベルが殺されるかもしれない」

おまえが殺されずに確保されたとわかれば、相手も二の足を踏むかもしれない。デイビスは言った。「イザベルには誰も近づかせない。その点はおれが請けあう。さあ、行くぞ、カルロス」

デイビスは玄関のドアの前でふり返った。「おれのために明かりをつけておいてくれ、ブラック」コーヒーテーブルに載ったままのキンバーに視線を投げた。「銃を手元に置いて、警報装置をセットしろよ」

36

ワシントンDC
金曜日の早朝

ブレシッドはまたもや金欠に陥りつつあった。事故――なるべくそう考えるようにしている――の前は、現金を手に入れることなど、まったく問題にならなかった。ふらっと銀行――ただし、ファーザーが言うとおりホームタウンの銀行を狙うのは愚かなので避けた――に入り、出納係の目を見据えて、慇懃な口調でこちらの希望額を差しだすように伝えるだけでよかった。ファーザーからつねづね教えられていたとおり、必要な分以上には求めなかった。当然ながら、終業時には現金が不足するから、大騒ぎになるだろうが、それはブレシッドの問題ではない。

自分はほかの哀れな人間どもとはちがう。必要なものを手に入れるため、働いたり盗んだりするのは、一般庶民のすること。そんな連中とつねに一線を画してきただけに、いまの自分が受け入れがたかった。

現金を手に入れるために二度ナイフを使い、そんな自分に早くも嫌悪を禁じえない。それでもいま手元にはシャーロック捜査官の拳銃がある。すでに交通量の多くない脇道にコンビニエンスストアを見つけてあった。ブレシッドは客のひとりが立ち去るのを待った。これで店内に残されたのはブレシッドと、カウンター奥の老女だけだ。ブレシッドはポケットのなかでシャーロック捜査官のグロックに指をかけた。老女が自分に疑いの目を向けているのはわかっていた。怖がっているかもしれない。いいだろう、試してみよう。ブレシッドはそう決めると、女の涙っぽい黒い瞳を見て、静かに言った。「レジを開けて、現金をすべて差しだしなさい」

そのときになってはじめて、女が金切り声とともに銃を取りだすのではないかと恐れていたことに気づいた。怖いのは女に撃たれることではなく、自分が失敗することだった。吐きそうになりながら、女の出方を待った。心臓をどきどきいわせながら、女の顔から目を離さなかった。だが、女はにこりとすると、古めかしいレジスターを開いた。「い、いや、ひゃ、百ドル札か、ご、五十ドル札を」ほっとしすぎて、呂律がまわらなかった。十ドル紙幣と二十ドル紙幣を手にしていた女は、レジのなかの引き出しを持ちあげて、きちんと束にした五十ドル紙幣と百ドル紙幣数枚を取りだした。

「現金をすべて袋に入れるように」

女は言われたとおりにして、袋を差しだした。

「ありがとう」ブレシッドはお礼を言って、立ち去ろうとした。

「どういうことだ？」

女の夫とおぼしき老人がブレシッドにショットガンを突きつけていた。「不届き者め！　その金をカウンターに戻せ！　さっさと戻さんと、頭を吹き飛ばしてくれるぞ！」薄汚い年寄りはライフルを持ちあげ、ブレシッドの頭を狙った。

老人とブレッシドの距離は三メートル。これでは遠すぎる。ブレシッドはカウンターに現金の入った袋を置いた。老人が声を張りあげる。「なにを考えてるんだ、メグ？　しゃんとして、さっさと警察を呼ばんか！」

だが老女は立ちつくしたまま、口元に笑みをたたえていた。「いったいどうしてしまったんだ？」老人はブレシッドに近づき、ショットガンをさらに上げた。「あれになにをした？」

ブレシッドは色褪せた老人の目を見た。「メグを撃つんだ。頭がいい」

老人が言った。「なんだと？　なんと言った？」と、瞬きをして、ショットガンをめぐらせ、妻の顔を撃った。

ブレシッドはショットガンがもたらす汚物を浴びないように、後ろに飛びのいた。

肉片や脳がカウンター奥のタバコの棚に飛び散り、血が噴水となって全方位に飛んだ。もはや老女の姿は見えず、彼女が黙って倒れてくれたことに、ブレシッドは感謝した。吐き気がおさまり、嬉しさと安堵感から歓呼をあげたくなった。やった。目を見て命じただけで——バンッ！——老人に老女を撃たせることができた。本来の自分が戻ったのだ。ブレシッドはカウンターに近づき、床に転がる老女を見ないようにして現金の袋をつかむと、ドアに向かいながら、肩越しに命じた。「こんどは自分の胸を撃つがいい」

ガラスの向こうになにごとか口論しながら店に近づいてくる中年のカップルが見えた。ブレシッドは店を出て、カップルのほうに向かった。ショットガンの銃声を背後に聞きつつ、穏やかに話しかけた。「やあ。きみたちはわたしに会っていない」カップルにうなずきかけ、口笛を吹きながら帰り道をたどった。悲鳴と叫び声が聞こえても、足取りひとつ乱さなかった。最初のサイレンが聞こえたときには、半ブロック先まで行っていた。

ブレシッドは盗んだトヨタ車に乗りこんでジョージタウンに向かい、万が一に備えてサビッチの家から二ブロックの場所に車を停めた。サビッチとシャーロックがいかした赤いポルシェに乗って私道を出ていく。幼い少年が女とならんで開いた玄関に立ち、サビッチたちに手を振っている。

ブレシッドはその少年を見た。どうしたものか？

37

犯罪分析課《CAU》
金曜日の午前中

シャーロックがデーン・カーバーと組んでネブラスカ州オマハで起きた四件の特殊な絞殺事件を捜査していると、サビッチがオフィスから顔を突きだして呼んだ。

悪いことが起きたのだと瞬時に察して、シャーロックは彼のオフィスに急いだ。

「どうしたの?」

サビッチは息を吸いこんだ。「だいじょうぶだ。ガブリエラから連絡があった。おれは彼女にブレシッドの写真を見せて、注意をうながしておいた。で、ショーンを学校に送る前に、表の窓から外を見たら、年配の男が一本の木の背後から、別の木の背後に移動するのが見えたそうだ。ブレシッドだと彼女は言ってる。それで、ショーンにはなにも気取られないようにしつつ、ドアに鍵をかけ、警察に電話をした。そして、わずかな隙を見つけて、おれのところに電話してきた。ドアがノックされて警察が来たのが確認できるまで、彼女との電話をつなげたままにした。ガブリエラはブレビンズ巡査を電話に出し、おれはブレシッドのことを説明した。いま警察が外に出てやつを捜索してる」

サビッチはここでまた深呼吸した。「ガブリエラには、警官に付き添ってもらってショーンを学校に送るよう頼んだ。そしてふたりの荷物をまとめたら、ショーンを学校に迎えに行って、おれのおふくろの家まで車で運んでもらう。おふくろには午後ガブリエラがショーンを連れていくとおれから電話しておく」

シャーロックはシーツのように真っ白だった。サビッチは彼女を抱き寄せ、こめかみにつぶやいた。「ショーンはだいじょうぶだ。ブレッシドには近寄らせない。やつはショーンの学校の場所を知らないし、それを見つけだす能力もない。校長にショーンを見ていてもらうよう、ガブリエラに頼んだ。手抜かりはない。できることはすべてした」妻を抱きしめて、ゆっくりと背中を撫でた。

彼女はサビッチの首元で言った。「あの男はわたしがこの手で殺してやるわ、ディロン。殺して、墓の上で歓喜のダンスを踊ってやる。そのあとあなたを殴ってやる。どうしてガブリエラから最初の電話があったとき、すぐに教えてくれなかったの？」

サビッチは正直に答えた。「ふたり同時に怖がりたくなかった」彼女のこめかみにキスした。「きみがブレシッドを殺さないですむことを願うよ。そうだ、そういえばイーサンから電話があった。ジョアンナが妊娠して、オータムはコロラドに春スキーだそうだ。ブレシッドがオータムを誘拐しようとタイタスビルに向かっているとしたら、やつは運に見放されてる。ここでもそうさ、シャーロック」

「でも、もしあの男がショーンを――」

「そんなことにはならない。わかってるだろう?」

シャーロックは課内の全職員から見られているのを意識して、体を引いた。サビッチの肩を叩いて笑顔になり、後ろに下がった。「わたしがなにを考えてるかわかる? あの男を別方向に誘導してやるのよ。いいかげん、捕まえてやってもいいころだと思わない?」

38

ナタリー・ブラックの自宅
金曜日の午前中

ナタリーが言った。「カルロス・アコスタがペリーのコンドミニアムに押し入るなんて、想像すらしていなかったわ」

デイビスは言った。「カルロスは震えあがってました。ペリーの高級ペルシア絨毯に吐くんじゃないかと、心配になったほどです。いずれにせよ、サビッチが手近に置いておきたいと言うんで、いまはクワンティコのジェファーソン棟で保護されてます。カルロスの無意識に記憶されていたことが、なにかの拍子に出てくるかもしれない。イザベルにも今日の昼前に話を聞くそうです」

「彼が持ってきたメッセージのことだけれど、デイビス、なんておぞましいの。ここまでペリーを巻きこんでしまうなんて。どうしてこんなことになったんだか。『逃げろ、ブラック。危険が迫っている』って、なぜペリーを狙うの？　あの子がわたししたちには言ってないなにかを把握してるから？　あの子を脅すことで、わたしに大使を辞めさせたいの？」

デイビスは言った。「答えはいずれわかります、ナタリー。ペリーは殻をかぶって、人を寄せつけません。このまま警戒を解かないでしょう」そのせいで、ペリーは前夜、あまり眠っていなかった。恐怖に脳を刺激される体験はデイビスにもある。「じつはお宅を訪ねる直前に彼女に電話しました。元気で〈ポスト〉に出社して、働いてましたよ。書かなきゃならない記事があるとかで」

ナタリーはおもねるようにほほ笑んで、ため息をついた。「かわいそうなカルロス。イザベルもよ」

「命があってさいわいでしたよ」デイビスは言った。「誰が彼をこんな目に遭わせたか知りませんが、狡猾なやつです。思ったとおり、追跡不可能な電話でした。手がかりはほとんど残されていません。カルロスは警報装置の解除コードを知ってましたから、それを彼に教えた人物はその情報を知りうる立場にいることになります。となると、範囲はぐっとせばまる。教えてください、ナタリー、あなたの兄のミルトンは、まだワシントンですか？」

「ええ、いまも〈ウィラード〉に宿泊中よ。彼に言わせると、ワシントンで唯一のまともなホテルだそうで」

「彼に会うときが来たみたいですね」デイビスは立ちあがった。「ミスター・サリバーにはもう話をして、事情聴取のため警察がイザベルを迎えに来ることを伝えました。そうなると理由を話さないわけにいかなくて。ミスター・サリバーは娘を保護留置させる代わりにこれから何日か遠くの親戚のうちに預けるそうです。感謝してましたよ。そのあとカルロスがどこに隠れてたか、単刀直入に訊かれたんで、正直に答えました。イザベルは雷を落とされてます」そこでぽろりと口をすべらせた。「コンドームのことは言わなかったんですが」

「コンドーム？　なんなの、コンドームって？」

「いえ、あの、心配いりません。ペリーが取りあげました」

ナタリーから肩を叩かれた。デイビスが説明していると、彼の携帯からソーシャル・ディストーションの「ボール・アンド・チェイン」が大音量で流れだした。

デイビスは彼女が朝食用の部屋を行きつ戻りつするのを見ていた。娘と同じくらい歩幅が広い。デイビスは電話に耳を傾けつつ、ときおり質問を差しはさみ、まもなく笑顔になった。

やっとだわ、とナタリーは思った。いい知らせが飛びこんできたにちがいない。

デイビスが携帯を切った。

「それで？ なんの電話だったの？」ナタリーは彼の前に仁王立ちになった。

「ヘイミッシュ・ペンダリーがCAUに電話してきたそうです。ほら、スコットランド・ヤードの作戦指揮課のトップの」

ナタリーの顔つきが変わった。デイビスに飛びかかって、口から言葉を引っぱりだしたがっているようだ。

「塗装片があなたのジャガーと一致したそうです、ナタリー。つまり、カンタベリーであなたを崖に突き落とそうとした車が見つかりました」

ナタリーはいまにも踊りだしそうだった。「すごいわね。運転していたのは誰なの？」

「車の所有者の身柄を確保しました。グラハム・サッズビーと言って、元お抱え運転手ですが、いまは地元のパブに入り浸ってるとか。警察もそこで彼を見つけました。本人は駐車中に車が脇をかすめた傷だ、車に戻ったらできてたと主張してます。もちろん、嘘です。真実を自供するのは時間の問題、英国の警察の締めつけ具合によりますが」

「ここまで来れば、ミセス・ブラック」フーリーが部屋に入ってきて、言った。「警察がすべてを把握するまであと一歩ですよ。イギリスのおまわりは、いざとなるとしゃれにならないぐらい厳格できついんで」

彼の背後にコニーがいた。「なんであなたがそんなことを知ってるの?」

「以前、そんな警官のひとりと結婚してたからさ」フーリーはこともなげに言った。

「おれはその女に殺されかけた」

デイビスは、フーリーが口笛を口ずさみながら、警戒のため玄関に向かうのを見送った。そのあとコニーを見て、彼女が笑顔でフーリーの後ろ姿を見ていることに気づいた。おいおい、まさかコニーとフーリーがそんな仲に?

「デイビス、兄のミルトンと話をするつもりなら、言っておかないとね。兄は今朝、うちに来ることになってるのよ」

39

〈ウィラード〉

金曜日の正午

ペリーはデイビスより先に空のエレベーターに乗りこんで、ボタンを押した。「そのぶすっとした顔、なんとかしてよ、デイビス。わたしに電話して頼みごとするのが、いやだったのはわかるわ。でも、これでよかったのよ。それに、あなたの狙いどおり、わたしがいればミルトンおじさまの口は軽くなる。あなただけじゃ、怖がらせるばっかりだもの」

「おれがミルトンおじさまを怖がらせる？　そんなことあるもんか。火曜日の夜、彼はパーティでおれを見かけてる」

「ええ、母のいかした若いツバメとしてね。正真正銘のＦＢＩの捜査官として話を聞きに来たと知ったら、失神するかも」

眉が吊りあがった。「おれがいかしてる？」

ペリーはぐるっと目をまわした。「もういいから、デイビス、真面目に仕事するわよ」そして満足そうにつけ加えた。「イギリスで母の車を突き落とそうとした車が見つかったから、意地悪な噂が途絶えるのも時間の問題ね。動機が明らかになれば、一面記事になるわ」

「現時点でイギリスの警察に証明できること、それは自動車事故の現場から何者かが逃げ去ったことだ。それだけは議論の的になってない。イギリスのマスコミ事情は知らないが、アメリカでは、記事の訂正にべらぼうな時間がかかる。訂正されればまだしもさ。おいしいスキャンダルだと、不都合な真実が出てきても、簡単には引っこめようとしないからね」

気に入らないが、彼の指摘は正しい。ペリーは廊下を進んで、スイートのドアをノックした。

室内では、バーナビー・イーガンが窓辺でこめかみを揉んでいた。ミスター・ホームズのスイートを誰かがノックしているが、頭が痛くて出たくなかった。できることならシングルモルトを一杯引っかけ、ベッドで小一時間安静にしていたいが、そうもいかないようだ。ドアの向こうには、革ジャンを着た仏頂面の大男と、なんと、議員の姪のペリー・ブラックがいた。バーナビーはいまだペリーが女だてらにプロフットボール専門の記者だという事実を受け入れられずにいるが、議員の両親はこの娘を手放しで褒めている。議員自身は、ペリーには不自然なところがある、だが父親のことを考えたらやむを得ないのだろう、とぶつくさ言っているが。バーナビーはドアを開けた。「ミズ・ブラック、どうされました？　こちらはどなたですか？」

「こんにちは、バーナビー」ペリーは言った。「おじさまに会いに来たのよ」

「いまお休みですので、出なおしていただいたほうが――」

デイビスがＦＢＩの身分証明書を提示した。

「なんと」バーナビーはペリーをちらりと見た。「なぜＦＢＩといらしたんですか、ペリー？」

「彼の手伝いをしてるの」ペリーはほがらかな笑みとともに男ふたりを引きあわせ、最後に言い添えた。「バーナビーがミルトンおじさまの元で働くようになって、五年になるわ。そうよね、バーナビー？」

「あと二カ月で五年です」バーナビーは言った。「こまかいようですが」デイビスは多少舌足らずな彼の発音を魅力的だと思った。

「議員を呼んでいただけますか、ミスター・イーガン？　お尋ねしたいことがありまして」

バーナビーはため息をついた。「議員はいまとても動揺しておられてね、ペリー」

「あら、みんなそうよ。だからサリバン捜査官がここにいるの」

バーナビーはいったん開いた口を閉じ、ペリーはそれを見て、ミルトンの動揺の原因が自分の母でないことに気づいた。バーナビーの厳格な表情に手がかりを探したものの、なにも見つからない。とはいえ、バーナビーは胸の内を表に出すような人ではないが。

「議員を呼んでください、ミスター・イーガン」デイビスが重ねて頼んだ。

デイビスとペリーは美しいリンカーン・スイーツのリビングに残された。青色と金色を貴重にした部屋で、壁の一面には端正なストライプの壁紙が張られ、青いカーテンの眼下には中庭がある。この畏れ多い部屋で頭を横たえるためにミルトンはひと晩にいくら払っているのだろう、とデイビスはふと思った。

「ペリー」

ふたりはふり返り、出入り口に立つミルトンを見た。いかにもボストン名家出身といった風情だった。白髪交じりの鮮やかな赤い髪は、優美に整えられている。きちっとした黒いズボンに、ぱりっとした白いシャツ。ほっそりした足には黒革のローファーをはいている。とても横になっていたようには見えない。自分の使命を受け入れた人のようだ、とデイビスは思った。それとも、これも政治家としての一面にすぎないのか？

「おじさま、彼はデイビス・サリバンといって――」

ミルトンはペリーの隣にいるデイビスにうなずきかけた。「バーナビーからFBIの捜査官だと言われて来てみれば、火曜の夜、アーリスのパーティで恋人のようにおまえの母親に寄り添って、ダンスを踊っていた男ではないか。不埒《ふらち》――」

「実際は、サー、ブラック大使の警護を担当しておりました」

ミルトンは黙りこんだが、それも一瞬だった。肩をすくめた。「なるほど。FBIも人の悪いことをするものだ。だったら――こんなことを言って悪いがね、ペリー――パーティの席で彼のことをそう紹介すれば、ナタリーの品位を落とさずにすんだのではないか？　あれではまったく印象が異なる。とはいえ、ナタリーは目立ちたがり屋だからね」

デイビスは言った。「では、妹さんが命の危険にさらされているという話をお信じにならないのですね、ミスター・ホームズ？」

「イギリスでの件に関してはあながち嘘じゃないのだろうが、誇張しているだろうとは思っている。ジョージ・マッカラムの自殺で動揺が激しかったたし、そのことで世間から責められもした。そんなときに事故が起きたら、命を狙われたと誤解するのも、ありそうな話だろう？　マスコミが彼女を疑ってかかるのも、わからないではない。なんにしろ、落ち着かないことだらけだ。ナタリーにとっても、わたしにとっても、わたしの両親にとっても――」この異様な独り語りは、進むに従ってボストン訛りが強くなっていった。

ペリーがきっぱりとさえぎった。「ほんと、おじさまの言うとおりよ。おじいさまとおばあさまは母の身を案じて、とても動揺していらっしゃるわ。おふたりは母を信じてくださってる。わからないのは、どうしておじさまが信じてくださらないかね」

ミルトンはこの発言を無視して、誰にともなく曖昧に手を振った。「アーリスが今朝電話をしてきて、きみのお母さんに辞任をうながしてくれと頼まれた。わたしたち全員に降りかかっていることを思えば、驚くにはあたらない。わたしにも考えるべき将来がある」利己的に聞こえたかもしれないと思ったのだろう。咳払いをして、背筋を伸ばすと、おもねるような笑みを浮かべた。「なにせ、再選を控えている身なので、この手のスキャンダルはね――命取りになりかねない。ナタリーが辞めてくれるのがなによりなんだよ、ペリー。早々に辞めてくれれば、彼女を支えてきた者たちみんなが助かる。選挙のある秋に入る前に有権者がイギリスで起きたことを忘れてくれるからね」

ペリーは言った。「じゃあ、母はフロリダに引っ越して、観光客にそれと気づかれないよう、サングラスでもかけてろってこと？　ビーチで似顔絵を描いてもらい、ウインドサーフィンでもしてろと？」

彼女を見るミルトンの目には、おもしろがっているふうがなかった。ペリーの放った皮肉が、評価されることも反応されることもなく、ただ部屋に漂っている。ペリーがミルトンを追いつめたのだ。デイビスはそんな彼に、手足を縛られた政治家の姿を見た。

「政治家としての将来をご心配のようですので、サー、スコットランド・ヤードが言ってきたことをお伝えしておきます。イギリスでブラック大使の車を襲った車が特定され、所有者の身柄が確保されました。事件が解決すれば、あなたの有権者たちはたちまち妹さんを被害者とみなすでしょう。ですから、終始一貫して苦しみにあえぐ妹を支える献身的な兄、つねに雄々しく背後から妹を支える兄として行動されたほうが、得策かもしれません。わが身かわいさに腹ちがいの妹を犠牲にする嫉妬深い兄よりも」

ミルトンには耐え難い助言だったようだ。彼がバーナビーを見ると、バーナビーは目をぱちくりしながら、デイビスと自分の雇い主を交互に見た。デイビスはミルトンが高姿勢に出ると決めた瞬間がわかった。背筋を伸ばし、実際に堂々として見えた。

「イギリスの警察の動きなど、誰が気にするというのかね？　連中がなにをどう言おうと、誰が聞く耳を持つだろう？　わたしたちはここにいて、ナタリーの帰国とともにここが騒動の舞台となったのだからね」

「問題は彼女の自作自演かどうかかと思っていました」デイビスは言った。

バーナビーは咳払いをした。頭がずきずきしてきた。この連中さえいなければ、薄暗い片隅でひとりくつろげるのに――だが、その願いは叶いそうにない。議員を守ることが自分の主たる業務である以上、ここで黙っているわけにはいかない。「サリバン捜査官、ホームズ議員はそうは申しあげておりません。みなさんと同じように、議員も動転しておられる。それで、いまイギリスでの捜査状況をお話しになりましたが、すべて事実ですか？　まちがいはないんですね？」

話が脇道にそれつつある。デイビスは急いで言った。「座ってじっくり話しませんか、ミスター・ホームズ？」

「ホームズ議員とお呼びください」バーナビーは注意して、ミルトンと視線を交わした。「どうぞこちらへ来て、おかけください」青と金色の布地が張られたソファを指さした。「コーヒーをお飲みになりますか?」

デイビスは首を振った。ミルトンは連邦スタイルの美しい椅子のひとつに座って、脚を組んだ。そして腕組みをするという、守りを固める姿勢になった。ふたたびこの場を取り仕切りたがっているが、デイビスには、そこに用心深さを垣間見た。それと、おそらく恐怖もある。デイビスはそうであることを願った。いよいよ恐怖に焦点を当てるときだ。デイビスは言った。「あなたが月曜からワシントンに滞在しておられることをかんがみて、ホームズ議員、あなたとご一族の経済状況を調べさせていただきました。さらには、ここワシントンでのあなたの全出費を」言葉を切って、相手にその内容が届くのを待った。「個人としてかなりの額の負債をお持ちなのは承知しています。そして、選挙戦にはやはり資金が必要になるため、妹さんにかなりの額の資金援助をお願いされたことも」

懐具合を暴かれたミルトンの顔に、デイビスは怒りを読み取った。だが、かろうじて自制心を保っている。穏やかとしか思えない声で彼は言った。「政治家というのは幅広く資金提供を求めるものでね、サリバン捜査官。それが政治家人生の一面なのだ」肩をすくめ、やはりおもねるようにほほ笑んだ。「ただ残念ながら、妹はわたしの政策をあまり買ってくれていない。だから資金を出してもらえるとは思っていなかったよ」

「ただし、きょうだいとして援助してもらえると思ったのでは?」

「いや、妹はそんな理由で動く人間ではない。こうと決めたら、てこでも動かないたちなのだ」

ペリーが身を乗りだした。「母にお金をせびるためじゃないとしたら、ミルトンおじさま、いまワシントンにいるのはどうしてなの?」

40

おじは目を合わせようとしなかった。高級なイタリア製のローファーに視線を落として、眉をひそめた。横からバーナビーがすらすらと述べた。「議員がワシントンにご滞在なのは、議員を国政に引っぱりたいと思われている大物方からお招きがあったからです。議員にはその方とのお約束があります――」計算された美しい身のこなしで、腕時計を見た。「時間が迫っておりますので、あなた方とお話しする時間はございません」

ペリーは表情を変えずに尋ねた。「おじさまがマサチューセッツ州議会の上院議員でなくとも、これから会うその大物たちはおじさまを国政選挙に引っぱりだしたがるかしら？」

ミルトンは咳払いをしてから、記者会見のように淡々と答えた。「連邦の上院議員選に出るにしても、権力の座にあるほうが有利だろう」

いつまでも、のらりくらりかわされているわけにはいかない。デイビスはミルトンにまっ向からぶつかることにした。「ホームズ議員、ペリーにお話しになるべきだとは思いませんか？　わたしたち両方が承知していることを」

ミルトンの体に電気が走ったようだった。さっと背筋を伸ばして、上向きになった。

「きみがなにを知っているというのかね、サリバン捜査官。わたしからペリーに話すことなどないぞ。会わなければならない人がいるので、帰ってもらえないか」

「お送りします」バーナビーがドアに向かって歩きだした。

しかしデイビスは動かず、ペリーもそれにならった。彼はミルトンの顔から目をそらさなかった。「きみのミルトンおじさまがワシントンにいるのは、それだけが理由じゃないんだ、ペリー。党の黒幕相手に大切な話があってね。選挙費用は潤沢にあるから、二年後の選挙で候補に選んでもらえれば資金援助はいらないと訴えるつもりなのさ。きみのミルトンおじさまには、心づもりがあったということだ」デイビスは反論を待ったが、ミルトンは無言だった。

デイビスはペリーに向かって言った。「彼が訪ねてきたとナタリーが言っていた。彼はきみのお母さんに、今後も彼女を全面的に支援すると言ったそうだ。ただしそれにはきみのお母さんが選挙資金を出すか、きみの祖父母に出させるかするという条件がついていた。家族がお互いに助けあって、なにが悪い？　その条件が呑めない場合は、マスコミの手前、パラシュートの命綱を絶って、きみのお母さんのトラブルとは距離を置くとはっきり言ったそうだ。その論法に従って、身内である彼がきみのお母さんの精神状態や信頼性に疑義を表明したら、彼女の立場はどうなる？」

真っ赤になったミルトンの顔を見て、卒倒しないといいが、とデイビスは思った。

「ナタリーと話をしたんですよ、サー、ふたりきりで」

ミルトンが勢いよく立ちあがる。「ナタリーが言ったんだな！　口外しない約束だったのに、やはり信用のならない女だ。むかしから嘘とごまかしに長けていた」

デイビスは彼の怒りに油を注ぐべく、笑顔を向けて、ソファのクッションにもたれた。「彼女が言わないと約束したのは、ご両親に対してです、ホームズ議員。ご家族の誰にとっても不面目な話ですからね。

きみのお母さんによると、ペリー、彼の演説を聞きおわったきみのお母さんは、彼を笑い飛ばして、最悪の選択をするがいい、と言ったそうだ。妹を貶めるようでは、政治家としての将来はない。悲しいことだけれど、と言っていたよ。彼はそう思わないかもしれないが」

ペリーはデイビスとおじを交互に見比べた。おじの裏切りが納得できなかった。これまで、おじのことを感じのいい人だと思っていた。たしかに多少ひ弱で気取り屋で、妹の陰にかすみがちであるにせよ、だ。ナタリー・ブラックの魅力と知性が誘導灯のように揺るぎないのに対して、彼の輝きはきまぐれにすぎる。それでも、おじの裏切りは受け入れがたかった。あんまりだ。

ペリーは視界の端にバーナビーをとらえた。床に釘付けされたかのように動かず、おじの顔を見つめている。その目には自分の目にも浮かんでいるであろう、失意の表情があった。ペリーはぎこちない沈黙を破った。「それで、さっき母についてあなたが言ったことだけど。自分の筋書きどおりに話してみて、わたしたちの反応を見るつもりだったの？」

ミルトンは沈黙を続けた。

「そう、だったらわたしもなにも言わないわ、ミルトンおじさま」ペリーはゆっくりと立ちあがり、ミルトンを見おろした。背後からバーナビーの咳払いが聞こえても、ふり返らなかった。「あなたもなにも言わないで、バーナビー」牽制しておいて、手厳しい調子で冷ややかにおじに告げた。「なんて惨めなウジ虫なの？　あなたとは縁を切ります」ひと息置いて、つけ加えた。「バックナー公園で母を轢き殺そうとしたのは、あなたなの？　わたしを脅迫したのも？」

ミルトンは顔面蒼白だった。震える手をペリーに差し伸べた。「なんと、なんということを言うんだ？　そんなわけがないだろう？　選挙戦に金がいるからという理由で、わたしが実の妹を殺そうとしたと？　そして、実の姪を脅迫したと？　きみが考えているような状況ではないのだよ、ペリー。わたしの話を聞いて、理解してもらわなければ。この国では多額の資金がないと選挙に勝てない。当然ながら、選挙戦を有利に進めるには、彼らのありあまる金がいる。だが、両親はひとり息子であるわたしの頼みを断った！　自力でマサチューセッツ州の議員になれる人間がどれだけいるだろう？　だが、ふたりは聞き入れてくれなかった」黙りこんだミルトンは、顔を赤らめ、肩で息をしていた。

ミルトンはペリーを直視した。「母からは、きみの母親の才能の半分、知能の半分でもあれば、両親や友人に金をせがまずに自力で選挙戦を戦えるのに、と言われた――」息をはずませながらも、口を動かし、言葉を吐き散らしている。「父からは、上院議員選挙に出るのは、妻の入れ知恵だろうと」平静を取り戻そうと口を閉じ、何度か深呼吸をした。

両親に言われたことが頭に刻みこまれている、とデイビスは思った。一言一句にいたるまで。

長年にわたる訓練が実を結び、ミルトンは理性的な口ぶりを取り戻した。「それでも、わたしはきみの母親を傷つけない。きみのこともだよ、ペリー。ナタリーに対する称賛の思いは変わらない。こんなことになったのは、きみの祖父母のせいだ」

ペリーはおじの言い草に圧倒された。自分の情けなさを棚に上げて、ペリーが愛する人たちに対する苦々しい怒りを表明している。胃が締めつけられ、むかむかした。苦いものを呑みくだす。バーナビーが近づいてきた。血の気が引いて、真っ青になっている。わたしもこんな顔色をしているの？　ペリーは再度おじに尋ねた。「バックナー公園で母を轢き殺そうとしたの？」

「ありえない！　なぜわたしがそんなことをする？　この暗愚な街ではハンドルすら握らないというのに！」

バーナビーは咳払いをしてから話しだしたが、声の震えは隠せなかった。「ありえません、ミズ・ブラック、そんなことは絶対に」

ペリーはふたたび血を分けたおじのミルトンを見据えた。「いっそのこと、母はあなたの仕打ちをおじいさまとおばあさまに打ち明ければよかったのよ。そしたらおふたりもあなたと絶縁したでしょうに」言い捨てて、ドアから外に出た。

デイビスはそれ以上つけ加えることなく、彼女についてリンカーン・スイートを出ると、長い廊下をエレベーターへと向かった。エレベーターにはふた組のカップルが乗っていたので、ふたりは沈黙を守った。ロビーまで着くと、ペリーは彼の袖を引っぱった。「話してくれなかったのね」

「ああ」

デイビスの腕をこづいた。「どうして? 言っておいてくれたら、不意打ちを食らわずにすんだのに――」

周囲の視線が集まりつつあるのを感じたので、デイビスは歩きつづけた。背後に彼女を引き連れて、ホテルのドアから清々しい外気のもとへ出ると、深々と息を吸った。わずかに排気ガスのにおいがする。「おれはこの街が好きだ」

ペリーは彼の手をつかんで、揺さぶった。「話したほうが身のためよ、サリバン。完全無欠の説明をしないと、承知しないから」

デイビスは彼女を見た。太い三つ編みからほつれた髪が顔にかかり、苦痛で目つきが暗い。彼女の肩にそっと手を置いた。「もし話してたら、きみは彼に会うなり襲いかかってた。そうさ、きみには我慢できなかったろう。だがミルトンと会うとき、きみに同席してもらうのは、真実に近づく一番の方法だった。そう、隠された真実があって、きみのおじさまがかかわってるとしたらだ。だが、それはなかった。もう忘れよう、ペリー。彼についてはここまでだ」

ペリーはデイビスの肩の向こうを見た。「殺してやりたい」ゆっくりと言った。「そんなことになったら、きみを逮捕しなきゃならない」

「あんな恥知らず、あのイタリア製のローファーにセメントブロックをくりつけて、ポトマックに投げ捨ててやりたい。そうよ、ブログなら刑務所からも発信できるし」

「だとしても、きみのお母さんを轢き殺そうとしたり、きみを脅迫したりしたのは、彼じゃない。あいつは良くも悪くも政治家で、議会に集う大ばかどもの一員だ。そいつらみんなに罰を与えるとなると、セメントブロックがいくつあっても足りないぞ。いまできることがあるとしたら、立ち去ることだけだ」

デイビスの言うとおりだ。吠えたりわめいたりしたかったが、ペリーはぐっとこらえた。「わたしが許すと思ったら、大まちがいよ。〈ポスト〉にはひとりで戻る」コンピュータの入ったバッグを肩にかけなおし、鳴り響くクラクションと怒声を浴びながら通りを渡った。そして肩越しに叫んだ。「それと、街じゅうのセメントを買い占めてやるから」

デイビスはその場に留まり、彼女が無傷で通りを渡りきるのを見ていた。近づいてきたタクシーが、彼女を乗せて走り去る。あれほどの怒りを、どうやって処理するつもりだろう？ 彼女のことをよく知らないだけに、心配だった。

ミルトンの金銭問題が女性がらみであることを言わなくてよかった。ミルトンは首都ワシントンにやってくるたび、毎月手当を払っているその女性のもとを訪ねていた。

41

サビッチの自宅
金曜日の夜

〈グッドウィル〉で買った厚手のフィッシャーマンセーターを宿無しのコートの下に着て、内側がウールになった手袋をはめているおかげで、寒さは感じなかった。だが、しゃがんでいたので、体がこわばっている。ブレシッド・バックマンは立ちあがってストレッチをすると、何歩か家に近づき、近所の目をはばかって、木立や茂みに身を寄せた。ふたたび警官を呼び寄せるようなことだけは、避けたかった。

朝はうちのなかにいたヒスパニック系の女に見られたことに気づいたおかげで、その場を立ち去ることができた。すでに日が落ちているとはいえ、引き返すのは危険だ。まちがいなく警官が警備にあたっている。テレビに写真が出たいま、そこらじゅうに警官の目があるので、うかつなことはできない。だが、もうこれ以上、彼らが出てくるのを待っていないで、行動に移らなければならない。ママを安心させるためにも、やり遂げるのだ。夢に出てくるガーディアンはママだろう？　肉体のないやわらかく澄んだ声で、あなたならやれると言ってくれる。それを思うだけで、心に喜びが広がった。

いまやあのふたり、サビッチとシャーロックはつねにいっしょなので、ふたりでいるところを襲うしかなかった。だとしても、ふたりが丸腰になるのを待たなければならない。そう、たとえばベッドでぬくぬくとくつろいでいるときを。さっさとサビッチを片付けてしまえば、シャーロックのほうは案ずるまでもない。銃をくわえさせて引き金を引かせてもいいし、頭を撃たせてもいい。だがブレシッドの希望としては、絞め殺したい。そう、彼女の目から命が徐々に抜けていくのを見たいのだ。最後にママと会ったあの日、あの惨めな病院のベッドでママの目のなかで命の光が弱まっていくのを見たように。

二台の車がやってきたので、ブレシッドは茂みのなかに戻った。一台はサビッチの家の私道に入り、もう一台は路肩に停まった。三人が家に入っていく。誰だか知らないが、誰であろうと同じことだ。いずれにせよ、自分の計画を台無しにする連中なのだから。

しばらく待ってから、ブレシッドはリビングの外に移動し、窓からなかをのぞいた。

そこには誰もいなかったが、人が談笑する声が別の部屋からかすかに聞こえてきた。家の外壁に沿って移動し、ダイニングまで来た。笑顔でうなずくサビッチが見える。自信に満ちたようすで、テーブルにつく女ひとりと男ふたりに話しかけていた。なにを言っているかわからないが、テーブルにスパゲッティと軸付きのトウモロコシ、ガーリックブレッド、大きなサラダのボウルが載っている。ガーリックのにおいを嗅いだ気がして、胃がぐうっと鳴った。それではじめて空腹であることを自覚した。

男ふたりはどちらも若くて屈強で、サビッチ同様、眼光鋭く、世界を相手にして闘う自信に満ちているようだった。FBIの捜査官なのだろう。片方は黒のタートルネックのセーターに細身のきりっとした黒いジャケット、もう片方は白いシャツの袖を肘まで巻きあげていた。いっしょにいる若い女もしっかりした体つきをしているから、捜査官かもしれないが、確かなことはわからない。みんなで仲良くお食事会か？

シャーロック捜査官はテーブルの一番端につき、シャンデリアの明かりを受けて豊かな赤毛を輝かせている。くつろいで楽しんでいるようだ。パスタを巻きつけたフォークを手にし、誰かの話にうなずくその姿は、堂々としていた。だがそれも、その華奢な首にこの手をかけて、命を絞りだしてやるまでのこと。

ブレシッドは腰を起こした。まだ客人たちが帰るには時間がかかりそうだ。それまで見られる危険を冒してでも、ここに留まるべきだろうか？

またもや胃が鳴った。とりあえず空腹を満たさなければならない。戻るかどうかは、そのあと考えることにしよう。

42

ナタリー・ブラックの自宅
金曜日の夜

眠るときは真っ暗がいい。だが、今夜のナタリーはちがった。神経が逆立って、落ち着かない。なにか見落としていることがある。不快だけれど、現実のこと。あともう少しで手が届きそうなのに、つかめない。イギリスとここ母国で起きたかずかずのできごとが、頭のなかで強風に舞う紙吹雪のごとく舞っていた。

集中しなさい。なぜ大統領はまだわたしを守ろうとするのだろう？　二十歳のときのソーンが——大統領が——くっきりと脳裏に浮かびあがり、笑みがこぼれた。当時からぬけぬけとしたうぬぼれ屋で、規則は破るためにあると思っているような人だったけれど、頭は抜群によかった。そして、一年生のときから、ブランデージの親友としてそこにいて、のちにはナタリーの親友にもなり、彼のほうではさらに別の思いも加わったけれど、そのことが口に出して語られることはなかった。さっきアーリスが持ちだして、尋ねるまでは。この四人で友情を育《はぐく》み、それが深まって長く続いた。

だがブランデージはもういない。ソーントンは押しも押されもせぬ合衆国の大統領となり、ナタリーの将来に対して決定的な権威を持っている。いったいいつまで、彼はナタリーを排除しろという側近や党の大物や世間の圧力に抗えるだろう？ そして、彼が抗えなくなったときは？ ナタリーは面目を潰される。だが、それですむだろうか？ それだけでは納得できない人間がいて、自分の死を願っていたとしたら、それを押しとどめる方法はあるだろうか？ しばらくは生きていられるだろうが、いつまで警護を頼むの？ 一生？

世界じゅうのあらゆる政治家は、どんなに厳重に警護されていても、殺されるときは殺される。その気になればなにがしか方法があるものだ。かならず。疑心暗鬼になるであろう先々の自分が見えるようだった。知りあいだろうと、友人だろうと関係なく、ありとあらゆる人を疑ってかかる自分が。

そんなごたごたに敵は娘であるペリーまで引きずりこんだ。でも、なぜ？ 巻きこむ意味があるだろうか？

外交の仕事を通じてありとあらゆる人に会い、自分とペリーに影響のある重要な決断を無数に下してきた。少なくとも、ペリーが大学に進学して、独立するまではそうだった。その決断のひとつが、自分を殺そうとする企てを引き寄せたのか？　そしてペリー、そう娘のペリーに対する心配はつねにあった。

それもこれもジョージ・マッカラムに端を発しているのだろうか。いずれにしろ、彼の死を機に表立った動きがはじまった。ああ、ジョージ、清廉潔白な人だった。ブランデージを愛したほどには、愛していなかった。あそこまで深く愛せる人は、生涯にふたりといない。けれど、ジョージに対する思いも強かった。彼はふたりでいることの楽しさと喜びをくれたし、互いに尊敬できた。そして仲良くやっていけるという手ごたえをどちらも持っていた。それなのに彼がなんというか――犠牲にされた？　それとも、彼自身が標的だったのだろうか。だとしたら、そのあと自分が責められ、悪意のある噂が流れたのはなぜか。そして、ここ自宅のあるアメリカでまで狙われるのは？　紙吹雪はぐるぐるとまわるばかりで、少しもまとまってこなかった。

ナタリーは横向きになり、暗い窓を眺めた。これでは頭がどうにかなってしまう。ちゃんと睡眠を取って、頭をクリアにしておかなければ。迫っている明日という日には、その後の人生を変えるであろう決断が待っているのだから。

あなたはどう思う、ブランデージ？　やっぱり辞めたほうがいい？　辞めれば、ペリーを守る役に立つかしら？　そのときだった。ナタリーは寝室の静かでひんやりした空気に動きを感じた。より新鮮でよりひんやりした空気が流れこんできたのだ。窓のほうから。カーテンのかかる窓を見つめたが、暗いので、ほとんどなにも見えない。いまカーテンが動いた？　ナタリーはナイトテーブルの携帯に手を伸ばしかけた。ボタンひとつでコニーとフーリーの部屋に連絡が入るようになっている。今風の非常ボタン。いや、まだ早い。いまボタンを押したら、ふたりが部屋に駆けこんでくる。そのとき窓の外に入りこもうとする者がいれば、取りにがす可能性が高い。それに、自分はそこまでやわではない。ナタリーは拳銃を手に取り、軽い寝息のような音を立てて呼吸をしながら、おとなしく待った。

43

ペリー・ブラックのコンドミニアム
金曜日の夜

まもなく真夜中だった。ペリーはソファで背中を丸め、コーヒーテーブルに置いたノートパソコンを打っていた。右手の肘のところには水のボトルがある。デイビスはその向かいの、暖炉の前に置かれた袖椅子に座っていた。もう少し暖かくならないものかと、デイビスは立ちあがって薪をくべ、ふたたび椅子にかけた。ペリーを見ると、自分のブログに書いた内容を読みながらキーを叩いている。ときおりデイビスのほうをちらっと見るが、すぐに顔を伏せてしまう。いつまで書きおわっていないふりを続けるつもりだ？　ひと晩じゅう、おれを無視するのか？

デイビスは彼女を見た。ペイトリオッツの青のスエットに着替えていた。ここワシントンDCで無茶なことをする。彼女なら日曜日のフェデックスフィールドでも同じことをするんじゃないか？

ジーンズは太めで、かなり古いようだった。厚手の白い靴下をはき、脱いだブーツは隣の床にならべてある。いまさらながら、彼女を見ているのが好きなことに気づいた。三つ編みからほつれた髪がまた頰にかかっている。真夜中近いこんな時間になって、すでにブログを書きおわったというのに、彼女はまだ全身からエネルギーをほとばしらせている。母ならペリーのことを精力的と言うだろう。そういえば、自分も母からそう言われていた。彼女のiPodからはフガジの「ウェイティング・ルーム」が流れている。音量を絞ってあるのがいただけない。この曲は、なんというか、ペンキ塗りをしたり、バスケットボールをしたり、ジープの洗車をしたりしながら、大音量でガンガン流すべきだ。暇潰しにも使えるけれど、体を酷使するときにも使える、用途の広い曲なのだ。大きな音で気持ちよく流せば、脳を酔わせておける。

そう、デイビスはパンクロックが好きで、パンクロック好きの女性を評価していた。それに頭がいいので、ノートパソコンにおおいかぶさって、落ちてきた髪を無意識のうちに耳にかけている女性が、自分にとって大切な人になりうると察知できた。音楽の好みが合うからだけではない。もっと広い意味で好みに合う女性だった。彼女はときおり目をつぶって、眉を寄せ、文章を試すように独り言を言うと、ふたたび急いでキーを打った。ペリー・ブラック、フットボール専門のライター。この女性を見て、誰がそんなことを思うだろう？　ハーレーにまたがった彼女が、ヘルメットのシールドを下げて、爆音とともに走り去ったのを思いだす。デイビスは私道に立ってそれを見送った。あれからまだ三日だというのだから、驚いてしまう。

デイビスはため息をつき、椅子の背にもたれて、目をつぶった。サビッチ家でのディナーは楽しかった。さしたる成果はなかったものの、みんなが必要としていた休養兼娯楽になった。そしてデイビスはホーガンズアレーで訓練中にミセス・ショーに鋤で頭を殴られた話を披露した。イギリス人のニコラス・ドラモンドは、どうやら、アカデミーを卒業後はニューヨーク支局に配属されそうだ。いつかいっしょに働くことがあるだろうか？　あるかもしれないし、ないかもしれない。デイビスはニコラス・ドラモンドが気に入った。なにかと見習うべき部分もある。だが、愛想のいい外面の内側に暗い歴史があるのも感じる。口に出して言われないことが、もつれたましまいこまれている。

なんだろう？　いったん考えかけて、やめることにした。いま自分はペリー・ブラックのリビングにいて、自分を無視してブログに目を通す彼女を観察している。そんな彼女を見ながら待つのは、たやすいことだ。考えるのをやめて、「ウェイティング・ルーム」に耳を傾けた。

「ブランケットと枕を渡すわね。ブログは寝室で書きあげるから」

彼女の声に滲む不機嫌さは、ほんのわずかだった。デイビスは目をつぶったまま、あっさり応じた。「もう書きあがってるんだろ？　どんな内容？」

彼女は暗い顔でデイビスを見ると、肩をすくめた。「走りこめる隙間があればがむしゃらに走るクォーターバック、そうロバート・グリフィン三世やマイケル・ビックのことよ。そして彼らがよれよれになりながらも、なかなか引退できない悲しさを。彼らにとって走ることは自分の一部、彼らが走りだしたときの純粋な喜びは、獲物を狙うグレイハウンドと同じで、見ている者にも伝わる。才能に恵まれた、すばらしい選手たち。でもつねにぶつかられて、グランドに叩き落とされる。誰もそんな仕打ちには長く耐えられない。いずれは倒される。

もちろん、どのプレイヤーも危ない橋を渡ってるわけだけど、クォーターバックならラッセル・ウィルソンやコリン・キャパニックね。コーナーバック並みに足が速くて、それでいて位置取りが慎重だし、可能ならスライドもするから、長く選手生活を続けられそう。

そしてパスがうまいクォーターバックといったら、ペイトン・マニングとエリ・マニング、ドリュー・ブリーズね。彼らは絶対にポケットから出ない。ダイナマイトかさもなければ百五十キロ級の肉の塊に脅されないかぎり」

「どれもいい指摘だ。で、きみと話したいことがあるんだが」

「いやよ」ペリーはパソコンの画面をにらみつけたまま、にべもなかった。「あなたが今日あったこと、とくにミルトンおじさまに関することを話しだしたら、殴るかも。静かにしてて、まだ仕事中なの」

デイビスはにんまりした。まだ目は閉じたままだ。「ＦＢＩの特別捜査官というのは、手の内を見せていいタイミングを心得てる。ひとつ忠告させてもらう。きみのおじさまについてもう一度、言わせてくれ。もうおしまいにするんだ、ブラック」

「うるさい」

「少なくとも、いまのきみにはおじであるミルトン議員の人となりが見えてる。きみのお母さんは今回の件の裏に彼がいるとは思ってない。おれも同感だけど、明日には確実なことがわかる」

最後のひとことに反応して、ペリーがこちらを見た。「あら、明日なにがわかるか尋ねてもいいのかしら？　降霊会でも開くの？」

デイビスはポケットからレコーダーを取りだした。「今日のミルトン議員との会話をカルロス・アコスタに聞かせる。彼に電話をかけてきた人物かどうか、わかるかもしれない」

そうか、デイビスはその件についても黙っていたのだ。カルロスのことも、彼が声を聞いて人物を特定できるかもしれないことも、ペリーの頭からは抜け落ちていた。けれど、まあ、だから自分はフットボールの記事を書き、彼は捜査官をしているのだろう。「カルロスはまだクワンティコにいるの？」

「ああ、ジェファーソン棟にね。明日訪ねることになってる。サビッチがイザベルの携帯ともども、彼を足留めしておいてくれる。その携帯にまた電話が入れば、リアルタイムに追跡できるかもしれない。イザベルは一週間の予定でフロリダのおばさんの家に行ったままだ」

ペリーはため息をついた。「それ以上のなにかを期待してたわ。犯人がわからないなんて――それが苦痛で」

「大砲が登場してまだ三日だぞ」

ペリーは鼻を鳴らしつつ、キーを叩いた。「大砲ねえ――自分のこと、ほんとにそう思ってるの？」

デイビスはまだ目を閉じていた。「捜査局のことはね。おれはどうだと思う？」

「わたしに尋ねてるの？　わたしはまだあなたと口をきいてないんですけど」

44

ナタリー・ブラックの自宅
金曜日の夜

ナタリーには自分の心臓がどきどきいうのがわかった。窓の外の男にも聞こえるだろうか？　かまうものか。窓に向かって拳銃を構え、カーテンに視線を据えた。身内を突き抜けるこの感覚は、恐怖ではなく、怒りだ。さあ、いらっしゃい、坊や。ママが相手をしてあげるわよ。

警報音が鳴りだした。耳をつんざくような鋭い音は、ヨーロッパのパトカーのサイレンと同じ音程だ。熟睡する近隣の住人を揺り動かすに足る大音響だった。

ナタリーはベッドから飛びだして窓に走ると、カーテンをさっと引いた。窓の外にあるオークの巨木の枝を伝っておりていく男が見える。止まれと叫んで、一度、二度、三度と引き金を引いた。銃弾は樹皮を削っただけで、男には当たらなかった。

フーリーとコニーが部屋に駆けこんできた。コニーはナタリーを窓から床に押しやり、その上におおいかぶさった。フーリーがカーテンを大きく開いた。「下にいるぞ！」叫ぶなり、あとを追って木の枝を下りだした。

ナタリーはコニーを押しのけた。「どいて、コニー、助けを呼ばないと。もう危険はないんだから、わたしを立たせてちょうだい！」

女ふたりは窓辺に立ち、枝から枝へと伝っていくフーリーを見ていた。ついに地面に達したフーリーは、敷地の前のほうにある高い石塀に向かって全速力で走り去る男を追いはじめた。ランニングシューズにパジャマのズボンだけという恰好で、手に拳銃を握っている。

「あなたはここにいてください、ナタリー」コニーが窓から出て、フーリーと同じように枝から枝へと下りはじめた。小花柄のかわいらしいピンク色のパジャマを着て、ベレッタを握っていた。

おとなしく待っているナタリーではなかった。さっそくスニーカーをはくと、コニーから遅れること数秒で木につかまり、慎重に枝を伝って、最後は地面に飛びおりた。フーリーを追いかけるコニーが見えた。

フーリーの前方二十メートルには、石塀にぶら下がったロープをつかむ男の姿があった。逃がしてたまるか。フーリーは塀に向かって撃ちながら、叫んだ。「そこまでだ！　どこへも行かせないぞ」

　男は立ち止まった。石塀に張りつき、太いロープを握ったまま、肩で息をしている。

フーリーは男まで三メートルほど残して立ち止まると、ベレッタの銃口を男に向けた。

「ロープを放して、しゃがめ。さあ！」

　男は言われたとおりにして、両膝をそっと地面についた。黒のスキーマスクに顔をすっぽりおおわれて、目だけが見えている。黒いストレッチ素材のやわらかな衣類を身につけているので、動いたりのぼったりは、思うがままだ。

「さあ、ゆっくり武器を置け。妙な真似をしたら撃つ。この距離だから、暗いからといって、外しようがないぞ」

　男が低いしゃがれ声で応じた。「銃は持ってない」

「とんでもない嘘つきだな。銃を捨てろ」

　フーリーは走ってくるコニーの足音を聞いた。まだかなり距離がある。「コニー、まわりこんで、やつの右側についてくれ。このばかたれ、嘘をついてやがる」そのとき男が腕を振りあげて、発砲した。弾はそれ、フーリーが撃ち返す。脇腹を撃たれた男は塀にもたれこみ、目にも留まらぬ速さで短剣を放った。フーリーの胸に突き刺さる。彼はがくりと膝をついた。

男がぶら下がったロープをつかみ、塀の上までたどり着こうとしている。コニーは立てつづけに撃ったが、いかんせん距離がありすぎた。男は塀の向こう側に消えた。背後にナタリーの激しい呼吸の音を聞き、コニーは指示を出した。「フーリーをお願い。わたしは男を追う!」

コニーはロープをつかもうとジャンプした。だが、男が塀の向こうからロープを引っぱりあげるほうが早かった。そこでゲートに走り、暗証番号を入力した。ようやく開いた隙間から外に飛びだして銃を構えたが、もはや男の姿はなく、暗い空の下には暗い大地が広がり、高速で遠ざかっていく車のテールランプだけが見えていた。石塀脇の草むらに先端に三つ叉のかぎ爪がついたロープが転がっていた。

45

ワシントン記念病院

ペリーがデイビスとともに緊急治療室《ER》に駆けこむと、スニーカーに血まみれのパジャマという恰好の母が看護師と立ち話をしていた。ペリーは母に近づき、肩に手を置いた。

ナタリーは娘を見た。笑顔を作ろうとして、作りきれない。「フーリーはいま手術に向けて準備中よ。ここは定評のある外傷センターだし、運のいいことに、そのなかでも最高の外科医が交通事故の被害者の手術を終えたところだったの。いまその先生が準備に入ってくれているわ。重傷よ、ペリー。心臓のすぐ上にナイフが突き刺さって。引き抜かないほうがいいのだけはわかったんだけど」ナタリーは唾といっしょにその先の言葉を呑んだ。

ペリーは母を抱き寄せた。「彼はすぐにここに運びこまれたのよ、お母さん。それに頑丈な人だもの、切り抜けられる可能性だって高いはず。さあ、いっしょに待ちましょう」

デイビスが言った。「さっきサビッチに電話して、報告しました。今夜は自宅で問題がなさそうなので、シャーロックとふたりで来るそうです。明日の朝にはFBIの鑑識を引き連れて、役立つものが残ってないかどうか、調べると言ってました」ふと入院手続きの窓口を見ると、看護師が書類を書いていた。ちらっとナタリーに視線をやり、眉をひそめている。

デイビスはナタリーの肩を叩いて、その看護師のところへ言った。「ミセス・ブラックに黙っていることがありますね。フーリーに関することですか?」

チェンバーズ看護師は前に立つ背の高い若い男を見て、セックスのことを思った。わたしがもう十歳若ければよかったのに。疲れすぎて、頭がおかしくなりかけている。そう気づいた看護師は、咳払いをした。「いいえ、とくに秘密はありませんよ。重傷なのは確かですけど、ミスター・フーリーは手技に優れたプロクター先生の手に委ねられています。オペ室の使用手続きをして、随時、必要な情報を流すのがわたしの仕事です。あなたはミセス・ブラックの息子さんですか?」

デイビスはポケットから身分証明書を取りだした。「サリバン特別捜査官です。では、ミセス・ブラックを見て顔をしかめておられたのはなぜです?」

「彼女の顔に見覚えがあって。新聞に写真が載ってましたからね。彼女のせいで婚約者がイギリスで自殺したこととか、本国に呼び戻されたのは――」

デイビスはさえぎった。「新聞にどう書いてあったか知りませんが、チェンバーズ看護師、しかめ面は引っこめたほうがいい。記事にあったのは事実じゃありません。彼女は婚約者の死には、まったく無関係なんで。ミセス・ブラック自身、脅迫されています」

看護師は目をぱちくりした。「でも、インターネットじゃ、その話――」

「ネットで読んだことはすべて信じるんですか？」

「いえ、それはないけど。あなた、本物のＦＢＩ捜査官なの？　それで、彼女はほんとに脅威にさらされてるの？」

それ以上語るべきでないのは、デイビスにもわかった。マスコミの取材範囲に規制をかけるのはむずかしい。だが、ときにドン・キホーテになるのを厭わないデイビスは、誰が正しくて誰がまちがっているのかに無頓着な世の中で、まちがいを正そうとしてしまう。「ええ、ぼくは本物のＦＢＩの捜査官で、彼女が脅威にさらされてるのも事実です。フーリーは彼女を守ろうとして、ナイフで刺されたんですからね」

チェンバーズ看護師は短くうなずいた。「だったら、ＥＲから彼女を出したほうがいいですね。狭いけれど、手術中の待合室があります。そこなら人目を気にしなくていいし、彼女に危害が及ぶ心配もありません。女性陣にわたしについてくるよう言ってくれたら、わたしから警備員に注意をうながしておきます」デイビスは彼女が急いでカウンターの電話に向かうのを見た。

チェンバーズ看護師は一同を三階にある緑色の狭い部屋に導いた。ツイード素材の緑色の椅子が六脚と、小さな窓がひとつだけあって、下は駐車場だった。「コーヒーとパンでも運んできましょうか？　それと、ミスター・フーリーに関してなにかわかったらお知らせしますね。ミセス・ブラック、パジャマの上にはおるものをお持ちしましょう」

二十分後、首都警察の刑事ふたりと入れ替わりに、サビッチとシャーロックが入ってきた。乾いた血のついた白衣をはおったナタリーを見るなり、サビッチは言った。

「だいじょうぶですか？」

「ええ、おふたり揃ってありがとう」ナタリーは深呼吸して、ひと息ついた。「ペリーとデイビスとさっきまでいたふたりの刑事さんにはもう話したけれど、あなた方にもお話ししなければね。意識を失う前に、フーリーが、犯人の足取りがおかしかった、左右で脚の長さがちがうかもしれないと言ったのよ。気絶する前に言えたのはそれだけ。わたしはそのとき、彼が亡くなったと思った。それほどひどい出血で」ぶるっと体を震わせた。「ほかにもあったんでしょうに、話せたのはそこまでだった」ナタリーは両手を持ちあげた。「彼がまだすぐそこにいるみたい。フーリーの血がわたしの爪の下にまで入りこんで」彼を死なせるわけにはいかない」呼吸が荒くなり、顔を伏せて、スニーカーを見つめた。ペリーが彼女の手を握りしめた。「フーリーはよくなるわ、お母さん。丈夫な人だって、知ってるでしょう？　そうよ、よくなるに決まってる」ペリーはかつてないほど真剣に祈った。

コニー・メンデスがピンク色のパジャマの上にはおった白衣のボタンをいじりながら入ってきた。ナタリーと似たパジャマは、やはり血に染まっていた。ナタリーが駆け寄って、彼女を抱きしめた。「彼のようすはどう、コニー？」

「手術室に移る直前まで、彼のそばにいさせてもらいました。意識を取り戻して、ナタリー、笑いかけてくれたんですよ。そのあと追いだされて、この白衣を渡され、汚れを洗い流すようにとバスルームに連れていかれました。

警察にいるルイスに電話をして、首都警察のフィッシャー刑事と話をしました、サビッチ捜査官。犯行現場について、明日あなたと話がしたいそうです。負傷した男には広域手配をかけて、地元の病院にも注意を喚起してあると言ってました。そうは言っても、わたしには犯人が現れるとは思えませんが」

サビッチは言った。「ナタリー、しばらく外に出ていてもらえませんか。コニーから事情を聞きたいので。そのあとあなたにも話をうかがいます。そうやって、全体像を把握するんです」

ナタリーは白衣の前をかきあわせた。「ナースステーションに行って、手術の経過を聞いてきます」サビッチは彼女が部屋を出るのを待って、コニーに指示した。「なにがあったか、ありのままに話してくれ、コニー」

46

コニーは深呼吸して、気持ちを鎮めた。「わかりました。ふたりが撃ったのはほぼ同時でした。犯人は脇腹に被弾したようで、後ろによろめきました。そのあとフーリーの胸に向かってナイフを投げたんです。撃たれていたのに、動きがすばやくて。ロープをよじのぼって、塀を越えました。わたしもその間、発砲してたんですが、距離がありすぎました。いえ、そんなのただの言い訳。わたしが外したんです。二発撃ったのに、二発とも外れて。射撃練習場を庭にしてきたこのわたしが」

シャーロックはさも当然といった口ぶりで言った。「アドレナリンの急激な放出がどのくらい狙いに左右するか、あなただってよく知ってるはずよ。しかも相手は撃ち返してくる可能性のある動く標的だったし、かなりの距離があって、とりわけ外は暗かった。命中したらそれこそ奇跡だわ、コニー」シャーロックはそっと彼女の腕に触れた。アドレナリンの放出の余波で皮膚がひくついている。

コニーはゆっくりとうなずいた。「だとしても――いえ、さっさと話さないとですね。ゲートが通り抜けられるぐらいに開いたときには、高速で走り去る車のテールライトしか見えませんでした。負傷していて、フーリーが言うように脚が悪いとしても、敏捷だったんです。わたしには車種もナンバーもわからない。離れていたし、暗すぎたし。

自信を持って言えるのは、犯人が男だったことです。全身黒ずくめで、黒いスキーマスクまでかぶってました。塀をよじのぼるのに使われたロープは、そのまま地面に置いてあります。フーリーのことが心配で、回収どころじゃなかったから。救急車が到着するまで、ナタリーと付き添ってました。ふたりして大声で話しかけてたんですが、フーリーは目を覚ましませんでした。

ルイス――もうひとりのボディーガード兼ミセス・ブラックの運転手のルイス・アルバレスは、警察といっしょに自宅に残ったんで、彼にロープのことを言ってきました。ロープからなにかがわかるかもしれません」

「デイビス、ナタリーを呼んできてくれるか？」サビッチは頼んだ。「いくつか質問がある。コニー、助かったよ」

ナタリーが待合室に戻ると、サビッチは尋ねた。「だいじょうぶですか、ナタリー？」

ナタリーが腰かけ、ペリーがその隣に移動した。「ええ、いつもの自分に戻ったわ」

サビッチは言った。「警報装置がどうなっているか、教えてもらえますか。侵入者は警報装置を解除したんだと思うんですが？」

平静を取り戻していたナタリーが、こんどは激しい怒りにとらわれた。ゴシック小説に登場する情熱的なヒロインのようだった。背筋を伸ばし、澄んだ力強い声で言った。「ご存じのとおり、外からのアクセスがない上の階の窓には通常、警報装置を設置しないものよ。でもブランデージは念の入った人だったから、一年じゅう、新鮮な空気を入れたいわたしのために、ふたりの寝室にはそれ専用の異なる装置を設置させたの。窓が三十センチ以上押しあげられるとはじめて、警報音が鳴り響くようになった装置よ。これまで一度も鳴ったことはなかったけれど」

サビッチは言った。「では、犯人が家全体の警報装置を解除した時点で、自由に出入りできると思ったわけですね」

ナタリーはうなずいた。「窓の装置だけべつになってるなんて、犯人には知りようがないわね。電源も寝室から取っているのよ」

ペリーが言った。「不思議なのは、犯人がどうやって家の警報装置を解除したかよ」

デイビスが言った。「場数を踏んでいて、仕組みを知ってる人間なら、解除はできます。解除コードについては、何者かがきみの家の番号をカルロスに教えたように、ペリー、今回の事件の背後にいる人物がナタリーの自宅の解除コードを実行犯に教えればすむ」

デイビスは近くに置かれたコーヒーのカップには手をつけず、両脚のあいだで手を握って、目を覚ましてから救急車が到着するまでのことをサビッチがナタリーに質問するのを黙って聞いていた。

そしてナタリーを見た。彼女は腕をさすりながら、模様入りの色褪せた緑のカーペットを見ていた。その上のスニーカーは赤と黒に汚れ、紐をゆるめたままになっている。つまずいて、顔から倒れなくてよかった。ふいに彼女に対する称賛の念が湧いてきた。

まちがったことをした人間はひとりもいない。ナタリーは侵入者が入ってくるのを待った。フーリーとコニーはすぐに部屋に駆けつけたが、それでも間に合わなかった。そのつけを支払わされたのがフーリーであったことが無念だ。

デイビスは自分がへとへとに疲れていることに気づいた。ペリーを見ると、手を母親の肩に置いて静かに話をしていた。彼女もまいっているのだろう、目の下にクマが浮かんでいる。

ついにサビッチが言った。「この男については、指紋識別システムにかける材料がある。足に不自由がありながら、身体的にはいい状態にある若い男で、なにより最大の手がかりは、フーリーに撃たれていることだ。このあたりのERから見つからないともかぎらない。やり口からしてプロの殺し屋のようだし、もしそうなら、システムに登録されている可能性が高い。今回のことはすべてベン・レイバンに持ちこんで、彼に任せる。人海戦術で探してもらおう」

チェンバーズ看護師が戸口に現れた。いまにもお悔やみを述べそうな、深刻な顔つきだ。と、脇によけて、背後の男性を紹介した。「みなさん、プロクター先生です」

年配の男性が部屋に入ってきた。頭はきれいにはげあがり、身長はとても低かった。手術のときは台がいるのではないか、とデイビスが思ったほどだ。医師が習慣からか、壁の時計を見た。デイビスもつられて見た。午前三時。洗いたての手術着のうえに、洗いたての白衣をはおっている。いまの医師にはフーリーの血の跡はない。小柄なわりにはとても低い声で医師は言った。「ミスター・フーリーは回復室に移り、経過はきわめて順調だ。本人にその気があれば、このままよくなるだろう。若くて丈夫な患者だ。だが、非常に危ない状態であったことは伝えておかねばなるまい。ナイフによる損傷は重篤だった。こちらとしてはなるべく早く管を抜きたいが、出血の有無には細心の注意を払う必要がある。こちらに患者のご家族はおられるか？」

ナタリーはぎくりとした。フーリーの家族。家族のことは、まったく知らない。知りあってまだ日が浅く、両親や親戚の話をしたことがなかった。「血縁者はいませんが、ここにいるのは家族同然と思っていただいてけっこうです。いずれ家族――」

コニーがさえぎった。「デンバーに結婚してお子さんが三人いるお姉さんがいます。彼女の電話番号を調べて、わたしから電話します」

医師はうなずいた。「いいだろう。お姉さんに付き添ってもらえれば、それが一番だ。それと、脅すつもりはないが、彼に信仰があるのなら、彼の宗教的指導者に知らせたほうがいいと思う。ここにいるのは大半がFBIの捜査官かね？」

サビッチが答えた。「はい、おおむね。こちらはミセス・ナタリー・ブラックで、ミスター・フーリーは彼女のボディーガードです。彼がヤマ場を抜けるのはいつでしょう？」

「危険を軽く見積もりたくない。ナイフの切っ先が心膜に穴を開けて、心筋に達していた。傷口があと数ミリずれていれば、即死していただろう。また、わたしのところへ運ばれたのが早かったから助かったようなもので、そうでなければ、出血死していた。だが彼はここへ運ばれ、手術を切り抜けた。それ自体が若い患者の生きる意志の強さの表れだろう。

現時点における最大のリスクは、胸部の遅発性出血と感染症だ。その可能性は低いが、明日にはもう少し見通しがはっきりする。集中治療室《ICU》に移されたり、意識を取り戻したときは、こちらから知らせるので、ひとまず帰宅して、休まれることを勧める」

プロクター医師は回れ右をして立ち去りかけたが、ふと立ち止まって、ふたたび室内を見た。「ミセス・ブラック、あなたでしたか。親しい方を亡くされて、お気の毒です。あなたとミセズ・メンデスのふたりが救命士が来るまでミスター・フーリーに付き添い、おかげで彼の命が救われたと看護師から聞きましたよ。ふたりともよくやられた」

コニーが言った。「先生、彼は殺されかけました。誰かが守る必要があります。わたしが付き添うことを許可してください。邪魔はしません。彼を守って、二度と傷つけられないようにしたいだけです」

医師はつくづくコニーを眺めた。彼女の目には恐怖が浮かび、はおった白衣には血が染みついている。「本当に必要なら、警官が警護にあたるのではないかね?」

「わたしは彼のパートナーで、プロのボディーガードです。わたしが守るのが筋です」コニーは黙りこんで、医師を見た。医師に対してこれ以上言葉がなかった。

プロクター医師がため息をついてサビッチを見ると、サビッチはうなずいて返した。

「よし、わかった。患者に付き添いたまえ。ただし、必要なときはすぐにどくように。いいね？」そして、チェンバーズ看護師に言った。「ミスター・フーリーは警護の必要がある」目を煌めかせて、つけ加えた。「そういうことだから」

それから半時間後、コニーはフーリーのベッドの脇に椅子を引っぱってきたが、椅子には腰かけなかった。座るのは後回し。まずは彼を、彼が息をするのを――機械に助けてもらいながらとはいえ――見ていたい。彼の顔は病院のシーツと見分けがつかないほど白かった。そして額にかかった髪のせいで、若くて弱々しく見えた。コニーは彼の二の腕にそっと手を置くと、祈りはじめた。ずいぶん長いあいだ、祈りから遠ざかっていた。気がすむと、椅子に腰かけて、壁にもたれた。海兵隊員として訓練を受けてきたおかげで、わずか数秒で深い眠りに落ち、それでいて、誰かが入ってきたら即座に目を覚ます自信があった。

47

BMWの後部座席に乗りこんだナタリーは、娘の心配そうな視線に気づいた。ようやくがらんとした道をペリーが走りはじめると、ナタリーは言った。「そんな顔はやめてちょうだい、ペリー。わたしはだいじょうぶよ。フーリーのことは――」ふっつりと口をつぐんで、咳払いをした。「まずあなたのコンドミニアムに行って。そこから先はわたしが自分で運転して帰るわ」

「だめよ」

「だめって、どういうこと？」

「今夜はあの家に帰らせたくない。犯罪現場なのよ。寝室は鑑識の人だらけかも。警察もまだ調べることがあるかもしれないし。今夜はもう休んでもらわないと」笑顔になって、ナタリーを見た。「それに、わたしにとってはたったひとりのお母さんよ。世界じゅうで一番愛してる。だからわたしとうちに来て――だめ、言うこと聞いてくれないと。がたがた言ったって、ハンドルを握ってるのはわたしなんだから」

「もう誰もいないのは、あなたにもわかってるでしょうに。それに今夜はもう誰も来ないわよ。ルイスがいてくれるし」

ペリーは赤信号でゆっくりと車を停めながら、なぜ明け方の四時に赤信号がつかなければならないのだろうと思った。母を見た。「わたしが小さいころのことだけど、悪い夢を見て、お母さんとお父さんのベッドに潜りこんだのを覚えてる？　いまはお母さんとわたしのふたりしかいないのよ。お母さんはひどい悪夢に見舞われて、わたしにはふたりがゆったり眠れる大きいベッドがある。デイビスがソファで寝てくれるから、なんの心配もなく、安心してぐっすり眠れるわ。だから、これ以上つべこべ言うのはやめてよね」

少し待って、ナタリーは言った。「スニーカーの紐がほどけたままだったわ」

「マジックテープのタイプを試したらいいのに」

「よしてよ、あんなおばあさん靴」母のこのなにげないユーモアはどこから来るのだろう？　ナタリーはシートにもたれて、目を閉じた。

ふたりを乗せた車ががらんとした通りを進み、ジープに乗ったデイビスが後ろからついてくる。ナタリーが唐突に口を開いた。「ペリー、そういえばアーリスが、あなたとデイがふたりして深刻になりすぎてると言ってたけど」

ペリーは母を見て、眉を吊りあげた。「わたしたちの関係がどうなろうと、アーリスおばさんが心配することじゃないと思うんだけど。デイからプロポーズされたのはこの前話したとおりよ。デイのことだから、おばさんに話したのね。で、おばさんは息子にはっぱをかけた。わたしのことを生まれたときから知ってるおばさんには、わたしがたちの悪い人間じゃないとわかってるから。それより、どうして朝の四時にそんなことを思いだしたの？」

ナタリーはふたたび目を閉じた。「理由もなく、ぽんと頭に浮かんできたのよ。わたしがどうするか、今日アーリスに話すことになってるわ」

ペリーは左折して、バンダービルト通りに入った。静かで暗く、街灯がなければ穴蔵のように感じただろう。母親のＢＭＷを自宅の私道に入れ、ペリーは言った。「辞めないでよ、お母さん。そんなのまちがってる。アーリスおばさんがどんな圧力をかけてこようと、関係ない。おばさんに説得されても、屈しないと約束して」

「そんな単純な話じゃないのよ、ペリー。あなたもわかってるでしょうけど。アーリスとソーンの立場になってごらんなさい。あの人たちは政治を動かし、選挙には勝たなきゃいけない。わたしが辞めるのが一番いいことなのかもしれない。べつにワシントンにこだわりがあるわけじゃないもの。モンタナの馬牧場なんてどうかしら？　サラブレッドを育てて、レースに出すのよ。あなたのお父さんは馬が好きだったのよね。もし生きていたら、引退後にふたりでそうしてたんじゃないかと思うの。どうかしら？」

ペリーはエンジンを切り、母をふり返った。「一週間もしないうちに、退屈しすぎて、ヘビ撃ちに出かけてると思うけど。馬を育てたかったのはお父さんで、お母さんじゃないでしょ」

「ビッグスカイの近所に住むのもいいわね。あなたもわたしもスキーが好きだもの。ふたりで――」

ペリーは身を乗りだして、母を抱き寄せた。「だめ、絶対にだめよ。そんなの問題外だから。あのね、お母さん、お母さんは辞めない。アーリスおばさんには、友人としてもう少し誠実であってほしい、ＦＢＩが事件の裏を探りだしてこの状況を正してくれるから待って、と言わなきゃ。アーリスと大統領のために、いまの立場を捨てるなんて言わないで。それに今夜の一件で、情勢が変わるんじゃないの？　これで、誰の目にもお母さんの命が狙われていることが明らかになったでしょう？」

ナタリーは娘のやわらかな髪を頰に感じ、淡いレモンのにおいを嗅いだ。若くて健康な肉体から、力強さと決意が伝わってくる。長いあいだふたりきりでやってきた。人生は先が読めない。自分にしても、殺されることはないまでも、ブランデージがそうだったようにいつ病気や交通事故で死んでもおかしくない。ナタリーは娘を抱きしめた。自分のせいでペリーまで危険な目に遭わせているのがつらかった。こんなことは終わりにしなければ。背後でデイビスのジープのヘッドライトが揺れる。ナタリーは娘の髪に語りかけた。「わたしが辞めれば、わたしたちふたりに対するいやがらせが終わるんじゃないかと思って」

ペリーも一瞬の気の迷いとして、同じことを考えた。断固とした声で言った。「お母さんにもよくわかってると思うんだけど、犯人はお母さんを破滅させたいのよ。お母さんのキャリアや評判や命——」いったん口をつぐむ。「そして娘のわたしを奪いたいの。徹底的に復讐しようとしてる」

「復讐って——どうしてなのかしら。わたしをここまで傷つけようとする人が、どこにいるの？　ここまでやるなんて、正気の沙汰じゃないわ」

デイビスはBMWの脇で、ふたりの会話を聞いていた。建物の周囲を調べてきたが、不審者はいなかった。ひと息置いて、車のドアを開けた。女ふたりがゆっくりと体を離した。

「誰もいなかった」淡々と告げた。「さあ、なかに入ろう」

コンドミニアムは十分後には静まり返っていた。誰も目覚まし時計をかけなかった。

つぎに目覚めたのは八時十分前、フーリーの意識が戻ったことを伝える電話が鳴ったときだった。

48

ワシントン記念病院
土曜日の朝

コニーは待てるだけ待ってから、吉報を知らせる電話をみんなにかけた。フーリーが無事に夜のヤマ場を切り抜けた。夜明けと同時に呼吸のチューブが抜かれ、いまは自力で呼吸している。容態は安定してますよ、と看護師たちが言ってくれた。聞かされて希望の持てる言葉をいちいちくり返した。

フーリーを見おろし、動かない顔を指で撫でた。呼吸も鼓動も安定していて、本人も楽そうだった。まだ体液を排出するための透明なチューブが胸から出ているし、痛みもあるはずだが、薬漬けになっているので、うっすら意識を保っている程度だった。痛みのことを考えたら、すぐに目を覚ましてもらいたいとは思えない。それに睡眠は回復をうながす。あなたは丈夫な人だもの、とコニーは思った。こんなことで挫けない。ちゃんとよくなってくれる。

けれど彼は目を覚ました。目を開いた直後は呆然としていた。やがて困惑の色が浮かぶのを見て、コニーは静かに声をかけた。「マーク、わたし、コニーよ。もうだいじょうぶ、よくなるわ。話さないでもう一度眠って。いまはそれが一番の薬なの」

彼女がなにを言っているのか、フーリーにはいまひとつ理解できなかった。けれど彼女の顔を見て親身な声の調子を聞いたら、安心した。彼女が笑顔なのは、いい兆候に決まっている。感覚はあまりなく、痛みも感じないけれど、試しに動いてみようとは思わなかった。頭が重くてぼんやりする――まるで綿でも詰まってるみたいだ。瞬きをして、頭の靄《もや》を晴らそうとした。少しましになった。口がからからに渇いているが、彼女の名前が言えない。言おうと口を動かしたら、小さな音が出て、彼女が気づいてくれた。

「喉が渇いたのね、ごめんなさい」コニーがストローを口にあててくれる。「いい？少しずつよ」

何度か吸って、どうにかささやき声が出た。「コニー」

「ええ、そう、わたし。誰もあなたには近寄らせないからね、マーク。わたしがいれば安全よ」

「よかった」彼は言った。「ありがたい。まだ生きてて嬉しい」そして意識が遠のいた。脳が仕事を中断して、すべての問題から解放された。

ふたたび目を開けたときには、デイビス・サリバンがおおいかぶさるように立っていた。フーリーの名前を何度もくり返している。いや、名前じゃないぞ——

「そうだ、ビーフ。そのつぶらな青い瞳を見せてくれ。これからまたあんたとおれとでビールを飲んだり、バスケットボールやレスリングをしたりしなきゃならないんだからな。ま、あんたがおれを怖がらなければの話だけど」

小声ながら、うなるような声が出た。「おまえを怖がるだと、坊や？　寝言もたいがいにしろよ。五秒でこてんぱんにしてやる」この細い声がほんとにおれの声か？　哀れっぽいもいいところだ。

ろくに声が出ていなかったのだろう。デイビスが顔を近づけてきた。「ああ、かもな。でもいまは自分じゃ小便もできないんだから、かわいい看護師たちに備えて、力を温存しといたほうがいいぞ」

思わず笑おうとしたフーリーは、痛みにあえいだ。サリバンに腕をがっちりつかまれた。

「だいじょうぶだ」フーリーはささやいた。「よくなるとコニーが言ってる」

「よくなったほうが身のためだ。さもないと、サビッチをそそのかして、あんたを攻撃させてやる。巨大な猛犬よろしく、五秒後にはジムのマットに撃沈だぞ。あんたのせいで、どんなに肝を冷やしたか、ビーフ」

フーリーは笑いたくなった。生きているのが嬉しかったからだが、控えたほうがいいと判断するだけの見識はある。ほんの小さな笑みひとつでも、激痛に襲われるのは避けられない。「兄はおれのことをビーフと呼んでた——生身の牛肉の略称として」

「あんたには女のきょうだいしかいないのかと思ってた。コニーから聞いたか？　あんたを甘やかすためにデンバーからこちらに向かってる途中らしいぞ」

フーリーは痛みとは無関係にうめきたくなった。マージはやさしい姉だが、来ればあれこれ世話を焼かれ、八歳児のように扱われる。「思いやり深いお節介をしてくれたもんだな」

「これでもがんばったんだぞ。彼女に電話したのはおれじゃなくて、コニーだ。医師から強く言われてね。それで、男のきょうだいのほうはどうなった？」

フーリーは小声になった。「ケビンは職業軍人で、少佐だった。イラクで戦死した」

いっとき呼吸が速くなった。「兄のことは尊敬してる。ミセス・ブラックは無事かい？」

「お兄さんのこと、気の毒だったな。ミセス・ブラックは元気だ。いまペリーとふたりでこちらに向かってる。サビッチについては——おっと、本人がご到着だ」

サビッチはフーリーの胸を広くおおう包帯を見おろし、もうドレインに血液が入っていないのを確認した。重傷のわりには、元気そうにしている。無事、難所を切り抜けられそうだ。サビッチは静かに言った。「プロクター先生と話したら、きみの診察をするんで、五分以内におれたちを追いだすそうだ。めざましい回復ぶりに先生もお喜びだよ。その調子でがんばってくれ。きみを疲れさせたくないが、フーリー、そんなわけであまり時間がない。もう無理だと思ったら、目をつぶってくれたら、そこでおしまいにする。昨夜のことを話せるか？　ナタリーやコニーの知らないことなら、なんでもいい」

痛みに襲われたフーリーは、黙って耐えた。カップにうなずきかけると、デイビスが舌の上にストローを置いてくれた。どうにか少し飲みこんだ。デイビスが手をつかんで、脇に転がっている痛み止めの注入ボタンを握らせてくれた。「ボタンを押したら、モルヒネが出る。痛みに遅れを取るなよ、ビーフ。先回りしてやれ」

フーリーはボタンを押した。しばらくすると、痛みが遠ざかったようだった。あるいは、自分のほうが痛みから遠ざかったのかもしれないが、どちらでもかまわない。傍らに立つ男ふたりを見あげ、自分を見おろして、しばし頭を悩ませた。そうしてようやく、なにを尋ねられているかを思いだした。「真っ暗だった」彼は言った。「あんな暗いなかで、よくおれの胸にナイフを命中させたもんだ。やつは見つかったのか？」

デイビスが答えた。「いや、まだだ。身をひそめて自力で対処しようとしてるか、自分で医者を見つけたか。ERには現れてない」

「そりゃそうだ。ERに現れたらばかだ」フーリーのまぶたがおり、頭が脇に転がった。ふたたび話せるようになるには、しばらくかかりそうだ。

49

サビッチの自宅
土曜日の朝

「どう思う？　ナタリーのところへふたりで泊まりこんだらどうかと思うんだが」

「ええ？」シャーロックはふり返って夫を見た拍子に、手にしたスパチュラからスクランブルエッグがこぼれ落ちた。

サビッチの手にはトーストした白いパンがあった。「フーリーが倒れたいま、下の廊下の奥でおれたちが寝てたら、心強いだろ？　暗雲のようにブレシッドのことが気になる状態じゃあ、彼女の警護にも身が入らない」

「それはそうだけど、泊まりこみ？　だめよ、ディロン。そうはいかないわ。駐英米国大使に対する殺人未遂事件は、ありとあらゆるマスコミが取りあげてるし、インターネットにもあふれてる。つまり、すでに国務省から彼女の身の安全を確保するために警護員の派遣要請が出されてるはずよ。彼女はブランケットでくるまれ、ハグされてキスされて、守られることになる。

ナタリーに関する今回のごたごただけど、ある意味、ブレシッドのやり口に似てるわね。強迫観念にとらわれているというか、定まっていた道筋を見失ったというか、それでも途中で引き返せないというか。なんにしろ、かなり根深いものを感じる」

「彼女に報復しないかぎり、化膿して治らない傷みたいなもんか？」

「そうそう。まさにそんな感じ」

サビッチは言った。「ブレシッドもいなくならず、しかもおれたちの自宅を知ってる。早晩襲いかかってくるのはわかってるし、そうなったら、全力で立ち向かうしかない。昨夜にしても、みんながディナーに来てなければ、襲われてたかもしれない。ショーンは母のところへやったから安心だとしても、きみはどうなる？　おれたちは？」

シャーロックはスクランブルエッグが床に落ちたことに気づいていなかった。「何人か、捜査官を頼んで、ここに泊まってもらってもいいし、もっといいのは、暖房を効かせた外の車で待機してもらうことね。それでブレシッドがまた来てくれたら、こんなにいいことはないわ。こんどこそ決着をつけてやる。そしたらあなたのお母さんに預かってもらったショーンとアストロを連れて帰ってきて、ふだんの暮らしに戻れるもの」

卵が焦げているのに気づいたサビッチは、コンロからスキレットを外して、火を切った。妻の手からスパチュラを奪ったけれど、それでもシャーロックは気づかなかった。台所のなかをうろうろと歩きだした。「あなたが今朝、フーリーに会いに病院に出かけたあと、ブレシッドがひそんでいないのを確かめるため、うちの近所を調べてみたの。ええ、もちろんとても注意したわよ。茂みにキャンディの包み紙が落ちてた。昨日の夜、チャンスを狙ってそこに隠れてたのよ。手をこまねいて待っているわけにはいかないわ、ディロン。ブレシッドは今夜にも戻ってくる」

サビッチは彼女を座らせ、凝りかたまった肩を揉んだ。「確かなのは、やつはおれたちを殺すと思い決めていて、そうはさせないということだ」

シャーロックは頭を倒し、反対側から彼を見あげた。「今夜は寝ないで彼を待ちましょう」

サビッチはかがんで、彼女の唇にキスした。「さいわいブレシッドは射撃の腕がなってない。ふたりで迎え撃とう」

サビッチは腕時計を見おろした。「デイビスとクワンティコで落ちあう約束になってるから、出ないと。彼が録音したミルトン・ホームズの声を持ってきて、カルロス・アコスタに聞いてもらうんだ。時間があれば、ニコラス・ドラモンドにも会ってこよう」

ふたりで玄関を出たサビッチは、はす向かいに住むマクファーソンに手を振った。彼はポーチの最上段に腰かけ、その周囲で、飼いはじめたばかりの子犬のグラディスが赤いボールを追って走っていた。

クワンティコまでひどい渋滞だったうえに、途中、ひときわうるさい建築現場があり、砂利を山積みにして道を横切る何台かの巨大なダンプカーのせいで、足留めを食らった。その間にナタリーからサビッチの携帯に電話があったが、シャーロックには聞こえなかった。通話を終えたサビッチは、二台の大型SUV車のあいだにポルシェを進めながら、事務的な口調で言った。「今日の午後二時、大統領に会うナタリーに同行することになった。昨日の夜、彼女が命を狙われたという報告を受けた大統領から、会いたいと連絡があったそうだ。ナタリーは、これで自分の言葉に嘘がないことが証明されたから、会うのが楽しみだと言ってたよ。FBIの捜査に関して大統領から質問があるといけないんで、おれに同行してもらいたいそうだ」

シャーロックは彼の腕にパンチを食らわせた。「あなたの興奮ぶりから、なんの電話か気がついてもよさそうなものだったのにね」

　カルロスには自分に電話してきたひずんだ声がミルトン・ホームズのものであるかどうかわからなかった。サビッチはイザベルの新しい携帯番号を教えて、そんな彼を喜ばせた。

50

ホワイトハウス
ペンシルベニア・アベニュー1600
土曜日の午後

サビッチは過去に二度、ホワイトハウスを訪れたことがあった。いずれもミュラー長官とともに大統領に会い、社会的に注目の高い事件の解決を祝って、大統領から直接ねぎらいの言葉をもらった。例によってセキュリティは厳重かつ徹底しつつも、時間をかけた丁寧なものだった。警備のため、そして体裁を整えるためにロビー付近に配備された海兵隊員たちは、尊敬のまなざしながら、彼らの動きをつぶさに目で追っていた。大統領護衛官たちが、そのとき大統領がいる場所に固まっていることは、サビッチも知っていた。いまだと大統領執務室のあたりだろう。いたるところに動きがあるものの、音は低く抑えられていた。

もちろんナタリーにとって、ここは古巣だった。出くわしたさまざまな職員や警護員に声をかけ、その全員が彼女に会えて喜んでいるのがサビッチにも手に取るようにわかった。そして彼女の身を案じていることも。いまや世界じゅうの人が彼女が自宅で暗殺未遂に遭ったことを知っている。サビッチとナタリーを出迎えたのは、首席補佐官のエリック・ヘニーだった。ナタリーは手を差しだして会釈した。「おはよう、エリック」

一瞬の間を置いて、ヘニーが彼女の手を握った。「おはようございます、ミセス・ブラック。昨夜はご無事でよかった。みな喜んでいます。ああ、サビッチ捜査官。またあなたにお目にかかれて嬉しいですよ」ヘニーは続けてサビッチと握手した。

サビッチから見たヘニーは、最後に会った一年前と変わっていなかった。ジムで情け容赦ないトレーナーに鍛えてもらいながら夕食の席の皿数を減らす必要があるのも、相変わらずだ。落ち着きがなく、乱れた髪をした、典型的な番犬タイプ。ただ番犬は番犬でも、超一流の番犬だが。彼は咳払いをして、腕時計を見た。抑揚のない声で言った。「大統領はきわめてご多忙ですからね、ミセス・ブラック。ない時間をやりくりして、あなたのために時間を作ったことをお忘れなく。こちらへ」

彼に導かれるまま、ナタリーとサビッチは進んだ。応接室があり、上級顧問の執務室がふた部屋あり、ダイニングルームと書斎があった。ナタリーは途中で合流した上級顧問とおぼしき長身痩軀の男性と、静かに言葉を交わした。彼から軽く肩を叩かれたナタリーが、速度を落とさずに進むヘニーを小走りに追い、こわばった彼の背中を見て天を仰いだ。彼女の命が狙われていることが明らかになったいまも、ヘニーは大統領の邪魔にならないよう彼女が辞めることを望んでいるのがわかる。しかも、できることなら、選挙になったとき評論家や市民が忘れているように、早々に辞めてもらいたがっているようだ。

サビッチは眉を吊りあげた。ナタリーが声をひそめた。「わたしは旋風のまん中にいて、エリックは結果が自分の手にあまることを恐れてるのよ。彼にしてみたら、わたしはいまだ特大の障害物なんでしょうね」

ヘニーを先頭に行進を続けていると、大統領秘書官のミセス・ヤニコスキーが出迎えに現れた。ナタリーを抱きしめて、頰に触れる。「大変でしたね、ミセス・ブラック。あなたがご無事で本当によかった。大統領はサビッチ捜査官とFBIによる事件解決を確信しておられますよ」サビッチにほほ笑みかけた。さすが大統領の秘書官になるだけはある、とサビッチは思った。そう聞いて悪い気はしなかったからだ。

ヘニーは咳払いをして、またもや腕時計を見ると、ヤニコスキーが後ろに下がった。ヘニーがふたりを執務室に導き入れたのと、時計が二時を打ったのは、同時だった。

サビッチはナタリーが肩を引いて、穏やかな表情をまとうのをまのあたりにした。着ているのは隙のない漆黒のアルマーニのスーツ。あまりにスタイリッシュなので、彼女が北西のゲートでリムジンから降りてサビッチを出迎えたときは、通行人がふり返ったほどだ。なおかつ第二の皮膚のように、苦もなく権力をまとっている。彼女はかすかな笑みを浮かべつつ室内に足を踏み入れた。その笑みが、これからなにが飛びだそうと、それに対する自分の反応やみずからの世界を人に支配させるつもりはないと語っている。サビッチから見ても並大抵の人ではなかった。

「大統領閣下、ミセス・ブラックとサビッチ特別捜査官をお連れしました」

ソーントン・ギルバートがデスクの奥で立ちあがり、急いで前に出てくると、両腕でナタリーを抱きしめた。小声で話しかけて体を離し、サビッチと握手を交わした。

「サビッチ捜査官、また会えて嬉しいよ。シャーロック捜査官はお元気かね？　息子さん、ショーンといったかな？」サビッチは型どおりに答えながら、大統領と面会する人すべてについて、ヤニコスキーが個人的な情報を用意して渡すのだろうと思った。

大統領はうなずくや、表情を引き締めた。「サビッチ捜査官、きみがここまでナタリーに同行すると聞いて、正直、ほっとしたよ。きみに加わってもらえるなら、こんなに心強いことはないからね」

サビッチはつねづね、この人なら映画でも合衆国の大統領の役を演じられるだろうと思ってきた。長身——この感じだと、百八十センチは楽にある——かつ、ベルトの上には余分な肉がまったくなく、頭も豊かな焦げ茶色の髪におおわれて、こめかみのあたりだけ羽のように白髪になっている。顔つきも有能そうだし、しっかり考えてから行動に移すだけの思慮深さを感じさせる。つまり平たく言って、信頼に足る風貌なのだ。そういう顔つきや表情は、訓練のたまものなのだろうか？

　サビッチから見て、大統領がナタリーに会えて心から喜んでいるのはまちがいなかった。いい兆候だ。大統領はヤニコスキーに話しかけた。「ベス、ダイニングルームからコーヒーとナッティロールを持ってきてもらえないか？」

　ベス・ヤニコスキーはうなずいて、ナタリーに笑いかけてから、部屋を出た。そのあとも執務室に留まっていたエリック・ヘニー首席補佐官に、大統領が声をかけた。「エリック、わたしは時間が取れそうにないので、報道官といっしょに今夜発表する内容をチェックしてきてもらえるかな？」

　ていのいい退去命令だ。ヘニーは一瞬ためらったのち、部屋から出ていった。

　大統領は言った。「さあ、ふたりとも座った、座った。ナット、きみの身に降りかかったことは悪夢だよ。わたしとジョイがどんなに心を痛め、心配してるか、言葉には言い表せないくらいだ。きみのことも、ペリーのこともだよ。スコットランド・ヤードの捜査状況と、昨日の夜きみの自宅で起きた恐ろしい事件については、コミー長官から報告を受けた。今日きみにここに来てもらったのは、きみの安全を確保して、こんなことをした犯人に裁きを受けさせるためだ」

ナタリーは声をあげて泣きたくなった。もちろん、そんなことはしないけれど。彼に支えてもらえたらとは思っていた。だが実際問題として、現実の政治を前にしては期待できないことだった。たとえ前夜のできごとによって、イギリスでの攻撃をナタリーのでっちあげだとする人々の口が封じられたとしてもだ。

もちろんナタリーとソーンとブランデージとアーリスは、本人たちも自覚するのがいやになるほど長い年月、親しくしてきた。だが、ソーンは合衆国の大統領という、世界にもっとも影響を与える立場にある。どんなに長く、深い友情であろうと、ナタリーの処遇を決定する際には度外視しなければならない。ナタリーは咳払いをした。

「こんなことになっているのに、どうしてまだ大使なのか、不思議に思っていました」

大統領は笑いだした。深みのあるバリトンが室内を満たす。身を乗りだし、膝のあいだで手を握りあわせた。「ナット、わたしたちは二十歳のころからの知りあいだよ。わたしはきみをよく知ってる。きみが誰で、どんな人か知っているから、一瞬たりともきみの言葉を疑ったことはない。そして、昨日の一件があった以上、もはや誰にもきみを疑えない。ナット、いいかい、一度しか言わないから、よく聞いてくれ——きみが辞めたところで、わたしのためにはならない。それより、わたしの計画を聞いてくれないか」

51

　そのときベス・ヤニコスキーが細工の美しいアンティークの銀のトレイを持って入ってきた。秘書官はみんなにはコーヒー、そしてサビッチ捜査官には紅茶を勧め、彼が驚いた顔をすると、こう言った。「あなたのことはすべて存じあげております、サビッチ捜査官」サビッチに笑顔を向けつつ、部屋から出ていった。温かなナッティロールに手を伸ばす者はいなかった。

　ヤニコスキーと交替にアーリス・ゴダード・アボットがエリック・ヘニーを従えて、決然と執務室に入ってきた。世界の女王のような顔をした国務長官は、傲慢さと能力の高さを強烈な香水のように振りまいている。だが、彼女の交渉能力の高さの源は、この尊大な態度と、彼女から放たれる古き良きパイオニア精神らしきものなのではないかとサビッチは思っていた。

　大統領が立ちあがった。「アーリス、来てくれて嬉しいが、もう少しあとの予定ではなかったかな？　ブルクシーは悪くなかったと思うんだが」

「ブルクシーはわたくしを際限なく楽しませてくれます」アーリスはいやみを感じさせない声で、あっさり応じた。

大統領がうなずいた。「いいね？　きみも入ってくれ。エリック、きみとは三十分後にここで話すことにしよう」

大統領がヘニーを話しあいに入れたくないのが、サビッチにはわかった。明らかにナタリーを排除したがっているヘニーと、人前でやりあいたくないのだろう。だが、アーリス・アボットはどうなのか？

アーリスはナタリーにうなずきかけた。椅子から立ちあがったサビッチに眉をひそめて、大統領に言った。「わたくしが合流する前に、ナタリーと話しあいたいことがあれば、席を外しますが」サビッチには、追いだせるものなら追いだしてみろ、と啖《たん》呵《か》を切っているように聞こえた。

「いや、いや」大統領はこともなげに言って、つけ加えた。「ディロン・サビッチ捜査官は知ってるかい？　ＦＢＩの？」

「はい」彼女は愛想よく答え、こんどは期待されているとおり、握手を交わした。

「国務長官閣下」サビッチは同じように愛想よく応じた。なぜ彼女は予定された時刻より十分早く登場したのだろう？　大統領の考えを正確に把握したうえで、翻意をうながすつもりなのか？

ナタリーはじっと座って、動かなかった。不自然なほど背筋を伸ばし、大統領のデスクの背後にある深い濃紺のカーテン——前の大統領のときは真っ赤だった——に目を据えている。あるいは、デスクの左右に飾られた国旗と大統領旗を見ているのかもしれない。

「大統領」アーリスは立ったまま、話しだした。「あなたのご決断を聞き、おふたりにお話ししたいアイディアがあってまいりました。まず、ナタリー、わたくしたち全員があなたの身の安全を願っていてよ。昨夜は起きてはならないことが起きてしまった。二度とあなたをそんな目に遭わせない。あなたの身になにかが起きることなど、誰も望んでいないの」

大統領はことさら声を落とした。「そのとおりだ。それと、あえてつけ加えさせてもらうと、今回の件に対するきみの思いはよくわかっているよ、アーリス」

「いいえ、おわかりではありません、大統領。マスコミは昨夜ナタリーの自宅に侵入者があったことを大々的に報じています。わたくしたちにとっても、ナタリーにとっても、情勢をひっくり返す大ニュースになったようです。それには、適切に取り扱う必要がありますけれど。いまのわたくしは、ナタリーが現職を続けること、つまり駐英米国大使でありつづけることが最善だと考えております。そのうえで、今後の進め方についてご提案したいことがあります」

ナタリーはおもむろに口を開いた。「アーリス、木曜日の午後、うちに来たときは、わたしを辞めさせたがっていたわよね？」

「あなたを辞めさせないという大決断が、大統領を政治的に追いつめそうだったからよ、ナタリー。それで、わたくしなりに最善だと思うことをした。でも、昨夜の件で状況は変わった。米国大使が自宅で襲われて、スタッフが負傷したのよ。イギリスでのことはさておき、昨夜のことは疑いようがない。あなたが生き延びて、仕事を手放さずにいることは、勝利とみなされる。そして、昨夜のできごとがあなたに対する大統領の信頼の正しさを裏づけてくれる。不適切に見えていた大統領の判断が、勇敢で賢明なものであったと証明されたのよ。

あなたが最初に命を狙われたのは、あなたが合衆国政府を代表する立場にあった国外でのことだった。かくなるうえは、ナタリー、わが国にはあなたを合衆国旗にくるみ、祖国のヒロインにする以外の選択肢はないわ」

「とまあ、そういうわけだ、ナット」大統領は言った。「究極のワシントン流と言ったらいいか。潜在的な力関係はアーリスと国務省の職員の言うとおりだがね」言葉を切って、ナタリーに笑いかけた。「きみはヒロインとして文句のつけようがない。で、きみが望むなら、マスコミ対策にも手を貸そう。ニュース番組なりなんなり、きみの好む条件でふたたびきみをスポットライトの前に押しだす」

もしフーリーが胸に刺傷を負って病院のベッドにいなくても、あるいは血まみれのパジャマ姿でERにいる自分を十数人の人が見ていなくても、アーリスは考えを変えただろうか？ ナタリーは複雑な思いを抱えつつ、言った。「手順を追って進めることになりますが、最善を尽くします」

「きみの最善はすばらしいからね」大統領は言った。「さて、サビッチ捜査官、わたしにお手伝いできることがあるだろうか？」

「じつは、大統領閣下、昨夜の事件後、国務長官が手厚い警備を敷いてくださいました。わたしの一番の関心事は、ミセス・ブラックの安全の確保にあります」

アーリスが言った。「ええ、そうです。すでに国務省からあなたの自宅に職員を派遣して、なにが必要か調べさせているのよ、ナタリー。それと、あなたから希望があったときに備えて、あなたが自宅に戻りしだい公的な警護サービスが提供できるように手続きしてあります」

ナタリーはアーリスを見て、自分が本当にそれを望んだときの彼女の答えを知った。

「だったら、これで話は決まりだ」大統領は言った。「アーリス、ナタリーをここの広報課に連れていって、彼女が作業をはじめられるようにしてもらえるか？」

数分後、ナタリーとサビッチとアーリスがヘニーのオフィスを通りすぎると、彼はペンでマホガニー製の美しいデスクを小刻みに叩いていた。アーリスはさらりと言った。「彼にもじきに伝わるわ。この先に書斎があるの。あなたとふたりきりで話したいことがあるんだけど、ナタリー。ホールでお待ちいただけます、サビッチ捜査官？」

職員用の小部屋でナタリーとふたりきりになると、アーリスは言った。「わざわざあなたを広報課まで連れていくまでもないわね、ナタリー。月曜日に国連でスピーチする機会をもうけてもらったのよ。コナー大使がグローバルエコノミーについて語る予定だったんだけど、その時間を快くあなたに譲ってくれたわ。わたしも同席して、あなたを紹介させてもらう」

ナタリーは友人であり上司である女性の表情をうかがった。「なぜ？」

「あなたの地位に見あった場所だし、マスコミのインタビューを受けるきっかけにもなるでしょう？　国連であなたが話すことは今日、発表します。うちのスタッフからスピーチの内容のひな形をメールさせ、話の趣旨を明確にするため広報官を自宅にやるわ。もちろん、あなたのほうで表現をつけ加えるなり、自分の言葉に直すなりしてもらっていいのよ」

ナタリーはうなずいた。「わたしとふたりで話したかったのはなぜなの、アーリス?」

「あなたとペリーのこと、気の毒だと思っているのを伝えたかったのよ。デイはペリーに花束を贈って、何度も電話をかけたそうよ。うちのパーティにあなたと来ていた若いFBIの捜査官が彼女を警護してることで、気を揉んでいるみたい。彼、なんという名前だったかしら?」

「デイビス・サリバン特別捜査官。問題が解決するまでペリーのそばを離れないでしょうね。すぐに解決してくれるといいんだけど。好青年で話がうまいし、頭も切れるわ。ペリーにはよく釣りあってる」デイの母親に向かって言うことではないと気づいて、瞬きした。ナタリーは笑顔になった。「デイとペリーは物心ついてからずっと知ってる幼なじみだもの。お互い、相手を深く思いやってるのよ」

「ペリーと結婚したいとデイは言っていたけど」

「わたしもペリーからプロポーズされたと聞いたわ。でも、この大騒ぎよ、なにかを決められるような状況ではないわ。デイは立派な青年だし、わたしには異論はない。あなたはどうなの？」

「正しいことは正しい」アーリスは言った。「ブランデージがいつも言っていたでしょう？　覚えてる？」

「ええ。ドイツ語だったけど。あの人、ペリーには悪態を聞かせないようにしてたから」

「いいえ、そうじゃなくて。彼はよくわたしに、ぼくはカルマを信じると言っていたわ。ただカルマがうまく作用しないことがあるから、そういうときは思いきり押してやらなければならないと」

正直に言って、ナタリーにはブランデージがカルマという言葉を使ってなにかを言ったのを思いだせなかった。もし使ったとしたら、侮蔑の響きがあったはずだ。ブランデージは現実を重んじる実務的な人で、そうでない人、たとえば宇宙の摂理といったことを信じている人をばかにしていた。自分がどこに進み、なにを望んでいるかを知っており、二十歳のときには早くも、そうした姿勢が板についていた。そして、彼はナタリーを望み、そうナタリーに語った。なによりもきみが欲しい、と。

ほろ苦い記憶が脳裏にあふれ、涙が目を刺した。彼と過ごした日々は長かったが、それでもまだ足りなかった。ナタリーはなんの気なしに言った。「ええ、そうかもね。でも、ペリーとデイにカルマがなんの関係があるの、アーリス？」

アーリスはナタリーの腕にそっと手を置いた。「わたしが言いたいのは、最後には正しいことが残るという、ただそれだけのことよ。わたしの記憶が確かなら、ブランデージもそう考えていた」彼女は回れ右をして、ふと足を止め、前を見たまま言った。「人生の成り行きって、わからないものね」

52

ペリー・ブラックのコンドミニアム
土曜日の夜

「あなたがあんまりうるさいから、眠れないじゃない」

ブランケット二枚にくるまったデイビスは、おとなしく横になったまま、暖炉の燃えさしがオレンジから黒へと変わっていくのを見つめていた。息すら詰めているぐらいだ。おかしな音がするといけないので、じっと耳を澄ませている。薄れゆく暖炉の火明かりにほほ笑みかけながら、声をあげた。「おれも同じことを考えてたよ。でも、きみの寝室に乗りこんで、そう告げるほど礼儀知らずじゃなくてね。たぶんきみの隣に潜りこんで、肩を揺さぶり、いびきがうるさいから、寝返りを打ってくれと頼まなきゃならなかっただろう。場合によっては、起こさないとだめだったかもな」

「なによ！　どうせ寝てなかったんでしょ？」

「ああ。横になって考えごとをしながら、物音に耳を澄ませてた。なんできみが最後のブログにラッセル・ウィルソンのことを書いたのかが気になってさ。ワシントン周辺の人間じゃないかぎり、レッドスキンズのことに関心のあるやつなんかいないからね。レッドスキンズが強ければまだしも」

着古した青いローブを着たペリーが部屋に入ってくるのが見えた。靴下も靴もなく、裸足の爪はきれいなコーラルピンクに塗ってある。髪はぐしゃぐしゃにもつれ、化粧気はまったくない。正直に言って、彼女を見ているのは楽しかった。

ペリーはあくびをした。「まあね、ティーボウのことがあるから。彼は歯抜けの老人になるまで、主役を張れる人よ。彼の恋人を見つけたことでベネットの覚えがめでたいから、これから一週間はなんだって書けるわ。だからよ、わたしがウィルソンのことを書いたのは。彼が真価を発揮しだしたのは先シーズンから。そして父親を早くに失うというつらい目に遭って」わたしのお父さんと同じ、とペリーは思った。ウィルソンのことを書きたかった本当の理由は、そこにあるのかもしれない。

ペリーはソファに近づき、彼を見おろした。「で、眠れないのはどうしてなの？今日のフーリーはコニーに世話を焼いてもらって、絶好調みたいだったけど」

「ビーフに崇拝者がいて嬉しいよ。よりによってコニーとはね。あのふたりならお似合いのカップルになる」

「そして母にとってもいい日だった。大統領と面会して、必要な支援と警護を受けられることになったもの。アーリスまで前言を撤回したわ」

「だったら、なんできみも寝てないんだ？」

ペリーは彼を前にして歩きだし、くるっと向きを変えた。「わからない。考えることがたくさんあるの」

ついにきみもそこまで来たか。デイビスはリビングをうろつく彼女を見つめた。たまに立ち止まっては、本を立てなおしてみたり、絵をまっすぐにしてみたり。「はじめてうちの私道でハーレーにまたがったきみを見たときのこと――あれは五日前か――きみがパンクなブーツに最新式のヘルメットをかぶって、全身を黒革に包んでたあのときのことだけど、あのとき思ったんだよ。ああ、神さま、おれの自宅前になんてすてきな贈り物をくださったんですかって」

「なにそれ？」ペリーは急いでふり返りすぎて、コーヒーテーブルに臑をぶつけた。金切り声をあげて、かがみこみ、せっせと臑をさすった。

「聞こえただろ。あの黒いブーツには、いかしたチェーンがついてた。心臓が止まりそうになった」

「よくそんなでまかせが言えるわね」

「あながちでまかせでもないさ。たとえばきみが、そうだな、ランシドの『タイム・ボム』を口ずさんでたら、その場で頓死してたかも。隣のミスター・マルルーニーにあきれ顔で見られてたってかまわない、黒革のライダースーツの下にはタトゥーがあるんだろうかとか思いながらね」

「タトゥーはひとつだけよ」

デイビスは片方の眉を吊りあげた。「どこに？　どんなやつ？」

「関係ないでしょ。痛みもたいしたことなかったし。出産よりはましだってよ」

「それは聞いたことがないけど、男の場合は比較のしようがないよな」

「本人たちは認めたがらないけど、男はあらゆる種類の痛みに弱いのよ。今日のフーリーを見てたらわかるでしょ。じっと動かず、あなたがビーフと呼んで、ベジタリアンになったらどうだと冗談を言うたびに、なんとか笑顔を作ろうとしてたわ」

「コニーの前で情けないとこ、見せられないだろ？」

ペリーは立ち止まって、彼を見おろした。いまだのんびりとソファに横たわったまま、こちらを見ている。「ＦＢＩに入って、ケガしたことあるの？　クワンティコじゃなくて、仕事でよ」

「最近はないよ。そうだな、二週間ぐらい前にうちの課の新任捜査官の妹をバージニア州マエストロからワシントンまで運んでさ。彼女はスタニスラウス音楽大学の学生で、困ったことに巻きこまれてた。フライトが終わりかけたとき、音楽に関して意見が合わないからって、彼女に飛行機から蹴りだされそうになった」デイビスは首を振ると、コーヒーテーブルにあったグラスを手に取って、水を飲んだ。「良質な音楽を受け入れられない女性は、寛容性に欠けるんじゃないだろうか」

なんて人だろう。ペリーは笑いたかった。彼になにかを投げつけたかった。あるいはカーペットに引きずりおろして、白いシャツを脱がせるか。

いやだ、なに考えてるの？

「ベッドに戻るわ。ひとりで」

黒っぽい眉が吊りあがったが、光が消えつつあるので効果はなかった。デイビスは言った。「ベッドに押しかけてきみと添い寝すると言った覚えはないぞ。それと、おれはいびきはかかないよ、念のため。おやすみ」

「そう聞いて嬉しいわ、デイビス。おやすみ」彼女はリビングを出て、短い廊下を歩き、寝室に入って、ドアを閉めた。デイビスは手枕をしてあおむけになり、天井に向かって笑いかけた。だが、それも長くは続かなかった。考えなければならないことがたくさんあるのは、デイビスも同じだった。

53

サビッチの自宅
土曜日の真夜中近く

あのふたりはあれで自分たちが利口だと思っているのだろう。ふたり身を寄せあって、彼らの自宅を囲む鬱蒼《うっそう》とした茂みの陰にひざまずき、それで隠れたつもりになっている。彼を殺そうと、登場を待ちわびているのだ。彼からそんな姿を見られているとは、露ほども疑っていない。すでに二時間近くが経過しようとしていた。

ブレシッドはホットチョコレートを飲みながら、暗い隣家のリビングの窓からふたりを見ていた。外は寒くて、切なかろう。前夜、病院の駐車場にいたときの自分がそうだった。照明を避けて車と車のあいだをうろつきながら、ようすをうかがっていた。

昨夜ブレシッドがこの家に来ると、それと入れちがいに彼らが出かけようとしていた。尾行した先は病院で、ふたりは車を外灯のひとつの下に停めて、院内へと急いだ。猛々しいビームライトに照らされたシャーロックの赤毛が炎のようだった。顔は青ざめ、引きつっていた。あんなに厳めしい顔の彼女を見るのははじめてだった。対するサビッチは無表情。こちらはつねに険しい顔をして、内心を見せない。ブレシッドは恐怖を感じる自分がいやでたまらず、そのせいでよけいにサビッチへの憎しみをつのらせていた。

誰かがケガをしたらしい。ふたりにとって大切な人なのだろう。こんな遅い時間に病院まで足を運ぶのだから。誰だろう？　いや、どうでもいい。思い煩うには寒すぎた。ふたりが病院にいるあいだ、ずっと駐車場で待った。その間に見かけたのは、疲れた顔で帰宅する半ダースほどの人たちだった。ＥＲへと向かう人の流れもゆるやかに続いた。足を引きずる者、うめく者、泣き叫ぶ者。人は我慢するということを忘れてしまった。腕をつねれば悲鳴をあげ、文句をつける。根性なしの哀れな虫けらども。

チョコレートを飲みながら、弟のグレースのことを思った。亡くなった弟は、いま外に広がる冬の大地と同じように凍てつき、荒野に埋葬されている。グレースは強かった。物の道理を心得ていた。けれど、命を落として、この世を去った。亡くなってずいぶんになる。そしてあのＦＢＩの捜査官たちは自分を殺そうとしている。ママを殺し、ファーザーを殺したように。自分が愛した人たちは死に、残るはオータムだけだが、彼女は自分とのかかわりを求めていない。温かなコートを提供してくれた老いた宿無しも、もうこの世にはいない。

ママの家はどうなったのだろう？　聖なる場所でなくなっているのは確かだ。ママはなにより家を愛していたのかもしれない、とたまに思う。自分やグレースより、そして場合によってはファーザーよりも。いや、罰当たりなことを——ブレシッドは首を振った。ママはどちらも愛していた。

みんなの死が悲しかった。そして自分が悲しんでいることが、みんなに伝わればいいのにと思った。自分にその番がめぐってきたとき、自分の死を嘆いてくれる人がいるとは思えない。ママには結婚しろと言われたけれど、無理に決まっている。

思いが千々に乱れているのは自分でもわかっていた。この数日ずっとこんな調子、失ったものと、すべきことのあいだをさまよっている。いいことではないのだろうが、ほかにどうすることもできない。これが自分の人生の現実であり、それは変えようがなかった。ママは復讐を望んだ。それはすなわち、いま茂みにひそむ、自分の家族を滅ぼしたふたりの捜査官に死を授けることだった。

ブレシッドはふたたび窓から外を見た。葉を落とした冬のオークの枝の合間に、イチイの茂みが見えている。隠れるとしたらあそこしかない。黒っぽいパーカーに防寒用の手袋をはめたふたりが、寒さをしのごうと体を動かしている。ふたりはブレシッドの登場を待ち、それは実現しない。二時間前にマクファーソン家の勝手口をノックしたからだ。老人がチェーンをはめたままドアを開けると、ブレシッドはしょぼついたその目を見て、自分をなかに入れるよう指示した。まるで吸血鬼のようだ。ブレシッドはそんなことを思って、悦に入った。家のなかは年寄りの家らしいにおいがした。ひとり暮らしが長く続いているようだが、いまだ体裁は保たれ、とうのむかしに亡くなった妻が遺していった品々と、大勢いるらしい孫たちの写真があちこちに置かれていた。ママはあまり写真を飾らなかった。アンティークの家具とかグレースの手になる魂を描いた絵のほうが自慢だった。

ブレシッドは枯れたスミレのようなにおいがするリビングに入り、老人をカウチに座らせた。縛るまでもなかった。別の指示を出すまで、その場を動くことはないのだから。そして、大きくてやわらかなキルトを膝にかけていた。寒い冬のあいだは、ママもよくそんなふうにキルトをかけてくれたものだ。ブレシッドはうるさく吠えたてる小さな犬ころをつかみあげ、寝室のクローゼットに投げ入れた。そのうえで老人に拳銃を持たせ、誰であろうと入ってくる人間がいたら撃てと指示した。

いまブレシッドの顔には笑みが広がっている。ふたりは疲れて不用心になってきているはずだ。そんなふたりとは対照的に、自分は警察の目を避けて昼間のうちにたっぷり眠り、ここへ来る道中、フロッギー・ボトムのレストランでハンバーガーをふたつ平らげてきた。

座って待つのもそろそろ終わりだ。背後からそっと忍び寄り、できることならやつらの頭の十センチ後ろにグロックを突きつけてやりたい。そして決着をつける。そうしたらこの醜悪で寒々しい街におさらばできる。通りにも路地にもヤク中とギャングとホームレスがはびこるこの街が、仮にも一国の首都とは。ひょっとすると建築物や大理石のモニュメントや無数の働き蜂に目を奪われて、ブレシッドがいるような暗部のことなど、どうでもいいのかもしれない。

ブレシッドは急いで勝手口から家を出ると、腰をかがめて裏庭を歩きだした。二軒先まで移動してから、両手両膝をついて、ふたりの背後に忍び寄った。

54

ふくらはぎが攣《つ》ってしまった。ディロンがさすってくれたけれど、もうしゃがんでいられない。地面に膝をついて体を起こし、茂みの周囲に目をやった。あたりは静まり返って、明かりの消えた家々でみな寝静まっている。寒いけれど、風のない静かな夜だった。と、エンジン音を聞いて、身をこわばらせた。だが、やってきたのは見たことのある古いムスタング。三軒先のはす向かいにあるモルガン家の前で停まるのを見て、シャーロックはほほ笑んだ。土曜日の夜なのだから、遅い帰宅もありうる話。モルガン家にはとびきりかわいい思春期の娘が三人いる。少年が車のエンジンを切った。車がずるずるっと家に近づき、明かりが消える。しばらくいちゃつくつもりかしら？　ほどなくモルガン家のリビングに明かりが灯り、続いてポーチの明かりもついた。玄関のドアが開いて、トッド・モルガンがガウンのベルトを締めなおしながら出てきた。上背百九十センチにして消防士の父親が仁王立ちして、ムスタングをにらみつけている。

そのときくぐもった声が聞こえた——犬の吠える声？

つぎの瞬間、モルガン家の玄関の明かりのおかげで、マクファーソン家の隣の茂みに動くものが見えた。低いなにかが、自分たちから遠ざかるように動いた。シャーロックは夫にささやきかけた。「ディロン、マクファーソン家の裏庭に誰かいるわ。どう動いてるかよくわからないけど、きっとブレシッドよ。マクファーソンさんが無事だといいんだけど」

サビッチは膝立ちになり、通りの向こうに暗視ゴーグルを向けた。草ひとつ動いていない。と、また吠える声。子犬の声。ふたりはそれがマクファーソンが最近飼いはじめたグラディスの声だと気づいた。「遠ざかっているようなら、グラディスが吠えているからだろう」

グラディスの吠える声が大きくなった。短く、けたたましくなっている。サビッチは言った。「ブレシッドが家のなかに入ったか、完全に動きを止めているかのどちらかだ。行動に移ろうと思ったがグラディスに吠えられて、立ち往生してるのかもしれない。攣った脚で走れるか？」

シャーロックはこわばった筋肉をしっかりさすって、うなずいた。

突然モーガン家の父親の声がとどろいた。「リンディ、さっさと家に入れ！」ムスタングのドアが開き、車内灯がついて、怒り顔のリンディと当惑顔のデートの相手が照らしだされた。車の明かりがマクファーソン家の壁に張りついているブレシッドに当たった。彼はあわてて周囲を見まわすと、ふたりがしゃがみこんでいる茂みを見た。そして急いで持ちあげた拳銃を下げなおし、家の裏手へと走った。

サビッチは立ちあがるや暗視ゴーグルを投げ捨て、ブレシッドを追って走りだした。背後のシャーロックに「じっとしてろよ」と叫び、マクファーソン家の裏手に駆けこんだ。

裏庭まで来ると立ち止まり、腰をかがめて、聞き耳を立てた。音がしない。勝手口の錠がかかっていなかったので、ゆっくりと押し開けた。台所は暗かった。サビッチの見るかぎり、家全体が闇に包まれている。そして吠える声は聞こえるが、グラディスが駆け寄ってくる気配はなかった。そう、犬は家のほかの場所にいる。

「ミスター・マクファーソン？」

返事がなかった。

グラディスの吠え声がうなり声に変わった。近づいているのか？　どういうことだ？

サビッチは壁に背中をつけ、グロックを構えて、廊下をじりじりとリビングに向かった。

リビングから男の人影が飛びだし、続いてグラディスが駆けだした。飛び跳ねながら、けたたましく吠えている。男は震える腕で拳銃を持ちあげ、サビッチに向かって発砲した。一発、二発、三発。どれも大きく外れていたが、サビッチは床に身を伏せ、キッチンに転がりこんで、冷蔵庫を盾にした。

深く安定した呼吸の音が聞こえる。グラディスの吠える声は続いている。相変わらず跳ねつづけているようだ。

玄関のドアが開いた。シャーロックだ。血が凍りつき、来るなと彼女に叫びたかった。だが、銃声は彼女にも聞こえているから、相応の心構えはできているはずだ。それでも、サビッチは転がって膝立ちになり、男の人影を見た。立ちつくして動かない男の足元で、グラディスがぴょんぴょん跳ねている。サビッチはグロックを持ちあげて、叫んだ。「ブレシッド！」

それでも男は動かず、その場に佇んだままだった。

先に状況を把握したのはシャーロックのほうだった。玄関から叫んだ。「マクファーソンさん！」

聞き慣れた老人の声がした。「誰だね？」

つぎの瞬間、男が倒れて、明かりがついた。サビッチが見ると、シャーロックがマクファーソンの傍らに膝をついていた。グラディスは吠えるのをやめ、マクファーソンの顔を激しく舐めながら、くんくんと鼻を鳴らしている。シャーロックが顔を上げた。「心配いらないわ、ディロン。ブレシッドに乗っ取られてたから、殴り倒したの。この間の記憶は残らない。見て、ブレシッドは彼にわたしたちを撃たせるため、わたしの拳銃を渡したのよ。わたしはマクファーソンさんについてるから、あなたはブレシッドを追って。まだ近くにいるはずよ」

自分が生まれる前からこの家に住んでいた大切なお年寄りをあやうく撃つところだった。サビッチは玄関から外に出ると、ブレシッドを探して走りだした。

ブレシッドは立ち止まることなく、四ブロック先まで走りつづけた。この日の午後、アレクサンドリアで盗んだフォードまでたどり着いたときには、脇腹がちくちくし、肺が酸素を求めてひどく痛んだ。どの家も静まり返っていた。誰も銃声を聞いていないのか？　自分には大砲をぶっ放したように聞こえたのに。あの年寄りはふたりを撃てただろうか？　そう思うはしから、サビッチが撃ち倒されていないのがわかった。年寄りごときにやられるサビッチではない。そう、サビッチは追ってきている。いまごろは自宅の私道からポルシェを出しているだろうが、いまさらどうにもならない。ブレシッドが逃げた方角がわからないのだから。

ブレシッドは息を切らしながらも、人心地がつくと、どうにか車に乗りこんだ。早く車を出さなければ。悪運の強いサビッチがこちらに来ないともかぎらない。ライトを消したまま、静かに走りだした。ありがたいことに軽い下り坂になっている。バックミラーに目をやると、街灯だけが映っていた。遠くにポルシェの派手なエンジン音が聞こえるが、その音が遠ざかっていくのを聞いて、ブレシッドは頰をゆるめた。

そして近づいてくるサイレンの音を聞いて、こんども頰をゆるめた。こちらが遠ざかっているからだ。と、死にゆく母の顔が目に浮かんだ。のっぺりとした灰色の顔。膜におおわれた激しい瞳。その顔が失意にゆがんだ。わたしがまた失敗したからか？わたしが生きていて、ママは嬉しくないのか？喉の奥に苦くまがまがしい味がして、唾を吞みこんだ。水が飲みたい。

それにしても、あの不快でやかましい子犬はどうやってクローゼットを出たのだろう？

55

　半径一・五キロの通りを走りまわること十五分で、サビッチは捜索をあきらめた。自宅に引き返すと、マクファーソン家の私道に救急車と首都警察のパトカー二台が停まっていた。警官ふたりがなにごとかと出てきた近隣の人たちをなだめている。これなら問題なさそうだ。

　シャーロックはマクファーソン家のリビングにいた。彼女が見守るなか、担架に寝かしつけられたマクファーソンは放心状態で、救命士が血管の浮いた手をつかんで脈を測っていた。

　シャーロックが尋ねた。「どうだった？」

　サビッチは首を振った。「車すら見つからなかった」

　サビッチはマクファーソンの傍らに移動した。「すみませんでした、ミスター・マクファーソン。ご気分はいかがですか？」

老人の目の焦点がサビッチに合った。「心配するな、ぼうず。わしは死にゃあせん。なにがあった？　目を覚ましたらこの騒ぎで、頭が割れそうだった。グラディスを連れてきてくれんか？　怖がって、ひどい吠えようだから、わしの無事を知らせて、安心させてやりたい。な、わしはだいじょうぶなんだろう？」彼はそばにいる救命士に尋ねた。

「すぐに元気になられますよ。はい、どうぞ、グラディスです」救命士は老人の胸に子犬を押しつけ、子犬は飼い主の顔を夢中で舐めはじめた。サビッチの見るところ、この調子だとしばらくは落ち着きそうにない。サビッチは警官のひとりに話しかけ、シャーロックはグラディスの世話を頼むためにマクファーソンの娘に電話をかけた。

シャーロックは言った。「ブレシッドはグラディスをクローゼットに投げ入れたみたいね。でも、ドアがちゃんと閉まってなかったから、出てきちゃったのよ。おかげで彼の計画は台無し」子犬の頭を撫でた。「あなたのおかげで助かったわ、お嬢ちゃん。わずか二キロしかないこの体でよくやったわ」

ふたりが自宅に戻ると、オーク・リッジ・ボーイズの「ドリーム・オン」が大音量で流れていた。

「うん？」デーン・カーバーが来ていた。

カーバーは言った。「昨夜フーリーに脇腹を撃たれた犯人の手がかりが見つかったぞ。アナンデール在住の医師の自宅に押し入ってた。医師の名前はマービン・カーツ、離婚してひとり暮らしだ。善良なる医師はそいつを治療したあと、頭を殴られて縛りあげられ、クローゼットに閉じこめられてた。ここで思わぬ幸運に恵まれた――その日、母親のために医療用の警報ブレスレットを買って持ってて、そのボタンをどうにかこうにか押せたんだ。警察が急行してみると、縛りあげられた医師が、ダクトテープを口にはられたまま必死に叫んでいた。アナンデールの警官はうちに電話してきた。これで犯人の風貌がわかったし、使えるＤＮＡもたっぷり手に入るぞ」

サビッチは言った。「少なくとも一日あれば、この地域を脱出できるだろうが、まさかこんなに早く医師が発見されるとは思ってないだろう」

「そうとも。医師の証言にもとづいて捜索要請を更新しておいた。カーツ医師によると、犯人はコデインと抗生物質を持ち去った。これから三日ほど、おとなしくしていれば自力で乗りきれるだけの量だそうだ。そのあと医師は肩をすくめて、治療のあいだ男はうめき声ひとつ漏らさなかった、強い男だ、と言っていたよ。それと、運のいい男だとも。傷ついたのは筋肉だけ、すんでのところで致命的な部分には触れてなかったそうだ。痛みはひどいが、おおむね治癒する傷だそうだ。

そんなわけでへとへとになってたカーツ医師だが、その一方で興奮しきりさ。アドレナリンの作用で、しゃべりっぱなしだった。今夜のうちに会うか?」

サビッチは腕時計を見おろした。もう遅い時間だし、善良なる医師もそろそろ撃沈するころだ。「いや、アナンデールを訪ねるのは、明日の朝にするよ。善良なる医師にはゆっくり眠ってもらおう」

顔を上げて、シャーロックを見た。パーカーも手袋も身につけたままだ。彼女に近づき、腕のなかに引き寄せた。

「なんて夜なの」シャーロックは夫の首元にささやいた。

56

バージニア州アナンデール
日曜日の午前

サビッチはポルシェを袋小路の先にある私道に入れた。一九五〇年代の建築とおぼしき羽目板張りの色褪せた灰色のコテージが一ダースほどのオークに囲まれて立っていた。

シャーロックが言った。「カーツ先生の看護師から聞いた話だと、先生がここを借りて三カ月だそうよ。不倫してるのを奥さんに見つかって、追いだされたんですって。われらが犯人はどうやって先生を見つけたのかしらね。ただの幸運？　先生が家族でここに暮らしていたらと思うと、ぞっとするわ」

「たられればで怖がるのはやめろよ、シャーロック」サビッチはゆがんだ笑みを向けた。「すでにおれがふたり分やってる」

ふたりは隙間から雑草が顔をのぞかせる古い板石の階段をのぼって、風雨に傷んだ玄関のドアまで行った。シャーロックは言った。「善良なお医者さんが生きてて、ほんとによかったわ、ディロン」

サビッチも同感だった。赤く塗られた玄関のドアを一度ノックした。ドアが開いて、三十代半ばの、長身で豊かな胸の女性が出てきた。波打つような長いブロンドをした美しい女性だが、メタルフレームのしゃれた眼鏡の奥に不審げな目がある。と、彼女がにこりとした。「あら、FBIからいらした方？」

サビッチは笑みを返した。「ええ、そうです」シャーロックともども身分証明書を提示して、自己紹介をした。

「あたしはリンダ・ラファティ、マービンの――いえ、カーツ先生の――看護師です。さあ、お入りになって。かわいそうな先生は横になってるわ。昨日の夜、明らかに脳《のう》震盪《しんとう》を起こしてるのに病院に行かないと言いはるもんだから。医者の医者嫌いっていうのかしら？　でも、ありがたいことに、今朝は少しよくなったみたい。どうぞ、こちらにいらして」

主寝室は淡いベージュに塗られ、キングサイズのベッドでほぼいっぱい、その正面の壁に液晶のテレビがかけてある。大きなベッドで体を起こしていたマービン・カーツ医師は、意外にも元気そうだった。見てくれのいい栗色のバスローブに、お揃いのスリッパをはいている。鼻にかけた学者のような眼鏡の上から、スポーツ専用チャンネルを見ていた。ケガを感じさせるのは、頭に巻いた目立つ白い包帯だけだ。動こうとはしなかったものの、笑顔でふたりを出迎え、そのあと看護師に笑いかけた。

そういうこと、とシャーロックは合点がいった。リンダのせいで奥さんから追いだされたのね。カーツ医師と握手した。「とても幸運でしたね、先生。ひどい頭痛に苦しんでおられると思うので、長居はいたしません」

「もうたいしたことはないよ。いくらかの睡眠と痛み止めのおかげでね」医師はサビッチとも握手した。「いや、捜査官のおふたりさん、うちの母親が腰骨を折ってなきゃ、緊急警報用のブレスレットも手元になかった。まさか自分が使うことになるとは。記念にブロンズ像にしてもらうつもりだ。リンダ、話がしやすいようにテレビを切ってくれ」

リンダはふたたび彼に笑いかけ、テレビを切った。

ふたりは前夜のできごとを細部にわたって尋ねた。玄関にノックの音がして荷物の受け取りを求められ、ドアを開けたら胸に銃口を突きつけられたという。その男の衣類は乾いた血痕でこわばっていた。

医師は言った。「彼はわたしが外科医で、傷口を手当できるのを知ってた。そして断れば殺す、必要とあらば自分で治療する、と言った。それでわたしは、ここにあるものを使って最善を尽くした。知りあいの外科医たちもだいたいそうなんだが、緊急用の外科キット一式が自宅に置いてあった。

彼は痛みに苦しんでたし、具合も悪そうだったが、圧迫包帯を使って銃創からの出血を止めていた。医療者が現場で行える最善の処置だ。ただ、それも限界に来てて、専門家の手を借りないと命を落とす可能性があるのに気づいてた。

正直な話、手当をしながら彼が気絶することを願ったよ。カーバー捜査官にも言ったとおり、グリーンベレーとか、レンジャーとか、筋金入りの軍人のようだった。壮健かつ屈強で、ただ左足を引きずってた。たぶん戦地で負傷したんだろう。わたしのやることをすべてすんなり受け入れ、前に似たことがあったようだった。もちろん、意識を失う可能性のある静脈注射のたぐいは望まなかった。わたしが使う麻薬をリドカインだけにかぎり、バイコディンを二錠飲んだが、それでも意識を保って動きまわることができた。運のいいことに、銃弾は腹壁を貫通せず、筋肉だけが傷ついてた。

傷の手当の過程で小さな異物を取りのぞき、消毒をして、傷口を閉じた。手をすべらせようかとか、こいつが拳銃を持ちあげて撃たれる前に心臓にメスを突き立てられるかもしれないとか、そんな考えが頭から離れなかった。でも、わたしには命を奪うことなどできなかった。殺される可能性があるとわかっていてもだ。

だが、わかるだろう、わたしは念じつづけた。自分のすべきことをしながら、彼に人並みの礼儀があって、命を救ってもらったことに対して多少の感謝を示してもらえますようにと祈りつづけたんだ。必要としていた薬と抗生物質を与え、わたしのシャツをやって、着るのを手伝ってやった。

すると彼がわたしを見て笑った。決断の時が来たのがわかった。彼がどうしたかわかるかね？ 彼は礼を言い、わたしは玄関まで手を貸した。そこで彼はふり返り、わたしの頭を強打して、殴り倒した。

意識を取り戻したときは、命を長らえたことが嬉しくてね。縛られてリビングのクローゼットに閉じこめられていることも気にならなかった。顔の出血にも気づいてなかったと思う。ほっとしてそれどころじゃなかったんだ。そうこうするうちに、まさにその日、母のために買った警報用のブレスレットがポケットにあるのを思いだした。ハレルヤを歌いたくなったよ」医師は輝くような笑みをふたりに向けた。

「元はといえばあたしがいけないの」言った。「マービン――カーツ先生のことだけど――には言ったけど、ある男性から電話があって、事故があったので往診を頼めるかと尋ねられたの。カーツ先生は病院に呼ばれて出かけていて、そのあとは非番だと伝えたわ。その人がマービンの――いえ、カーツ先生の――自宅の住所を調べて、それで、押しかけたのね。ごめんなさい。あたしが口を閉じてれば、こんなことにはならなかったのに」

「リンダ」カーツは言った。「もう終わったことだし、こんな冒険はめったにないよ」

言葉を切る。「いや、もう二度とないだろうね」

シャーロックは目を丸くして、リンダ・ラファティがベッドの脇に腰かけ、医師の手を撫で、ばかね、と言うのを見ていた。彼と結婚したあとも、リンダは看護師を続けるだろうか？

ＦＢＩの似顔絵画家、ジェシー・グリッグスがやってくると、ふたりは医師から引き離したリンダとともに、リビングに移動した。居心地のいい部屋だった。調度は古く、磨きなおしたばかりのオークの床には色褪せたラグが敷いてある。クッションのまん中がへこんだ椅子は、人を座らせるようになって何年になるのだろう？

リンダ・ラファティはしきりに寝室を気にしていたが、最後には立ちあがって、キッチンに走った。コーヒーを淹れ、昼が近いからと、リンゴにピーナツバターを添えて出してくれた。

二十分後、カーツ医師がジェシーとならんでやってきた。負傷した放蕩なパイロットのようだった。「あなたにもカーバー捜査官にも伝え忘れてたとは、われながら信じられんよ。まだぼんやりしてるらしい。男には訛りがあった。長い年月をかけて薄れたようで、たいして強い訛りじゃなかったが、わたしは年に二度ロンドンに出かける。で、気がついたんだ。たぶん犯人はイギリス人だ」

ジェシーが部屋に入ってきて、ふたりに似顔絵を見せた。そこにあったのは、ウィリアム・チャールズ・マッカラム——亡きロッケンビー子爵ジョージ・マッカラムの息子、親と疎遠になっていた跡継ぎ息子の顔だった。

57

サビッチの自宅
日曜日の午後

ふたりはショーンとサビッチの母親をともなって、外食に出かけた。ホットドッグとチップスを楽しむ家族とはべつに、サビッチは自家製のベジタブルブリトーに舌鼓を打った。必要なのは睡眠だったが、与えられたのはショーンとのバスケットボールだった。ショーンを応援する母の声を聞きながら、母の自宅の私道に設置されたばかりのフープに玉を投げ入れた。そのあとビデオゲームをふたつやり、疲れを知らないアストロと遊び、それでようやく帰路についた。戻ってみると、ペリーとデイビスが私道に停めたジープに乗って待っていた。

デイビスはジープを降りるより先に話しだした。「通りに張られた現場保存のテープはなんです？　なにがあったんです？　おふたりとも、だいじょうぶですか？」

シャーロックが答えた。「いらっしゃい、デイビス、ペリー。ええ、だいじょうぶよ。夜、ブレシッドの訪問があったんだけど、情けないことに取りにがして、またもやどこかへやってしまったの。お隣のマクファーソンさんにはストレス過多の夜だったわ。いまは自宅で休んでる。テープは明日まで残すみたいね。それで、ふたり揃ってどうかしたの？」

「おふたりがショーンに会いに出かけているのを知ってたんで、電話しなかったんです。ひょっとすると、ブレシッドの行方がわかるかもしれませんよ。今朝、彼の目撃情報がありまして」

サビッチは言った。「入ってくれ。コーヒーを淹れるから、ゆっくり聞かせてくれ」

一同がサビッチ特製の深入りコーヒーのカップを手にするのを待って、デイビスは話しはじめた。「質屋の――〈アーリントン一のお値打ち店〉という店なんですが――店番の青年が押しこみ強盗に遭いました。二十一歳のアレン・パーセルという、店主の息子です。アレンの証言から、犯人がまちがいなくブレシッド・バックマンだとわかったんです。無精ヒゲにおおわれた白髪の老人で、大きすぎる衣類、そして上等なキャメルのウールのコートを着ていた。その後、監視カメラでもブレシッドのくっきりとした白黒画像が確認されました。ブレシッドはカメラのことを考えてなかったんでしょうね。じゃなきゃ無頓着だったか。

ブレシッドは陳列ケースに飾ってあった四五口径のグロックを欲しがり、前夜友だちに自分のをやったので代わりが欲しいと言ったそうです。で、アレンがかがんでグロックを見せようとしたら、拳銃を突きつけられた。その場で殺されると思ったと言っていました。だがブレシッドは撃たなかった。拳銃を振ってケース内にあった銃弾を指し示した。そしてアレンが銃弾に手を伸ばしていると、ブレシッドがカウンターの上に飾ってあるライフルについて尋ねた。非常に高価で高品質なライフルだったのに、ブレシッドは持ち去らなかったそうです。ブレシッドはアレンからグロックの銃弾の入った箱を受け取ると、礼を言い、アレンを保管庫に閉じこめて、立ち去った。当然のごとく携帯を持っていたアレンは、警察に通報。警察は五分とせずに駆けつけたものの、ブレシッドの姿は消えていた。すぐに犯人をブレシッドだと断定した首都警察は、ＦＢＩに連絡してきた。オリーから、あなたとシャーロックは今朝アナンデールに出かけて、フーリーが撃った男を治療した医師を訪ねていると聞いたんで、こちらは自分たちで対処しました」デイビスは極上のコーヒーを飲んでいるペリーに笑いかけた。「ペリーを目の届く場所に置いておきたかったんで、アレンのところへもいっしょに行ったんです。われらがスポーツライターは、アレンにいい質問をしてくれました」

ペリーは肩をすくめた。「デイビスからブレシッドがどんな能力の持ち主でなにをしたか聞いてたから、彼から見つめられたかどうかアレンに尋ねてみたの。あるいは、ブレシッドがいるあいだにおかしなことがなかったかどうか」

デイビスが続いた。「アレンはしばらく考えてから、そういえば老人が自分を見つめていたと答えました。ぞっとしたけれど、ひどく恐ろしいだけで、とくになにも起きなかったと」

サビッチは言った。「ブレシッドは疲れていたか、あるいはまだ思いどおりに能力を呼びだせないかだな。アレンの携帯については、ブレシッドは携帯に慣れてないんで、気にも留めていなかったんだろう」

「よかったらサンドイッチでもどう?」シャーロックが言った。「さっきまでショーンとバスケットボールをしてたディロンに野菜サンドを作ろうと思うんだけど」

サビッチは少し考えてから答えた。「ホットチーズサンドイッチとか?」

一同はキッチンのテーブルを囲み、前にはサビッチご所望のホットチーズサンドイッチの皿があった。サビッチはカーツ医師とリンダ看護師から聞いた話を披露しつつ、ウィリアム・チャールズ・マッカラムのニュースを伝えた。

デイビスはサンドイッチのパンを持ちあげてマスタードを追加しながら、言った。

「そんなことって、ほんとにあるんですね。ナタリーの義理の息子になりかけたイギリス貴族の跡取り息子がイスラム教徒に改宗して、ついでにテロリストにまでなってしまった。そしてナタリーは会ったこともない」

ペリーは首を振った。「でも、どうして？　彼女のチーズサンドイッチは皿に載ったまま、手をつけられていない。母によると、彼のほうが父親と一族を捨てたのよ。それなのになにがどうなったら、父親の婚約者だった女性を殺そうとするの？　どうして突然、父親のすることに関心を持つの？」

「さっきナタリーに電話したの」シャーロックが言った。「これから一時間ぐらいのあいだに、いったん事情聴取から解放してもらって、フーリーのお見舞に行くそうよ。ランチがすんだら、わたしたちも押しかけましょう。ペリー、早く食べないとホットチーズサンドが固くなるわよ」

58

ワシントン記念病院
日曜日の午後

フーリーは目を覚ました状態で、痛みにあえいでいた。かたくななまでに痛みに耐える彼を見て、ナタリーは殴ってやりたくなった。そこで、病院に掛けあおうと、あらたに派遣された警護員を引き連れてナースステーションまで出かけたところ、経口薬に切り替えたいと彼のほうから申し出があったのでそうしたが、ひょっとするとまだ早いかもしれない、とのこと。それから一分とせずに、彼の点滴にはモルヒネが添加された。

ナタリーは彼の腕をこづいた。「頭の悪いマッチョ気取りはやめるのよ。あなたみたいなタフガイだって、痛みは楽しいものではないの。痛み止めが必要なときは素直に頼むと、約束なさい」

「わかりました、約束します」そのあとフーリーは言った。「ああ、早くも痛みが引いてきた」

コニーは腕組みしてベッドの足元に立っていた。「わたしが約束を守らせます」

ＦＢＩの捜査官たちが登場し、最後にペリーが現れた。サビッチは言った。「頼むよ、コニー、しっかり目を光らせててくれ。フーリーは愚痴を言うぐらいなら黙って耐えるタイプだからな。遺伝子からしてそうなってる」

フーリーの顔に笑みが広がった。

デイビスが言った。「男は脳みそとはべつに、遺伝子に動かされたりするもんな。だろ、ビーフ？」

「かわいい坊やのくせして、よくわかってるじゃないか」

デイビスはにやにやしながら、彼を見おろした。「痛み止めを使えよ。じゃないと、かわいそうでパンチも見舞えない」

フーリーが痛みに息を呑んでいても、コニーはもはやなにも言わなかった。男にはプライドを守りたいときがある。コニーは言った。「ミセス・ブラックのご自宅は、外交局から派遣された警護員でもはや封鎖されたも同然の状態なので、わたしもここでマークと過ごす時間が取りやすくなりました。ルイスはいまも運転を担当してますけどね」

サビッチは言った。「そうか。ぬかりなく対策が講じられているようでよかった。さて、ナタリーをしばらく貸してもらうよ」ナタリーはサビッチとシャーロックについて病室を出た。

看護師が廊下の先にある空き部屋に案内してくれた。警護員は、ドアの外で待機した。サビッチは言った。「ナタリー、話したいのはあなたの婚約者の長男にして跡継ぎのウィリアム・チャールズ・マッカラムのことです。彼とは面識がなく、ジョージからもあまり聞かされていなかったとおっしゃっていましたね？」

「ええ。わたしがジョージと出会ったとき、ウィリアム――ビリー――はもうイギリスにいなかったの。もちろん、新聞にシリアで撮られた写真が載ったあとは、ジョージと彼のことを話したわよ。彼と結婚するつもりだったから、もっと深く事情を知りたくて」

サビッチは尋ねた。「最後に息子さんに会って話をしたのがいつか、聞きましたか？」

「いいえ、聞いてないけど」

シャーロックが言った。「オックスフォードに進学する前、ビリーが起こしたある種の事故について、彼からお聞きになったことは？」

「いいえ。でも、ささいな事故なら、わたしに話すまでもないと思ったのかもしれない」ナタリーはふたりの顔を交互に見た。「どういうことなの？」

サビッチは彼女の腕にそっと手を置いた。「金曜の夜、あなたを襲ったのはウィリアム・チャールズ・マッカラムにほぼまちがいないことが判明しました。ジョージの息子のビリーです」

ナタリーはふたりを見つめて、ゆっくりと首を振った。「でも、理由がないわ。言ったとおり、彼とは面識がないのよ。ジョージの息子が人殺しのテロリストになって、大使を殺害しようとしたというの？」

シャーロックは言った。「あなたの殺害指令は出てないわ、ナタリー。ロンドンでもっとも過激な導師からもね。だから、わたしたちは個人的な理由だと考えてるの」

「じゃあ、彼が自分の父親も殺したと？　それとも、わたしが殺したと？　わたしのせいでジョージが自殺したと思ってるの？　それで復讐のために、わたしの命を狙ってるということ？」

「思いだしてみてください、ナタリー」デイビスが言った。「ジョージと彼の息子のことを話したときのことです。どうです、ジョージはやりきれないようすでしたか？　息子を憎んでいるふうだったとか？」

ナタリーは世界がひっくり返されたように感じていた。髪に指を差し入れ、ジョージの息子が自分を殺そうとしているという考えを受け入れようとした。深く息を吸いこんだ。「そうね、憎しみがなかったのは確か。でも、がっかりした顔で、やりきれないようすだった。そりゃそうよね。ジョージは息子を失望させた、息子が必要としているものを与えてやれなかったと感じていたの。そのせいで息子が家を出て、自分には理解できない存在になってしまったのだと」

サビッチはベッド脇のテーブルにＭＡＸを設置し、手早くキーボードを叩いた。「スコットランド・ヤードのヘイミッシュ・ペンダリーのおかげで、この二年のあいだにジョージ・マッカラムと息子が携帯でやりとりした内容がいくらか明らかになりました」さらにキーボードを叩く。「見てください」

59

サビッチは言った。「ジョージ・マッカラムとハンブルクにいたウィリアムの携帯電話のやりとりが途絶えていたのは、ほんの数カ月です。ジョージは二年前にハンブルクに飛んでいます。そしてそれを機に、ウィリアムはふたたび父親からの電話を受けるようになった。ふたりは週に一度、平均しておよそ十分ほど話をした。わたしが想像するに、ジョージは家に戻るよう説得していたんでしょう。少なくとも、援助を申し出ていたはずです。ウィリアムもそのころにはハンブルクに慣れ、レバノン難民の一家と暮らしていました。なぜジョージがほかの家族やあなたにウィリアムが結婚したことを言いそびれたのかはわかりませんが、ウィリアムから口止めされていたのかもしれません。わたしには、彼の新しい家族とその周辺の人たちが彼のこと、彼がイギリス貴族の跡取りであることを知っていたとは思えない。ウィリアムはその事実を隠していたのではないでしょうか。

そして八カ月前、ジョージはジョージ本人の名義の衛星電話に電話をするようになった。最初はトルコ、そのあとがシリアです。日付はウィリアムの移動に合致しています。そして六週間前、ウィリアムの写真が新聞に出ると、電話はさらに頻繁になりました」

ペリーはＭＡＸの画面を呆然と見おろす母に近づいた。すべて知っていると信じていた男がかけた通話の履歴が、延々と画面に映しだされてゆく。ペリーは母を引き寄せた。「ジョージからビリーの写真を見せてもらったことはあるの？」

ナタリーは身を引いて、かぶりを振った。「ロッケンビー邸に二十回は行ったし、そのときビリーの子ども時代の写真は見たけど。もちろん、新聞に掲載された写真は見てるわよ」

デイビスは一枚の写真を掲げた。「これは彼が十八のときの写真です、ナタリー。そしてこちらがあなたが新聞でご覧になった最近の写真。拡大されて画像が粗くなっていますが、いまの彼はこんな感じです。歳は三十。シリアで戦闘に加わって八カ月になりますから、老けて、顔立ちが険しくなった。その彼がなぜあなたを殺したがっているのか――あなたに責任をなすりつける噂を信じているとしか思えない。彼が途中であきらめるとは思えないので、ふたたびあなたを襲う前に見つけだす必要があります。いまはハリードという名で呼ばれているそうです」

ナタリーは端正で清々しい顔立ちをした十八歳の青年の写真を見おろした。好奇心に満ちた幸せそうなその青年には、洋々たる未来が待っているようだった。不思議なほど、父親には似ていない。続いてナタリーは、成人した男性の写真に目を凝らした。そこにはもはや清々しさはなかった。やつれの目立つ毅然とした顔つきで、日にさらされた肌は皺がちだった。不透明で醒めた瞳。残虐さと死に取り囲まれている人の瞳。ナタリーはそんなことを思いながら、写真をデイビスに返した。

「彼はアメリカに入国するにあたって、大きなリスクを冒しています」サビッチが言った。「ここでもイギリスでも彼のパスポートには注意喚起が出ていますが、関税を通過した記録はありません。国土安全保障が第一義になっているこのご時世にです。わたしたちはウィリアムが——ビリーなり、ハリードなりが——潜伏していそうなところを徹底的に調べています。おそらく辺鄙《へんぴ》な場所にあるモーテルかなにかでしょう。彼の銃創を手当した外科医によると、運がよければ、二日も安静にしていれば動けるようになるだろうとのことです」

いまだ母親を抱えているペリーが言った。「そこまでのリスクを冒して来たってことは、うちの母が彼の父親を死に追いやったと信じこんでるってことね」

ナタリーが言った。「ジョージの息子さんがタブロイド紙の記事を信じたというの？　なぜビリーはなにがあったのか、直接わたしに尋ねてくれなかったのかしら。もう子どもではなくて大人なのよ。それなのにどうして？」

「まともな精神状態じゃないんです、ナタリー」サビッチは言った。「ジョージにはそれがよくわかっていたのでしょう。亡くなる前には週に三度ビリーに電話して、帰宅をうながしていた。あの写真が出たとなると、シリアにいるのは危険だったからです。ビリーにしてみれば、自分を責めるより、あなたを責めたほうが楽だった」

ナタリーは言った。「彼の父親はわたしのせいで自殺したのではなく、殺されたのよ。それをわからせることはできないのかしら」

デイビスが言った。「無理でしょうね」

「だめよ、そんなの」ペリーが言った。「お母さん、わたしとふたりで偽名を使ってハワイに飛びましょう。それがいやなら、バリでもオーストラリアでも。どう？」

ナタリーはびっくりして、大笑いした。「いい考えだけど、わたしのこれから三時間の予定を知ってるの？　ニュースを配信しているキー局のインタビューが何件か、そのあとはBBCのインタビューよ。明日の午前中には国連でスピーチの予定だから、当分バリやオーストラリアには行けそうにないわね」言葉を切る。「ええ、大統領をがっかりさせるわけにはいかないわ。最大級の警護態勢が敷かれているし、大切な仕事もある。ウィリアムがどうあろうと、明日の朝には国連に行くつもりよ」

60

〈マリリンのB&B〉
メリーランド州ボウイ
日曜日の夕方

この痛みのひどさは去年の十月と同じくらいだ。あのときはベイルートから来た十六歳の訓練兵がうっかり近くで爆弾を爆発させたせいで、二メートルほど先の石ころの山まで吹き飛ばされ、内臓を強打したような状態だった。ついでに左脚を骨折して、いまもその後遺症が残っている。

救急絆を持ちあげて、きちんとならんだ脇腹の縫い跡をそっとさわってみた。かすかに盛りあがり、熱を帯びている。傷口周辺に小さく広がる紫色の血の跡は想定内だし、いずれは消える。感染症の兆候はなかった。抗生物質がよく効いたようだ。彼は傷口の周囲を掻いた。早くもかゆみが出てきて、とくにぐずついた感じがないので、いい気分だった。抗生物質が入った軟膏を傷口に塗り、新しい救急絆をあてがった。

痛み止めを二錠飲み、ベッドに横になって、目をつぶった。

あの医者は死ぬのがいやで、すばらしい仕事をしてくれた。たまたま家にひとりでいたからという理由で死なせるには惜しい、善良な人だった。

もし自分がウィリアム・チャールズ・マッカラムだと知っていたら、手当してくれただろうか？　いずれマスコミにも自分の名前が報じられるだろう。わかっているが、いまさら煩うまでもない。ミセス・ブラックを道連れにできさえすれば、あとはどうでもよかった。

まだ外には出ないほうがいい。祈りの儀式サラートも、やめておいたほうがよさそうだ。負傷しているときは、無理して行う必要はないとされている。いまは休養のとき。もう一日か二日。いま必要なのはそれだけだった。

ノックの音を聞くや、枕の下にあったベレッタ418をつかんだ。一週間前にバルチモアのチンピラから購入したものだ。縫った傷口がつれるのを感じながら、ゆっくりと動いた。

「ガーバーさん？　マリリンですけどね。夕食はいかが？」

空腹は感じないが、食べたほうがいい。銃を枕の下に戻した。「ああ、ありがとう、ミズ・マリリン」家主は角張った大柄な女性で、詮索好きだった。できることなら部屋に入りこんで、なかのようすをうかがいたいと思っているのだ。それがわかっているので、彼女の侵入を防ぐべく、〝起こさないでください〟のカードをかけていた。「ドアの前にトレイを置いてもらえると助かります」

話をするときは、アメリカ人風のアクセントを心がけた。本人としては、南部で子ども時代をすごした人らしい田舎風のアクセントのつもりだが、たいして自信はない。だとしても、自分からイギリス人だと言ってまわる理由はなかった。ありがたいことに、マリリンは気づいていないようだった。

「おやすいご用ですよ、ガーバーさん。食事をお持ちしましょうね。少し気分がよくなられたんならいいですけれど。熱はないんですか？　なんなら医者に往診を頼みましょうか？」

「いや、けっこうですよ、ミズ・マリリン。いまは休養を取って、あなたのおいしい料理がいただければ。ありがとう」

彼女の重たい足音がドアから遠ざかり、客室ふたつの前を通って、階段を下り、その先のキッチンへと向かっていった。

このB&Bにはほかに男女がふた組、宿泊している。どちらも年上で、どちらも一日じゅう出かけている。たぶん、観光なのだろう。壁の向こうから片方のカップルが言い争う声が聞こえてきた。

胃が空腹を訴えて鳴った。ふたたび彼女がやってきて、食事を持ってきたという声がすると、彼はこんどもお礼を言って、トレイを置いていってくれるように頼み、大きな足音が階段を下りるのを待った。ベッドの脇に足をおろし、そろそろと立ちあがった。やりすぎに注意しながら、少しだけストレッチをして、ドアまで歩いた。耳をそばだてたが、なにも聞こえない。ドアを開けると、大きなアルミフォイルをかぶせたトレイがあった。スパゲッティとガーリックブレッドのにおいがする。いいぞ。カロリーのあるものが食べたい。

食べながらテレビをつけ、ミセス・ブラックやその襲撃者に関する話を求めてつぎつぎにニュースを見た。さいわい手がかりについては言及がなく、容疑者の名前も挙がっていなかった。少なくとも公式的には。三つの局でナタリー・ブラックがいつものキャスターからインタビューを受けていた。三人とも彼女の語る話を頭から信じているようだった。なんというおめでたさだろう。彼女が英国首相と会ったときの写真が画面を飾る。どちらも満面の笑み。キャスターたちはなぜ彼女がインタビューを受けたのかを尋ねようとはせず、苦境に立たされた女性という物語をより同情的に受け入れようと競いあっている。そう、彼女はよくやっている。とても自然で誠実そうで、その点は認める。

だが、彼だけは正真正銘の真実を知っている。父のひび割れた声を聞いたのも、自分だけだ。父は衛星携帯電話を通じて、いまとなってはナタリーと結婚できるとはとても思えない、と言っていた。彼女のキャリアを台無しにする、そんなことはできない、おまえの写真が報道されたからには、と。彼はその父の声の奥に苦痛と根深い怒りを聞き取った。あのとき自分になにが言えただろう？　ぼくは正義のために行動している、と？　謝ることはなにもない、妻の家族を含む自国民を苦しめている専制君主を倒すために戦っている、良心の命ずるままに志願した正義の戦いなのだ、と？　父にはもう何度となくそんな話をしてきた。そしてタブロイド紙に自分の写真が掲載された――もし真実を知らなければ、自分でも、その写真を見てテロリストだと思っただろう。イギリス国民がみなそう信じているように。驚きだったのは、父が非難しなかったことだ。父が求めたのは、自宅へ、安全な場所である自宅へ帰ってくることだけで、責める言葉はなかった。父との最後の電話はそうして終わった。父は息子のことを理解したがり、そしていつものように息子への愛を語った。

その後、ナタリー・ブラックのeメールがイギリスのタブロイド紙に掲載され、父が死んだ。父の自殺の原因が彼女であること、彼女のせいで父が死に追いやられたことは、彼にしてみれば疑いようのない事実だった。彼女を愛していた父は、彼女のためなら命すら差しだしたであろうに、彼女のほうは保身のために婚約を破棄した。しかも、eメールで！　そしてマスコミに情報を流した。なんと非道なやり口だろう。シリアにいる自分と親しい友人たちの写真を撮ったのは、合衆国政府の工作員だと思って、ほぼまちがいないが、その合衆国政府に対するよりも彼女に対する憎しみのほうが強かった。合衆国政府がなぜタブロイド紙に自分たちの写真を流したのか知らないし、知りたいとも思わない。彼らも戦っているであろうこの血なまぐさい戦争。その副産物として彼らがくりだしてくるささやかな陰謀やたくらみをいちいち気にしてはいられない。もしシリアに帰れたとして、自分の命が危険にさらされるかどうかも、どうでもよかった。シリアにいるむかしの友人たちも、いまでは彼がイギリス貴族の跡継ぎという、受け入れがたい立場の人間だと知っている。テレビを見て彼の正体を知った妻とその家族ともあやうい関係になっているが、それすらもはや気にならない。いま頭にあるのは、父が死んだこと、そして父を愛しているはずだったあの売女が父を死に追いやったことだけだった。そうeメール一本、あの売女が父に送った情け容赦のない、あの父を切って捨てるようなeメール一本で！

前回は失敗したが、こんどは失敗しない。最後のミートボールを食べおわったとき、ハリード・アルジャビリ——ウィリアム・マッカラム——には自分のすべきことがわかっていた。

61

ペリー・ブラックのコンドミニアム
日曜日の夜

ペリーはコリン・キャパニックがこの十月、ロンドンで〈ジャガーズ〉と対戦したときにファンと撮った写真を見て、ほほ笑んだ。イギリス人はコリンにぞっこん惚れこんでいる。無理もない。キュートだし、あからさまにセクシーだし、それに異彩を放っていて、それがまた人を魅了する。そしてあのタトゥーのかずかず。イギリス人もあれにやられた。これから二十五年かそこらしたとき、コリンは自分のタトゥーのことをどう思うだろう？　そう、息子がハイスクールを卒業するくらいの年ごろになったときに？

そんな想像をする自分をペリーは笑い飛ばした。二十五年後のことなんて、誰が気にするの？　コリンは若く、もろもろの愚かさも含めて、若さはすばらしい。それに愚かさといったら、自分はどうなの？　一週間前には存在すら知らなかった男を自宅のソファに眠らせ、彼はいまもこのうちで自分を警護しつつ苦しみをもたらしている。

彼に否応なく惹きつけられることを認めるしかない。

集中力が途切れていたことに気づいたペリーは、腕時計を見てノートパソコンを閉じると、テレビをつけた。　時間だった。

くだんの男がキッチンから出てきた。ジーンズにブーツ。白いシャツは肘までまくりあげ、腰にグロックを携帯している。両方の手にひとつずつカップを持っていた。海軍のまっ白な正装用の制服姿と同じくらい、全体として強烈に訴えてくるものがあった。ペリーはしかめ面で彼に言った。「どうやらあなたの訓練が実を結びつつあるようね。おだまり。おすわり。わたしとテレビを見て」

彼はにやにやしながらお茶のカップを差しだすと、ソファの彼女の隣にだらしなく腰かけ、コーヒーテーブルに積んである雑誌の山に足を載せた。それから一分ほどで、フォックス・ニュースのエドワード・ローズがここワシントンのスタジオにペリーの母親を招き入れた。いつもどおり母には威厳がある、とペリーは思った。ネイビーブルーのスーツに白いブラウスを合わせ、カラフルなスカーフで鮮やかな髪を目立たせている。ペリーは紅茶をひと口飲んで、身を乗りだした。「ブラック大使、今夜はお越しいただき、ありがとうございます。」ローズが言った。

そしてこの国の人間として、お元気そうなあなたにお目にかかれて、とても喜んでおります。つい先日の金曜日、ご自宅で命を狙われたと報道されていますが、まずそれが事実かどうかお答えいただいたうえで、あなたに対してくり返し攻撃を行っている人物もしくはグループの捜査について、いまどのような状況かお話しください」

もう、嘘をついているのかと尋ねられることも、話をねつ造しているのではないかとほのめかされることもないのだ、とナタリーは思った。金曜日の夜を境に、ナタリーは勇敢な被害者としてヒロイン扱いされるようになった。ナタリーはパジャマについていたフーリーの血痕を思いだして、胃が締めつけられるような恐怖と怒りをあらたにした。そして、入念に作りこまれたエドワード・ローズの端正な顔を見た。こめかみに白いものが混じり、青い瞳は深刻な表情をたたえている。ナタリーは笑みとともに、口を開いた。「現在進行中の捜査の詳細については、お話しできる立場にありませんが、これだけは申しあげられます。大統領もわたくしも、ＦＢＩが今回の襲撃の背後にいる個人なりグループなりを特定してくれるものと信じております」

「攻撃と言えば、ブラック大使、イギリスでも命を狙われたそうですね？」

「ええ、事実です。自動車による轢き逃げを装った襲撃でした。こちらはスコットランド・ヤードが捜査に当たり、ＦＢＩと緊密に連携してくれていると聞いています」

「捜査が実を結ぶことをわたしたちみんなが願っていますよ、ブラック大使。ところで、明日の午前中、国連でお話しされるそうですね。世界の舞台で今回のできごとに関するお考えを述べられるのでしょうか？」

ナタリーは笑顔になった。「いいえ、その件については。わたくし個人の問題を国連に取りあげてもらおうとは思いません。明日はいつもどおり、わたくし本来の仕事をいたします。わたくしどもが探っている二国間の関税切りさげ条件について総会で話をするよう、国務省から要請がありました」隙を見せたらローズから横槍が入りそうだったので、ナタリーは立て板に水を流すようにすらすらと話した。テレビ局にとっては〝放送中断〟に等しい時間だが、こうした譲歩あってこそ、エドワード・ローズは視聴者の望む質問を続けることができる。

ナタリーの話が終わると、ローズは言った。「国連の各国代表のなかには、あなたの個人的な困難について知りたがっておられる方も多いのではないでしょうか、ブラック大使。視聴者のみなさんも同じです」

彼女は首を振った。「それはどうでしょうか、ミスター・ローズ」

「尋ねられたら、どのように対処されますか？」

「あなたにお答えしたように、お答えします。わたくしの背後には合衆国政府とＦＢ

Iがついております、と」

「ブラック大使、あなたの婚約者でいらしたジョージ・マッカラム子爵は亡くなられました。その死をきっかけにあなたに対する攻撃がはじまったようですが？」

悲しみに胸を突かれる。それをやり過ごしてから、ナタリーは答えた。「ジョージ・マッカラムはすばらしい男性でした。彼の死は大きな痛手でした。なぜどうしてそんな事故が起きたのか、スコットランド・ヤードが捜査してくれています。彼の死とわたくしに対する襲撃に、なんらかのつながりがあるとの見方もあります。それがどういったもので、いかなる動機にもとづくものか、わたくしにはわかりかねますが」そこまで話す気はなかったのに、つい口がすべった。しかし、さいわいにもローズから突っこまれることはなかった。

代わりにローズが持ちだしたのは、シリアで反乱軍として戦いに参加していたとされるウィリアムの報道写真だった。「子爵が悲劇的な死を遂げられる二週間前でしたね？　そして、それを機にあなたに罪をなすりつける噂が流れはじめた？」

「おっしゃるとおりです。父親亡きいま、ウィリアム・チャールズ・マッカラムがロッケンビー子爵です。彼はアサド政権に対してシリアで戦いを挑んでいたと聞いています。派閥間で多くの対立があり、当然のことながら、それは大いなる悲劇です。

　わたくし自身、これまでウィリアムと接触を持ったことはありません。じつは面識すらないんですよ。そんなふうですから、現在彼がどこにいて、なにを考えているのか、提供できる情報はございません」ナタリーはまっすぐカメラを見た。「ウィリアムが父親を愛していたこと、そしてわたくしと同じように、深く悲しんでいることはわかっています。悲しみを分かちあえるよう、彼からの連絡を願っています。そして彼の安全が確保されていることを」

「あなたもですよ、ブラック大使」

「最善を尽くすとお約束します。ご存じのとおり、ミスター・ローズ、イギリスにはまだわたくしたちのことをヤンキーと呼ぶ人たちがいます。そして、彼らがそんなわたくしたちの特徴と考えていることのひとつが、脅しに屈しないことです」

　エドワード・ローズにはまだ尋ねたいことがあったが、時間切れだった。ナタリーにお礼を述べて、インタビューは終わった。

　ペリーはテレビを切ると、パソコンを起動して、早くもSNSにアップされだしているインタビューに対する感想に目を通した。

「今夜のうちにあともう一本インタビューがあるの。そのあとはニューヨークの国連よ。アーリスおばさんが着々と道を切り開いてくれてるわ」

デイビスは両脇に腕を垂らして、ソファの背にもたれた。目をつぶり、クッションに頭をもたせかける。「おれはきみのお母さんを愛してる」

「わたしもよ」ペリーが言ったその直後、表側の窓が内側に割れ、一発の銃弾がデイビスの隣にあるサイドテーブルの花瓶を打ち砕いた。

62

ふたりが動くより早く、表側の窓から立てつづけに銃弾が撃ちこまれた。一発はコーヒーテーブル、もう一発はデイビスの頭上の壁に当たった。デイビスはペリーに飛びかかり、床に押し倒して、自分の体でおおった。

たぶんセミオートマチックのライフルだろう。頭上の壁に突き刺さっていく銃弾を見ながら、デイビスは思った。彼女の額に語りかけた。「いいか、動くなよ」グロックを手に立ちあがると、腰を折ったまま小走りに部屋を横切り、明かりのスイッチを切った。玄関のドアの脇に背中をつけ、耳をそばだてて、つぎの展開を待った。ペリーはさっきと同じ場所にいる。彼女の呼吸の音でわかった。

かがんで錠を外し、ドアを勢いよく押し開いて、床に腹這いになった。

立てつづけに撃ちこまれる銃弾で、廊下の壁にかかったミラーが粉々になり、玄関ドアの両脇を飾っていた彫刻の入った美しいパネルガラスが吹き飛んでいた。ペリーの動く音がする。「ペリー、だめだ、そこでじっとしてろ。寝室からキンバーを取ってくるつもりだろうが、忘れるんだ。おとなしくして、床に顔を伏せてろ」

刺々しい声が返ってきた。「911に電話したのよ。それより、あなたこそじっとしてて」

デイビスはそれには答えず、暗がりに目を凝らした。水を打ったように静まり返っている。外にいるのは誰だ？　そろそろこちらから探りを入れてみるか。デイビスは起きあがると、ポーチの明かりをつけ、近くの茂みの地面近くに向かって銃を左右させ、ありったけの銃弾を撃ちこんだ。

と、十メートルほど先から聞こえた――ヘビが敵を威嚇するときのような、鋭くくぐもった音が。弾が当たったのか？

デイビスはグロックに新しい弾倉をセットし、肘をついて玄関を這いでると、さっと立ちあがって走りだし、音がしたあたりに発砲した。オークの木の裏で立ち止まり、耳を澄ませた。戦場並みに激しく銃声がしていたので、近所から何件も警察に通報が行っているだろう。それは襲撃者にも、わかっている。そう長くは留まれない。デイビスは木の背後から身を乗りだし、動くものを探した。

顔から十センチと離れていない場所に銃弾が飛んできて、樹皮を削った。デイビスは地面に伏せて、動きを止めた。

「デイビス？」

怯え声ではなく、怒り声だった。なんたる女。デイビスは声をあげた。「出てくるなよ、ペリー。犯人はまだそのへんにいる。もう何分かしたら警察が来るからな」

「あと数秒だといいんだけど。それで、あなたは無事なのね？」

「ああ、じっとしてるよ」

サイレンの音が近づいてきた。

近所の家々の明かりがついたが、まだ誰も玄関やポーチに出てこない。カーテンの背後や、細く開けたドアの背後から外をのぞき、警察の到着を待っている。「あのサイレンじゃ襲撃者も逃げるさ、ペリー。動くなよ」

「なんてやつなの。きれいなティファニーのランプを壊しちゃって。玄関脇の、彫刻の入ったパネルガラスもよ。両側とも粉々になっちゃった。いくら払ったか知ってる？　マイク・ディトカが電話でわたしが書いた記事のお礼を言ってくれたとき、記念品として自分で買ったのよ。スーパーボウルにおけるシカゴ・ベアーズと彼のことをむかしにさかのぼって書いた記事だったたんだけど。

それをこんなにするなんて、扁桃腺を蹴りあげて、脳にめりこませてやりたい。誰なのかしら。あなた、見た？」ウィリアムのはずはない、と彼女は思った。彼はケガをして、どこかに身をひそめている。

「見てないんだ。だが、ひょっとすると、撃った弾が当たったかも」

ペリーは彼に駆け寄り、腕をつかんだ。「なにをしたの？　なんでそんなことになってるのよ？」

彼女の問いには答えられなかった。三台のパトカーがすぐ近くに急停車し、男女数名の警官がどなりながら飛びだしてくると、デイビスに銃口を向けたからだ。デイビスはグロックを取り落とし、頭上に両手を上げて、身分証明書を振った。「ＦＢＩの捜査官だ！　何者かに発砲された。おれはＦＢＩだ！」大声で訴えた。

警官もばかではないので、銃口を彼とペリーに向けたまま、じりじりと近づいてきた。デイビスは叫んだ。「こちらはペリー・ブラック。現在、彼女の警護中だ。狙撃犯は逃げた。追ってくれ！」

巡査部長の指揮で警官たちが扇形に散った。うちに戻って明かりを消せと近隣の住民たちに指示している。十キロほど余分に肉をつけているウールコット巡査部長は、デイビスの身分証明書を確認すると、拳銃をホルスターにおさめた。朗らかな声で言った。「まだこのへんにいれば、うちの連中が見つけだしますよ。おふたりとも命があってよかった。そうでしょう、サリバン捜査官？」

同意しようにも、デイビスにはその暇がなかった。ペリーが腕をつかんで、体を揺さぶったからだ。「ばかじゃないの？　頭が腐ってるとしか思えない。なんでそんなことになってるのよ？」

デイビスは眉をひそめた。「そんなこと言ったって、撃たなきゃこっちが撃たれてたぞ、ペリー」

「そういうことじゃなくて。あなたの顔よ。血が出てる」

「彼女の言うとおりですよ、捜査官」ウールコットが言った。「明かりがついたんで、生きてるのはわかりますが、きれいとは言いがたい顔だ。救命士に手当してもらいましょう」

派手な銃撃戦だったので、女ふたりと男ひとりの救命士も、多数の死傷者を予期していたはずだ。だが、実際にいたのは顔を血だらけにしたデイビスひとりだった。

救命士のひとりがデイビスをコンドミニアムに押し戻した。壊れたランプをそろそろとまたぎ、座らせたデイビスを破壊からまぬがれた小さな読書灯で照らすと、仕事に取りかかった。アルコールが染みたけれど、黙っておいた。ペリーが腕組みをしてそばに立っていたからだ。なにか言えるものなら言ってみなさい、とけしかけられているような気がした。

「あら、見た目はずいぶんでしたけど、実際はたいしたことありませんね。オークの樹皮でできた擦り傷みたいです。ちょっとヨードチンキを塗って、絆創膏を貼ったら、それでおしまいですよ。戦争みたいだったと聞きました。ケガ人がいないなんて、運がよかった」

ヨードチンキは染みたが、デイビスは身じろぎひとつせず、だんまりを通した。

ペリーの発言は皮肉たっぷりだったので、救命士がへこまないのが不思議なようだった。「ご期待に添えなくて、ごめんなさいね」

救命士の女性は平然と手を振った。「あら、そのほうがいいんです」そしてデイビスの頬の手当を続けた。

「バンドエイドを持ってきましょうか？」

救命士はペリーを見て、にんまりした。「いえ、大量に持ってきてるんで、このお若い方ひとりぐらい、なんとでもなりますよ。ねえ、カリー、こちらにいるＦＢＩの捜査官のために救急セットを持ってきてくれる？」

「うちのリビングを見てよ、デイビス。ほら、わたしのノートパソコン——やられちゃったわ。保険会社もさぞかしがっかりするでしょうね」

63

日曜日の夜
サビッチの自宅

シャーロックがすり寄ってきて、彼の首筋に頬を押しつけた。巻き毛が鼻をくすぐる。なじみ深い感覚。ほっとすると同時にぞくぞくする。サビッチはいつ嗅いでも興奮させられる淡い薔薇の香りを吸いこみ、彼女を抱き寄せた。「寝ないとな」彼女の頭頂にキスした。

「わかってるわよ、わたしだって。疲れすぎて、ぶっ倒れそう。でも、神経が逆立ってて、脳の活動を停めたり、ゆるやかにしたりできそうにないの。最初が昨日の夜のブレシッド、で今夜はデイビスとペリーが何者かから襲われた。銃ってほんとにいや。それと、オートバイもね」

「ベン・レイバンが近隣一帯を封鎖してくれてるんだ、シャーロック。今夜はブレシッドも戻ってこられないさ。だいたいきみのことを怖がってるはずだぞ。きみと食料品店の保管庫にいて、一トンはあっただろう棚が倒れて缶詰が宙を舞ったんだからな」

妻の唇が笑みを描くのがわかる。「ええ、あれはすごかったわね。あの棚のひとつでブレシッドが押し潰されなくて残念だけど。小柄な老女にばけるなんて、信じられない。あの服をどこで手に入れたのかしら。誰かを殺して奪ったんじゃなくて、洗濯物を盗んできたことを祈るわ。あれは悪夢のような男よ、ディロン」

「だが、実際問題としてここで悪夢はありえないよ、スイートハート。おれたちはまだここにいて、ブレシッドはここには来られない」

「でも、どうやったら眠れるの、ディロン？　おかしな連中が頭のなかを歩きまわってるのよ」

「きみの知らない話をしてやろうか？　そうそう、おれの胸に頭をつけて、目をつぶったら、あっという間に眠らせてやるよ。ほら、手を下にやらないで、胸につけて。そうだ、きみにも協力してもらわないと」

「ひょっとしたら、わたしの手を使ったらもっとリラックスできるかも。どう思う？」

一理ある、とサビッチは思った。

三十分後、サビッチは上掛けを引きあげると、妻の額にキスして、ぎゅっと抱きしめた。「もう眠れるかい？」

彼の声に気だるい充足感を聞きながら、シャーロックは彼の腹を軽くこづいた。「まだよ。さっき話そうとしてたおとぎ話を聞かせてもらわないと」

「わかった、だったら話そう」サビッチは彼女を抱き寄せた。「おれが十五歳のときのことだ。ジュニアハイスクールのフットボール部でコーチをしていたミスター・ジェフリーがひどい自動車事故に遭った。酔っぱらいが運転する車が突っこんできたせいで、橋台から六メートル下のビーバー川まで車ごと落ちたんだ。それでどうなったかというと、コーチはどうにか車から脱出して、水面まで浮かびあがり、一部始終を見ていた通行人が、911に通報した。落下して死なずにすんだのは奇跡だ、と医者は言った。内臓をめちゃめちゃにやられ、骨折していたのに、そんな体で車から脱出できたのは、さらに奇跡だとも。そして最大の奇跡は、コーチには回復の見込みがあったことだ。おれは父親に連れられて、病院のコーチを見舞った。正直に言うと、いまのおれと同じ歳ぐらいの雄牛みたいに屈強なコーチが、いつもみんなを引っぱってた人が、全身の骨を折って、頭まで包帯でぐるぐる巻きにされた姿を見たら、それだけでいまにも死にそうで怖くなった。コーチは薬漬けにされ、人工呼吸器をつけられてた。目だけは開いてたけどな。

コーチの奥さんは、おれたちが入っていって、コーチを見おろしたとき、ベッドの反対側にいた。おれは逃げだしたい気分だった。だが、親父がいっしょだったから、そこに残った。彼女は、夫を眠らせたいから帰ってくれ、と言った。だが、コーチがこっちを見て、おれに気づいた。どうしてだかわからないが、おれはコーチの手を取って、待った。コーチが奥さんのほうを見て、またおれを見た。おれの目をまっすぐ見て、おれの手を握った。それでコーチの伝えたがってることがわかった。直接話しかけられてるみたいにはっきりと。もちろん、口なんかきけないさ。口を動かすことだってできなかった。口にはコーチの代わりに呼吸してくれる呼吸器が入ってたんだから」

「彼はなんと言ってたの？　なにを考えてたかってことだけど」

「奥さんのことを恐れてた。人を雇って、自分を橋から突き落とそうとしたと。コーチはまだ彼の意識が戻ってないと思ってた奥さんが、携帯で誰かに話すのを聞いたんだ。五千ドルが無駄になったって、大変な剣幕だったらしい。

はじめて頭のなかでコーチの声がしたとき、怖いとは思わなかった。それは覚えてる。そりゃ驚きはあった。でも、すぐにとても自然に感じた。コーチの奥さんは病室のなかをうろうろして、おれたちを早く帰らせたがってた。おれたちが帰ったら、すぐにもコーチを殺すかもしれないと思った」

シャーロックの声が小さく、少しくぐもってきた。「それまでには、なかったの？」

「ああ、それが最初だ。病室を出るとき、おれはコーチの手を握った。それでおれが父親に話すつもりなのが伝わった。奥さんはおれたちに感謝して、本人がまだ礼を言えるような状態じゃなくて悲しいと言った。でも、ちっとも悲しがってる口調じゃなかった。

警官に話しても信じてもらえないに決まってるんで、病院のロビーに降りるエレベーターのなかで親父にすべて話した」

サビッチは待ったが、妻からその後の顚末を尋ねる声がなかった。ノックアウトされていたのだ。その頭頂にキスしながら、廊下の向こうでベッドに眠るショーンを思い浮かべ、すべてが元どおりになるのを祈った。

「それからどうなったの、ディロン？」

完全にはダウンしていなかったらしい。「親父はいつも無条件でおれを信じてくれた。ふたりで病室に戻ると、親父はコーチの奥さんにご主人に警護をつけると告げた。

彼女をそこに足留めしておいて、携帯電話を——当時みんなが使ってたでっかいやつだ——差押許可状が届くと、携帯の通話履歴をチェックした。すると案の定、彼女が雇った男とのあいだで何度も通話していた履歴が残ってた。あとになって、背後にもうひとり男がいたのがわかった。恋人さ。親父はみずから彼女を逮捕して、フェデラル・プラザにあるFBIのニューヨーク支局へ連行し、その後、警察に引き渡した。コーチの傷は癒え、二年後に再婚した。子どもが三人できて、みんな大きくなった。いまもフットボールのコーチをしてるよ」

肩にシャーロックのほほ笑みを感じた。何分かするとようやく彼女が眠りにつき、サビッチもすぐにあとに続いた。夢に見たのは、シャーロックの眠りを妨げていた狂乱ではなく、遠いむかし、夜の病室で自分の能力に気がついたときのことだった。

64

犯罪分析課《CAU》
月曜日の午前

ジャニス・ホッブスがサビッチのオフィスのドアから顔を突きだした。「血液が手に入ったわよ」

「ペリーの庭からか？」すぐ後ろでデイビスが尋ねた。「そうだったんだな？　昨日の夜、襲撃してきたやつに当たったと思ったんだ」

「ええ。警官のひとりが、あなたから言われたあたりの地面で血痕を見つけてね。見つけるのに苦労したけど、じゅうぶんな量が手に入ったから、あとはDNA鑑定を待つばかり。当然、データベースに照会するけど、いま有力な被疑者はいるの？」

デイビスは答えた。「まだいないけど、二十四時間以内にはなんとかなるから、それでいいかな？」

「わかった、待ってる。でもDNA鑑定ってセックスみたいよね？　準備万端、やる気満々でも、ふたり揃わなきゃどうにもならない。ペリー・ブラックはあなたといっしょにいたんでしょ？　そう。基礎を固めるためには、あなたたちふたりからも唾液を採取させてもらわなきゃ。まだダンスのパートナーが見つかってないから、がんばって合致する悪者を連れてきてよ、デイビス。あら、顔のバンドエイド、ヒョウ柄がすてきね。まるでジャングルジムで傷だらけになったガキみたい」

ジャニスはデイビスの腕をこづくと、課内の捜査官たちに手を振りながら、ローラースケートでもはいているようにあっという間に遠ざかった。ドアから外に出ながら、声を張りあげる。「ねえ、デイビス、わたしがあげたセックス・ピストルズの曲を集めたCD、聞いてくれた？」

「ああ、いまじゃ寝ながら歌ってるよ」デイビスが叫び返したときには、ジャニスは早くもエレベーターまであと半分と迫っていた。

サビッチは笑顔でかぶりを振った。「じゃあ、心当たりがあるんだな、デイビス？」

デイビスはサビッチの向かいの椅子に座った。「ウィリアム・チャールズ・マッカラムが近くにいれば、やつを引っぱってくるんですが。スコットランド・ヤードからはまだなにも？」

「彼らが突きとめた車からはなにも出てこなかった。所有者がなにか隠してるか、なにも知らないかのどちらかだ。彼らにはウィリアムがなりすましていた人物は特定できず、それはうちの国土安全保障省も同じだ。昨夜の襲撃者の候補から彼を排除することはできないが、彼は撃たれたばかりで負傷してるし、こんな形でペリーを狙う強い動機が見あたらない。もちろん、警護が強固になったナタリーには近づきにくいが、イギリスであったことにペリーはなんの関係もない」

「彼じゃないことはわかってます。彼は血みどろの内線で戦ってきた経験豊富な兵士、場所を選んで不意を衝く専門家です。もし昨夜、襲撃してきたのが彼で、ペリーなりぼくなり、あるいは両方なりを殺すつもりなら、そのとおりになっていたでしょう。だが、昨夜の犯人はゲームセンター感覚でペリーのコンドミニアムに発砲して、チャンスをふいにした。となると、あまり経験のない雇われの殺し屋という線が濃厚です。あるいはまったく異なる意図を持つ何者かか」

サビッチは言った。「たとえばどんな意図だ?」

「ペリーを怖がらせるとか、母親から引き離すとか。そういう意図です。なんのためかはわかりませんが」

サビッチはしげしげとデイビスを見た。「ペリーときみを引き離そうとする意図は、ありなのか? 銃弾の多くはペリーよりもきみの近くに撃ちこまれてたんだろう?」

「わかりました、だったら言います」デイビスは言った。「デイ・アボットが頭に浮かびました。彼はここのところずっとペリーに電話してきてます。ペリーは彼のことをほぼ生まれたときから知っていて、彼のほうは彼女との結婚を意識してます。彼のことを話題にするのを避けてきたのは、ペリーが彼を高く買っているからです。それに、アボットが彼女を脅す理由がありますか？　けれど昨夜、あんなことがあった以上は、彼から話を聞くしかありません。なにかがあるのかもしれない。カルロスがペリーの警報装置の解除コードを知っていたのは覚えてますよね？　アボットなら知ってるかもしれない。それにアボットは彼女がハーレーをどれほど大事にしているか知っていた」デイビスはかぶりを振った。「ペリーから頼りにされたいがゆえでしょうか？」

サビッチは言った。「ペリーを危険な目に遭わせるのも厭わないほどきみに嫉妬してるとしたら、尋常じゃない執着だ。もしそこまでの精神状態なら、そうとううまく隠してることになる。だとしても、彼から話を聞かないわけにはいかない。気をつけてやれよ。どうやらきみは彼をあまり好いていないようだ。彼にはきみから侵略されたと思う理由があるのか？」

「侵略するもされるもありません。彼のほうはまだそのことがわかっていないだけです。聞いてください、サビッチ、たしかにペリーはすばらしい。ですが、その手のことはありません。ぼくがアボットを好きじゃないとして、なにか問題がありますか？ぼくが彼をどう思おうと関係ないはずです」

「わかった、行って、彼から話を聞いてこい。グリフィンを連れてけよ。アボットの母親が誰か忘れるな、デイビス。探るんなら慎重にやれ」

デイビスはうなずいて、腕時計を見た。「ナタリーが国連総会でスピーチをしてるころですね」

「彼女を世間に再登場させる舞台として、大統領は興味深い場所を選んだな。昨日の夜のキャスターとの話もよかった。視聴者は彼女が好きになり、肩入れしたはずだ。とにかくいうおれもそうだった。あと何日かしたら、世界じゅうの人が彼女の味方になりそうだ」サビッチは話をしながら、国連から供給される中継動画のURLを入力した。

アーリス・アボット国務長官が前に立って総会の列席者を見まわし、まず知っている代表の顔を確認していた。そして駐英米国大使であるナタリー・ブラックについて、通りのいい声で歯の浮くような紹介を行った。友人であるナタリーの勇気とめざましい仕事ぶりを称え、三日前の夜、自宅を何者かに襲撃されるという事件が起きたにもかかわらず、と持ちあげた。そして、これから話をするのはアメリカのヒロインです、と締めくくった。

　拍手がやむと、ナタリーは国務長官に感謝を述べてから、八分におよぶスピーチを行った。自分の命が狙われた件には触れなかった。新興国家との交易を拡大するには実行力のあるイニシアティブが必要であることを明快かつ簡潔に述べた。わかりにくい部分もあったし、全体として目新しさには欠けたけれど、列席者は彼女の一言一句に熱心に耳を傾けているようだった。

　ナタリーのスピーチが終わると、彼女を称えるため、さっきよりもさらに長く拍手が続いた。彼女がスピーチで取りあげた新興国家の代表のなかには、ほかの参加者につられて拍手をしつつも、彼女に対する会場の好意的な反応に当惑を隠せずにいる者もいた。

　デイビスはヒョウ柄のバンドエイドを引っかきながら言った。ペリーが自宅のメディシンキャビネットから出してきて貼ってくれたのだ。「ほんと、彼女は最高ですよね」

65

〈ハーロウ・ベンソン・アンド・ラーナー〉
ワシントンDC、1980アベニューKのアシュランド・ビルディング
月曜日の正午

とびきり若くてとびきりきれいな受付係のミス・リュウによると、ミスター・アボットはオフィスに在室中だけれども、多忙をきわめ、四十五分後に会議の予定とのこと。ミス・リュウはそう言いながら少し口ごもり、しきりにグリフィンを見ていた。デイビスにしてみたら、いまや慣れっこの光景だ。十五歳から八十歳まで、女性の範《はん》疇《ちゅう》に入る人たちはみな、グリフィンを見るなり彼のとりこになるようだ。

「ミスター・アボットはつぎのクライアントを待っておられるかもしれません、捜査官。わ、わたしが行って、聞いて――」

グリフィンが笑いかけると、受付係は話すのをやめた。「いや、ご心配なく、ミス・リュウ。ぼくたちが直接うかがいますよ」

デイビスには、ミス・リュウが遠ざかるグリフィンの後ろ姿を見つめているのがわかる。彼は言った。「さぞかしアナもお喜びだろうな」アナというのは麻薬取締局の捜査官で、ついこの前、バージニア州マエストロでの捜査を通じてグリフィンと懇意になった女性だ。「お喜びってなにがです？」グリフィンは尋ねながら足を止め、壁にならんでいる一八五〇年代に写されたセピア色の汽船の写真の一枚に目をやった。

デイビスは背後の受付エリアのほうを手で示した。「ミス・リュウからおまえの電話番号を尋ねられたら、教えていいのか？」

グリフィンはさらりと受け流した。「アナは銃を携帯する女性にしてはおおらかなんです。こけにされたら黙っちゃいませんが、ぼくに対しては天使も同然——実際、だいたい半分はぼくのわがままを通してもらえるんですよ」

それ以上なにを求められようか、とデイビスは思った。デイビスはドアをノックした。十センチほどの金色の文字で〝デイトン・エバラード・アボット〟とあった。

「入ってくれ、シンディ」

デイビスはドアを開けてなかに入った。淡い灰色の厚いカーペットが敷きつめられた空間をはさんでデイ・アボットと向きあい、前夜ペリーのコンドミニアムを襲った銃撃犯らしき痕跡を彼のなかに探した。仕立ての美しいスーツの上着のなかのどこかに、自分に撃たれた銃創があるのではないか？　だが、デイ・アボットは健やかそのもので、突然現れたふたりに当惑していた。と、恐怖の面持ちになり、顔から血の気が引く。さっと立ちあがり、デイビスを見た。「ペリーのことだね？　きみがついていながら、彼女の身になにかあったのか？」

デイビスは急いで答えた。「いえ、ミスター・アボット、ペリーは無事です。ただ、昨夜、彼女のコンドミニアムにいて、何者かから銃撃されました」

「なぜ彼女はおれに電話してこない？　おれに話してしかるべきだろう？　ニュースにもなってないぞ。彼女を撃ったのは誰だ？　そいつを捕まえたのか？」

「座ってください、ミスター・アボット」グリフィンが言った。アンティークの美しいマホガニーのデスクをはさんでデイ・アボットの向かいに腰かけると、デイビスが言った。「ペリーには傷ひとつありません。自分もです。撃たれましたが、当たらなかったので」

「犯人を捕まえたのか？」

「いえ、まだです」

「彼女がケガしていないというのは、ほんとなんだろうな？」

「はい、無事です」ただし、彼女が大事にしていたティファニーのランプはやられたが、とデイビスは思った。大学を卒業したとき、デイの母親から贈られた品だと聞いている。

デイ・アボットの顔は青ざめ、手はこぶしに握られた。「どうしてそんなことに？あの脅迫みたいじゃないか——誰かが彼女を怖がらせて、彼女を通じて母親に働きかけようとしているという、それはきみもおれもわかっているのに、どうしてこんなことを終わりにできないんだ？」

「まさにそうするつもりです」デイビスは言った。「ミスター・アボット、あなたはずいぶんむかしからペリーをご存じです。そして——」

「ああ、そうだ。おれたちはいっしょに大きくなった。そして、この先結婚して、残りの人生をともに歩む」身を乗りだして、両手を前で組んだ。「きみは先週の木曜日、彼女のハーレーが壊されたのを機に彼女を警護してきたんだよな？」

デイビスはうなずいた。

「それなのにまだ役に立つことをひとつとして学んでいない」

デイビスはそれを無視して、質問した。「ミスター・アボット、昨夜十時ごろ、どちらにおられましたか？」

「おれがか？　おれがペリーを撃ったのかと尋ねているんだな？　いいかげんにして

くれないか。おれはペリーを愛してるんだぞ。彼女を殺す理由があるか?」

グリフィンが言った。「ところが、ミスター・アボット、実際、銃弾のほとんどがサリバン捜査官に向けられていたようなんです」

デイ・アボットは怒りに唇を結んだ。「それじゃあなにか、こんどはおれがFBIの捜査官を襲ったというのか? 彼のことが好きなわけじゃないが、殺したいとも思ってないぞ」

デイビスは将来政治家になるであろう、若くてそつのない人食い人種を見た。こちらだってとくに彼のことが好きなわけじゃない。それにまだペリーがプロポーズを断っていないことは知っていた。それを思って気の毒になったが、それもデイの目が軽蔑に輝くのを見るまでだった。「あなたが事件に関与しているとは思っていません、ミスター・アボット。これは形式上必要な質問です。昨晩どこにいたか教えてください」

アボットは両手の指先を突きあわせて、先端を顎にあてがった。「昨晩か? 本来ならペリーと過ごすつもりだったけれど、そうもいかなくてね」じっとデイビスを見てから、ふたたび口を開いた。「結果として、昨晩はきみといるより、おれといっしょにいたほうが安全だったかもな」デイビスから反応が得られないまま、彼は肩をすくめた。「友だちふたりとフォックス・テレビでやってたミセス・ブラックのインタビューを見てた。ふたりの情報を提供するよう、シンディに指示しておく」

デイビスは言った。「あなたはペリーのことを生涯にわたってご存じだ。彼女の母親のこともです。ペリーとはきょうだいのようにして育たれたんでしたね」

デイの声がこわばった。「かつてはね。遠いむかしの話だ。大人になったいまは、以前とはちがう。いいか、サリバン捜査官、きみはブラック大使の殺害を企てる人物に集中すべきだ。それが今回の犯人でもあるだろうから、すべてが解決して、おれたちはふだんの生活に戻れる。そうなればきみはもはやペリーのそばにいなくていい」

デイ・アボットが嫉妬しているのがグリフィンにもわかった。ペリーの人生と彼の視界からデイビスを追いだしたがっている。「銃はお持ちですか、ミスター・アボット？」

「はあ？　銃だと？　もちろん持ってない。なぜそんなことを？」

グリフィンは続けた。「やはり形式的な質問です、ミスター・アボット。ですが、あなたの父上はS&Wをお持ちでしたね。彼が家を出て、外国に行かれたとき、あなたに託されたのではありませんか？　あるいはそのままこちらに置き忘れていかれたとか？」

66

デイ・アボットは肩をすくめた。「子どものころ、父の拳銃を見たのは覚えてるが、父が家を出てからは、一度も見ていない。一度か二度は拳銃のことを思いだして、父が持って出たんだろうと思った。拳銃を持っている人は珍しくない。おれの父が銃を持っているのをどうして知ってるんだ？」

デイビスが答えた。「父上は三十年ほど前、S&Wを登録されています。いまどこにあるかご存じですか？」

「いいや」アボットは軽蔑をあらわにした。「昨日の夜、きみとペリーに発砲した人物だが――そいつに撃たれたのか？　それでそのみっともないバンドエイドを顔に貼ってるのか？」

デイビスはいまにも美しいスーツごと爆発して、自分に飛びかかってきそうな男に笑いかけた。おまえがその気なら受けて立つぞ、デイ。「へえ、ジャングル柄は嫌いですか？　ペリーのメディシンキャビネットにあったんですよ。彼女が貼ってくれましてね」

グリフィンはすらすらと言った。父親自慢のヨットの手すりのようになめらかな口調で。「昨夜使われた銃器は、あなたの父上がお持ちの拳銃と口径が同じです。別物であることを明らかにするため、もしお手元にあれば線条痕を調べたいのですが」

「だが——」

デイビスがさえぎった。「父上とよくやりとりしておられるようですね、ミスター・アボット？」デイの視線を感じながら、黒い手帳にペンを走らせだした。

「毎週木曜の夜に」デイは答えた。「父かおれが旅行中のときも欠かさない。うちの両親が離婚してずいぶんになる。父は出ていくとき、週に一度かならずおれと話をすると約束した。で、それが続いている。習慣だよ。実の父親だからね」

デイはゆっくりと立ちあがり、下層階級のクズを見るような目つきでふたりを見た。

「さて、もういいかな？」

グリフィンが言った。「今回のことがなぜ起きたのか、あなたの考えを聞かせてもらえませんか、ミスター・アボット？」

デイは前のめりになって、両手を開いて卓上についた。「うちの母親と同じだ。ミセス・ブラックはイギリスでうっかり誰かを傷つけて、その誰かが復讐をしたがってるのさ。ペリーへの脅迫にしろ、昨夜の彼女への発砲にしろ、彼女の母親を苦しめるためとしか思えない」体を起こす。「おれに手伝えることはないね、捜査官。ここ合衆国で、ペリーや彼女の母親を傷つけたがっている人物など、ひとりも知らない。それに、これ以上きみたちに話すこともない。帰ってもらえないかな」

デイビスが言った。「ミスター・アボット、あなたがペリーに求婚しておられることについて、あなたの母上はどうお考えですか？」

デイはしばし黙りこんだ。「うちの母は世界をほぼ手中に入れてるようなものだが、おれを意のままにすることはできない」いつしか話しはじめていた。「ペリーが若くてかわいい専門職の女性という鋳型に合致しないのは確かだよ。ヘルス・エンジェルズの予備軍みたいにハーレーを乗りまわしてるぐらいだからね。母はペリーのふるまいを彼女の父親のブランデージ・ブラックのせいにしてる。母は彼のことを身勝手だと言ってた。娘に関心をそそぎ、自慢の種にして、彼のクローンに仕立てあげ、娘を囲いこんだと。こう言っても、きみには理解できないだろうが。ペリーのことをよく知らないから。だがこの点は押さえておいてもらいたい。おれとペリーは相思相愛の仲だ。母がどう思おうと、いずれおさまるべきところにおさまる」

デイビスはポケットからビニール製の小型封筒を取りだした。「口腔粘膜を採取させてもらえませんか?」

デイはデイビスに三つめの耳でも生えてきたような顔で彼を見た。

「痛みはありません」デイビスは言った。

デイの首筋で脈が打っているのがグリフィンにはわかった。顔は紅潮し、熱く重い怒りを放っている。「おれのDNAが欲しいってことか? 冗談だろ?」

「いえ、冗談ではありません」

「警官風を吹かして、市民を怖がらせるつもりか、サリバン? きみはずっとペリーとぼくのあいだにくさびを打ちこもうとしてきた。そのせいで彼女はおれに電話をしてこない。彼女とのあいだに未来があるとでも思ってるのか? この事件が解決しておまえが立ち去れば、彼女はおれのもとへ戻ってきて、おまえのことなど思いだしもしない」

いまやさげすみを隠そうともしていない。「おまえの給料じゃ、彼女を海外旅行に連れていくこともできないぞ。いいか、サリバン、ペリーを連れてカンヌに行ったら、おまえのことを思いだしてやるよ。ビーチを散策したり、彼女と愛しあったりしながらな。そのくだらないキットを持って、ここから出ていけ。おれがDNAサンプルを提供すると思ったら、おまえの頭はどうかしてる」

デイビスはおおむね自制心を保っていたが、口調にはぶしつけさが滲みでて、デイ・アボットをあおっているのが自分でもわかった。「いや、頭はどうもしてませんよ。FBIの精神科医からお墨付きをもらってますんで」デイビスは言った。「この先ペリーがカンヌのビーチをあなたと散策するにしろ、自分とパリのシャンゼリゼ通りにいるにしろ、あなたからDNAを提供していただければそこにたどり着くのが早くなります。事件の関係者全員、ペリーに近づける人全員に、DNAサンプルの自主的な提供をお願いしています。もし応じていただければ、昨夜の犯人候補から抜ける公算が高いんです。ご協力ください」

デイ・アボットはデイビスから目をそらさなかった。「出てけ、ふたりとも」

「昨晩、あなたがぼくに向かってだけ発砲したと思われてもいいんですね？」

「おれはおまえを撃ってない！」

「あなたは聡明な方だ、ミスター・アボット。これが嫌疑をまぬがれる方法だとわかっている。これで容疑が晴れれば、二度と自分に会うことはありません」

デイは言った。「おれは自分の権利を行使しているだけだ。父のS&Wなど知ったことか。この状況なら、どんな令状も交付されない。いまおまえたちがここにいる理由もまったくないんだ。これ以上、おまえたちに悩まされるのはごめんだ。帰ってくれ」

デイビスは綿棒を差しだしつづけた。

デイが大きな手をデスクにつき、ふたたびふたりのほうに身を乗りだした。悪意に満ちた低い声で言った。「おまえは銃をひけらかしてまわるただの野蛮人だ、サリバン。ペリーが惚れるわけがない。住む世界がちがいすぎる。おまえはみずから墓穴を掘ってるようなもんだ。そのかわいい坊やを連れて、さっさと帰るんだな」

デイビスはグリフィンに言った。「正直に言って、もしロビイストが必要になったとしても、彼には頼まない」デイ・アボットに敬礼し、グリフィンを引き連れて大股でドアに向かった。背後から速くて重いデイの呼吸の音がする。デイビスはドアを開けてから、ふり返った。「ペリーのもとに早く戻りたければ、これが一番のチャンスだ。応じなければ、質問に答えてもらうため、ＦＢＩの本部に足を運んでもらうことになるかもしれない」

デイは首を振って、嫌悪の表情になった。「わかってるのか、サリバン？　おまえは嘘つきだが、おれはちがう。その綿棒をよこせ。いいか、今後弁護士の同席なしにおまえと話をするつもりはないからな」

デイビスは綿棒を差しだし、デイが頬の内側を綿棒でぬぐうのを見ていた。そして注意深く綿棒をビニールの封筒に戻した。

「助かりました。結果が出るのにたいして時間はかかりません」デイビスは言った。「どうです、痛みはなかったでしょう?」

デイはデスクの奥で仁王立ちしている。自分に憎しみを向ける国務長官の息子に会うのは、これが最後だ、とデイビスは思った。サビッチに顔向けできない。デイビスはあいさつなしに部屋を出ると、ドアを閉めた。

デイビスはガラス張りのエレベーターの壁にもたれ、腕組みをした。「さて、グリフィン、ミスター・アボットのことをどう思った?」

グリフィンはゆっくりと話した。「あなたに嫉妬するあまり心臓に杭を打ちたがってましたけど、それをのぞけば、良家のぼんぼんって感じですね。

向こうも早く決着をつけたくて、DNAサンプルの採取に応じたんでしょう。彼が昨日の夜の発砲事件に無関係なのは、あなたもぼくもわかってる。彼に対して疑いのいの字も浮かばなかったはずです。ただ、怒って暴れるようなことにならなくてよかった。だとしても、やつがばか捜査官ふたりにいじめられたとママに告げ口しても驚きませんけどね」

デイビスは言った。「残念ながら、同感だよ。ところで、アボットに言われちまったな、かわいい坊やって。そのうち雑誌で下着のモデルでもするか?」

グリフィンは大笑いした。「まさか。モデルなんか無理ですよ。そうだな、アナのためなら考えてもいいけど」

67

犯罪分析課《CAU》
月曜日の午後

上司であるジミー・メートランド副長官から電話がかかるまでに五、六時間あったことが、サビッチには意外だった。たぶん午前中は国務長官がニューヨークから移動する時間にあてられたのだろう。デイ・アボットとの面談については、デイビスとグリフィンから聞いていた。まずはＤＮＡサンプルを入手できたこと、彼には前夜のアリバイがあって、それを確認できることなど、いいニュースがもたらされた。だが、ふたりともサビッチの目を見ようとしなかった。あとサビッチが聞かされたいいニュースといえば、デイビスが彼を殴らなかったことぐらいだ。サビッチは彼に尋ねた。「で、やつはきみを侮蔑したのか？　どんなふうに？」

「そうですね、下層階級のクズ扱いされました。盾の背後に隠れる嘘つき、ようは負け犬だとか、そういうことです」デイビスは答えた。

「で、きみは自制心を失った。最初からそのつもりだったわけじゃないんだな、デイビス？」

「はい。うっかりあやまちを犯しました」

サビッチは椅子に腰かけ、前にある椅子を指し示した。「話してくれ」

いまサビッチはメートランド副長官からの電話を受けている。メートランドは言った。「コミー長官が国務長官からの電話を中継してきた。今日の午前中、サリバン捜査官とハマースミス捜査官が事情聴取の最中に長官の息子さんを侮蔑した、ふたりの捜査官のやり口は不適切だった、と抗議があったそうだ。いまここで話題にしているのは、なんと、わが国の国務長官でな、サビッチ、強力な魔力の持ち主だ。うちのコミー長官を電話口に呼びだして、叱りつけるだけの力がある。頼むからマダム・国務長官の思いちがいだと言ってくれ」

「副長官、サリバンとハマースミスは昨夜ペリーが自宅で襲われた件についてデイ・アボットから話を聞いただけで、それ自体にはなんの不適切もありません。彼はペリーと親しい関係にあります。そして、最初に侮蔑したのはアボットのほうだったと聞いています。副長官もご存じのとおり、デイビスは人から蹴られて黙っているたちではありませんが、やたらにケツをまくるタイプでもありません。目撃者としてグリフィンも同席していました」

「真相がどうあれ、アボット長官はたいそうご立腹だ。いま聞いたとおりなら、なぜアボットはデイビスのことを母親に言いつけたんだ？」

「かいつまんで言うと、デイ・アボットはペリー・ブラックとの結婚を望むあまり、デイビスに激しく嫉妬し、彼を傷つけるためなら母親を使うのも厭わないということです」

「まさかデイビスが――いや、そこに話を持っていくのはやめだ。もし長官の息子がデイビスに嫉妬してるのなら、その手の悪感情を消すのはむずかしい」副長官が小声で悪態をつくのがサビッチには聞こえた。「わかるだろうが、デイビスのキャリアに泥を塗るなら、これほどいい方法はない。デイビスが個人的な感情を捜査に持ちこみ、捜査官らしからぬふるまいをしたという申し立てが国務省から正式にあれば、彼を事件の捜査から外し、彼の行動を検証するプロセスにかけることになり、それは記録として残る。それはなんとしても避けたい。なんとかしてくれ、サビッチ。いいな、頼んだぞ」

「イエスサー。やってみます。デイビスのこと――」

「そこまで。それ以上は聞きたくない。国務長官からの指示だ。きみとデイビスはいまから、ええと……三十二分以内に彼女の執務室に行くように。わたしも仲介者として同席したほうがいいか？」

「いいえ、シャーロックを連れていきます。彼女がいれば国務長官の頭も少しは冷えるかもしれません。あとでこちらから報告の電話を入れます」

「こう言ったらなんだがな」メートランドは言った。「わたしの母親が国務長官なら、わたしでも母親に電話するだろうよ」

68

国務長官執務室
ハリー・トルーマン・ビルディング
ワシントンDC

三十一分後、サビッチとシャーロックとデイビスは三種類の異なるセキュリティチェックを受けおわった。いずれも手早く効率的だったが、ホワイトハウスほど丁寧ではなかった。デイビスは本人も認めるとおり、落ち着かない気持ちのまま、FBIにおける彼のキャリアを潰すだけの力を持つ権力者のもとへと近づいていた。そんな彼にサビッチは、相手にしかるべき敬意を払うことだけ気をつけて、あとはそう心配するな、と助言した。話はおもにおれがするから、任せておけ。

三人は国務長官が使っている羽目板張りの豪華な執務室に案内された。彼らが入っていったとき、アルマーニのグレーのスーツ姿のアーリス・アボットは、デスクの奥で腕組みして立っていた。そしてデスクの正面に三人がならぶまで、なにも言わなかった。素行の悪い生徒が懲罰のため校長の前にならばされたようなものだ。重厚なデスクの背後の壁には硬質な木材でできた造りつけの本棚があった。書籍と、世界じゅうの指導者から贈られたとおぼしき小物類、それに各国首脳との輝かしい一瞬をとらえた写真一ダースほどで、あふれんばかりだ。公僕にふさわしい適度な広さしかないが、それでも、権威と伝統と権力を誇示する部屋だった。

貴族的な顔立ちの年配男性が国務長官の左隣に立っていた。長い顔に鋭く切り立った頬骨、細い鼻梁、そして結んだ唇の上には、整った髪とお揃いの白いものの混じった美しい口ヒゲがある。彼がそのたたずまいを通して発しているのは〝わたしはおまえたちより賢く、豊かで、重要な人物だ〟というメッセージだった。サビッチたちに対して、にこりともしない。その場から動かず、軽い会釈とともにバーナード・ピアスン・フランクリンと名乗った。

その背後には、こちらはうんと若く、デイビスと同年配の男が立っていた。立ち位置からして、クライアントにお金を請求できる時間帯は年配者の従属的な地位にいるのは明らかだった。ドラマチックとしか言いようがない潤んだ黒い瞳、長めにしたカラスの濡れ羽色の髪。黒いブレザーの下には黒いタートルネックを着ていた。この人目を惹く風貌は、生身の陪審員には目の肥やしになりそうだ、とデイビスは思った。

彼が自己紹介をするあいだ、デイビスは笑みを保ちつづけた。サーシャ・パワーズ。なんという名前だろう。彼の上司にならってか、サーシャも手を差しださなかった。印象的なふたり組だ。

アーリス・アボットは三人にうなずきかけた。顔にはうっすら笑みらしきものがあるものの、声にはそれもなかった。「早かったわね、ふたりとも。こちらはどなた?」

シャーロックは身分証明書を取りだして、アーリスに渡した。「お目にかかれて光栄です、国務長官閣下。FBIのシャーロック捜査官です」

アーリス・アボットはデイビスを見ると、誰だかよく承知しているにもかかわらず、手を突きだした。サビッチも身分証明書を取りだしたが、それは手を振ってしりぞけた。「あなたのことは知っているわ、サビッチ捜査官」

三人を眺め、シャーロックと目を合わせた。「どうしてあなたまで来たのかしら、シャーロック捜査官?」

男どもを守るためよ。シャーロックは言った。「わたしが役に立つ場面があるかもしれないという、サビッチ捜査官の判断です」

アーリスは片方の眉を吊りあげた。「どんなふうにかしらね、サビッチ捜査官?」

「彼女は捜査に深くかかわっています、閣下。そして鋭い洞察力の持ち主です」

なにはともあれ。シャーロックはアーリス・アボットの目を見返し、彼女の出方を待った。国務長官と同席するのははじめてだった。疑う余地のない知性の持ち主であるこの女性になにを期待したらいいのかわからない。彼女がこの面談をどう裁くのか、興味津々だった。その地位に見あった交渉力のある政治家として挑むのか、わが子を守る雌ライオンと化すのか。シャーロックはしばしふたりの弁護士に目をやった。フランクリンは国務長官のデスクにもたれかかり、芝居がかった若き種馬、ダイヤモンドのピアスをつけたサーシャ・パワーズは、その背後で直立不動の姿勢を取っている。

アーリスがデイビスに言った。「サリバン捜査官、火曜日、ブラック大使といっしょに会ったときは、横暴な人という印象はなかったのだけれど」

だろうとも。あのときは若いなにかと思っていたろうから。

「ナタリーからあなたの役回りを説明されて、ペリーを守るには最適な人材だと聞かされたあとはとりわけ。昨日の夜はペリーの命を救ってくれたそうね？」

デイビスはうなずいた。「しかしながら、襲撃者を取りにがしましたが」

「それでも感謝しているわ」アーリスは言った。「それで、なにがどうなったらそこからわたくしの息子を攻撃することになったのか、説明してもらえるかしら？」

難なく自然に話を運んでいる、とシャーロックは思った。

「昨夜の事件を受けて、あなたの息子さんから事情聴取を行うのは、通常の手続きです。ただ、彼はこちらからお尋ねするしかない質問に対して、その性質上、たいそう立腹され――」

彼女はそこで攻勢に出た。「そういうときは儀礼上、わたくしのほうに知らせるべきなのよ、サリバン捜査官。そして息子ともまずは約束を取りつけるべきだった。弁護士を同席させたいかもしれないから。でもあなたはそのどちらも怠った。なんの前触れもなくいきなり息子のオフィスに乗りこみ、あの子が将来の妻にと考えている女性を殺そうとしたと責めた。そうしたふるまいに対して、わたくしやあの子が腹を立てるのは当然だと思うけど、サリバン捜査官」

「国務長官閣下」サビッチが横から口をはさんだ。「サリバン捜査官とハマースミス捜査官をミスター・アボットの事情聴取に送りだしたのは、わたしです。事情聴取する相手に対して、前もってそれを伝えるのは通常のやり方ではありません。ですが、今後ミスター・アボットにお話を聞く必要ができたときは、そうするとお約束いたします。長官のオフィスにもわたしが責任を持ってお知らせしましょう。

今朝の一件については、ミスター・アボットがあなたに話されたことと実際に起きたことのあいだにどうやら齟齬《そご》があるようです」

「あら、こんどは息子を嘘つき呼ばわり？」

「いいえ、マダム。立場のちがいかと」

「わたくしの立場だと、サビッチ捜査官、息子に前もって来訪を伝えなかったこと、それにデイビス捜査官の態度を考えあわせると、今回の事情聴取には息子を威嚇する意図を感じます。この悲劇的な事件でうちの息子を参考人扱いすること自体、ばかげているのは言わずもがなよ。息子は生涯をかけてペリーを愛してきた。ナタリーに訊いてもらえばわかるわ」

彼女はデイビスに目を向けた。「息子は、あなたの質問や口調、ふるまいに、個人的な動機があったと感じているわ、サリバン捜査官。ペリー・ブラックという、捜査局から警護するように指示された女性に対して、あなたが特別な思いをいだいているというのがその動機よ。あなたは嫉妬心ゆえに息子を攻撃し、敵意をあらわにした。そう、息子は言っていたけど、あなたはどう思うの、サリバン捜査官？」

あんたの大事な坊やはクソ野郎だ、攻撃をしかけてきたのはそっちだぞ、とデイビスは言ってやりたかった。だが、ここで報復して相手を怒らせるのは得策じゃない。悪いことに、ペリーがデイ・アボットと結婚するつもりがないのをデイビスは知っていた。さっきは捜査官らしからぬ反応を示してしまった。それはまちがいだし、情けなく思っている。

デイビスは言った。「申し訳ありませんでした、長官。息子さんの言われるとおり、わたしのふるまいは不適切と言われてもしかたのないものでした。わたしたちのあいだで言い争いがあり、それはあってはならないものでした」ひとつ深呼吸をした。

「二度とこのようなことはしないと、お約束いたします」

「二度と息子の事情聴取をしないという、明らかな理由によってね、サリバン捜査官。事情聴取に応じるのは、あらかじめ約束があること、弁護士の同席が許可されること、そしてあなたがいない場合のみです。その点、理解してもらえたかしら、捜査官？」

「はい、長官」

サビッチは言った。「捜査局としても、その点をお約束します、長官。ブラック大使やその娘さんに害が及ぶことを願っている人はいません。したがって、妥当かつ理にかなった方法で証拠を追求する必要があります」

アーリスはサビッチを見つめ、弁護士ふたりはこれを介入の合図だと取った。

バーナード・フランクリンが言った。「証拠の追求という話が出たところで、サビッチ捜査官、当方のクライアントから貴方が手に入れられたDNAサンプルの件についてだが、こちらとしては入手方法に違法性があると言わざるを得ない」背後の部下を見て、うなずいた。

サーシャ・パワーズは白い歯を見せて笑顔を輝かせた。「現実問題として、サビッチ捜査官、FBIはかくも立ち入った要求をするのに令状を持参しておらず、もし脅迫されなければミスター・アボットが求めに応じてサンプルを提供したとは考えられません」黒い瞳をデイビスに据えた。「サリバン捜査官ご自身が採取にあたって不適切なふるまいがあったと認めておられる」

サビッチは言った。「ミスター・アボットがこちらの捜査官ふたりにサンプルを渡したのは、まちがいなく、要求される理由をめぐってやりとりを経た結果です。DNAはすでに分析、検査にかけられています。いま重要なのは、ミスター・アボットのDNAがあるがゆえに彼をあらゆる嫌疑から解放できることでしょう。そうした結果を考えた場合、わたしにはDNAサンプルの入手方法について将来、法的な瑕疵《かし》問題が生じるとは思えないのですが」

アーリスが言った。「相互に圧力をかけあうゲームをしているわけではないのよ、サビッチ捜査官。もしそうなら、あなたのほうが不利でしょう。あなた方にも仕事があることは理解しています。こういう事件の場合、関係者全員から事情聴取をする必要があることも。うちの息子はもう子どもではありません。れっきとした大人ですから、自分で対処できます。けれど、あなたの言うとおりです。息子がうっかり提供したDNAを使えば、あらゆる嫌疑から自由になることができる。

今朝のできごとは決して受け入れられるものではありません。サリバン捜査官もその点を理解してくれたものと信じています。今後ペリーの警護からサリバン捜査官が排除されることはわたくしとしても本意ではありませんから、とりあえず、あなた方の約束を信じて、この件はこれでおさめます。あなた方全員を許します。ご足労かけましたね」

部屋から出がけにデイビスはローテーブルにコーヒーカップと美しいコーヒーのジャグが置いてあるのを見た。なんのもてなしもなかった。

サビッチは当惑していた。国務長官に揃って頭を切り落とされてもおかしくなかったのに、彼女のほうから矛《ほこ》をおさめた。

デイビスはそれがどんなに運のいいことか、気づいているだろうか？

69

ナタリー・ブラックの自宅
月曜日の夕方

ブレシッドは盗んだホンダ車をナタリー・ブラック邸に続く道路の、そこから下ったところにある木立のなかに停めた。これぞまさに邸宅。百年ほど前に多く建てられた、これ見よがしな巨大三階建てで、周囲をぐるっと囲むポーチと、たくさんの煙突と、窓ふきを担当させられたらいやになる大きな窓が備わっている。全体は青色に塗装され、トリミングが茶色。使ってあるのはその二色のみだ。ブリッカーズ・ボウルでブレシッドの母が所有していた大きなビクトリア朝様式の家の塗装には、母が選んだ五色が使われており、毎年それぞれの色を塗り替えていた。その母の家に比べたら、この邸宅も見劣りがする。使ってあるのはたった二色だし、それもしばらく塗り替えられていない。けれど、ゲートは大きくて仰々しく、この悪の巣窟であるワシントンに住むばかどものために電話ボックスと番小屋があった。彼らにしたら、通りを汚す犯罪者を退治するより、このほうが安直なのだ。監視カメラもある。そしてブラック大使という大物を警護するため、ダークスーツ姿の男たちがゲートにも、敷地内にもいた。彼女のことはテレビのニュースで見て、ブレシッドも知っていた。

ママもブリッカーズ・ボウルでは大物だったけれど、ママは背の高い石塀とゲートの内側に閉じこもるようなことはしなかった。そう、ママは訪ねてくる人を歓迎した。とくにブレシッドから軽く刺激されただけで、毎年家の塗り替えをしてくれる人たちや、春に花を植えてくれる人たち、毎週ママの愛車のキャデラックを洗車してくれる人たちのことは。ブレシッドは地元のティーンエイジャーを思いだした。たぶん賭けをしていたのだろうが、家に入りこんでそのすばらしさに啞然としつつ、いつ見つかるかとびくびくしていた。子どもたちの顔にまぎれもない恐怖の表情を見るのが、ブレシッドは好きだった。あのママの家はどうなったんだろう？　いまの状態が気にかかる。知らない人たちが住んでいるのか？　いや、暗くてカビくさくなっているかもしれない。そしてグレースの絵はどれもほこりにまみれているのだろう。

それでも家の裏にある一族の墓は、変わらずそこにあるはずだ。木々の枝が作る天蓋《てんがい》の下の静謐《せいひつ》さを思いだす。おかげで墓石はいつさわってもひんやりしていた。グレースもあそこに埋葬されるべき、家族とともに肥沃な黒い土におさまっているべきなのに、実際はちがう。ママもあそこにはおらず、それは正しいことじゃない。ブレシッドは家族のことを思って悲しくなった。毎夜、ママが自分とグレースに食べさせてくれたチーズケーキが懐かしかった。

ライトブルーのフォードが通りすぎた。大使の娘であるペリー・ブラックの車。スポーツの記事を専門に書いているというが、女だてらにそんな仕事を選ぶとは、なんという娘だろう。ブレシッドが見守るなか、彼女は番小屋に誰もいないので、手袋をはめた手でインターコムのボタンを押した。ゲートがするすると開き、車がなかに入っていく。娘はカメラに向かって小さく手を振った。

ブレシッドはホンダ車から水のボトルを取りだし、たっぷり飲んだ。ウールのキャメルのコートを着ていても寒さが身に染みて、ポケットに手を突っこんだ。目当てはあの娘ではなく、サビッチだ。我慢強く待たなければならない。

それからわずか数分後、赤いポルシェがやってきた。サビッチの赤いポルシェ——やっぱりな。ブレシッドは腕時計で時間を確認した。さて、彼がモーガンビルにたどり着くには、どれぐらいかかるだろう？

70

ナタリーはスーツをハンガーにかけ、ハイヒールをクローゼットの箱にしまって、スエットの上下を着た。ここワシントンで複数のインタビューを受けたあとニューヨークに飛び、今日の午前中には国連総会で檀上に立った。その挙げ句、ペリーが昨夜、何者かに命を狙われたという恐ろしいニュースを聞かされて、完全に血の気が引いた。いまやくたくたになって、脳が麻痺している。できることならベッドに潜りこみ、ブランケットの山に埋まって、なにもない世界に逃げこみたい。だが、そうはいかない。眠りたくても眠れそうにない。脳裏で明滅するのは、死んで横たわるペリーの姿。殺した男がそれを見おろし、邪悪な人影だけで、顔は見えない。およそ耐えられない状況だった。

国連の演壇をおりたときは、安堵と希望だけを感じていた。スピーチは上首尾に終わり、アーリスも上機嫌だった。大統領からねぎらいの電話があった。いい気分だった。警護員ふたりとＪＦＫ空港に向かう途上、ようやくペリーに電話する時間ができた。そのときはじめてペリーから事件のことを聞いた。

気がつくとガタガタ震えていた。意識して何度も深呼吸した。ここで崩れても、なんの役にも立たない。しっかり自分を保たなければ。ペリーもデイビスも無事だった。ペリーはまもなくやってきて、すべてを話してくれることになっている。

ナタリーは寝室の窓を見た。ジョージの息子のウィリアムが部屋に入ってきかけたときの、胃が締めつけられるような恐怖がよみがえった。国連でアーリスが自分のことをアメリカのヒロインと紹介したのを、彼はテレビで見ただろうか？　インタビューはどうだろう？　いまもまだ父親が死んだのはわたしのせいだと思っているの？

そのとき携帯電話が鳴った。病院でフーリーに付き添っているコニーからだった。フーリーも今日はずいぶんよくなったという。そしてインタビューを褒めてくれた。これは悪くないニュースだ。ナタリーはそう思いながら携帯を切り、ふたたびペリーに電話をしたが、留守番電話に切り替わった。

どうしたものか決めかねたまま、寝室のなかほどに立って、窓を見たり、厚手の白い靴下を見おろしたりしていた。そのときドアの外からルイスの声がした。

ペリーが来たのだ。ナタリーはスリッパをはき、下まで行った。ペリーがだだっ広いエントランスホールで首に巻いたウールのスカーフを外していた。

ペリーはナタリーを見るなり、声をあげた。「すごかったわ、お母さん、ほんとよ！」そして抱きついてきて、ナタリーにキスし、笑ったり抱きついたりをくり返した。「疲れたでしょう？　ニューヨークまで行ってとんぼ返りだったから。二階の寝室に戻ってて。わたしがお茶を運ぶわ。どうせなにも食べてないだろうから、ピーナツバタートーストなんてどう？」

まじまじとペリーを見たナタリーは、愛する娘の顔を両手ではさんで固定した。

「昨日の夜、あなたとデイビスは殺されかけたのに、わたしに内緒にしたのよ。今日の午前中、わたしのスピーチが終わるまでね。それなのにわたしにピーナツバタートーストを作る話？」

「ごめんなさい、お母さん。悪いと思ってる。でもスピーチの前には絶対に耳に入れたくなくて。ディロンとデイビスにも相談して、話すのはあとにすることで意見が一致したの。

わたしは無事よ。デイビスも。昨日の夜はふたりともここで過ごしたわ。わたしのコンドミニアムは撃ちこまれた銃弾のせいで窓ガラスがなくなってるし、現場保存のテープが張りめぐらされて、ひどいありさまなの」母親の手に手を重ねた。「ほら、お母さん、わたしはこのとおり」ペリーは母をぎゅっと抱きしめた。「わたしたちはどちらもだいじょうぶ。ちゃんと切り抜けられるわ、お母さん」

ナタリーは身を引いた。「あなたとデイビスにはわたしといっしょにここにいてもらいたいわ」

「身のまわりのものを運ばなきゃいけないから、一度コンドミニアムに戻るけど、ええ、またここへ引き返してくる。警護員ふたりに会ったわよ。でも、ルイスもまだいてくれて嬉しい。ここはまるで要塞ね」

「ここならあなたも安全よ」ナタリーは娘を抱き返した。

「今日の午前中は仕事に出たんだけど」ペリーは言った。「みんなが国連で話をするお母さんを見ようと足を止めてたわ。すばらしいスピーチで、アーリスの紹介も完璧だった。わたしのお母さんがヒロインだなんて、すごすぎ」

「デイビスは昨夜のことをなんと言ってるの？」

ペリーの顔が険しくなった。

「どうしたの？　なにかあったの？　デイビスがケガでも？」

「いいえ、そうじゃないけど」ペリーはなにかを言いかけてやめ、作り笑いを浮かべた。ナタリーが黙って見つめていると、ペリーは屈した。「彼と話さなければならないことがあるの。それだけよ。心配しないで」

「なんの話なの？」

娘が黙って口を開かないので、ナタリーは言った。「デイビスはどこ？　警護員と話でもしてるのかしら？」

「いいえ。今朝は会わなきゃならない人がいて、出かけてるの。わたしには別の捜査官がついてたのよ」

「その人はどこなの？」

「グレゴリー捜査官というんだけど、あの、〈ポスト〉に置いてきちゃった」

「警護してくれる人を置き去りにしたの？　どうしてそんなことを、ペリー？」

もっともな質問だ。ペリーは恐ろしく見え透いた言い訳に聞こえるのを承知で答えた。「グレゴリー捜査官は年配でね。そりゃ、わたしによかれと思って言ってくれてるんでしょうけど、父親のまねごとがしたいらしくて、ワシントンDCの犯罪からわたしのスポーツコラムに至るまで、なんでもかんでも助言したがるの。仕事に没頭しようとしたんだけど、しばらくしたら、なんだか疲れちゃって、職場からまっすぐここへ来ちゃった。途中、彼に電話して無事なのは伝えてあるわ」

「いい大人がなにしてるの、ペリー?」

「わかってる。でも、すごく注意したし、問題も起きなかった。それにいまはふたりとも国務省の警護員とルイスに守られてるわ」

そう、どちらかというとルイスに、とナタリーは思った。ルイスなら警護員ふたりにまとめて手錠をかけて、口笛を吹きながら立ち去れるだろう。ナタリーはうなずいた。「影のようにわたしについてくれてるわ。女性の警護員なんか、公共のトイレにまでついてくるのよ。アーリスは対処すべき問題が持ちあがったとかで、わたしより早い便でニューヨークを発ったわ。世界情勢にかかわるどんな問題が飛びかかってきたか知らないけれど」

ペリーはその問題の中身を知っていながら、だんまりを決めこんだ。いまの母にこれ以上の荷物を背負わせたくない。デイビスについては——ああ、腹の立つ——ここにやってきしだい、そしてまもなくやってくるのはわかっているが、徹底的に責めたててやる。ペリーは言った。「ウィリアムについて、なにかわかった?」

ナタリーは首を振った。「誰からも聞いてないけど」

「わたしがとっ捕まえて、脚を折ってやりたい」

ナタリーはふたたび娘の顔を両手ではさみこんだ。「お父さんみたいなことを言うのね。怒るとそんなことを言ってたのを覚えてる？　もちろん、冗談だったけれど。わたしとしては、ウィリアムがあんなことをした動機を知りたい。さあ、お茶でも飲みましょう」

　少しすると、ルイスがキッチンにやってきた。「ミセス・ブラック、サビッチ捜査官とシャーロック捜査官がおみえです。いまリビングで警護員と話してます」

「熱いお茶をお願いね」ナタリーが言った。

「デイビスはどこなの？」リビングに入るなり、ナタリーは尋ねた。

「まもなくです」サビッチが答え、香り豊かなブラックティーのカップを受け取った。

　シャーロックが言った。「彼、ご機嫌斜めよ、ペリー。グレゴリー捜査官から彼に電話があったから。いいえ、説明ならわたしじゃなくてデイビスにして」

　サビッチが言った。「ナタリー、昨日の夜はペリーがあんな目に遭って、本当に残念です。いま懸命に捜査しているところです」

　シャーロックが続いた。「あなたは堂々としてらしたわ、ナタリー。インタビューでも国連でのスピーチでも。そして、どうか心配しないでください。ペリーは当面こちらにいるし、おふたりの警護には万全を期します」

　ナタリーは椅子に浅く腰かけて、ティーカップを膝に置いた。「アーリスのようすから——一瞬わたしに見せた顔から——急いでこちらに戻るのは、わたしに関係のある用事だという印象を受けたのよ。なにかご存じ？」

鋭い女性だ。シャーロックはほほ笑んだ。「デイビスとハマースミス捜査官は昨日の事件のことで事情聴取するため、デイ・アボットのオフィスを訪ねたんです。どうやら彼にはそれが不満だったらしくて、母親に電話が行きました。それでこちらにとんぼ返りされたんじゃないかしら。わたしたちは彼女のオフィスに呼びつけられ、弁護士を紹介されました」

サビッチは言った。「デイビスはグレゴリー捜査官といるのかもな。きみが逃げたことについて話しあうために」

シャーロックが言った。「彼の目を盗んで逃げだすなんて、お利口さんのすることじゃないわよ、ペリー」

「グレゴリー捜査官とデイビスの両方にメールを送ったから、わたしが無事なことはふたりとも知ってるわ」

サビッチはペリーに近づき、顔を見て話した。「いいかい、ペリー、おれの話をしっかり聞いてくれよ。きみはデイビスのことをコートのように着てなきゃいけない。きみが安全かどうか、いまきみのお母さんに心配させるのは酷だ。それでなくとも心配ごとが多いのがわからないのかい?」

ペリーの顔がこわばるのを見て、これでいい、とサビッチは思った。「おれたちはこれで引きあげる。ここにいるんだぞ」ふたりはナタリーと警護員にうなずきかけて、部屋を出た。

ポルシェのエンジンがかかる音がすると、ペリーは母親に言った。「彼の声は申し分なくすてきだったけど、校長室に呼ばれた生徒みたいな気分だったわ。口答えしたら、つぎになにが起こるかわからない感じで」ため息を漏らす。「サビッチの言うとおりね。お母さんにはわたしの心配をさせたくない。それなのにデイビスに腹を立てたせい——」

金属がこすれるようなパンクロックの歌声がペリーの携帯電話から流れだした。ペリーは革ジャンのポケットから携帯を取りだした。「デイビス、ばかじゃないの?わたしの携帯に『シー・ノー・イーブル』を入れたでしょう? ええ、重要なことじゃないわ。わたしならいまお母さんとルイスと警護員とここにいる。無事よ、わたしもお母さんも。こちらに来て、デイビス。あなたと話したいことがあるの」

71

「ルイス、このいまいましいゲートを開けろ！　さっさとしないと、ジープごと突っこむぞ！」

「やれるもんならやってみろ」ルイスはインターコム越しに応じ、リビングの外にある制御板でゲートのボタンを押した。デイビスは私道に立つ警護員たちに会釈だけして通りすぎた。

一分後、デイビスは玄関ホールで警護員にひとことふたこと話しかけるや、リビングに飛びこんだ。正当な怒りでいまにも爆発しそうだが、ナタリーとルイスがペリーといっしょに自分を見ていたので、気持ちを鎮めた。ナタリーとルイスに順番にうなずきかけ、ペリーのほうに歩いて彼女の目を見た。「グレゴリー捜査官は〈ポスト〉できみを警護してて、気がついたときにはきみが消えてた。学生がこっそり教室を抜けだしてタバコを吸いに行くようなもんだぞ。

きみの場合、計画的な犯行だ。ノートパソコンでまじめに働いているふりをして、グレゴリーが何分かきみのことを忘れるように仕向けた。グレゴリーはおしゃべりが好きな男だ。それに気づいたきみは、彼が犯罪記事を専門にするライターと話しこむのを待った。そしてつぎに彼が顔を上げたときには、消えていた。きみのせいで、それを報告しなきゃならなかったグレゴリーは大恥をかいた。きみのせいでCAUは混乱に陥り、おれはここまできみを探しにこなきゃならなくなった」声が大きくなっていく。彼女をつかんで揺さぶってやりたいが、すぐそこに母親がいるので、そうもいかない。「なにか言いたいことがあるか?」

デイビスの言うことは正しい。けれど話したいのはそのことじゃない。「なによ、野蛮人。あなたがしたことに比べたら、なにほどのことでもないわ」

「おれがなにをした? なんの話をしてるんだ?」ナタリーが咳払いをしたので、デイビスはそちらを見た。「ああ、ナタリー、入ってきていきなりすみません。国連でのスピーチ、すばらしかったですよ。ですが、ここはひとつあなたに助けていただかないと。あなたの跳ねっ返り娘をしつけてやる必要があります」

「母を巻きこまないで!」

「いいのよ。話してみて」

「あなたはわたしの幼なじみにして親友のもとに乗りこんで、わたしを殺そうとしたと責めたのよ！」

「デイ・アボットのことか？　おれは自分の仕事をしただけだし、いまはそんなことを持ちだす場面じゃない」デイビスがナタリーに視線を投げると、彼女は首を振って返した。「いいからペリーに話してちょうだい、デイビス」

「わかりました。ぼくとグリフィンでデイ・アボットから事情聴取をしてたんです。そのうち話が個人的な方向に流れて、結果、彼の母親のアボット国務長官からオフィスに呼びだしを食らいました。でも、それももう片がつきました。彼が誰かを殺そうとしたと責めた覚えはありません。ただ、ペリー、野蛮人はおれじゃなくてきみの親友のほうだぞ」

デイビスはさっき自分が部屋に入ったときついてきた警護員とルイスを見た。どちらも知らんぷりをしている。デイビスはナタリーとペリーに話しかけた。「大切なのは、あなた方おふたりが無事だったことです。グレゴリー捜査官がいまこちらに向かってます。ぼくの用事はすんだし、やることがあるんでこれで」デイビスはふたりに背を向けて、リビングのドアに向かって歩きだした。

だが、鋼のように硬い大使の声を聞いて、ぴたっと立ち止まった。カトリックの学校に通っていたとき、修道女たちからこんな声で叱られたものだ。「いいこと、デイビス、あなたがそのドアから外に出たら、わたしが追いかけていって、眉毛をむしるわよ。片方ずつ念入りにね」

デイビスはゆっくりとふり返った。「ナタリー、ゲームの進行を決めてるのは、ぼくに腹を立ててるあなたの娘さんだ。彼女の話でよくわかりました。ぼくがついてて彼女が殺されるようなことは耐えられないし、いまの状態だとそうなりかねない。彼女には、彼女が進んで協力できる捜査官についてもらう必要があります。それはぼくじゃない」

「あなたはわたしほどうちの娘を知らないわ、デイビス」ナタリーは言った。「あなたこそ、その捜査官なの。なんだったら、ルイスに言って、あなたとペリーを手錠でつなぐから、好きなだけ言い争ってちょうだい。どうかしら、デイビス、考えてみて。じっくり考えるのよ。わたしのほうは負ける気がしないんだけど」

デイビスは我慢できずにナタリーにほほ笑みかけた。「眉毛をむしったら、ぼくと結婚してもらえますか？」

ナタリーは言った。「あなたと結婚ですって、デイビス？　だめよ。娘に母親殺しを考えさせるようなことはできないわ」

静まり返った室内にナタリーの発言が大きく派手に花開いた。デイビスの背後でペリーが息を呑み、あわてふためいている。彼女は無言のまま、足音荒くリビングを出ていった。

72

ペリー・ブラックのコンドミニアム
月曜日の夕方

玄関のドアには現場保存のテープが十文字に貼られ、割れた窓はベニヤ板で塞いであった。

「十分で荷物をまとめないか？」デイビスは尋ねた。「早くここを出て、きみのおふくろさんの家に戻りたい」

「ディロンとシャーロックが無事でよかった」ペリーは玄関のドアの錠を開けて、災《さい》禍《か》の跡に踏みこんだ。怒りが鬱屈して、どなりちらしたかった。「デイビス、わたしのすてきなリビングを見てよ」それきり黙って、痛ましいありさまになった室内を通り抜けた。廊下のクローゼットからダッフルバッグを引っぱりだし、寝室に向かう。

デイビスはリビングの床で砕け散っているティファニーのランプを見おろした。ペリーが大切にしていたランプだった。続いてキッチンに向かい、ゴミ袋を取りだすと、冷蔵庫を片付けだした。「あと八分」デイビスは声を張りあげた。

「はい、はい、いま急いでやってるから」

「おれは一瞬外に出るが、グレゴリーみたいに置いてけぼりにするなよ。いいか、おれがまだここで豆粒ぐらいの脳みそしかない小娘を守ってるのは、きみの母親に脅されたからだからな」

彼女がなにか言い返す声が聞こえたが、早くも勝手口から外に出ていたので、なにを言っているのかわからなかった。キッチンのゴミ袋をゴミ缶に捨てた。そのあと彼女の寝室に行くと、ペリーは部屋のまん中に突っ立って、きれいな青いセーターを手にしていた。「ほかになにを持っていったらいいか、わからなくて」ペリーは心許ない顔をしていた。

「温かい衣類はちゃんと持ったか？」

彼女がうなずいた。

「だったらもういい、時間切れだ。また必要なものが出てきたら、いつでも戻れる」

ペリーはダッフルバッグのストラップをつかんで肩にかけ、デイビスの脇を通り抜けた。「わたしのキンバーはもう母のとこに置いてあるから。ノートパソコンは新しいのが手に入るまで、母のを借りる。あら、ちょっと待って。ヒョウ柄のバンドエイドが剝がれてきてるから、新しいのに貼り替えなきゃ」ダッフルバッグを床に落として、バスルームに消えた。前のバンドエイドを剝がし、新しいのを貼る。「さあ、こんどはお猿さん柄よ。あなたにはこっちのが似合ってる」そのまま歩きだし、ダッフルバッグをデイビスに引きずらせた。ふたりともナタリーの言ったことを話題にしていない。まったくの冗談で片付けられないことをデイビスは知っていた。いや、ふたりともだ。

デイビスは床に転がっていた黒のスニーカーを見た。その上に革製の古い椅子があった。銃弾の穴が開いている。まるで彼女が大学時代に〈グッドウィル〉で調達してきたかのようだ――スニーカーではなく、椅子のほうだが。デイビスは最後にもう一度、家のなかを見てまわった。キッチンのシンクの近くにある水切りかごには、ふたりがそれぞれ使ったカップが洗って置いてある。バスルームのシャワーロッドからは黒いブラジャーと露出の大きい黒いパンティが干してあった。これを見ないためなら、ほとんどのものを差しだせたのに。そんなことを思っていたら、二日前の夜のことがよみがえってきた。寝室から大きな音がしたので、グロックを手に駆けつけてみると、彼女が赤いボクサーショーツに赤いスポーツブラだけの恰好であお向けになり、片方の脚を上げて体のほうに引き寄せていた。

デイビスはグロックを腰のクリップに戻した。「なにやってるんだ？　どうした？」

「レッグリフトをやってて、ドレッサーに足をぶつけたの」彼女は言った。「折れたとか、そういうのじゃないから。でも、わたしを助けに飛んできてくれたのね。すごく早かった」その口調には喜びが滲んでいるようだった。「じつはうっとうしいから音を切ったテレビを見てたの。それで不注意になっちゃった。これもほかといっしょで自業自得ってやつ」

ボクサーショーツとブラジャーがいいね、赤い色がよく似合う、と彼女に言ったのを覚えている。そして、満足いくまで足をさすったら、ベッドに入る時間だぞ、と。

ああ、あのときは楽しかった。

ジープのドアが閉まる音がした。デイビスが彼女について外に出て、ドアを閉めると、現場保存のテープを元に戻した。

そして通りに出たとき、彼女が言った。「あなたのこと、どうしようもないばかだって、デイが言ってた」

「そうか。でも、なにもかもおれのせいにはできないぞ。つまり、おれも仕事なんだから冷静じゃなきゃいけなかったのは認めるが、先に侮蔑しはじめたのは、彼のほうなんだ」そう申し開きしながらも、われながら子どものようだとデイビスは思った。

「侮蔑？　あなたたちが彼を怖がらせたとは思わないの？　ＦＢＩの捜査官がふたり、なんの前触れもなく職場に乗りこんできたのよ。大ショックだったはずだわ。いいこと、デイはとってもいいやつなの。これまでだって——」

「警官の給料じゃきみをカンヌに連れていくこともできないとやつは言ったんだ。カンヌできみと愛しあいながら、おれのことを考えてやるとも」

デイがそんなことを？　いまは考えたくない。

ペリーは言った。「デイはあなたに威圧されたと言ってたわよ。ＦＢＩの本部に連れていくと脅されたって」

「デイは今週に入ってからずっと、おれがきみたちの仲を裂いてきたと思ってる。きみたちふたりがおれに会わなくていい日が来るのが楽しみでしかたないのさ」

「だいたい、なぜデイに会いに行ったの？　だって、そうでしょう？　彼がわたしを傷つけるはずがないのは、あなただってよくわかってる。考えたらわかるでしょう、デイビス、彼はわたしを愛してると言ってるのよ」

「いい気になるなよ。彼もいずれは乗り越える」いったん言葉を切った。「あの男とは結婚しないんだろ？」

「母のところからキンバーを持ってきて、耳たぶを撃ち抜いてもらいたいの？」

「眉毛も耳たぶもいまのままにしといてくれ。デイ・アボットへの事情聴取をグレゴリー捜査官を置き去りにした口実にするのは、通らないぞ。よくそんなことが言えるもんだな。喉を詰まらせないでいるのが、不思議でしょうがないよ」

「何度謝ったらいいの？」

「心の底から反省して、グレゴリー捜査官にそう言ってみたらどうだ？　はっきり言って、彼は今夜きみをおれに戻せてほっとしてた」

「彼はわたしの謝罪を受け入れてくれたわ！」

「本心じゃないさ。いい人だからね」デイビスはちらっと彼女を見て、ため息をついた。「ああ、わかってる。彼から父親めいた助言を山のように与えられたんだろ？」

「ええ、そうよ。延々と聞かされた。今日の午後のニュース編集室で。いっぱいいっぱいになっちゃって、それ以上聞いてられなかったの。それだけよ。そしたら、あなたはかわいそうなデイをこけにしといて、そのことでまたわたしを責めようとするし。アーリスおばさんはあなたになにをしたの？」

「最初は扁桃腺を引っこ抜きそうな剣幕だったのに、そのうち矛先をおさめてさ。なんでだかわからないけど。彼女なりに納得がいったのかもしれない」

ペリーはため息をついた。「デイがおばさんに電話しなきゃよかったのよ。大騒ぎになるのはわかってたはずなのに。それと、うちの母にも気をつけたほうがいいわね」またため息。「わたしもお母さんに対して、あんなにむきにならなければよかった。こんなときなのに。いまごろ、入院中のフーリーのお見舞に向かってるはずよ。うちに帰る途中でわたしたちも寄ってみない？」

73

〈レイジー・エルフ・モーテル〉
バージニア州モーガンビル
月曜日の夕方

〈レイジー・エルフ・モーテル〉の支配人がささやき声でCAUのサビッチに電話してきたとき、ブレシッド・バックマンはモーテルにいた。サビッチとシャーロックは二分でポルシェに乗りこみ、サイレンをとどろかせてバージニア州のモーガンビルへと急行した。

〈レイジー・エルフ〉は中流階級の住む住宅街の端にあった。どちらかというと寂《さび》れていて、淡い黄色に塗装されていた。駐車場には五、六台の車があり、エルフの〝エ〟の字の明かりが、ついたり消えたりしていた。支配人はオフィスにいなかった。ふたりはいっしょに二階の端にある二一七号室に向かい、汚い漆喰の外壁に張りついた。ドアのそばまで来ると、サビッチが体を乗りだして、耳を澄ませた。

なにも聞こえない。サビッチはさっとふり返り、駐車場の奥の隅に立っているモーガンビル警察の警官に首を振った。こんなことだろうとは思ったが、それでも失望感に襲われた。ブレシッドは立ち去ってしまった。傍らのシャーロックにささやきかけた。「なにも聞こえないから、やつはここにはいない」

シャーロックは首を振った。「万が一に備えて、手順を踏みましょう」彼女はドアに向かってうなずいた。

サビッチは足を引いて、ドアを蹴り開けた。「FBIだ、動くな!」古いドアが内壁に激突した。

ふたりで上下を分担してグロックを左右に振ったが、くたびれた古い部屋には誰もいなかった。

時代物のブラウン管のテレビが、ドレッサーから落ちそうになっていた。通りすぎざまにうっかり触れて動かし、そのまま床に落ちて壊れてもかまわないと思って放置したのだろう。ドレッサーの引き出しはどれも適当に突っこまれて、ゆがんでいた。ベッド脇の小さなテーブルには灰皿が置かれ、吸い殻が三つ残っていた。シャーロックはそれを小さな証拠品保管袋に入れた。旅行カバンはどこにもなかった。

サビッチが引き出しのなかを調べているあいだに、シャーロックはバスルームを見に行った。すり切れたタオルが二枚、床に落ち、絞りきった歯磨き粉のチューブが欠けた磁器製の洗面台に置いてある。シャーロックは首を振りながら、部屋に戻った。

ベッドは使ったまま放置され、使ったタオルがねじれた恰好で床に転がっていた。それを拾いあげようとかがんだとき、シャーロックはベッドの下になにかあるのに気づいた。膝をついて引っぱりだすと、キャメルのウールのコートだった。立ちあがって、眉をひそめた。「ブレシッドのコートよ。なぜコートを置いていったのかしら？」

隣の部屋から携帯電話の鳴る音がした。

サビッチは妻のウエストをつかみ、開いた戸口から外に飛びでると、投げるようにしてシャーロックをドア脇の壁に押しつけ、自分もその横の壁に張りついて、両手で彼女の頭をおおった。一瞬の静けさをはさんで、大爆発が起こり、壁が揺らいだ。開いた戸口からオレンジ色の火の玉が飛びだして木製の手すりを押し倒し、高圧ホースから出てくる水のように、下の駐車場に停まっていた古いシボレーに向かってほとばしった。炎とともにベッドのフレームの一部とテレビのアンテナが飛びだし、燃えあがった木製の手すりの残骸にからみついて、下の通路と炎上しているシボレーの隣の空間に落ちた。戸口からもくもくと煙が吐きだされ、脂じみた黒い煙はそれ自体が地獄のような悪臭を放っていた。

ふたりは息を吸いこんだ。しかし熱い煙に肺を焼かれるようだった。サビッチは妻を見おろし、無事を確認した。頬に触れて、感謝のあまり、しばらく口がきけなかった。耳鳴りがしている。たぶんシャーロックも同じだろう。「助かった」彼は言った。「壁がコンクリートだったことを神に感謝しなければ」下の警官たちがすでに消防車を呼んでいるだろうとは思ったものの、911を押して、住所と火災の状況を伝えた。電話を切る前から、叫び声や悲鳴が聞こえだした。下着姿を含む五、六人の人が部屋から走りだしてきた。火災報知器が鳴りだした。

サビッチが叫んだ。「FBIです。爆発はおさまりました。危険はもうありません。ただし、火災が続いてるんで、部屋を出て、消防車の到着を待ってください。その準備ができしだい、みなさんおひとりずつから話をうかがいます」

ふたりは階段をおりて、いまだ炎に包まれているシボレーへと向かった。ささやき声が聞こえ、恐怖に引きつった顔がいくつか見えた。荷物を持ちだそうと急いでなかに戻る人もいる。シャーロックは言った。「逃げだそうとしてる人もいるみたいね。どうやら家族向けのモーテルじゃないみたい」

警官ふたりがふたりを追い越して階段を駆けあがり、ドアを開ける人のいないブレシッドの隣の部屋に飛びこんだ。濃い煙がもくもくと吐きだされている。片方が室内をのぞいて、顔をおおった。「人が死んでます。支配人が爆風で殺られたようです。部屋のあいだの壁が吹き飛ばされてる」

サビッチは言った。「やったのはブレシッドだ。支配人を操って、電話が鳴ったら爆弾を爆発させるように指示したんだ。ブレシッドはおれたちが室内にいるのを知ってた。まだ近くにいるぞ」

74

ブレシッドはサビッチとシャーロックがモーテルの部屋から飛びだし、コンクリートの外壁に張りつくのを見ていた。爆弾が爆発する直前のことだった。なんという悪運の強さだろう。みごとな爆発、ほぼ完壁に近かった。オレンジ色の雷が落ちたようで、炎と黒い煙が噴きだした。炎はシボレーへと注がれ、車を華々しく燃えあがらせた。だが、それによって成し遂げられたのは、伴侶と子どもたちの待つ自宅に帰る前にそそくさと行為をすませる不倫カップルをびびりあがらせることだけだった。怯えたようすで部屋から飛びだしてきたカップルたちの多くは、下着姿だった。

悪態をついたが、途中でやめた。純然たる運勢は人智を越える。考えてみると、彼らが爆発に巻きこまれたら、たぶん哀れに思っただろう。意地の悪い目をした支配人はそうなった。自分から電話があったら爆弾を爆発させるように命じておいたのだ。見返りを求めて急いだ結果だった。どんな見返りになるとも知らずに。誰にとっても詰まるところ運だけでは決まらない。彼らに関しても、結局はみずからの手を汚さなければならないのだから。

警官たちを乗せた車がサイレンを鳴り響かせながら近づいてきた。転げ落ちるように車から降りてきて、モーテルを取り囲んだ。指揮官が来るまでは、それ以外になにをしたらいいかわからないのだ。この田舎町の警察署長らしき人物がやってきて、警官たちが彼を囲んだ。おんどりの尾のような豊かな白髪が目印になっている。ブレシッドはサビッチとシャーロックが彼ら全員に話をするのを見た。警告を与え、注意を呼びかけているのは、まちがいない。だが、ブレシッドの能力を信じる者はいない──そう、信じたときには手遅れになっている。ブレシッドは頬をゆるませた。彼らの何人かに近づいて、個人的に顔を合わせるのが待ち遠しい。警官たちは四方八方に散った。自分を捜索するために近隣の住宅をまわるのはわかっている。だが、こちらがその気にならないかぎり、彼らにはここにいる自分を見つけられない。老女の家のレースのカーテンの奥から彼らを見ている自分を。ここではすべてが静かで、自分の支配下に置かれていた。

ブレシッドはふたたび笑顔になった。日が暮れる前にあの警官たちの幾人かは互いに撃ちあっているだろう。

サビッチとシャーロックがおんどり白髪の男とモーテルのオフィスに入った。薄れゆく午後の光のなかでも、シャーロックの赤毛は煌めいている。なんと美しい髪だろう。いざその段になったら、頭を撃たないように気をつけなければ。昨夜また夢にガーディアンが出てきて、彼女の首を絞めろとささやいた。以前からそう願っていた。自分にはできる、彼女は絞殺にしてやる。

さらに車が二台駐車場に入ってきて、四人の男が出てきた。まちがいなくＦＢＩだった。全員が格式張っていて屈強で、舞台に躍りでたそうにしている。サビッチがモーテルの受付エリアから出てきて、彼らをなかに手招きしているのが見えた。これで彼らにも援護要員ができたが、どうなるものでもない。サビッチとシャーロックもわたしを捜すため、外に出てくるだろうか？　答えはすぐにわかる。ブレシッドは指を伸ばしたり曲げたりした。

警官ふたりが通りを歩いていた。木があるとその背後を調べ、茂みまでのぞいてまわっている。最初のドアをノックした。腕に子どもを抱えて若い母親がドアを開ける。警官のひとりが家のなかを調べ、もう片方がガレージに入ったあと、庭の周辺をめぐった。おつぎがここ。ならんだ中産階級の箱のような家々のなかで二軒めが、モーテルが一番よく見えるこの家なのだ。

ブレシッドはミセス・アミティ・ランサムを見た。彼女の記憶にまちがいがなければ、御年九十歳。穏やかにロッキングチェアに腰かけ、編み針がキャップロック式のレミントン・アーミーの回転式拳銃に当たって小さな音を立てている。遠いむかしに亡くなった亭主の拳銃なのだろう。彼女は弾が装填されたその拳銃を屈託なく彼に見せてくれた。キャビネットの引き出しのなかで黄ばんだレース編みのドイリーをかぶせて隠してあったのだ。かわいいおばあちゃまの準備はできている。彼女がくしゃみをした。一度のみか、二度までも。

「どこか悪いのかい？」

「アレルギーでね」アミティは編み物をする手元を見たまま、またくしゃみをした。

「アミティ」ブレシッドは彼女に自分のほうを向かせた。瞳も顔つきも、がらんとしている。「玄関に警官がふたり来てる。なかに入れて、捜索させてやってもらえるか。愛想よくしてやってくれよ。回転式拳銃は編み物の下に隠しておこう」

アミティは従った。そろそろと慎重な足取りで玄関に向かい、またくしゃみをした。

75

ワシントン記念病院

フーリーの目は閉じていた。息は深く穏やかだ。ナタリーは病院のベッドの傍らに立ち、安らかに眠る姿を見ながら、ずいぶんよくなったようだと思った。彼の大きくてたくましい手に触れて、起こさないようにそっとさすった。顔を上げると、デイビスとペリーが入ってくるところだった。ナタリーは笑顔で迎えた。

小声で言った。「コニーが言うには、ずいぶんよくなったんですって。モルヒネから経口薬に切り替わったし、出血もすっかりおさまって。いま寝ついたところよ。コンドミニアムはどうだった？」

ペリーは首を横に振ってから、デイビスにうなずきかけた。「いまわたしに必要なものはすべて持ってきたわ、お母さん。それとここにいるわからず屋もようやく落ち着いてきたみたい」

デイビスは鼻を鳴らしつつも受け流し、ナタリーの表情をうかがった。疲れた顔をしている。フーリーと同じくらい休息を必要としていると思ったが、自分がそれを言ったら彼女にうとましがられるのはわかっている。デイビスは歩いてベッドの反対側に行った。「コニーは？」

「訊きたいことがあって、ナースステーションに行ったわ。警護員が外にいるんだけど、それでも彼を置いていきたくないと言ってたから、三分もしたら戻るでしょう。彼女、ダシール・ハメットのミステリーを彼に読んであげてるのよ。あら、彼が目を覚ましそう」ナタリーは顔を近づけた。「薬のせいで脳がふわふわしてるでしょうけど、心配しなくていいのよ、マーク。なにかしてほしいことはある？」

フーリーがささやいた。「うとうとしてばっかりで。水をもらえますか、ミセス・ブラック」

ナタリーはグラスに水をつぎ、ストローを彼の口に入れた。「ゆっくりね、そうよ、マーク。いまのあなたには寝るのが薬」

飲みおわってしゃきっとしたフーリーは、周囲を見まわして、デイビスに目を留めた。「やあ、坊や、よく入れてもらえたな」

「あんたのお行儀がよくなるようにだろ、ビーフ。医者がさんざん自慢してるのに、ミセス・ブラックがあんたのことを心配してさ。一、二週間のうちにあんたが起きあがってジムに行けるようになるのが楽しみだよ。はっきり言って、おれのこの両手が後ろで縛られてたって、あんたには負ける気がしないよ」

フーリーはにやりとした。「おれに脚を払われたら、おまえにもおれの強さがわかるってもんさ、鳥頭」

「こんにちは、マーク」ペリーが声をかけた。「病院のベッドで世間話？　ずいぶん気分がよくなったみたいね」

「元気だよ。コニーはどこだい？」

ナタリーは彼の手を軽く叩いた。「すぐに戻るわ。なにかいるものがある？」

「いや、いや、ありがとうございます、ミセス・ブラック。あなたを殺そうとした男の捜索はどうなってます？」

「というより、あなたを殺そうとした男ね」ナタリーは言い返した。「まだなにも。FBIが犯人の手当をした医者を見つけたのが最後よ。あなたのおかげ、あなたが彼の脇腹を撃ったおかげだわ、マーク。あなたのおかげでわたしたちはより安全でいられたの」

「ですが、あなたはまだ狙われてます、ミセス・ブラック」

「たくさんの警護員がついてて、トイレに行くのもひとりはなかまで来て、もうひとりが外に立ってるような状態なのよ。だから心配しないで、マーク」

「コニーから聞きましたが、グレゴリー・マッカラムの息子のウィリアムが疑われてるそうですね」

「そうなの」ナタリーは答えた。「FBIは、彼——ウィリアム・チャールズね——は父親が死んだのをわたしのせいにしていると考えてるわ。ふたりは親密な親子だったんだけど、ウィリアムはうちに帰れというグレゴリーの誘いを断って、イギリスからも家族からも離れて、彼なりの新しい人生を歩んでいた。FBIの人たちは彼は近くに潜伏してるだろうって」

「実際は」歯切れのいい英国上流階級の声が響いた。「潜伏していないがね。ウィリアムならここにいる」

76

バージニア州モーガンビル

アミティはほんのちょっぴりドアを開けた。「警察の人？　どうかしたのかい？」

「奥さん、この写真の男を捜してましてね」警官は携帯を掲げて見せているにちがいない。ブレシッドはリビングの壁に体をつけて、話を聞いていた。「見かけませんでしたか？」

アミティはじっくり写真を眺めて、首を振った。「いいや、お若いの、見かけてないね。この人がなにをしたんだい？」

警官が答えた。「モーテルを爆破したんです。爆発音が聞こえませんでしたか？　炎も見えたと思うんですが」

「なにか聞いた気はするんだけどね、ドラマを見てたもんだから、気にしてなくて」

「家のなかとガレージを調べさせてもらっていいですかね、奥さん？」

かわいらしい笑みとともに、アミティは後ろに下がった。

ブレシッドは警官ふたりが入ってきて近づくのを待って、リビングを出た。「警官諸君」まずひとりを見てから、もうひとりを見た。どちらも動きを奪われ、目から表情が消える。これでふたりは支配下に置かれた。

ブレシッドは辛辣な笑い声を響かせた。「さあ、これでいい。これからどうするか教えてやろう。おまえたちふたりはリビングに入り、ソファに座る。そしてこんど呼び鈴が鳴ったら、ドアを開け、そこに立っている人を撃ってもらう。わかったか？」

ふたりの警官はうなずいた。

「おまえたちの名前は？」

「アンドルー・ビバー」

「ジェフ・ピルソン」

つまらない名前だ、とブレシッドは思った。その点ママは自分にもグレースにもいい名前をつけてくれた。ブレシッドはふたりが迷わずリビングに入り、ソファに腰かけるのを見ていた。空っぽの表情で、まっすぐ前方を見ている。

「アミティ、椅子に座って編み物を続けてくれ。拳銃は手元に置いておくんだよ」

一瞬、彼女にとまどいが見られた。か細い老女の声で言った。「お手洗いに行きたいんだけどね」

「すぐに戻っておいで」ブレシッドは言って、リビングからそろそろと出ていく彼女を見送った。やわらかな足音が廊下を遠ざかっていく。何度かくしゃみをする音も聞こえた。彼女が自分の指示に従わないかもしれないとは、ちらりとも思わなかった。

アミティはなかなか戻ってこなかった。膀胱が古びているからな、とブレシッドは思った。それに高齢になるとのろまになる。それでも、そろそろ迎えにいこうかと思いかけたとき、リビングの入り口に彼女が現れた。「ロッキングチェアに座って、編み物をしててくれ、アミティ」

彼女は椅子に腰かけ、膝に古い拳銃を置くと、編み物を再開した。そして前後に体を揺すりだした。神経にさわったが、なにも言わなかった。この老婆は今回の件を生き延びられるだろうか？　ここまで高齢の人に術をかけたことはなかった。好きなだけ揺すらせて、老体を休ませてやろう。ブレシッドは玄関ホールに移動すると、リビングをふり返って、いまや自分のものとなり、ほうけた顔をさらしている三人を見た。

ほどなくまた誰かがやってくる。そうしたらチョウチョを板にピンで留めるように、コレクションに加えてやろう。さもなくば、つまらない名前を持つ警官ふたりに撃ち殺させるか。

77

ワシントン記念病院

全員の目がコニーの背後に立つ、白衣姿の長身の技師に向けられていた。手に持ったベレッタの銃口をコニーの耳にあてている。

ナタリーが言った。「あなた、ウィリアムなの？　あなたが本物のウィリアム？」

「ああ、それがぼくだ。そこにいる大男はＦＢＩの捜査官だな。グロックを床に落として、こちらに蹴れ。いますぐやらないと、このかわいいお嬢さんの脳みそが飛び散るぞ」ハリードは話すだけで襲ってくる強い痛みに耐えていた。ずきずきと執拗な痛みが続いている。それに呼応して頭痛までしてきた。ＦＢＩの捜査官に知られまいと、直立不動の姿勢を保っている。銃は持っているが、捜査官から目を離さないほうがいいのはわかっている。彼の有能さは見ればわかる。似たような男たちを見てきて、骨身に染みて知っている。「これが最後だ。いますぐ銃を捨てろ。さもないとおまえにも、ミセス・ブラックにも銃弾を見舞ってやる」

デイビスはウエストのクリップからそっとグロックを抜き、床に置いた。上体を起こしてウィリアムを見ると、彼を見たままそちらに蹴った。グロックは彼の足まで二十センチの位置で止まった。多少年上にしても同年配のウィリアムは、なめし革のようにしぶとそうな男だった。なまっちろいイギリス人らしさが残っているとしたら、青い瞳の輝きぐらいなものだ。その瞳が砂漠の太陽にさらされて焦げ茶色に日焼けした皺だらけの顔の奥深くにはまっていた。そしてすべてをなげうった男でもある。富にともなう快楽も重責もなにもかも。

そして彼がかさかさの唇を舌で湿らせるのをデイビスは見た。ウィリアムが痛みに苦しんでいるのはまちがいなかった。数時間前に痛み止めの使用をやめたであろうことも、わかっていた。痛み止めを使えば頭に靄がかかり、動きがにぶくなる。彼はもがいており、そこに隙が生まれる。コニーを見ると、彼女もそのことに気づいているのがわかった。デイビスと同じように頭を働かせ、選択肢を秤にかけている。

ペリーが言った。「ウィリアム・チャールズ、なぜわたしの母を殺そうとするの？」

「ぼくはもはやウィリアム・チャールズではない。いまはハリード・アルジャビリ、きみたちにもその名で呼んでもらう」

「わかったわ。それで、なぜわたしの母を殺そうとするの？」

コニーは彼から離れようとして、首にかけられた腕を締めあげられた。苦しげな声が漏れる。ペリーが見ると、コニーの首元にある拳銃を持つ手は震えていた。こんどコニーが動けば、殺されるかもしれない。

ペリーは急いで質問を重ねた。「それと、どうしてわたしを殺そうとするの？」

彼が困惑げに小首をかしげた。「きみを殺す？　彼女の娘というだけで、きみのことは知りもしない。ぼくにとってはどうでもいい人間だ。なにが言いたいか知らないが、黙っていてくれないか。話したい人間がいるとしたらきみの母親で、きみじゃない。人殺しはきみの母親のほうだ。無慈悲にもぼくの父親を死に追いやった。ぼくがここへ来たのは、彼女に正義の裁きを与えるためだ」

ナタリーは言った。「ビリー――ハリード――あなたの写真がイギリスの新聞に掲載されたあと、あなたのお父さまとわたしは、力を合わせてスキャンダルを切り抜けようと言ってたのよ。あなたにもそう伝えてたはずだけど」

「あんたと議論するために来たわけじゃない、ミセス・ブラック。あんたには話すより、聞いてもらったほうがよさそうだ」

ナタリーの背後でフーリーが声をあげた。「きみは優秀な兵士だ、ハリード。おれを病院送りにしたのはきみだからな」

「ああ、それはぼくだ。そしてぼくを撃ったのはおまえだ。暗いなかでも目がいいな。あの夜のおまえは勇敢だった。名前はなんと？」

「フーリー。きみほどは見えてなかった。だからおれのほうがここで横になってる。兵士であるきみには、自分が完全に包囲されているのが見えてるはずだ。この部屋にいる人たちだけじゃないぞ。外にも捜査官はいるし、下にもいる。誰かを撃てば、生きてここを出ることはできなくなる」

コニーがふり返って彼を見ようとして、耳に銃口を突きつけられた。「だめだ、動くな！　いいから、全員聞け。ぼくが訓練を積んだ兵士であり、射撃の名手であることは、知ってのとおりだ。きみたちから襲いかかられても、たぶんひとり残らず仕留められるだろう。そこで横たわってぼくを見あげているフーリーを含めて。それとミセス・ブラック、そのとき最初に死ぬのはあんただ」

ハリードは銃を左右に振り、フーリーに目を戻した。「そしてぼくがにここへ来たのは逃げるためじゃないぞ、フーリー。終わりにするために来たんだ」

78

バージニア州モーガンビル

「こんにちは、ブレシッド」

彼女の声。信じられない。どうして彼女がここに？　回れ右をして、必死に目を凝らしたが、シャーロックは少なくとも五メートルは離れていて、それ以上近づいてこないのは自明だった。

「どうしてだ？」ブレシッドは尋ねた。「おまえの姿は見なかった。どうやった？」

シャーロックは言った。「あなたの捜索に出る警官と捜査官には全員、無線送信機を携帯するように徹底したのよ。あなたの言ったことは、一言一句聞かせてもらった。そして親切なミセス・ランサムが手を貸してひと芝居打ってくれたわ。その前にわたしが強く叩いて、彼女を呼び戻したんだけど。とっておきのびっくりだったでしょう？」

「いや、彼女ならリビングでロッキングチェアを揺すりながら編み物をしてるぞ！

仮面のような顔でな！　わたしにわからないと思っているのか？　ふたりの警官同様、彼女もわたしの意のままだ！」ブレシッドはふたたびシャーロックを見つめた。必死ににらみつけたが、いかんせん距離がありすぎた。ジャケットの左ポケットにはナイフ、右には銃があるが、それでは役に立たない。ほかの連中と同じように彼女を支配して、操り人形にするには、もっと近づかなければ。ブレシッドは一歩踏みだした。

シャーロックがグロックを持ちあげ、急所を狙った。「動かないで、ブレシッド。さあ、下がって。ミセス・ランサムはあなたをだましたのよ、ブレシッド。勇敢で聡明な女性なの」

ブレシッドは肩で息をしながら、引きさがった。だがシャーロックには彼が頭のなかで考えていることがわかった。自分をこけにした老女をののしり、つぎの一手を探っている。シャーロックは冷静な目で彼を見た。歯は変色していた。五十六歳という実年齢よりも、ずっと老けて見えた。灰色がかった茶色の髪は薄くなり、灰色の無精ヒゲがたるんだ顎をおおっている。無害な年寄りにしか見えないが、その目だけは例外だった。三メートル以上離れていても、その目に宿る狂気が飛びだしてきそうだった。深くて暗い井戸のような目。その目の奥には恐ろしいものがひそんでいる。

彼に手錠をかけようとするのは危険すぎる。待ったほうがいい。そろそろディロンが玄関から入ってくるころだ。きみは勝手口から入れ。ディロンはそのほうが安全だと判断して、そう主張した。そして入った直後にバスルームから出てきたミセス・ランサムに出くわした。

「かわいそうに、グレースとママはおまえに殺されたんだ！」

「どこか悪いんじゃないの、ブレシッド？　実際になにがあったか思いだせないわけ？　わたしはグレースの死にも、あなたのお母さんの死にも、無関係よ。グレースを殺したのはあなたじゃない、ブレシッド。彼はひどい傷を負って、死にかけてた。それであなたは保安官に術をかけて、弟を殺させたのよ」

「ママはみすぼらしい病院で亡くなった。おまえのせい、ほかの誰でもないおまえ、おまえとおまえの夫のせいで！」

　ブレシッドがナイフを手に近づいてきた。

　シャーロックはグロックを構えた。「ナイフを置いて、ブレシッド。じゃないと、撃たなきゃならない」

「ピルソン、ビバー！」ブレシッドは叫んだ。「こちらに来い！　来てわたしの前に立て！」

　シャーロックには時間がなかった。反応する間もなく、若い警官ふたりがリビングから走りだしてきて、ブレシッドの盾になった。

「彼女に近づけ」

どちらも躊躇しなかった。横ならびになって向かってきた。シャーロックにそんなふたりを撃てるはずがない。

玄関のドアが勢いよく開く。シャーロックは叫んだ。「ディロン！」

男ふたりに取り押さえられ、前にはブレシッドがいて、目をのぞきこまれている。それがシャーロックの記憶にある最後の光景だった。

サビッチは警官ふたりとブレシッドとシャーロックが立ったまま活人画のように静止しているのを見た。口を開いたのはブレシッドだった。「ビバー、ピルソン、拳銃を抜いて、あの男を狙え。やつが発砲したら、撃つんだ」

サビッチはシャーロックを見て、その姿に心臓が凍りついた。彼女は動いておらず、ブレシッドもだった。彼女から目を離してブレシッドに目を向けた——笑っている。

警官ふたりはベレッタをサビッチの胸に向けていた。シャーロックはいまだ動かず話さずの状態が続いていた。

ブレシッドが言った。「さて、サビッチ捜査官、膠着状態に入ったようだ。この坊やたちのどちらかにわたしがひとこと指示すれば、彼らはおまえを撃ち殺す。あるいはおまえが彼らを撃ち殺すか。そう、おまえと同じ警官を。妻のことはあきらめろ、わたしのものだ。それとも、彼女におまえを撃たせてやろうか？」

シャーロックはおとなしく立っていた。空っぽの目にのっぺりした顔。彼女の心はそこにない。片手にグロックを握っていた。

ブレシッドはサビッチと彼女を交互に見比べた。気分が高揚して、体の芯までぬくもっている。万能感に包まれていた。

「彼が動かないように見てるんだぞ、坊やたち」ブレシッドはふたりの警官に指示すると、自分の手先でありツールでもあるシャーロックを見た。カールした赤い髪が顔を彩っている。生き生きとして、精気にあふれた女だと、ずっと思ってきた。グレースとママをあんな目に遭わせた罪を償わせなければならないのは残念だが、ファーザーはいつも自分とグレースに言っていたではないか。正しく公正な生き方を重んじるなら、人々に責任を取らせなければならない、おのれの罪はおのれで償うのだ、と。それでブレシッドは自分のすべきことに気づいた。天才的な閃きだった。

静かに前に出て立ち止まり、ふたたび彼女をふり返った。だがその必要はなかった。彼女は遠くへ行ったまま、あらゆる面でブレシッドをマスターとして、その支配下にあった。これこそ最高の快感だった。

「彼を殺したい」ブレシッドはシャーロックに話しかけた。「おまえに亭主を殺させたいのだ。頭に一発撃ちこめ。わかったな？」

「はい、わかりました」

彼女の鮮やかな髪を撫で、やわらかな巻き毛を指でしごいた。「おまえ自身の頭は撃つでないぞ。この美しい髪を血まみれにしたくない。亭主を殺したら、つぎは自分の心臓を撃つんだ」

静かで穏やかな彼女の顔を見た。ゆっくりとかがんで、彼女のゆるんだ口にキスした。なんの反応もなかった。

ブレシッドは背後に飛びのいた。「さあ、殺れ！　やつを撃つんだ！」

79

ワシントン記念病院

もがくコニーをハリードは思いきり引き寄せた。全身を痛みが駆け抜けて、ふらふらと後ずさりをしたが、どうにか彼女をつかみなおして、自分の前に引っぱった。なおもコニーは抗いつづけたものの、それもむきだしの首筋に冷たい銃口を押しつけられるまでだった。「やめろ、女。おい、ＦＢＩ、下がらないとこの女は死ぬぞ！」

ハリードに飛びかかろうとしていたデイビスは、痛みに引きつる声を耳にして、ぴたりと動きを止めた。あまりのいらだたしさに吠えたくなった。彼はウィリアム・チャールズ――ハリード――を凝視した。かろうじて踏んばっているというより、脇腹の痛みを抑えこみつつある。この調子なら瞬時にコニーを殺害できる。デイビスは心を鎮めて、後ろに下がった。

ハリードは食いしばった歯の隙間から荒い息をつき、痛みに声を震わせてコニーのこめかみにささやいた。「二度とするなよ。ぼくの妻もきみと同じで、やはりトラのようだ。鋭い歯と爪で、いつ男の喉を引き裂いてもおかしくない」

ナタリーの穏やかな声が部屋に響いた。「あなたの望みは彼女ではなくて、わたしでしょう、ハリード？　放してあげて」

ハリードはナタリーを見て、憎しみにはらわたが煮えくり返りそうになった。ついに、あの女をとらえた。三メートルと離れていないところで、自制心の塊のように落ち着きはらい、女王然としている。父がこの不実な売女を心の底から愛していたのだと思うと、激しい怒りが突きあげた。痛みに叫び声が震える。「なるほど、大使閣下の仰せか！　あんたが父を殺したんだ、この嘘つきばばあ！　昨夜、テレビのニュースで単細胞の間抜けどもに作り話をするのを聞いたぞ。みんなあんたに媚びへつらい、その口から出る身勝手な嘘を丸ごと信じた。昨日、あんたを殺せる力が出せればどんなによかったか」

ナタリーはあくまで静かな声を保った。「あなたのほうが、お父さまや家族から離れていったのよ、ハリード。彼はあなたを愛していた。家に戻ってきてほしいと心から願っていたの。どうしてそうしなかったの？」

「家族だって？　あんな自分のことしか考えてない連中がか？　なかには正真正銘、頭のぶっ壊れたやつまでいるんだぞ。ぼくがそんなやつらといっしょに、アスコット競馬場へ行ったり、ポロをしたり、青白い顔をしたイギリス人花嫁と腕を組んでセント・ポール寺院の祭壇へ向かって歩いたりすると思うか？　あいつらは全員まとめて、腐ってる。少なくとも、もうロッケンビー邸でごちそうにありつくことはできないがな」

「でもあなたのお父さまはちがった。あなたたちは愛しあっていた。ひとつ聞かせて、ハリード。わたしのせいでお父さんが亡くなったと、そこまで信じこんでるのはなぜなの？」

「多少なりと脳みそのある人間なら、誰だってわかるさ！　あんたはeメールのアカウントが乗っ取られて、自分の名前をかたったeメールが送信されたと言ってたよな？　ほんとかよ？　証明できないのをいいことに、適当なこと言ってるんだろ？　そして父さんは死んだ。死んでこの世にいない。あんたのせいで父さんは死んだ。認めろよ！」

「聞いてちょうだい。これはまぎれもない真実よ。わたしはあなたのお父さまを愛していた。あなたがイギリスに戻ってきていたら、わたしたちはあなたの力になったし、あなたが戻らなければ、わたしたちふたりで力を合わせて生きていったでしょう。わかるかしら？　わたしたちは愛しあっていた。あなたのお父さまが亡くなって、あなたもわたしも、心のどこか深いところに傷を負ったのよ。あなたはわたしと同じ痛みを感じてる。わたしにはわかるの。でも、あなたはそれをほかの誰かのせいにしようとしてる。責める相手はいないのによ。あなたのせいでもないわ。彼は自殺したんじゃないの。いまでは当局も、彼には心臓に問題があって、意識を失い、それで崖から落ちたとみてるわ。わたしには彼が自殺をするような人じゃないとわかってる。人生を味わっていたもの。自殺などするはずがない。たとえわたしがばかげたeメールで婚約を破棄したとしても、わたしがトラファルガー広場で大声で宣言したとしてもよ。あなたは彼のことをよく知ってる。それがわからないはずがないわ」

一瞬、ハリードに迷いが生じたようだった。だが、ふたたび目に苦痛が満ちあふれた。死んだ父に対する痛みと肉体的な痛みで、かがみこんだ。「じゃあ、なにか？あれが殺人じゃなくて、悲惨な事故だったと？　そういう話にしたいのか？　そうじゃないと誰にも証明できなくて、残念だよな？」これ以上話したくない。ハリードはあえぎながら息を吸った。心と体をコントロールできなくなっているのがわかって、コニーから離れて後ろに下がった。「向こうへ行け」

コニーが彼から離れた。

デイビスが言った。「ハリード、おれたちにeメールを送ったやつを見つけるチャンスをくれ。真実がわからないうちに、またあやまちを犯すな。ナタリーはおまえがそう信じこみたがってたような、計算高い怪物じゃない。なぜそれがわからない？」

息をするのもつらかった。脈打つ痛みは激しさを増して全身をめぐり、彼の体がいくら争い、戦っても、どうすることもできなかった。その暗く熱い痛みのあまりの強さに、爆発しそうだ。そうやって、愛する父と同じように死んでゆく。その痛みに耐えきれず、彼は銃を上げてナタリーに狙いを定めた。「ぼくの人生はこれで終わる。父さんのかたきを討たなきゃならないからね。ぼくは意味のあるつながりをすべて失った。妻、子どもたち、家族。ぼくに残されたのはあんたを殺すことだけだ」

流れるような的確な動きだった。あまりの速さによく見えなかったほどだ。コニーが彼の負傷している側の脇腹に回し蹴りを食らわせた。

ハリードは悲鳴とともに発砲した。

80

バージニア州モーガンビル

アミティ・ランサムはリビングの入り口で「だめ！」と叫ぶや、ブレシッドに向けて古い回転式拳銃の引き金を引いた。かちりと音がしたきり、なにも起こらない。彼女はなおも引き金を引きつづけ、サビッチはブレシッドに飛びかかって、首をつかんで後ろ向きに引っぱった。「よし、マッドマン、警官たちに銃を下に置けと言え。言わなければ首をへし折るぞ」

「こいつを撃て！」ブレシッドがシャーロックに叫んだ。サビッチはブレシッドのこめかみを殴っておいて、シャーロックのほうへ身を乗りだした。銃を持ちあげようとするシャーロックにおおいかぶさったが、彼女の力は強かった。予想以上の強さだった。サビッチはゆっくりと、だがしっかりと、銃を自分の胸から外へ向け、彼女の腕を床に固定した。床に横たわるシャーロックが、うつろな目でこちらを見あげている。サビッチはその頰を強く平手で打った。一度、二度。

永遠とも思える時間が過ぎた。シャーロックが瞬きをして彼を見つめた。「ディロン？」か細い声だった。「なぜわたしを叩いたの？」

「すまない。叩くしかなくて。いつもの自分に戻ったか？」

「ええ」呆気にとられているようだった。「もちろん、いつもどおりよ」

ビバーとピルソンは身じろぎもせず、そこに佇んで命令を待っていた。ブレシッドが意識を取り戻し、体を起こした。サビッチはそちらへ行き、耳にグロックを押しあてた。「ひとことでも口をきいたら、おまえの命はない」

シャーロックは頭を振りながら、ゆっくり立ちあがった。なにが起きたかはわかるけれど、まったく記憶がなかった。ブレシッドのほうは見ないようにしながら、ジャケットを脱いで、ブラウスの袖を破り取り、ディロンに渡した。彼はそれでブレシッドの両目をおおって、頭の後ろで結んだ。「見はっててくれ、シャーロック」彼は警官ふたりのところへ行き、それぞれの顎にこぶしを食らわせた。ふたりは驚いてうめき、正気に戻った。姿勢を正して互いに顔を見あわせてから、ほぼ同時に言った。

「なにがあったんですか？」

「だいじょうぶ？」老女がシャーロックのこめかみから流れる血に触れた。

「ええ、だいじょうぶだと思います」

アミティ・ランサムは自分の家の玄関ホールを見まわした。「あらあら、ひどいありさまだこと。こうなったら、みんなでおいしいお茶でもいただかないとね」

ブレシッドがいきなり立ちあがってシャーロックをつかんだ。目隠しの袖をむしり取り、彼女を見つめて叫んだ。「殺せ！　やつを殺せ！」

サビッチはブレシッドの額を撃った。同時にシャーロックが銃を構えた。アミティ・ランサムがずっしりと重い古い回転式拳銃でシャーロックのこめかみを叩いた。

シャーロックは床に膝をつき、頭を抱えてうめいた。老女は身をかがめて、彼女の肩に触れた。「あたしにはなんだかよくわからないけどね、これでもだいじょうぶなんだろう？　戻ってきたね？」

「そう思います」シャーロックが答えた。

「すまなかったね。頭に痣ができちゃった。こんなにたやすく催眠術にかかるもんかね？　ただ彼を見ただけなのに、あなたから殴られるまで、あたしは心ここにあらずだった。だいじょうぶかい、お嬢さん？」

シャーロックは目がまわっていた。全身がずきずき痛んで、吐きそうだった。それでもどうにか笑みを作った。「はい、助かりました、マダム。どうもありがとう」

81

ワシントン記念病院

銃弾はフーリーの横の、ナタリーから三十センチと離れていない場所にあった水差しに当たった。ハリードはもはや叫んでおらず、仰向けに倒れて脇腹を押さえ、痛みで失神しかけながらうめいていた。デイビスが彼の手から銃を取りあげ、コニーが傍らで出血している彼の脇腹を強く押さえつけた。

デイビスはふり返った。「ペリー、医者を呼んできてくれ。コニー、きみはいいFBI捜査官になれそうだ」

コニーは、ハリードの血に染まった手を離さずに言った。「そうですか?」

ナタリーはゆっくりと仰向けになって息をあえがせるウィリアム・チャールズに近づいた。痛みで瞳が曇り、傷口から染みだす血が見る見る白衣に広がって、コニーの手を赤く染めていく。ナタリーは彼の隣に膝をつき、顔にやさしく触れた。「ビリー」かがみこんで言った。「あなたのお父さまが亡くなって本当に残念よ。それがわたしのせいだというマスコミの報道をあなたが信じたことも。わたしのせいではないの、ビリー。あなたと同じくらい、わたしもあなたのお父さまを愛していた」言葉を切り、涙をぬぐった。「あなたを助けるため、いま医者がこちらに向かっています。あなたがよくなったら、あなたのためにできることを考えてみるわ」

ペリーが言った。「お母さん、わたしを殺そうとしたのは彼じゃなかったのよ」

「ええ、彼がちがうと言ってたわね」ナタリーは娘を見あげた。「だったら誰なの？」

立ちあがって後ろに下がり、ロッケンビー子爵の治療をするために駆けつけた医師とふたりの介護人に場所を譲った。

82

国務長官執務室
火曜日の午後

国務長官の首席補佐官でありオフィスの番人であるセオドア・レイノルズは、自分のデスクにまっすぐ近づいてくる六人を見た。いずれも見知った顔だが、エリック・ヘイニー大統領首席補佐官の深刻な顔が、すべてを物語っていた。念のためにブラック大使も見てみたが、硬い表情をしているので、内心をうかがい知ることはできなかった。それでも、大使の婚約者の息子の写真と関係する事案にちがいないことは、察しがつく。国家安全保障局から国務省を介してミセス・アボットのデスクに行き着いたその写真は、結局、イギリスで新聞の一面を堂々と飾った。よくないことが起きそうな予感がする。セオドアは唇を舐めようとしたが、口が渇きすぎていて、舐められなかった。

サビッチ特別捜査官がデスクの正面で立ち止まり、身分証明書を提示した。「FB

Iのサビッチ捜査官です」

セオドアは言った。「イエスサー。存じてます」ちらりとヘイニーを見る。険しい顔だ。それでもできることをするしかない。彼は咳払いをして、そつのない声になっていることを祈りながら続けた。「申し訳ありませんが」彼はヘイニーに言った。「国務長官はただいまご子息とお話し中です。今回のご訪問は予定に入っておりませんので、時間が——」

エリック・ヘイニーが言った。「いいから、聞くように。われわれは大統領の命を受けてこちらに来ました。電話は取り次ぎがないように。いや、長官に知らせるまでもない、どう行けばいいかは、わたしが知っている」

セオドア・レイノルズは黙った。ヘイニーがブラック大使とその娘のペリー、三人のFBI捜査官を引き連れてボスのオフィスへ向かうようすを見送った。いま大使の顔には悲しげな表情が浮かび、娘のほうは見るからに腹を立てている。ミセス・アボットはあの写真をもみ消すべきだった。明るみに出た際に起こりうる外交問題について、ミセス・ブラックと大統領に注意をうながすべきだった。セオドア自身、そう助言したのだが。いまや、あのばかげた写真が長官を破滅させようとしている。ミセス・アボットのキャリアが終わることになるのだろうか。それに伴って自分のキャリア・も？　彼女のためにできることはほとんどないが、自分が問いただされる前にミセス・アボットと話しあう時間を捻出しなければならない。選択肢を俎上《そじょう》に載せて、戦略を練るのだ。彼は引き出しから最近のファイルを取りだし、その中身とラップトップパソコンをブリーフケースに入れた。トルーマン・ビルのロビーへ降りるエレベーターを待っているとき、袖に触れる手を感じてふり返ると、厳しい表情の若い男がFBIの盾のバッジを掲げていた。「FBI本部までご同行願います、ミスター・レイノルズ。刑事事件について話をうかがいたい」

83

アーリス・アボットが押し寄せるいらだちを感じていると、許しを請うノックもなくいきなりドアが開いた。サビッチ捜査官を目にするや、いらだちは怒りに変わり、認めたくないけれど、そこにはかすかな恐怖も混じっていた。エリック・ヘイニーに気づき、彼女は動きを止めた。彼の顔は前回の選挙で大統領がフロリダを落としたとき以上の険しさだった。ナタリーとペリー、さらにはデイビス・サリバン、その後ろにいるサビッチの妻のシャーロック捜査官を見ると、心臓が胸のなかでティンパニを打ち鳴らした。

だが、アーリスはたちまち自制心を取り戻した。一国の国務長官として狼狽したことなどないし、いま目の前にいる官僚や人気のある捜査官ごときにそれを見せるつもりもなかった。彼らからなにを言われようと、対処できるはずだ。でもヘイニーがここにいるのはなぜ？

腕に触れるデイの指を感じた。切なげな目でペリーを見つめる息子を見ると、泣きたくなった。デイ、大切なわたしの息子。アーリスは彼の手を握りしめ、低い声で告げた。「いいこと、デイ。とても大切なことよ。なにも言わないで。いいわね？　わたしが対応するから」

アーリスは進みでて、なにげなく息子の前に立った。そして乾いた声でヘイニーに話しかけた。「エリック、ここでなにをしているのかしら？　この方たちはどういったご用件？」

ヘイニーが答えた。「わたしたちは全員、大統領の命令でこちらに来ました。いまから、わたしはＦＢＩのオブザーバーとして、あなたが彼らの話を最後まで聞くことを見届けます」

デイにはわけがわからなかった。助けを求めるようにペリーを見つめたが、こちらを向いてくれなかった。母親の隣に立ち、その手を握っている。青ざめた顔に決然とした表情を浮かべ、一方のミセス・ブラックの顔は悲しみ一色に染まっていた。いったいどうなっているのだろう？　デイはサリバンを見た。彼が知っていて自分が知らないと思うと怒りが湧いてきた。

「いいでしょう、エリック。で、なんなの、サビッチ捜査官？」アーリスが尋ねた。

「国務長官閣下、まずは一カ月以上前、シリア北部でアメリカの工作員によって撮影されたウィリアム・チャールズ・マッカラムの写真の件からはじめましょう。その写真が国家安全保障局に送られ、そこでその聖戦士とおぼしき男がミセス・ブラックの婚約者、ジョージ・マッカラムの息子だと特定されたことはわかっています。その写真がミセス・ブラックと国務省に与える影響が大きいことが予測されたため、彼らは写真とその説明を暗号化してあなたのオフィスに直送した。あなたが慎重な配慮のもと、その写真のことを大統領とミセス・ブラックに報告すると思ってのことです。だが、あなたはイギリスのマスコミにその情報が漏れるようにお膳立てした」

アーリスが言った。「ええ、国家安全保障局から写真が送られてきたのは事実です。でも、大統領やミセス・ブラックに相談する前にイギリスのマスコミに漏れてしまったのよ。誰がやったのか、わたくしにもわからないわ」

「だとしても、あなたはミセス・ブラックや大統領に写真のことを知らせなかった。報道されたあともです」サビッチは言った。「さらにあなたはミセス・ブラックの私用のeメールアカウントからジョージ・マッカラムへ、ミセス・ブラックが息子のことが原因で彼を見捨てたように見せかけた、はなはだ乱暴なメールを送信するように手配した。長年、ナタリーとそのアカウントで連絡を取りあっていたので、彼女のパスワードを知らなかったとしても、割りだすのは容易だったでしょう。そしてその偽eメールをマスコミにも転送した」

アーリスは首をかしげ、サビッチにほほ笑みかけた。「証拠もないのに、まだ荒唐無稽な話をでっちあげるおつもり？　そのばかげた空想話には、動機もちゃんとあるのかしら？」

サビッチは言った。「動機ですか、ミセス・アボット。ええ、わかりづらかったのはその部分です。ご存じのとおり、ご主人の死後、ほかの男性に惹かれることのなかったナタリーが、ジョージ・マッカラムと出会って、恋に落ちた。彼女は未来の希望をすべて彼に託し、ジョージも彼女に未来を見た。あなたは将来を楽しみにするナタリーをまのあたりにした。またもや幸せになろうとしているナタリーが、あなたにはどれほど憎らしかったことか。デスクに国家安全保障局から写真が届いたとき、ウィリアム・チャールズ・マッカラムの写真がそれを終わらせるチャンスをくれるとあなたは思った。

当然ながらマスコミは、世襲貴族の息子、英国大使の婚約者の息子がテロリストであることを示す写真に熱狂した。もちろんナタリーはあなたに状況を報告して、自分とジョージはうまく対処していると言ったでしょう。あなたはふたりが別れることを、さらには、スキャンダルにより圧力が高まって彼女が職を辞することを望んでいた。その確率を上げるために、あなたはジョージ・マッカラムへ送った偽のeメールを匿名で新聞各社に送りつけた。

eメールの目的は彼をだますことではなかった。ジョージはまずナタリーに連絡して、彼女が送ったものではないと確認する。目的はeメールをマスコミにリークして、事実であれ作り話であれ、タブロイド紙にナタリーの私生活を嗅ぎまわらせることだった。彼女はそれに耐えきれるだろうか？

おそらくあなたは、ジョージ・マッカラムの車がドーバー付近で崖から落ちるという、思いがけない偶然を喜んだでしょうね、ミセス・アボット。司法解剖では結論が出ず、彼の死は事故と断定された。おそらくストレスにさらされて心臓の血管が異状をきたしたのでしょう。それで意識を失ったのかもしれない。そのあたりのことは誰にもわかりません。だが、あなたはマッカラムの死でスキャンダルを終わらせたくなかった。そう、もっと勢いづかせようと、さらに噂をばらまいた。ジョージの葬儀後、マスコミがジョージ・マッカラムはナタリーが婚約を破棄したから自殺したのだと書きたてるまでに、時間はかかりませんでした。

ナタリーをクロゴケグモと呼び、自分のキャリアのために子爵を自殺に追いやった無情な女と呼ぶ見出しを、あなたは悠然と眺めていた。ナタリーはあなたの期待以上に世間からさげすまれた。低劣なマスコミが大統領を、国務省を困らせるのを見て、さぞかしわくわくされたことでしょう。そして大統領を説得して、ナタリーをアメリカに呼び戻して辞めさせようとした」

アーリスはヘイニーに話しかけた。「エリック、大統領の指示だというからこの人の話を聞いていたけれど、この人、なかなか口を閉じてくれないわね。なぜ、あなたはこんな……中傷に加担しているの？」

「これから彼が言うことには興味が持てると思いますが、ミセス・アボット」ヘイニーが言った。「大統領はおおいに興味を持たれた」

デイが顔を紅潮させて、母親の前に出た。声が怒りで震える。「どうかしてるよ！　聞いて、ミスター・ヘイニー。みんなもだ。母がそんなことをするはずがない。サビッチが言ってることはばかげてる。母はミセス・ブラックを嫌ってない。ふたりはずっと友だちで、ペリーとおれはいっしょに育ったようなものなんだ」

サビッチはデイを無視してアーリスを見据えていた。アーリスは言った。「ここまでにしてもらえないかしら。これ以上、息子に聞かせたくないわ」

「彼はいつ出ていってもらってもかまいません、ミセス・アボット」ヘイニーが言った。「出ていってもらいたければ、長官から言われたらいかがですか」

「冗談じゃない。おれはどこにも行かないぞ！」

アーリスは息子の手に触れて、握りしめた。そしてサビッチの後ろのナタリーを見て、「あなたね」と話しかけた。「あなたが彼に吹きこんだんでしょう？　むかしからわたしのことを嫌っているのはわかっていたのよ、ナタリー。認めなさいよ。いまのわたしに嫉妬してたんでしょう？　だからこんな突飛な話を彼に信じこませたのよね？　わたしにはなんの罪もないのに」

そしてサビッチを見た。「でもこれだけは言わせて。わたくしはジョージが自殺したのはナタリーのせいだと信じていた。そう思っていたのはわたくしだけではなかったはずよ」

サビッチはうなずいた。「ええ、ほとんどの人があなたと同じ意見でした。このアメリカでも。それでも大統領はナタリーの辞任を認めなかったが、あなたは遅かれ早かれ、大統領もあきらめると思っていた。

実際、もう少しでそうなりかけていた。ところが突然、カンタベリー近郊のA2を車で走行していたナタリーが何者かに殺されかけた。あなたには犯人が誰かわからなかったが、マスコミはすぐに彼女がヒステリーだとか、もっといえばまったくの嘘つきだとか、言いだした。世間の目をあざむき、同情を引くために、ただの事故なのに命を狙われたと言いはっていると。もちろんあなたには、真正直なナタリーがそんなことをするはずがないとわかっていた。それに、あなたは友人かつ上司として、ナタリーからなにもかも聞かされていた。彼女をアメリカに戻らせ、辞めさせられるようになるまで表舞台から遠ざけておくのに、これほどいい口実があるでしょうか？　おわかりでしょう、ミセス・アボット？

それともおわかりでない？　ジョージは晩年、息子のウィリアム・チャールズと連絡を取りあっていた。ウィリアムは父を愛し、父がミセス・ブラックを愛していることを知っていた。自分の写真にまつわるよからぬ評判も、ｅメールについても知っていました。だが、そのメールがでっちあげであることを伝える前に父親は亡くなった。だから父親がナタリーから婚約破棄されたばかりに精神的に追いつめられたと信じたのも、無理のないことでした。彼はナタリーが自殺に追いこんだのだと信じこんだ。ウィリアムが偽のパスポートを使ってイギリスに戻り、ナタリーを道路から突き落とそうとしたのです。

さらにウィリアムは、彼女を追ってアメリカまで来た。そしてバックナー公園で襲おうとして、またしても失敗した。

金曜の夜、ウィリアム・チャールズがナタリーを襲い、フーリーが撃たれたとき、情勢は一変した。そこで、あなたは急がなければならなくなったんですね、ミセス・アボット。いっきに切迫感が増した。

あなたの綿密に練りあげた計画が、これまでの成功が、水泡に帰そうとしていた。米国大使であるナタリーを誰かが暗殺しようとした――彼女はヒロインになり、大統領は前にもまして、彼女の味方になる。あなたは態度を変えたほうがいいと判断した。大統領に同調し、ナタリーを公の目に戻すべく率先してことにあたった」

サビッチはひと呼吸おいたが、アーリスは無言だった。落ち着きはらい、どこか退屈そうに、サビッチとエリック・ヘイニーを交互に見ていた。ナタリーのほうは一度も見なかった。そして腕時計にちらりと目をやって、つぎの約束を気にするように顔をしかめた。

ナタリーがはじめて口を開いた。「わたしはジョージが殺されたという考えがまちがいだったとわかって、よかったと思ってるのよ、アーリス。あなたがわたしを殺そうとしたのではないことも。でも、わたしたちはずっと友人だった。あなたがわたしにほほ笑みかけてくれて、何年になる？　ともに笑い、秘密や悲劇を分かち持つようになって？

　それなのにわたしを破滅させ、評判や名誉をおとしめようとするほど、わたしを嫌っていたの？　ソーンの執務室であなたが意見を百八十度変えて、わたしの味方になってくれたとき、ほんとに嬉しかった。ようやく信じてくれてよかったと思った。でも、サビッチ捜査官の言うとおり、あなたには大統領の決断を後押しするしかなかった。あなたにとってはそれが保身だった」

　アーリス・アボットが首を振った。「あなたを嫌ってなどいないわよ、ナタリー。そんな理由がどこにあって？　よくこんなことが信じられるわね。イェールの二年生だった二十歳のころからずっと友だちじゃないの。あなた、ブランデージ、ソーントン、わたし。ずっと仲良くしてきたのよ。なにがどうなったらこういうことになるのかわからないけど、サビッチ捜査官に丸めこまれるなんて、どうかしてるわ」

　サビッチは黙って彼女の顔を見てから言った。「大学生のころから知っていて、あなたの最大の味方であるはずの大統領が、あなたの助言どおりミセス・ブラックを辞めさせるべきだという意見を聞き入れなかったときは、我慢ならないほど腹が立ったでしょうね。

　あなたはみずから国連でミセス・ブラックをアメリカのヒロインと紹介しなければ

ならなくなった。最悪の敵である彼女を。

ナタリーの破滅がもくろみの発端であり結末であればよかったのですが、ご承知のとおり、それだけではない。あなたがなんとしても阻止しなければならなかったのは、息子さんがペリー・ブラックと結婚することでした」

84

デイが叫んだ。「いい加減にしろよ！　母はペリーのことを生まれたときから愛してきたんだぞ！」

サビッチは手を振ってデイを黙らせた。「それもあって、ペリーを脅迫したのです。ハーレーを壊させたことも、コンドミニアムを襲わせたことも。もちろん、あなた方はナタリーと密につきあっているので、カルロスやイザベルのことも知っていた。だが、自分で手を下すわけにはいかない。つねに国務省の警護員に守られているのだから、できるはずがない。だからペリーを脅すために人を雇ったんですね？　ナタリーの半分血のつながった兄のミルトン・ホームズを引き入れようか？　あるいは補佐官のセオドア・レイノルズを使うか？　だが、どちらもしっくりこなかった。では誰なのか。それが自分にはわからなかった。

昨夜、コンドミニアムでペリーとデイビスが襲われたとき、謎が氷解しました。デイビスは襲撃者に傷を負わせた。われわれは流出した血液を採取してDNAを入手した。デイビスとペリーからもDNAサンプルの提供を受け、そしてミスター・アボット、あなたからもいただいた。

DNAの鑑定結果が出て、なぜあなたのお母さんがあなたとペリーの結婚を許さなかったか、その理由がわかりました。あなたの父親のクインシー・アボットはあなたの生物学上の父親ではありません。あなたの実の父親はブランデージ・ブラックなのです」

ペリーが言った。「わたしたちは二親等の関係なのよ、デイ。あなたとわたしは半分血がつながった兄と妹だってこと」

デイは突っ立ったまま、頭を前後に振り、ぶっ倒れるのではないかとサビッチが思うほど真っ青になった。彼の母親は石に成り代わっていた。

「母さん、まちがいだと言ってやってくれよ！　ほら！　父さんはぼくの父さんだ！　言ってくれよ、母さん！」

「気の毒ね、デイ」ナタリーが言った。「本当に気の毒だと思ってる。わたしは知らなかったの」

サビッチが言った。「ミセス・アボット、あなたの元夫が最近、ワシントンDCを往復していたことは、ものの数分で確認できました。彼は〈ラザフォード・ホテル〉に泊まり、正体を隠そうともしていませんでした。彼の上腕に銃創がありました。ペリーのコンドミニアムで発見された血液とDNAが一致すると確信しています。発見されたS&Wの線条痕検査も行っています。いまは勾留していますが、賢明な頭があれば、いずれわれわれに協力するでしょう」

痛みを味わわせるのはつらいが、やり遂げるしかない。サビッチは続けた。「デイ、ミスター・アボット。残念だが、きみのご両親は出自に関する真実をきみに隠しとおしたかったんだ。おそらく最近まで知らなかったであろうお父さんは、まともな思考ができなくなったんだろう。息子を失わないために、息子を妹と結婚させないために、なんでもしようとした。きみがそのことを知って苦しまずにすむように。

この件に関しては、ミセス・ブラックもまったく知らなかった。彼女とブランデージは卒業する前に一度別れ、数カ月に仲直りをして結婚した。ブランデージ・ブラックはきみのお母さんと寝たことを、ミセス・ブラックには話していなかった」

サビッチはふたたびアーリスを見た。「もちろん大統領も、ブランデージがデイの父親だとは知りませんでした、ミセス・アボット。だが、イェール時代、あなたがブランデージ・ブラックを愛していたことは知っていた。みんな気づいていた、と大統領はおっしゃっていました。ただしナタリーとブランデージをのぞいて。それくらいふたりにはお互いのことしか見えていなかった。大統領はある晩、酔っぱらったブランデージから、ナタリーと別れているあいだにあなたと寝たと告白されたことを覚えておられた。ナタリーには絶対に話さないだろう、と大統領は思われたそうです。ナタリーを傷つけたり、ナタリーとあなたの友情を壊さないためにです。ブランデージはあなたと過ごした時間は過ちだったと深く悔いていた」

サビッチはこれほどまでに静かに佇んでいる人をはじめて見た。彼女は自分の世界に引きこもり、わが身を守ろうとしていた。この先を話すのは気が重いが、続けなければならない。「あなたは妊娠した、ミセス・アボット。だが、彼とナタリーはすでに結婚していたので、ブランデージに伝えるわけにはいかなかった。あなたは誰にも打ち明けなかった。そう、二週間後に結婚したクインシー・アボットにも。自分だけの秘密にしてきたが、三十年以上経って、思わぬ隘路《あいろ》にはまりこんだ。デイからペリーと結婚するつもりだと聞かされ、説得できないとわかったとき、助けを必要として元夫のクインシー・アボットに頼った」

ふいにデイ・アボットが、目の前のできごとを恐れ、受け入れるのを拒否したがっている子どものように見えた。「母さん、嘘だろ？　お願いだ、なにもかもまちがいだと言ってくれよ」

アーリスは口を開いて、また閉じた。彼女が手を伸ばすと、息子は身を引いて避けた。彼はペリーを見て、ささやくように言った。「ペリー、本当にきみは妹なのかい？　おれは妹と結婚したがってたのか？　どうしてそんなことが？　いや、こんなのまちがってる。父さんは立派な人だ。いつもおれのそばにいてくれた。ふたりが離婚して、父さんがコロラドに引っ越して再婚したあとも、子どもがふたり生まれたあとも、父さんと一番親しかったのはおれだよ。いつもおれを助けてくれた。大学生のときも――」言葉が尽きたとでもいうように、声が途絶えた。

ナタリーがアーリスに言った。「あなたがブランデージを愛していたのを知らなかった。気づくべきだったんでしょうけど、ソーンの言うとおりよ。ブランデージとわたしはのぼせあがっていて、ほかの人たちのことが見えなくなることがあった」しばし黙りこんだ。ペリーには、母が過去を見つめているのだとわかった。「わたしたちは、彼が亡くなるまでずっとそんなふうだった。アーリス、わたしたちふたりとも、あなたを傷つけてごめんなさい」

ようやくアーリスが口を開いた。しんとした室内に、静かな言葉が大きく響いた。「ブランデージはわたしを見ててくれたわよ、ナタリー。あなたは見てなくてもね。

彼と寝たあと、彼がわたしを愛してるのがわかったの。彼があなたのもとへ戻ったのは罪の意識があったから」

ナタリーが言った。「いいえ、アーリス。そう信じたいのでしょうけど、それはちがう。わたしたちはすばらしい人生を送った。彼が死んだとき、わたしがだめになりかけたのを知ってるでしょう？　あまりに突然だった。あんなに若かったのに」

「あなただけだと思ってるの？　ばか言わないでよ、ナタリー、彼の死でわたしだって壊れたのよ！　ブランデージが死んだなんて、信じられなかった。彼は無敵だと思ってた。死んでしまった彼が憎らしかった」アーリスはその場にいる全員から顔をそむけた。「わたしが妊娠しても、彼はわたしへのプロポーズなど考えもしなかった。わたしが突然クインシーと結婚したら、不思議に思ってくれたってよかったのに」

エリック・ヘイニーが前に出た。「国務長官閣下、大統領に代わって、この場で長官の辞任を求めます。長官の弁護士とホワイトハウスのあいだで協議し、長官が辞めたことをいつどのような形で世界に発表するかを決定します」封筒をポケットから取りだして彼女に渡した。「みずから辞任するなら、大統領は司法省が刑事および民事訴訟を検討する適切なタイミングをはかるとおっしゃっています」

デイ・アボットがサビッチに言った。「父に会いたい。いますぐ父に」ドアへ向かう途中、彼はペリーの横で立ち止まり、彼女を見た。「きみは妹なんだね。妹として見られる日が来るだろうか？」デイ・アボットは母の執務室から出ていった。

シャーロックはデスクに向かう国務長官を目で追った。彼女は背もたれの高い革の椅子に腰をおろし、ペン皿からモンブランを取って書類にサインした。書類の内容には目もくれなかった。

85

サビッチの自宅
水曜日の夜

ペリーはリビングの入り口でしばし足を止め、母を見つめた。ジョージが亡くなってからのあれこれは尋常ではなかった。ジョージの息子のウィリアム・チャールズ、アーリス、デイ、マスコミ。それでも母は自分を見失うことなく、ずっと娘を守り、支えてくれた。フーリーとコニーもだ。今夜は母のための夜だ、とペリーは思った。

ペリーはドアのところから呼びかけた。「〈ディジー・ダン〉から熱々のピザが届いたわよ。ディロンにはベジタリアン用。ペパローニとソーセージはほかのみんなのために。ダイニングのテーブルに用意してあるわ」

シャーロックが言った。「すてきな紙皿とシャンパンの大瓶もあるわよ」

ピザか。ナタリーは笑顔で立ちあがって、娘に近づいた。歯が火傷するほど熱々のチーズに最後にかぶりついたのはいつだっただろう？　今夜はみんなでサビッチの自宅に集まろう、と娘が提案した理由はわかっていた。わたしを元気づけるため、そして勝利を祝うため。ジョージの息子に災いをもたらし、親友に裏切られたと知ったことを勝利と考えるのはおかしい気がするけれど。でも、いまもこうして生きていられることを勝利と呼ばずして、なにが勝利だろう？ 勝利。受け入れよう。実際、気分が浮きたつようなことが必要だった。なんなら勝利のダンスを踊ってでも。だが、もっと必要なのはこの間のできごとすべてを整理する時間だ。そう、今夜ピザを食べたあとで。

シャンパンがみなの手に渡ると、ペリーがグラスを掲げた。「お母さん、終わったのよ。ここにいるみんなと、フーリーとコニーのおかげで、わたしたちは無事だった。さあ、ピザが冷めないうちに、飲みほしましょう」

二枚めのピザが半分ほどなくなったとき、ナタリーが言った。「ウィリアムについてなにか新しい情報はある？」

サビッチがナプキンで手を拭いた。「今日、国家安全保障局がロックポート連邦刑務所の医務室で彼と話をした。ケガについては医者たちも楽観してる。ああ、そうだ、駐米英国大使のサー・ジャイルズ・ラマント・スマイスが彼のもとを訪れ、彼をロッケンビー子爵と認めた。イギリスの法律を破った証拠がない以上、英国政府として現時点でウィリアムを起訴する理由はない、と大使は言っていた。そしてあなたと話をしたがっていましたよ、ナタリー」

「ええ、今日の午後、ジャイルズから連絡がありました。いい人よ。ジョージとはむかしからの友人なの。事件が解決してよかったと言ってくれて。スコットランド・ヤードが捜査を終了してくれてよかった。今後、わたしにかかわることで罪を問うかどうか検討するとしても、わたしはかかわらないと釘を刺しておいたわ。みなさんにも言っておいたほうがよさそうね。わたしはこの国内でウィリアムができるかぎり罪に問われないようにするつもりよ」

「お母さん、彼はフーリーを殺しかけたのよ」

デイビスが言った。「ナタリー、本気ですか？　彼は危険かつ不安定な男だ。ペリーの言うとおり、フーリーを殺しかけた。米国大使、つまり、あなたは言うまでもなく」

ナタリーは周囲の当惑顔を見まわした。「彼がマークにしたことで刑務所に入るのはわかってる。でも、理解してほしいの。なにをしようと、ウィリアム・チャールズはジョージの息子なの。彼は十八のとき、自分を探し、居場所を求めて、イギリスを離れた。それでもジョージは彼を心から愛していた。そしてウィリアムもジョージを愛していた。そこに嘘はないわ。

わたしはただ、ジョージがそこまで愛した息子を破滅させる気になれないの。そうよ、彼が懲役刑になるのはわかってるけど、わたしはそのことに荷担したくない。ジョージのために、彼の力になるつもり」ナタリーは全員にほほ笑みかけた。「ひょっとしたら、そのうち彼のお父さんが亡くなったのはわたしのせいじゃないと理解してくれるかもしれない。そう遠くない未来にウィリアムとふたりでジョージの死を悼めるようになれるといいんだけど」

底無しのロマンチストにして、とてつもない楽天家だ。サビッチにはウィリアム・チャールズ・マッカラムが心を入れ替えることなど想像もつかなかったが、ナタリーが正しいことを祈った。「コミー長官とも話したんですね？」

ナタリーがうなずいた。

ペリーが言った。「アーリスに手心を加えてなんて言ってないでしょうね、お母さん。長いあいだ、お母さんを破滅させようとしてきた人よ、刑務所に入ってほしい。そうなると思う、ディロン？」

「おれよりきみのお母さんのほうがじょうずに答えてくれるよ、ペリー」

ナタリーが答えた。「大統領はなるべく目立たないように彼女を引っこめたいはずよ。家庭の都合という古典的な口実を使ってね。大統領がそのつもりなら、司法省もその意向を汲むわ。裁判、懲役？　考えられないわね」

「でも彼女がお母さんにしたことを考えたら――」ペリーが言いかけた。

ナタリーは娘の手を取った。「彼女は願ったものをすべて失ったのよ、ペリー。持っていたものをすべてね。あなたのお父さんはべつにして。彼女は彼を手に入れることはできなかった。地位、未来、評判を失い、さらには息子まで失うかもしれない。デイと話をした、ペリー？」

「今朝電話したら、空港にいたわ。今日はコロラドのお父さんの家族のところよ。この間にあったことを説明して、義理のお母さんを支えようとしてるの。義理のお母さんと義理の妹たちから頼りにされてると言ってた。昨日、ＦＢＩ本部でお父さんからどんな話を聞いたかデイに尋ねてみたけど、お父さんは彼を愛してるとしか言わず、デイが傷つかずにすむようにしなかったホワイトハウスに対して腹を立ててたって。傷つくっていう父親の言葉を聞いて、デイは笑ったそうよ。彼にはいまだ両親が打ち明けてくれなかった理由が理解できず、お父さんは説明してくれなかった。わたしにはデイの気持ちがわかるわ。デイはもう立派なおとなだもの。

アーリスおばさんについては、デイは息子を守るよりキャリアや評判を守ったと思ってるみたい。デイはこれからもお父さんを支えつづけるわ。どちらにとってもそれが一番だと思う」

ナタリーが言った。「もしわたしがブランデージがデイの父親だと知っていたら、デイやわたしたちみんなの人生は、どうなっていたのかしらね。教えてもらっていれば、ペリー、わたしはデイのこともあなたと同じようにブランデージの一部、夫の息子として愛していたと思う。

わたしも昨日、デイに電話したの。彼はわたしと話したがらなかった。わたしに怒ってるとか、そういうことではないけれど、ただ、とても傷ついているようで。話題にしなければ、現実にならないと思っているみたいだった。消化するには時間がかかるでしょうね。まだデイには言ってないけれど、毎日電話するつもりよ」

ペリーが言った。「そうね。お母さんが自分のお母さんじゃないと知るなんて、想像もできない」

ナタリーは笑った。「それは絶対にないわよ」デイビスに目をやると、彼は笑顔でペパローニを嚙んでいた。「この一週間半でわたしたちの人生はずいぶん変わったわね。とくにあなたの人生は、ペリー」

「お母さん、デイが半分血のつながったお兄さんだとわかって嬉しい。もう悩まずにすむわ。でも、どのみち彼とは結婚しなかったけど。それはわかってるわよね」ナタリーはまた笑った。「デイのことを言ったんじゃないわよ、ペリー。デイビス・サリバン特別捜査官のことよ。驚くべきことよね？　わたしの新車のBMWを盗もうとしたあのドラッグ中毒のジタバタ男がいなかったら、彼との出会いはなかったのよ」彼女はグラスを掲げた。「デイビス、スターバックスのコーヒーに目がないあなた、そしてそのおかげでもたらされた良きことに乾杯！」

またひとしきり乾杯が行われた。ナタリーが言った。「ペリー、デイビスとロンドンに来たら楽しいんじゃないの？　わたしは来週戻るから、そのときいっしょに行ってもいいわね。そろそろ世界で一番すばらしい仕事に戻らないと。駐英米国大使という響き、いつ聞いてもうっとりするわ」

ペリーは黒い革のブーツをじっと見ていたが、目を上げて、デイビスに笑いかけた。「じつはね、ミスター・やり手さん、母とはもうこの話をしてたの。ねえ、どう思う？」

「さあ、どうかな」デイビスが答えた。「だってそうだろ？　噂によるときみが話すことといったらフットボールのことばかり、ハーレーに乗り、黒いバイク乗りのブーツをはいて男の心臓をバクバクさせ、ワシントンDC近辺で誰よりうまいワカモレを作ることしか――」

ペリーがげらげら笑いだした。「心臓バクバクに関しては知らないけど」

シャーロックが言った。「男の夢そのものみたいな女性ね、デイビス」

サビッチがさらりと言った。「おれはかまわないぞ、デイビス。一週間休暇を取ったらいい」

ナタリーが言った。「三月だから、もちろん雨の日が多いし、寒いし、風が吹くし、でも運がよければ何日かは、お天気に恵まれたすてきな日があるわ。観光名所にはこと欠かないわよ。ロンドン・アイとかね、デイビス。ペリーが喜んでガイドしてくれるでしょう。ペリーは知ってるけれど、部屋はあまってるし」

シャーロックは足元のアストロを見た。最速にセットしたメトロノームのようにものすごいスピードで尻尾を振っている。ペパローニを少しばかり投げてやっていると、二階でトイレの流れる音がした。ショーンが目を覚ましたのだ。人の声を聞きつけて、なにごとかと階段をこっそりおりてくるだろう。彼女は立ちあがった。「ショーンを連れてくるから、ロンドンの巨大な観覧車について話してやって」

サビッチが言った。「そんな話を聞いたら、きっとあなたの膝に座ってロンドンへ戻る飛行機に乗りたがりますよ、ナタリー」

「ペリーとデイビスといっしょに、あなたたち三人もロンドンにいらしたらいかが? あと一カ月もすれば、フーリーも旅行できるくらい元気になってるかもしれない」

「コニーといっしょにね」ペリーが言った。

シャーロックが言った。「すてきな話ね。ディロン、ロンドン・アイのてっぺんにいるショーンを想像できる?」

サビッチはありありと思い描くことができた。「ビデオゲームよりずっといいと思うだろうね。おとなになったらイギリス人になりたいと言いだしたりして」

ペリーが言った。「ロンドンでこの秋、全米フットボール連盟主催の試合が三試合あるのよ、知ってた? 〈ポスト〉に経費を出してもらって、派遣してもらえるかも。イギリス人がアメリカンフットボールにどう反応するか、この目で見るのが待ち遠しいわ。街頭インタビューしたらどうなるかしらね」

母親と手をつないだショーンが、ダイニングの入り口に現れた。「なに、観覧車?」

エピローグ

FBIアカデミー
バージニア州クワンティコ
五月某日、卒業式

ショーンを膝に抱いたサビッチとシャーロックは、ニコラス・ドラモンドの祖父である第八代ベスチ男爵の隣に座っていた。シャーロックはあらかじめショーンにニコラスのことを教えておいた。アメリカ人を母に持ち、アメリカで生まれたニコラスが、いままさに史上初のイギリス人FBI捜査官になろうとしているのだと。ニコラスの父のハリー・ドラモンドと母のミッチもすぐ近くにいる。新任捜査官の家族や友人たちが交わす興奮ぎみの会話が、虫の羽音のようにあたりを満たしている。訓練を終えた者たちが証明書を授与されて特別捜査官になる場に居合わせようと集まってきた人たちだ。いくらもしないうちにショーンは男爵に体を寄せた。「パパから聞いたよ。男爵なんだってね。男爵ってなに？」

鉤鼻で大きな耳をした老人は驚きに目をみはったが、笑顔になると、ショーンに顔を寄せた。「いつでも食べたいときにデザートが食べられるということだ」

ショーンはささやいた。「ジェリービーンズもいいの？」

「ジェリービーンズもいいんだ」男爵はがらがら声で笑った。ショーンはまた体を近づけた。オートミールといちごみたいなにおい。いいにおい、とショーンは思った。

「タコのガルガンチュアのこと、教えてあげる」ショーンは男爵に、新しいビデオゲームに登場する、キャプテン・ニモのペット、タコのガルガンチュアの、それぞれの触腕が持つ複雑な特技を解説しはじめた。「ガルガンチュアをぼくが助けてあげなきゃいけないんだ」ショーンは小声で言った。「そうしないと、ガルガンチュアはサメのベニートに足から出る墨をぜーんぶ吸い取られちゃって、なんにもできなくなっちゃうんだ」

男爵は少年の顔を見つめながら、話に耳を傾けていた。二十年後にはきっとサビッチ特別捜査官の顔になるのだろう。そして、自分の息子のハリーが五歳のころこうやって話を聞かせてくれたことを思いだした。ショーンから質問された男爵は、ショーンに顔を寄せて、七番めの足の特技が一番気に入ったと答えた——自分の足をプロペラにして泳いでみたいと思わない人がいるだろうか？

ショーンには意外な選択だったようだが、うなずいて、ガルガンチュアの最新の冒険を熱をこめて語った。

男爵の左膝が痛んだ。というか、体のあちこちがときおり痛む。土に還るときが近づいた証拠か。ハリーの言ったことに笑うミッチの声が聞こえた。彼女が息子のことで興奮しつつ心配しているのがわかる。それが母親というものなのだろう。ニコラスは立派な男になった。ドラモンドの名に恥じない男だ。小さいころから、できのいい子だった。率直に言って、ティーンエイジャーになったころはやんちゃで、ときに乱暴なこともしでかしたが、大きすぎる愚行には近づかないだけの頭脳があった——ときには父親の助けもあったにしろ、ミッチはどんなときもニコラスを信じてきた。

そのニコラスにアフガニスタンでなにかが起きた。男爵にはそれがわかっている。具体的にはなんであれ、ニコラスは外務省を辞めて帰国し、スコットランド・ヤードに採用された。ニコラスからなにかを打ち明けられたことも、男爵から尋ねたこともない。一人前の男はみずから定めた規則に従って生き、心の平和を見つけるべきだからだ。ショーンがまだ話していることに気づき、男爵は彼の頬を撫でた。「気が変わったよ」彼はショーンに言った。「四番めの足にしよう。暗闇のなかでも見えるようになりたい」

ショーンが黒っぽい目を輝かせた。「なにかはじまるよ」ショーンが男爵に言った。サビッチが身をかがめてささやいた。「ああ。はじまるから、よく聞いてしっかり見てろよ。ニコラスがいても呼んじゃだめだぞ。じっと待って、彼がこっちを向いたら手を振るんだ」

シャーロックはショーンの向こうに座るナイジェルを見た。彼はニコラスの執事で、彼の父親は大むかしからドラモンド家の執事だった人だ。シャーロックはナイジェルから、男爵がニコラスのためにニューヨーク市にブラウンストーン造りの美しい家を購入したと聞いていた。執事は両手をこすりあわせながら言った。「ご想像いただけますか？　わたしはひとフロア丸まる使えるのですよ」長身の彼はシャーロックを見おろして、ほほ笑んだ。「それはみごとなキッチンです。ああ、あそこでニコラスさまのために料理を用意して差しあげられるとは」

うやうやしくスモーキングジャケットを着せかけてくれるイギリス人の執事が家で待つ生活をしながら、ニコラスは集中力を保って、ニューヨークに適応していけるのかしら？　この四カ月間、彼はカーキ色のズボンとダークブルーのポロシャツを着て、このアメリカのクワンティコという巨大な総合ビルに閉じこめられていた。気むずかしいナイジェルなら、そんな生活は考えただけでも怖気を震うだろう。遠い将来、ニコラスはベスチ男爵になっても、FBIに留まるだろうか？　それは誰にもわからない。シャーロックも経験を通じて学んだように、将来は誰にも予見できない。デイビスとペリーに目をやると、ふたりはならんで座り、手を握って静かに話していた。さっき、席につく前、デイビスが言うのが聞こえた。「ニューヨーク支局の荒くれカウボーイにイギリス人がどうなじむか、見ものだよ」彼はペリーに向かってつけ加えた。「サビッチの親父さんはたくさんの武勇伝を残した」

修了生の親、きょうだい、友人、夫、妻、子どもなど、五百人以上の列席者が静まり返ると、サビッチはショーンの手を握った。空気がぴんと張りつめ、ショーンを含む誰もがわくわくしながら、新任捜査官が通路を歩いてきて席に座るのを待っていた。四十八人の新任が一列になって入ってきた。背筋を伸ばし、引き締まった顔と煌めく瞳が講堂を明るくした。家族が指さしたり手を振ったり、子どもたちが名前を呼んだり大声ではやしたてたり、騒々しさが続いた。

サビッチがちらりと見ると、ナイジェルはニコラスを見つめていた。ほかの修了生とともに堂々とした足取りで入ってきたニコラスは幸せそうで、ナイジェルが用意した美しいスーツ姿がぴたりと決まっていた。ニコラスは足並みを乱すことなく、みんなのほうを見てうなずいた。サビッチはショーンを静かにさせておくために手を握りしめた。ショーンが男爵にささやいた。「来たよ、サー、ほら。ニコラスはいつかぼくのパパみたいになるかな?」ショーンは首を振った。「ううん、それは無理だよね」いつかショーンがこの講堂で新任FBI捜査官として自分の名前が呼ばれるのを待つ日が来るのだろうか? サビッチは想像してみた。そのときショーンはいまニコラスにした質問を、みずからに問いかけるだろうか? サビッチは身の引き締まる思いだった。

ステージのダークブルーのカーテンはまだ下げられたままだった。まもなくカーテンが上がり、壇上には十二人が座っていた。FBI長官のミスター・コミー、訓練所付きの牧師《チャプレン》、クラスの監督、そして特別ゲストだ。来賓のひとりがニコラスの叔父であり、かつてニューヨーク支局長だったボウ・ホースリーだった。ボウの誇らしげな顔がシャーロックの目を惹いた。そして老男爵はそのボウを、孫をたぶらかしてイギリスから奪っていった破廉恥《はれんち》な男だとでもいうようににらんでいた。

司会者は訓練所の副所長、マコーリ・ミッチェルだった。頭が切れ、そつがなく、愉快な男だとサビッチは知っていた。新任の捜査官たちを送りだすのは、彼にとって好きな仕事のひとつにちがいない。来賓や顧問、クラスの代表者を紹介するようすにそれがよく出ていた。しばしの沈黙のあと、FBI長官が演壇へ向かった。長身で厳めしい長官は、口元に軽く笑みをたたえ、壇上から新任捜査官を見おろした。彼はうなずいた。「修了生諸君、起立願おう。右手を上げ、わたしのあとからくり返してくれ——」彼は就任の宣誓を復唱させた。「おめでとう。これできみたちはＦＢＩの特別捜査官だ」

大きな拍手が長く続き、ショーンは歯で口笛を吹こうとしていた。

ニコラスが最優秀賞で表彰されると、ショーンはよく通る大きな声で言った。「ねえ、ニコラス！　ぼくのママは射撃で一位だったんだよ！　ママはここにいるよ！」

壇上は爆笑に包まれ、数人が首を伸ばして拍手をした。シャーロックはあきれたように目を回して、息子に首を振った。

ニコラスの名前が呼ばれた。叔父のボウ・ホースリーがバッジと小型の木製のホルダーから取りだした証明書を授与し、彼を抱きしめてにっこり笑い、マイクを通して告げた。「ニコラス・ドラモンド——ニューヨーク」

ＦＢＩのチャプレンが祝禱を捧げる。訓練所の副所長からは、記念写真の撮影があることと、〈名誉の殿堂〉にケーキとパンチが用意してあることが伝えられた。「チョコレートだといいな」ショーンが男爵に話す声がシャーロックの耳に届いた。

ニコラスは本講堂の外で、みんなから見守られながら、母を抱きあげてくるりとまわし、盛大にキスをした。父と握手を交わし、ナイジェルの肩を叩いて、最後が祖父だった。「来てくださって、ありがとうございます。驚くべきところでしょう?」男爵はしぶしぶながら言った。「ホテルのオートミールは悪くなかった」ニコラスをしっかり抱き寄せる。「自慢の孫だ」

ふたりは同じくらいの身長で、どちらも堂々としている、とサビッチは思った。ひとりはその背後に長く豊かな人生のタペストリーを従え、もうひとりは新たな人生に乗りだそうとしている。サビッチが知るニコラス・ドラモンドの外務省時代の経歴から考えれば、すでに人生ふたつ分の経験を積んできているというのに。

ニコラスはサビッチと握手しながら、言った。「落第せずにすみました」

「うまくやりきったな」サビッチは応じた。「きみならだいじょうぶだと思ってたよ。おめでとう、ニック」

「立派なカウボーイになれるぞ」デイビスも彼と握手した。ニコラスが片方の眉を吊りあげたので、サビッチは声をあげて笑った。「きみにもそのうち意味がわかる」

ニコラスはシャーロックの頬にキスをした。「まいったな、とアメリカ人なら言うのでしょうが、わたしは射撃で一番になれませんでした。あなたにはかなわない」

ショーンが手を伸ばして、ニコラスの腕を軽く叩いた。「だいじょうぶだよ、ニコラス。ママは靴のかかとだって撃ち抜けるってパパが言ってた」そして少しして、打ち明けた。「パパが叫ぶなっていうから言えなかったけど、パパも頭のよさで一等賞をもらったんだよ」

ニコラスはまだ小さな少年にほほ笑みかけた。「きみもいつか賞を取りたいかい？」父を見あげたショーンは、奇妙なほどおとなびて見えた。彼は言った。「がんばってみる」

ニコラスはじっと動かずに首をかしげていたが、ゆっくりと、今後ニューヨーク支局で相棒となる、マイケル・ケインに顔を向けた。ヨーロッパじゅうを駆けまわってコーイヌール・ダイヤモンドを追った、あの驚くべき三日間、つねに傍らにいたあの捜査官だった。

訳者あとがき

SSシリーズ第十五弾、『謀略』をお届けします。じつは前回『錯綜』のあとがきで第十三弾としてしまいましたが、第十四弾のまちがいでした。申し訳ありません。訳者もうっかり数をまちがえるほど続けてこられるとは、このシリーズに取りかかった二〇〇三年の段階では考えもしませんでした。ひとえにサビッチとシャーロックを愛して支えてくださった読者のみなさんのおかげです。ありがとうございます。

今回も大きく分けて事件はふたつ。その一方の事件を引き起こすのは、『残響』でカルト集団〈トワイライト〉を率いていたブレシッド・バックマンです。『残響』では権勢をふるっていたブレシッドが、老いさらばえたもの悲しい姿で登場。失意が彼を凶行に駆りたてます。もうひとつの事件も、根底にあるのは失意。ほかにも作品中に苦い感情がちりばめられ、そこがうまく描かれているがゆえに、エンターテイメント作品としても厚みが出ているように思います。

片方の事件は、駐英米国大使であるナタリー・ブラックをめぐって起きます。病気を理由に本国アメリカに一時帰国したばかりのナタリーは、公園をジョギング中に不審車に轢かれそうになります。じつは赴任地イギリスを離れたのも、命の危険を感じたからです。その前兆となったのが、婚約していたロッケンビー子爵のジョージ・マッカラムの死です。その死は警察から交通事故と判定されたものの、その直後にどこからともなく自殺の噂が流れました。ナタリーから手痛く婚約を破棄されたせいだというのです。事実とは反する噂ながら、彼の亡くなる前には、ナタリーが出したとされる婚約破棄を伝えるeメールがマスコミに流れました。メール内で婚約破棄の原因として挙げられていたのが、シリアのどこかで撮られた、ジョージの長男にして跡継ぎのウィリアム・チャールズの写真です。写真のなかのチャールズは現地の人と同じ恰好でヒゲを生やし、カラシニコフを抱えていました。まさにテロリストそのもの。

もちろん、ナタリーはそんなメールを書いておらず、ジョージとの婚約を破棄した事実もありませんが、世間はその写真とメールとジョージの事故を結びつけ、ナタリーに非難を浴びせました。さらに自身が命を狙われるにいたり、ナタリーは本国への帰国を決めました。けれど、安全と思われたアメリカでまで命を狙われるとは――もはや放置はできませんが、警察に伝えたらまたマスコミから揶揄されるのではないかと思うと、おいそれとは通報する気持ちになれません。

そこへ現れたのが、デイビス・サリバンFBI捜査官でした。ショッピングモールに出かけたナタリーが車両強盗に遭ったとき、偶然その場に居合わせて、軽々と事件を解決してくれたのがデイビスでした。イギリスで命を狙われたとき、警察にまともに取りあってもらえなかった苦い経験ゆえに、本国でも警察への通報を控えていたナタリーですが、デイビスなら信頼できる。ナタリーは彼にすべてを語り、サビッチに引きあわされます。その後もナタリーへの攻撃は続き、〈ワシントン・ポスト〉でフットボールの記事を専門に書いている娘のペリーまでが巻きこまれていきます。いったい誰がなんのためにナタリーを殺そうとしているのか？　国政をも揺るがしながら、事件はおもわぬ展開を見せていきます。

その一方で、サビッチとシャーロックはナタリーの事件に専念していられない状況に追いこまれていました。以前、ふたりが壊滅させたカルト集団〈トワイライト〉のリーダー、ブレシッドが意識不明で収監されていた保護施設から逃げだし、シャーロックの命を狙いだしたのです。ただ、かつてのブレシッドが持っていた人を意のままに操る〝スタイミー〟という能力は、いまのところなくなるか、薄れたかしているらしく、ブレシッドは犯行にナイフや銃器を用いていました。同じ施設内の病棟にいて亡くなった母の遺言として、ふたりへの復讐を誓うブレシッド。かつての能力が戻れば、シャーロックなどいともたやすく殺すことができます――サビッチには術がかかりませんが。サビッチとシャーロックは息子ショーンの身を案じつつ、かつての強敵ブレシッドにふたたび立ち向かいます。

今回もたくさんの人物が登場しますが、そのひとり、FBIの研修生ニコラス・ドラモンドについて、ここで簡単に紹介しておきましょう。スコットランド・ヤードの元警部という経歴を持つニコラスは、イギリス貴族の末裔という、異色のバックグラウンドの持ち主です。長身で、海賊のような風貌、自宅には執事。やけに濃いキャラクターだと思われた方もおられるのでは？　それもそのはず、彼はキャサリン・コールターとJ・T・エリソンの共同執筆によるFBI新シリーズの主人公を張っております。日本でもすでに『略奪』、『激情』、『迷走』の三冊が出版され、人気を博しています。こちらもおもしろいシリーズですので、チャンスがありましたらお手にとってみてください。ちなみに、ニコラスは訳していてすぐにイメージが湧くキャラクターで、わたしはクライブ・オーウェンを思い浮かべました。

ところで、シリーズをお読みいただいている読者のみなさんならご存じのとおり、サビッチには特殊な能力があります。そのおかげで、人の心のうちが読めたり、ブレシッドの超自然的な攻撃をかわせたりするわけですが、この作品にはシャーロックへの寝物語の形で、その能力がはじめて使えたときのいきさつが書かれています。当時まだ十五歳だったサビッチを、FBIのニューヨーク支局に勤務していた父親は、全面的に信じます。そしてエピローグで描かれるFBIアカデミーの卒業式でショーンを見ながら、幼い息子がいつか卒業生として檀上に立つことを夢見て、あらためて身の引き締まる思いになるサビッチ。そこにあるのは受け継がれてゆく正義を希求する心。だからこそ、互いに愛情を持ちながらいきちがってしまうイギリスの子爵親子や、家族を失い、愛する母親から一族の復興を託されるブレシッドの哀しさが、なおさら際立つのでしょう。

さて、次作の*Nemesis*の紹介を少しだけ。「復讐」とか「義憤」を意味するこのタイトルは、神に代わって罰を与える存在としてギリシャ神話に登場する女神の名前でもあるのだとか。そして、次回はどうやらシャーロックとサビッチが前面に出て、活躍するようです。シャーロックはニューヨークでテロリストと、サビッチはバージニアでグリフィン・ハマースミスとともに人を隷属状態にできる異様な殺人鬼と闘うことに。いつもいっしょのことが多いふたりがそれぞれ別個の闘いを強いられる点が、読みどころになりそうですね。この作品ももちろん〈ニューヨーク・タイムズ〉紙のリストで一位に輝いています。どうぞお楽しみに！

ザ・ミステリ・コレクション

謀略《ぼうりやく》

著者　キャサリン・コールター

訳者　林《はやし》 啓恵《ひろえ》

発行所　株式会社 二見書房
東京都千代田区三崎町2-18-11
電話 03(3515)2311 [営業]
03(3515)2313 [編集]
振替 00170-4-2639

印刷　株式会社 堀内印刷所
製本　株式会社 村上製本所

ISBN978-4-576-17155-5
http://www.futami.co.jp/

二見文庫 ロマンス・コレクション

幻影
キャサリン・コールター
林 啓恵［訳］

有名霊媒師の夫を殺されたジュリア。何者かに命を狙われFBI捜査官チェイニーに救われる。犯人捜しに協力する同僚のサビッチは驚愕の情報を入手していた…！

眩暈
キャサリン・コールター
林 啓恵［訳］

操縦していた航空機が爆発、山中で不時着したFBI捜査官ジャック。レイチェルという女性に介抱され命を取り留めるが、彼女はある秘密を抱え、何者かに命を狙われる身で…

残響
キャサリン・コールター
林 啓恵［訳］

ジョアンナはカルト教団を運営する亡夫の親族と距離を置き、娘と静かに暮らしていた。が、娘の〝能力〟に気づいた教団は娘の誘拐を目論む。母娘は逃げ出すが……

幻惑
キャサリン・コールター
林 啓恵［訳］

大手製薬会社の陰謀をつかんだ女性探偵エリンはFBI捜査官のボウイと出会い、サビッチ夫妻とも協力して真相に迫る。次第にボウイと惹かれあうエリンだが……

閃光
キャサリン・コールター
林 啓恵［訳］

若い女性を狙った連続絞殺事件が発生し、ルーシーとクープの若手捜査官が事件解決に奔走する。DNA鑑定の結果犯人は連続殺人鬼テッド・バンディの子供だと判明し⁉

代償
キャサリン・コールター
林 啓恵［訳］

サビッチに謎のメッセージが届き、友人の連邦判事ラムジーが狙撃された。連邦保安官助手イブはFBI捜査官ハリーと組んで捜査にあたり、互いに好意を抱いていくが…

錯綜
キャサリン・コールター
林 啓恵［訳］

捜査官の妹が何者かに襲われ、バスルームには大量の血が⁉ 一方、リンカーン記念堂で全裸の凍死体が発見された。早速サビッチとシャーロックが捜査に乗り出すが…